编委会名单

公安边防部队系列报告文学之三

西藏公安边防部队『四二五』抗震救灾纪实

极殇

臧思佳 著

云南出版集团
云南人民出版社

图书在版编目（CIP）数据

极殇 / 臧思佳著. -- 昆明 : 云南人民出版社,
2017.7

ISBN 978-7-222-16396-6

Ⅰ. ①极… Ⅱ. ①臧… Ⅲ. ①纪实文学—中国—当代
Ⅳ. ①I25

中国版本图书馆CIP数据核字(2017)第180058号

责任编辑： 陈艳芳
责任校对： 方　芳
责任印制： 陆卫华

书　名 极　殇
JI SHANG
作　者 臧思佳　著
出　版 云南出版集团　云南人民出版社
发　行 云南人民出版社
社　址 昆明市环城西路609号
邮　编 650034
网　址 www.ynpph.com.cn
E-mail ynrms@sina.com
开　本 787mm×1092mm　1/16
印　张 20.25
字　数 330千
版　次 2017年8月第1版第1次印刷
印　刷 昆明富新春彩色印务有限公司
书　号 ISBN 978-7-222-16396-6
定　价 58.00元

如有图书质量与相关问题请与我社联系
审校部电话：0871-64164626　印制科电话：0871-64191534

云南人民出版社微信公众号

序

西藏“4·25”地震眨眼已过一年半，当外界开始慢慢淡忘这个高原之殇的时候，军旅作家臧思佳送来了她厚厚的约三十万字的作品，震惊之余，我几乎一口气读完。作为这次抗震救灾工作的指挥者、参与者，看到字里行间的描述，我仿佛又回到了昨天，让人重新经历那一场惊心动魄的与时间和生命的赛跑。

读完臧思佳的作品，我觉得有三好：一是真实再现，全景立体。吉隆、樟木、定日方向是此次地震受灾最严重的地方，且因藏区地广人稀的特点，人口密集区和部队驻扎区相距较远，从一个地震村落到另一处边防部队驻扎地，很多时候需要天刚蒙蒙亮就驱车前往，直到日落月出才能到达，黑暗中车子贴着山体而过，哗啦啦的落石声不绝于耳，却不知何处也无处躲藏。作者臧思佳就是在这种真实体验下对经历地震的官兵人性中最真实的恐惧与彷徨，坚韧与勇敢感同身受，并通过扎实细致耐心的采访，全景立体式地再现了抗震救灾全过程。

二是情感真挚，催人泪下。此书中很多章节讲述的就是官兵特别是“90后”士兵们最细微的故事和最真实的人性，比如《不能说的心里话》写出了吉隆口岸年轻的士兵们在地震当晚因地震落石等而浑浊灰暗中寻找以往天空中明亮的那颗星时，自然流露出的迷茫和思家情绪，却能够不管心里有多少小苦都要对得起自己是个兵的信念而撑起这场大难；再比如《一个馒头的故事》中来藏区开面馆的陕西汉子义务为藏民和官兵们做馒头，熬过了地震最初40多个小时的故事。尽管文中讲述的是一个普通的面点师傅，但展示的却是一个民族团结的大义！

三是体现人性，细节精彩。作者臧思佳笔下的人物活灵活现，一个眼神、一个半挽起的裤脚、一颗干瘪的布满皱纹的苹果……在作者眼里都是一个个精彩的抗震故事。她善于发现的眼睛帮助我们挖掘了很多之前我们都没有留意的故事、没有搜集上来的素材，非常值得我们搞文字的同志学习。故事无论大小，细节彰显人性。因此作者传话希望我作一个序，我满口应承，因为这是对我们西藏公安边防总队抗震工作的认可，是对我的信任。尽管年终岁尾各项工作和会议日程安排十分紧张，我还是觉得自己有责任和义务为这本书说些什么。

一是感动。西藏“4·25”地震发生后，因高山峻岭地形险要，地处高原空气稀薄，有些媒体和作者望而生畏，这时一个貌似柔弱的女作家却挺进高原，用一个半月的时间走遍地震受灾严重的地方，采访了数百名经历过抗震工作的官兵、辖区藏族汉族的群众、企事业单位和通过西藏边防总队指挥中心开通的热线驰援灾区的志愿者，期间，多次穿越海拔5236米的孔唐拉姆山，两次挺进无人区、六次经历余震，三次爬越塌方山体，多数日子只能居住在老鼠、蚂蟥、蚊子肆虐的帐篷里，甚至在吉隆口岸因山体塌方被困的那一夜，连电力和手机信号都是中断的，她是在黑暗里写出了灾区人民百折不挠追求光明的坚韧。“越艰苦、越幸福”，这是臧思佳当时的体会，却是我的一大遗憾，因为当时正值抗震救灾工作还在收尾阶段，事务繁多，恰逢抗震救灾先进事迹报告会又召开在即，我想挤时间和作者晤个面最终都没能实现，为此我一直深感内疚。

二是欣慰。建设新家园是灾区群众的热切期盼，是西藏各族人民的共同心愿。经过一年半的努力，西藏公安边防总队辖区的受灾群众已经基本完成了灾后重建，藏族和各族人民在恢复了山清水秀环境的高原安居乐业。我们驻守高原的边防官兵通过抗震工作更进一步加深了对第二故乡的爱，增强了责任感和使命感，我们和各级组织凝聚成强大合力，不断落实好灾后重建各项任务，奋力夺取着“4·25”地震灾区恢复重建和全面小康双胜利，让地震灾区更加富饶美丽，让灾区人民生活更加和谐幸福。

三是希冀。我希望西藏公安边防部队的官兵能够继续发扬抗震救灾“二十一勇士”的精神，牢记全国人民的鼓励关怀，在任何时候都能像经历“4·25”地震时一样闻灾而动，视灾情为警情，视人民需要为第一需要，第一时间保护人民群众的生命财产安全，在雪域高原继续谱写英雄赞歌。

地震震不垮的是斗志，严冬冰封不住的是人心。希望通过我们的共同努力，继续捍卫人民群众的利益，守护大好河山的秀美。

最后，也希望作者臧思佳同志继续深入火热的边防一线生活，创作出更多无愧于时代无愧于生活的佳作。是为序。

伏鹏

二〇一六年十一月三十日

（作者系西藏公安边防总队党委书记、政治委员）

目　录

附　录

前　言

2015年4月25日，尼泊尔发生8.1级地震，受此波及，我国西藏地区受到不同程度的影响，西藏边境吉隆、聂拉木、定日三县受灾严重，造成26人死亡，近30万群众不同程度受灾。

此刻，2015年6月8日23点58分，我在喜马拉雅山脉南坡雪山脚下的震后救灾帐篷里，在奔赴西藏地震灾区的第六个夜晚开始记述这些文字。

6月3日，13小时转三省市飞机；6月4日，13小时盘山路汽车；6月5日、6月6日与媒体人和其他工作人员遇山爬坡遇险过河的冒险……这几天每一件小事都在我之后走灾区的日子里多次被回忆，那些当时认为艰苦的日子竟然是45天行走地震带中最静好的时光。至于八天内三次九死一生和地震恐惧症长久挥之不去，都是后来的事情了……

诚实，不是文学作品的性格，却是一位良知作家的品格。所以，我走灾区，在有些作者因伤亡数字不够为他们换取高额名利而放弃之后，在各类媒体争先恐后抢拍新闻冷场之后。于是，我上高原，寻找震波中的香格里拉，寻找驻守在震区的边防军人，把他们的故事讲给每一位有军旅情结和爱国情感的中国人听。

现代军人，不像你想象中那样冷血铁面，也不会被灾难压断脊梁。

吉隆边防检查站官兵地震后将伤员和群众送上救援飞机，将生的希望留给别人，自己留下坚守国门。（陈小红　摄）

长成那棵边防树

如果有来生
我想长成一棵树
青春时开花
年老时落叶
如果有来生
我想长成一棵边防线上的树
风起时巡航
风停时站岗

就算有一天连根拔起
树根扎向大地的每一个毛孔
都会呼吸我的誓言
每一个鲜血淋漓的窟窿
都是一个雷打不动的哨位
证明，那一天我没有脱岗
对，那一天张高勇也没有脱岗
地震滚落的巨石砸向五岁的索朗
你像一棵义无反顾的树
用倒下的姿态最后一次站得笔直
树干扭曲，树枝碎裂，叶子却把孩子裹到安全的地方
正是一棵棵倒下的边防树，撑起喜马拉雅不倒的脊梁

就算有一天满树昏黄
我也会在暮霭中站成轮廓清晰的雕像

晚归的人啊，从我身旁走向万家灯火
盼着，细软的炊烟像从老家瓦房飘出来一样
对，那一天和志虹也许有过同样的盼望
海地的战火湮没了丽江的小桥流水
思念啊，是一根羽毛飞不过的沧海
载得了万千思绪
却载不动四岁女儿吃生日蛋糕时许的愿
迟迟不肯吹蜡烛的小嘴噘得老高，一遍一遍问爸爸
“妈妈什么时候回家？”

就算有一天凋落一地哀伤
我也会把心挖空
用骨骼站成国门前的一堵墙
对，湄公河四国联合巡航艇的船头
多少生命把自己钉进两岸
被刀枪捣碎的夜色糊得密不透风的日子里
每棵边防树的身体里
都流淌着一条河
雪花盛开，浪花让路，泪花轮回

如果有来生
我想长成一棵树
青春时开花
年老时落叶
如果有来生
我还想长成一棵边防线上的树
风起时巡航
风停时站岗

中尼口岸的石头雨

2015年4月25日14时11分，尼泊尔（北纬28.2度，东经84.7度）发生8.1级地震，震源深度20公里，余震134次。震中位于博克拉，最大烈度为X度，重烈度区从震中向东延伸。

该地震属浅源地震，所释放的能量是汶川地震的1.4倍。中国西藏、印度、孟加拉国、不丹等地均出现人员伤亡。西藏自治区共有26人死亡，860人受伤。

中国地震局地震研究所大地测量研究室最新观测发现，强震后，靠近震中的西藏日喀则市吉隆镇、聂拉木县向南移动约60厘米，而聂拉木县垂直下沉约10厘米。

我的采访就是从日喀则市吉隆镇开始的，具体地点就是建在距离尼泊尔零公里的热索村的吉隆口岸！因为有一个把守国门的监护中队建在此处，所以，这个中队常被当地人称作热索中队，吉隆口岸常被称作热索口岸，而真正的吉隆镇距离这个口岸还有24公里的盘山路，监护中队所隶属的吉隆边防检查站就建在吉隆镇上。

吉隆，藏语为“舒适村”“欢乐村”之意，距西藏自治区首府拉萨市830公里，离尼泊尔首都加德满都131.5公里，素有“商道”“官道”“战道”之称，是松赞干布迎娶尼泊尔赤尊公主入藏的路经之地。1961年，中国国务院批准口岸开放，1978年确定为中国国家一类陆路通商口岸，并曾一度繁荣，后因故沉寂了30多年，直到2014年12月1日西藏才对尼泊尔的最大陆路通商口岸——吉隆口岸正式扩大开放，因拥有丰富的森林、野生动植物等自然资源而获誉“珠穆朗玛峰后花园”的吉隆在地震前五个月正处在有望重拾昔日繁荣的梦想之中，来自全国各地的商户为抢占商机纷纷进藏，一个个新装修的店铺昭示着这里的人们是怎样对未来充满希望。

没人会想到，口岸开放不到半年，连接中尼两国的热索大桥便成为生死线，只有桥下川流不息的吉龙藏布和东林藏布两条湍急的河流仍然日夜不息地奔流，在热索大桥靠近尼泊尔一端的桥头泾渭分明地汇聚成一条大河，流向尼泊尔境内，而两河汇聚之前夹的三角地带便是吉隆口岸不足400米的空地，站在口岸往周围看，三面环山，平时站立其中都感觉大山压胸口的压抑，地震时更是往哪面逃跑都是死路。

“中尼两国人民肩并肩　手牵手　心连心”的红底白字横幅绑在孤单单的桥梁上，随风跳跃的红色填补着地震后繁茂与生命的空缺。

催眠时间，公安边防部队西藏总队一个个死里逃生的生命带我回到2015年4月25日14时11分……

吉隆边防检查站（以下简称“吉隆边检站”）执勤业务科干部，四川籍的陈小红是我采访的第一个对象，因为我看到他的名字以为是个柔弱的女孩子，那么回忆起地震时的恐惧可能更真切，没想到拉帘钻进帐篷的是个粗犷的小伙子，他说母亲在他出生时找山沟里很有名望的算命先生算过，说“这个儿子要起个女孩子的名字才好养活”，母亲坚信不疑，于是给自己起了个“小红”的名字，但这个名字果然带给他两次地震有惊无险的经历。

当日，刚刚调到该站监护中队工作才一天的陈小红正在跟丁在成排长加班做教案，房子突然抖动了一下，他以为是自己忙头晕了，抬头看了一眼后又低头看文件，这时房子的晃动激烈起来，桌边一只玻璃杯“啪”的一声掉在地上，这一声响惊醒了在四川经历过汶川地震的陈小红：“地震了，快跑！”随即抓起凳子扛在脑袋上冲出门去，一边跑一边听见房子“吱吱”撕裂的声音，像死神一路追逐自己，跑出楼门终于放心了，总算没被砸到里面，但还是不敢停留，回身看监护中队整栋大楼都在摇晃，似乎生出两只脚来，要迈开步子向惊恐的人群扑过来！跑远些的陈小红稍微冷静下来，突然想起楼里不知还有没有来不及跑出来的战友，就跑回楼前喊：“有没有人？”只见炊事员杨成辉顶着个被子跑出来，这时周围山上石头滚落的声音开始响起，渐渐湮没了陈小红的喊声，两人用手势比画着一起向楼里喊：“有人吗——有人吗——”没有一声应答，而这时山石滚落的尘土渐渐让站在对面的两人开始看不清对方的容貌，灰尘钻进嗓子，有一股窒息的憋闷。

等两人赶到国门前的空地上时，山上落石引起的沙尘暴一样的灰尘让能见度不到两米，从前近在眼前的高山如今连轮廓都看不到，只听落石哗哗而下，不看石头滚自何山，陈小红摸索着往人群中走，往旁边一看：“这不是站机关的安佩卿吗？”这个平时仅仅是工作关系的同事如今意外相见就像见了亲人一样，两个七尺男儿瞬间紧紧抱在一起。由于陈小红刚刚来到口岸的监护中队工作，对中队官兵都不熟悉，大灾突降居然身边没有认识的人，陈小红心中空落落的，如今在灰尘漫天飞扬的混沌之中居然能见到熟人简直是他乡遇故知，陈小红的心一下子踏实下来，“你怎么在这呢？”“我来这……”安佩卿的回答在陈小红听来已经不重要了，似乎他的问话只是在证明安佩卿此刻就站在他身边的真实性。

此时人员集中的国门前空地上，人们倒在地上面朝苍穹绝望的嚎哭声，老人盘坐在还不时摇晃的地面上呜咽的诵经声，惊慌失措的人们被惊吓的尖叫声，和哗啦啦的滚石、河水声在一片尘埃中混在一起，好像世界末日来临，需要盘古一斧劈开这混沌的局面开创一个新纪元。

突然一个藏族妇女凄厉的哭喊声惊醒混沌中的人们，她用不太流利的汉语大喊：“小孩，我的小孩……”两个穿迷彩服的身影立即向藏族妇女手指的方向跑去，虽然陈小红当时并不能叫出他们的名字，但他知道那是自己部队的兵，赶紧也跟着过去帮忙。吉隆口岸的居民都统一居住位于监护中队营房对面政府给援建的二层楼里，因为平时跟这些居民熟悉，谁住在谁家都能立即找到，平时打下的基础为这次生命大营救赢得了宝贵的时间。到了楼下往上一看，一个小女孩只穿了一件白色短袖无助地站在窗框已经掉落半边的窗口哇哇大哭，短袖右边的袖口已经被划开了一道大口子，半个脏兮兮的袖子在风中吊着，跟孩子命悬一线的处境一样，看起来孩子应该是在午睡时不知发生了什么醒来就处在断壁残垣之中，这种情况下抢救孩子从外面搭梯子到二楼窗口最快最安全，一名战友回去拿梯子，陈小红和另一个战友在下面安抚孩子，等梯子终于拿到，爬上去就要够到孩子手的时候，小女孩不知道为什么“嗖”地一下从窗口蹦回去，任凭兵们怎么呼喊都不到窗口这边来，而这时又一次余震到来，窗口残存的半边窗框“哐当”

一声落地，侧面的墙壁骤然开裂，白墙里露出混凝土的灰色，像藏民冬天放牧过河后脚板开裂的深深的口子，有肉丝顺纹理可见，如果再不抢救出孩子，可能房屋马上坍塌就要将她埋在里面了。“走正门！”三人不约而同向前门绕过去，踢开房门才发现一楼靠墙的床上躺着一位瘦骨嶙峋的老大爷，原来是瘫痪在床几年的普布，而小女孩正从二楼的楼梯爬下来，向她“爷爷”跑去说着我们听不懂的藏语，原来机智的小女孩最后关头放弃自己逃生的机会就是为了引“金珠玛米”（解放军）叔叔进一楼来救她的“爷爷”，多么机智勇敢的孩子！在那段时间里，陈小红和我都默认这个看上去七八十岁满头白发的老人是小女孩的“爷爷”，直到后来我去他们在吉隆镇安置的帐篷才了解他们真正的关系。

抱着小女孩，背起老大爷，刚冲出门口，门框上方一块水泥板掉下来，砸在刚才三人走过的地方，惊魂未定时陈小红看到监护中队的王忠祥队长和炊事员杨成辉搀扶着孕妇白玛走出房门，说是搀扶，其实基本上算是抬了，白玛似乎受到了惊吓感到腹痛，全身都在往下坠，她两岁的大儿子倒还坚强，跑在人群前面冲出了屋子。藏族的小孩出生在高原，似乎有着与生俱来的勇敢与健康，大人们忙着打草放牧，孩子们往往三四岁就不需要特别的照顾，到七八岁就会做饭编筐帮助父母了，吃着酥油糌粑的身体在风雨和劳动中历练得倒比内地千娇百贵的孩子要结实得多。好不容易把白玛搀扶到国门前的广场，白玛立即蹲下来捂着肚子嘴里“啊呀，啊呀”地喊起来，似乎出现先兆流产的迹象，任围过来的人们再怎么扶都不起来，这时吉隆边检站执勤业务科的女干部曲珍冲过来劝说众人散开，地震山石滚落引起大量灰尘，太多人围着孕妇反而空气不流通，使孕妇呼吸不畅，曲珍蹲下去用平时业务培训时学习的简单藏语跟白玛交流起来，过了一会儿白玛的情绪果然稳定很多，脸上痛苦的表情也减轻了，曲珍慢慢试着扶起她转移到广场中心更开阔的地带，找到把椅子扶她坐下。这时匆匆跑过来一个瘦弱矮个子的小伙子，生得白白净净，一看就不是本地人，监护中队的官兵们到驻地百姓家走访多了都认识，是白玛的老公朱科。这个只有25岁的四川巴中的汉族小伙子已经出来在工地开装载机有六年的时间，前四年在拉萨，两年前来到吉隆口岸为西藏红绩集团修建吉隆边检站的报检大楼时认识了口岸上热索村的白玛，婚礼是带着白玛回到四川老家办的，眼看喜得贵子却遭遇地震，小伙子心急如焚，而且当时他在工地上开着装载机压电线杆，发动机声音特别大，装载机本身就处在颠簸状态，所以直到看见对面山上滚下来石头才知道地震了，心想这下老婆儿子肯定完了，火速跑回家救怀孕的老婆，没想到刚冲到广场就看到满天灰尘中老婆被几个迷彩服安顿得好好的，那一刹那揪心变成感激，朱科又哭又笑地拉住这个兵，握住那个兵，转着圈地行礼，不知谢哪个好。

这时距离地震突发已过去十几分钟，大地的震怒、群山的咆哮刚刚告一段落，惊慌失措的人们却刚刚开始清醒地认识到这场大地震的降临。只听“嘭”的一声巨响，热索桥搭建在尼泊尔一端的桥头窜起蘑菇云状漆黑的浓烟，虽然当时落石引起的灰尘还没有散去，但浓烟的轮廓却非常清晰，一边升高一边沿着热索桥往我国口岸方向移动，好像对面尼泊尔方向的山体整体垮塌向我方倾倒要把整个口岸砸在身下一样！人们开始尖叫、哭喊、狂奔……可口岸空地一共不足400平方米，唯一开阔点的地带是口岸各家联检单位共用的200平方米的停车场，但停车场虽然表面上看开阔又平坦，但地下还有一层，如果地震引起塌陷，停车场上的人便无逃生希望，在所剩不足200平方米的求生地带，两面都是山，一面就是热索桥，往哪一边逃跑都是死路，往哪一边逃跑都是山体源源不断滚落的巨石、碎石，绝望的老阿妈央金把揣在怀里的经卷铺在地上，以五体投地的姿势将全身都匍匐到经卷之上，眼里流出浑浊的泪滴在古老的神秘经文上。

10秒，20秒，30秒，1分钟，2分钟……

人们惊奇地发现灰尘的颜色开始变黑，衣服上、手上开始落满黑色的粉尘和颗粒，而黑色的“大山”并没有倾倒下来压住自己，原来只是尼泊尔口岸煤气罐爆炸的烟灰！震后余生的人们又逃过一劫，互相看着彼此像煤矿工人一样灰黑的脸庞，一双双忽闪忽闪的眼睛在黑脸上证实着生命的存在，不管认识的不认识的、熟悉的不熟悉的，瞬间互相紧紧抱在一起，开心地笑着哭着，一次次说着“活着，还活着……”

地震后的第十五分钟，吉隆口岸传来第一声笑声。大难之后，只要大自然还肯留一个逃生的机会给自己，人们便心满意足了。十五分钟带给人的改变堪比十五年，经历过地震的人都懂。

吉隆口岸监护中队的兵们却觉得情况并不那么乐观，他们比老百姓更了解一桥之隔的尼泊尔口岸大型煤气罐的储量，这样每隔三五分钟爆炸一次的频率很有可能将火势逼近我国，每爆炸一次，从桥面和下面的流水中传来的就是一声带着回音的震颤巨响，这样的声波对刚刚松动的山体落石起到了推波助澜的作用。巨石又一次从高山飞落下来，在重力加速度的作用下，三块巨石瞬间就将热索桥四层钢筋浇筑的混凝土桥面砸出三个大洞，一根根钢筋在巨石脚下像一根根面条一样柔软，被齐刷刷地截出新鲜光亮的断茬，最大的那块儿石头把桥面砸出直径一米多的洞后掉进桥下东林藏布和吉龙藏布两河交汇处，一清一浊泾渭分明的美景瞬间消失，取而代之的是顿时激起比桥面还高三尺的浑浊巨浪，像是在水底引爆了鱼雷，水柱从桥下通过刚砸的窟窿冲击上桥面，水火两重天的景象惊心上演。

为防止火势蔓延造成二次伤害，监护中队紧急关闭电源总闸。这时余震再次来袭，山上滚石再次哗哗落下，没有命令、没有动员，42个在现场的边防官兵自觉围成人肉围墙把群众保护在圆圈之中。清点过人数之后发现一人不少，一人未伤，但还是有些惊魂未定的妇女处在恐慌状态，指导员熊英杰和其他几个业务科的干部一边咳嗽、干呕着一边逐个安慰恐慌的群众。其实谁在那种处境下心里不害怕呢？但安慰别人也是给自己壮胆，看到大家渐渐平静下来自己也跟着平静下来，在大灾面前，人们只能互相依靠、互相鼓励。

的确，大灾面前，人与人之间的身份、地位、民族，甚至国度的区别都会瞬间消失。

从水火交融的热索桥上就跑来了一位尼泊尔的妇女，穿着灰色的棉拖鞋，不知道本来就是灰色的，还是从烟尘中跑过来沾满了灰尘，但当时并不知震中在尼泊尔的官兵们从这个妇女身上看得出尼方受灾情况比吉隆口岸更严重，否则这摇摇欲坠、千疮百孔的热索桥不可能成为她们拼尽最后力量抓住的救命稻草。这位妇女跑到桥头就瘫软下去，看到两个穿着迷彩服的兵走过去立即跪起来，双臂直直地抓住兵的胳膊不松开，用尼语哭着说：“救我，救救我……”这时官兵才发现她的头被落石砸伤，血液已经凝固了长发却仍在不停地渗出。

大爱没有国界！救治，没有犹豫！但药品还在摇摇欲坠的监护中队宿舍楼四楼，怎么办？当了六年兵的藏族小伙子扎西平措和老兵吴文强自告奋勇冒着生命危险闯进医务室，门已经被挤压变形无法正常打开，扎西平措一脚踹开门，门框上方的砖被震掉了两块，进屋里一看傻了眼。这满地凌乱的药品已经不像平时那样井然有序地排列在药品柜里，到底哪样药治哪样病呢？来不及想那么多，吴文强到里间把病床上的被子抱过来一床铺在地上，两人三下五除二把好拿的、没有洒掉的药品全都放在被子里抱了出来。

回到国门前广场上时，监护中队卫生员兰彬和执勤业务科的翻译正围着坐在椅子上的尼泊尔妇女解释着什么，原来这名妇女头部受伤严重，想包扎伤口就要剪掉头发，爱美的女子怎么舍得一头秀发，说什么也不让剪，经过翻译的一番沟通才算同意。因为她是在尼泊尔境内被砸伤的，到跑过来已经有一段时间了，伤口流出的血已经凝固在头发和头皮上，兰彬和助手扎西顿珠先用生理盐水清洗凝固的血迹，用钳子和剪子剪掉伤口附近的头发，这时伤口才清楚地暴露在眼前，是一条两厘米长的“L”形创伤，中间拐点处伤得最深，能够清楚地看到里面翻出创口新鲜的不规则创面的血肉，还有几块皮肉已经被剐出伤口，仅一丝相连。兰彬用剪子剪掉这几块坏死的皮肉，监护中队麻药储备不足只能将药粉洒在伤处，由于恐惧和疼痛，尼泊尔妇女坐在椅子上接受救治时一直把腰深深地埋下去，头快要钻进膝盖里，浑身一直在颤抖。兰彬也不忍心下手，但地震突袭，麻药短缺，患者头部血流不止，治疗刻不容缓。处理完这些已经用了十多分钟，但伤口并没有止住流血的迹象。兰彬头上渗出的汗水从满是灰尘像刚从矿井里钻上来的煤矿工人一样的额头上沿着眼角顺着耳前流下来，像系上了两条帽带，翻动着各种药品，唯一适用的只有注射用的头孢冻干粉，便打开了一瓶撒在伤口上，用纱布止血，所幸的是几分钟后血终于止住了。

兰彬刚要找清水洗手，只见尼方一个男子举着胳膊从热索桥上向我们跑过来，一边跑一边躲避着还在不停砸向桥面的山体落石，等他跑过来兰彬才发现他举着的是受伤的左臂，左手的血管已经破裂，大量鲜血涌出，手背上的一根手骨断裂，断开的部位靠近手臂的一端露出一截白色的骨头高高翘起，像从手腕里向外长出的一根刺，扎得触目惊心！卫生员兰彬赶紧跑过来为他紧急包扎，那根伸出的白骨像身边无法安抚的大山，无论转经筒再怎样不停歇地祈福和诵经的双手再怎样虔诚的合十都顽固地发着脾气不肯安静下来，手骨按下去就翘起来，再复位又翘起来，血流不止滴滴答答顺着手指滴在地上，染红了脚下飞溅来的几块碎石，让石块锋利的切口像一只猛兽张开血盆大口一般显露出凶残的本性。找不到注射器也没时间注射了，从仓皇取出的药品中找到肾上腺素和麻药，兰彬果断地给伤口喷上。

在灾区，任何的犹豫都会索人性命，有多少生命都是因为在地震刚发生的几十秒黄金逃生时间里犹豫向左跑还是向右跑而最终没有逃出垮塌的建筑，没有躲开飞落的碎石。而对于万幸逃生的伤者，止血，往往是第一要义！

止血药、止痛药、消炎药……药品紧缺、时间紧急、情况紧迫……半瓶云南白药药粉敷在血流不止的血管上，绷带，纱布，止血棉，三角巾……能用的都用上，血，终于止住了！而这位惊恐过度、疼痛难耐的尼泊尔警察也晕了过去。

救治，救活是首要任务，治疗是跟进步奏。为了让尼泊尔警察在地震过后能够得到更好的治疗，不影响后期手骨康复，在他醒来观察伤情稳定之后，兰彬把纱布拆开换药，这时发现他的手指已经变形了，军用夹板只能固定手指，而他手指直到手背都已重伤，只好就地取材找来两块木板固定住，食指连心，一米九高的尼泊尔警察再次疼晕过去，但他昏迷前却清醒地选择了中国作为逃生的方向，200米的距离外就是另外一个国度，他知道中国军人不会见死不救。

后来跑到吉隆口岸的尼泊尔女警算是幸运的一个，她是尼泊尔口岸唯一的女警，也是通过热索大桥投奔中国的尼泊尔人之中为数不多的毫发无损的一个，多少石头在她眼前呼啸飞过她都幸运躲过。这个漂亮的女警把大拇指染成粉红色，带着厚厚的口罩，平时总在热索大桥尼泊尔一端执勤，以往两国会晤时她还参加过，好多官兵都认识她。等她惊恐情绪稍微稳定下来之后跟官兵们说，她是紧贴山体根部一路跑过来的，由于山体在道路左侧成“>”形，紧贴山体根部凹进去的部位就相当于躲在了屋檐下，山上滑坡的碎石在滚落过程中不断向外弹开，就形成了这个相对安全的区域，尼泊尔女警实践的逃生办法在边防官兵后续的救援中起到了至关重要的作用。

震后一个小时，从尼泊尔逃往我国吉隆口岸避险的尼泊尔人多达30余人，还包括一只嘴巴尖尖像狐狸一样的聪明的尼泊尔土狗。这些过了中国国门就大哭的异国友人相信的是我们中国军人，他们跪下来抱住的也是我们中国军人，对于他们来讲，也许荧光背心上“中国边防”四个汉字并不能很好的理解，但是他们坚信这样装扮的中国人是远离“活女神”的大山脚下一定不会放弃他们的活神仙。

地震时候边防官兵冒死救人，有人说“当兵的不怕死”，但谁不是血肉之躯，谁又不怕像子弹一样的碎石穿透墙壁之后下一个靶子就是自己呢？

监护中队老兵陈玮的左手食指被碎石砸伤，指甲掉了一半，另一半虽还在但完全碎掉，与手指上的肉残存着一丝半点的牵连，连同砸中他手指的石头碎末一起沾在血淋淋的指头上，他却不顾疼痛仍跟着大家一起救人，直到稍稍安顿才感到钻心疼痛，卫生员兰彬被他的伤情震惊了赶忙帮他处理。直接用酒精消毒不适合，况且麻药还要留给群众，医疗器材又短缺，兰彬拿出扎验敏用的试验针针头，这种针头细长便于操作，他要用针头把砸进食指指甲肉里的碎石一颗颗挑出来，兰彬问了句：“能行吗？”陈玮向边上的战友要了一根烟，点着了咬在嘴里，使劲吸了一口：“来吧！”兰彬这个经验丰富的卫生员开始有些不敢动手了，陈玮反而笑着鼓励他：“没事兄弟，要不我自己来？”陈玮就这样身子靠着车站着，一只胳膊拐在车门上，一边跟身边的战友说着话，吐出一口口长着软脚的烟雾，支撑起一个腿脚不软、精神不软的硬汉。

当晚，陈玮的食指就肿成半个手腕粗，大家看着都心疼，可他自己偏偏像没事人一样，照样搭帐篷抬物资，一样不落下。

在大灾面前方显大爱，每个人都不再是孤立的，都需要帮助，也都在帮助别人。人类在大自然面前如此渺小，如不互相支撑如何渡过难关？

冷静下来的人们开始回忆传闻中地震的前兆，但除了地震前一天下午四五点钟，熊英杰指导员用望远镜看到对面尼泊尔山上的五六只野羊快速往下跑之外，再没别的异常，那些野羊平时都是在半山腰悠闲地吃着草，远远望去就像几块掉落在山腰上的云，有时随风云卷云舒般闲适，不会突有太大动作。大自然的心情无人能够参透，人类唯一能做的就是对它温柔以待。

地震后吉隆口岸塌方现场，钢筋水泥桥面被山上落石砸出三个大洞。（陈小红　摄）

站在孔唐拉姆山顶望雪山

你长发过腰，所以情丝纠葛，相思漫长
所以等得两鬓白霜
还要等
还要发尾生根滋养出虫草和枸杞，秃鹫和苍鹰
还要刮九絮云朵缝一床被子
并每天弓腰烘晒

脊椎的弧度越来越顺应流水
顺应山路，顺应耗了耳坠半生的重金耳环
顺应藏歌里一个转音
最终也将顺应风穿过身体的蛮横
和他离开时转身的角度
锋利如针

所以，你抱紧每一声寺钟与马鸣
每一次花香与凋零
终于感天动地
地，动的时候
你禅修成峰

老兵的心愿

通信中断！

道路中断！

“孤岛”吉隆口岸在获得外界救援前的四天四夜里，120人靠着吉隆边检站监护中队42个兵的保护和储备食物的支撑度过了一生中最艰难的96个小时。

震后两小时，山上的碎石滚落频率降低，烟尘混沌的世界渐渐上下澄明，天不再蓝，云也躲得高高的，生怕被牵连震碎，可人还要活。

尼泊尔强震造成我国西藏自治区48个通信基站损毁，吉隆口岸的首先被波及，所有手机信号全部中断，道路被数不清的塌方堵塞，好像是多处血栓的病人，到了连植入支架都无力回天的地步。

备用无线电台成了唯一可能与外界取得联系的通道。人称“全能王”的老兵杙从军仗着胆子爬上四楼把跟外接天线相连的线路拆下来，把电台取下来，再拿到外面进行连接，快到五点钟的时候电台里终于传出沙沙的声音，电台接通了！在一片混乱中兵们听出来这是总队接收的频道，这时候顾不得那么多，抢占信号传达出去这边的信息是关键，电台里各单位也都在慌乱中各说各的，着急跟总队喊通汇报灾情，过了十多分钟监护中队终于与总队接通，在震后三小时将灾情传递了出去！而联系上数十公里以外驻扎在吉隆镇的吉隆边检站机关已经是晚上六点钟以后了。

正是因为信息没能及时传递到吉隆边检站，站里这边慌了神，曾经当过中队长的老李更是急得眼圈发红：“那可是我带出来的兵啊，亲兵啊……”

不断有关于热索村的谣言传来，有的说热索村整体被埋了，有的说当时就砸死了四个兵，有的说……

刚上任19天的政委尕麻旦增心急如焚，“自从上任还没见过这些兵娃子，怎么能见不到了呢？”下午五点多，派出山地行军比较有经验的李鑫带上卫星电话，带领五人徒步数十公里，说什么也要侦察到这42个兵娃子的安危！

李鑫骑摩托车率先到达了吉隆边检站在不远的冲色村设置的冲色执勤点。就在去往吉隆口岸的路上，在执勤点带上两瓶水后见其他五个人还没跟上来，就带着冲色执勤点的益西次仁和单吉飞两人，三人直奔口岸。

单吉飞讲到去往吉隆口岸侦察情况时，禁不住提起了地震发生时他们冲色执勤点惊心动魄的一幕。

由于冲色执勤点建在树木葱郁的半山腰，平时总有野猴子、野熊光顾，突然外面响起点什么动静就是哪只森林伙伴又来串门了，时间长了，大家都懒得理。地震时他们先听见了外面呼呼的风声，像有一群野猪在树林里乱窜，然后桌子上一个苹果“啪”地掉到地上弹出去三四米远，几个人开始警觉了。营房背后的山上不是野猪而是石头在“哗哗”地落，因为有了茂盛树木的拦截才缓冲了一定的速度和力量，单吉飞提着鞋子就跟大家跑了出来。

保护生态、植树造林这种事说了这么多年，可能太多人还未体会到它的重要性，但经历这场地震的人多少会有所感悟，在因树木繁茂而有“珠穆朗玛后花园”之称的吉隆镇和吉隆口岸，山体落石的量和强度远远小于一桥之隔每年春季都要放火烧山的尼泊尔，当然到底植被在其中发挥多大作用还要专家的科学评判。

但至少冲色执勤点因为这些原始森林而受益，只是水源遭到了破坏。没有办法，依山而居的西藏偏僻山区，多数取水只能靠山上融化的雪水或山泉水，一遇地震水源就受到影响。

就算在平时，取水也是点上一件大事！要知道这水可是点上的每一个人用人力从山下的水源抬回来的：一个160升的蓝色取水桶，一个人力二轮车，一条哈达，两个兵，这些就是取水的组成物件，哈达用来斜拴在肩膀上拉车，柔软的哈达有着极强的韧度，这点是兵们之前也没有想到的，两个兵，前面一个拉的、后面一个推的，这样拉一趟水仅仅能够一天使用，所以取水成了点上的人比出早操还按时执行的“条令条例”。当然如果再加一个兵去的话，车上还要再加两个小桶，这样的话拉一次水就能用上两天，不必每天去拉水，那地方看着就在半山腰，盘山路走起来没三个小时取不回一桶水。

就在这种情况下，震后来了十来个修电缆的工人来避难，点上的人舔舔干燥的嘴唇还是把水分了一些给他们喝，等到晚饭时候缸里剩的一点水连几盒方便面都泡不成，就只能煮一些土豆了，与其说“煮”还不如说“蒸”，因为当兵们打开锅的时候锅里已经一点水都没有了，土豆贴着铁锅的一面烤出了金黄的皮，乐观的兵们说“这样叫烤土豆，更好吃呢”。就这些“烤土豆”不仅支持了点上几人的晚餐，还解决了口岸管委会里几个人的肚子问题。这些不好意思直接要吃的公职人员来到点上说：“兄弟们赏一口水喝？”“水是没了，土豆全给你们吧”，于是冲色执勤点震后第一天就弹尽粮绝了。

水没了，土豆没了，但点上人不能没。

当晚下雨，点上的人就在院子里生火，雨大一点我们就撤回房子一点，但谁都不敢进去，一有余震马上又跑出来了。早上四五点钟，山体滑坡声音特别大，点上的几个人就走到上面的村庄里。那时候老百姓还在帐篷里睡觉，穿着军装不能去打扰他们，就在老百姓的帐篷外面，原来广场上竖立健身器材的地方从一片漆黑的四五点钟熬到了七点多钟。天，终于亮了……

等点上的人再回冲色执勤点的时候，国旗杆子连同下面的水泥台子完全被垮塌的山体掩埋到下面，执勤点的“点长”扎西：“旗杆倒了，旗不能丢！旗丢了，阵地不就没了？”说着自己下到山体边上，硬是把国旗从倒塌的旗杆上摘了下来，回来想洗旗子的时候往水缸里一看，水缸里仅剩的一丁点水里竟然泡了一只大老鼠，鼓胀着肚子，一副恶心的样子。“点长”就到处找到些昨晚盆盆罐罐里积的雨水，把国旗上的泥巴洗掉，小心地晾晒到树枝上。就为要等国旗晾干，点长在接到被抽调回站里的命令后，硬是第一次拖延执行，独自多守了半个小时，又折叠整齐放进最结实的枪弹柜子才肯走，点长说了：“枪弹柜的铁皮最厚最结实，掉下来石头也不怕，国旗放在里面安全！”

其实“点长”并不是这里衔职最高的领导，而是名老兵。因为在冲色执勤点呆的时间最长，对大家都像家长对孩子一样照顾，点上的每样东西、每寸土地他都爱护得紧，每当别人干点什么活，他都憨笑着感谢人家，好像是客人帮着他这个主人忙了一样，后来人们渐渐感觉到，他是真的把这当成家了……所以不管兵还是干部，年龄大的还是小的，都叫他“点长”。“点长”对此很受用，每每这么叫他他都高兴的应答，只是“点长”明年要退伍了，“点长”每次想到这里就爱摩挲着点上低矮平房的木梁，益西次仁这些新兵就不明白：“那些发黑的木梁有什么好？‘点长’为啥这么留恋呢？”

而没等益西次仁弄明白这个问题就发生了地震，这个藏族小伙也因为体力好、善于爬山而和对地形熟悉的单吉飞一起被李鑫带去侦察吉隆口岸的灾情了。

出发没多久就遇到了第一个大塌方体，目测有四五十米高，3人只能在几乎垂直的塌方体上爬过去，而这时单吉飞才想起来没穿袜子，爬塌方的时候才想起自己手不行，右手食指在前两天做饭的时候被钢板划伤，缝了6针，不敢用力，而益西次仁则是踩在石头上脚下打滑才想起走的时候匆忙没有换上刚刷好的胶鞋，可已经出发就没有回头路，不管多险的路，卫星电话一直要在怀里稳稳地抱着，前方42个兄弟在等着自己，吉隆口岸生的希望在自己怀里。

想到这些，三人不由得谨慎地加速，并走出了塌方路段的经验：有山体落石的地方必须每一步都要踩实了觉得应该没有问题了之后，再看看山上、看看脚下，然后快速跑过去。

但到了大的塌方路段就不能硬爬落石新堆积成的小山了，这样的山体不稳定，而且一旦碎石再落，根本没有逃生空间。李鑫3人在大塌方体上方选择了爬到更高的山顶再下来的办法通过，爬得越高对下面塌方情况看得越清晰，但这样的方式是上山容易下山难，下山的时候有什么东西就抓什么东西，比如竹子、树枝、大草的草根……遇到陡峭的地方要半蹲下来，手拉着东西，瞅准前面树木之类能挡住自己的东西，再慢慢往下滑，如此一步一步往下走。

李鑫在最前面探路，在下到一个植被稀疏的半山腰时脚下滑了一下，左手拉住了东西但右手是悬空的，益西次仁赶紧把他右胳膊拽住，李鑫的左腿勉强被前方的树根挡住。如果不是益西次仁发现，恐怕李鑫就滑不到他前面的树下，而那个山坡下面偏一点就是万丈深渊，至今李鑫回忆当时的感受还能记得“猛得惊了一下”后背发凉的感觉。

在吉隆，受山谷间气流变化影响，往往每到下午就狂风肆虐，而4月25日地震那天下午没有起风，也许是上天有好生之德，当天山上飞落的滚石并不多，如果地震后加上狂风助力，恐怕那天李鑫三人真的不能到达口岸了。

余震不断，道路26处塌方，当走到“23公里”路标的时候还看不到前方的执勤点，一阵不祥的预感涌上三人心头。“完了，估计口岸是被埋了”，再往前走，看到了海关等几家单位联合住宿的备勤楼，可就是看不见国门和监护中队的营房，心里更加着急，脚下开始软了。到了用作水源的瀑布，终于监护中队的一角楼房出现在视野里，而这时在路边看到一辆公安车已经被砸得千疮百孔。这时哨兵发现了他们，只听到陈激动的呼喊：“有人来啦。”这时候不管是监护中队的官兵还是转移出来的商户群众以及口岸公职人员，甚至尼泊尔过来的人们虽然听不懂汉语也能感受到大家发现有外人来增援的惊喜。呼啦啦一百多人每个人都站起身朝李鑫他们三个人走来……走在最前的兵眼尖地认出李鑫，大喊着：“李鑫来啦。”一听是李鑫来了，最好的朋友刘翔跑过来，看着李鑫灰头土脸地站到自己面前，气得一拳打在他肩膀上。

“你丫的有病吧？咋这时候过来了呢？这么危险你中间出事了咋办啊？……”说着说着居然带起了哭腔，就突然停住了。

“没事，这不好着呢吗？”说着李鑫还踉踉跄跄地转了一圈给刘翔看，还特意挺了一下累得直不起来的后背，意思是你看这胳膊、这腿，都还在呢！

李鑫越是这样说，刘翔心里越是难过，啥都说不出来了，直接把他拉到大石头上坐下，这时候群众自发泡好的好几碗方便面已经放在石头上了，石桌石凳，真正的幕天席地。李鑫没直接吃面，先把陈豪手里的大碗抢过来，咕咚咕咚灌下去一大碗水，刘翔忙说：“热的热的，慢点慢点。”可没等他说完这几个字，一碗水就喝光了，接过空碗，刘翔心酸得立即再去盛水，这时李鑫才觉得脚胀胀的，脱下鞋一看后脚跟全是泡，脚踝都肿了。益西次仁脱下硬硬的高帮作战靴更是发现两脚板磨得都是泡，但路上根本没感觉疼，本来觉得要晚上十点多才能到，没想到九点就到了，真不知道三人是怎么走过来的，至于磨出泡的脚两天之后才开始疼起来。

一脚的血泡让三个人成了口岸所有人眼里的英雄，也让三个人在几个小时内成长了好多。当地震的风波都平静下来之后，中队长王忠祥跟三人闲聊时说道："地震那天多亏你们拼死给我们送电话，否则我们几十号兄弟还不都活活困死在那？想让兄弟们为你们做点啥？"

李鑫想了想，努努嘴说："你们中队用投影仪往墙上画的壁画不错，省钱还漂亮，得给我们点上画一幅？"

单吉飞说："你们中队文化长廊里养的锦鲤不错，我去捞一条？"

大家哈哈笑起来，"益西次仁，你呢？"中队长问。

益西次仁没有笑，沉思着望向山那边："我就想回去重新洗一下国旗，'点长'说过'旗在，点在'，听说走的时候没水了，'点长'用雨水洗的，怕时间长了发黄了……"接着把整个身子转向队长，向刚刚入伍时那样端坐起来，两手手指硬挺着板板整整地放在两膝上，用专注的眼神望向中队长，这种凝视吓了中队长一跳。

益西次仁端坐好了，才一字一句认真地说："队长，我知道老'点长'的心愿是升一辈子国旗，他说退伍回家每周一也会听一次国歌，我是监护中队出来的兵，您能不能帮我跟领导请示一下，等明年'点长'退伍走了，我要接他的班当下一任'点长'，替他升旗，一直留在点上……"

留守吉隆口岸的官兵坚持每天巡查，守护任何时刻国门安全。（陈小红　摄）

揽一颗星入眼

从夜空的摇篮一骨碌跌落人间
这颗刚孵出来的星星
还站不稳毛茸茸的脚
偷偷睁一下眼
看看滑进了谁的臂弯

站岗的战士却视而不见
扛枪的手臂不肯多弯一点
他们只想等大地安睡后
揽这颗星入眼
听星星讲讲山那边
家乡的夜晚

不能说的心里话

“烽火连三月，家书抵万金”，越是危急时刻，通讯的重要性越显现出来，四十几个剃得光光的小脑袋瓜紧凑地把李鑫、单吉飞、益西次仁九死一生送来的卫星电话当宝贝似的围在中间，左看看、右看看，生怕它跑了似的，大家的活路就靠它了！

监护中队与边检站、口岸各职能部门与对应的上级单位，所有能把险情汇报出去的渠道无一遗漏，生的希望源源不断地传出。

但无论卫星电话到与不到，自救，在地震的第一时间都是最重要的，再及时的救援也要等到震情平缓之后，加上决策与调度的时间，再快也要两三天，“孤岛”之中，人们只能相濡以沫。

4月25日，地震后四小时，到了晚饭时分，水源告急，原本监护中队用水都是从山上的瀑布把水引到营房前面半山腰的蓄水池，地震造成水位下降，一块一人多高的石头从山上滚落正好砸进了蓄水池，山体的碎石还在不间断滚落中，上山修复蓄水池成了短时间内无法完成的事。官兵们拎着桶冒险跑到三公里外山脚瀑布下面去接水，接回来一桶洗菜，再接一桶洗米，又接一桶烧水……他们硬是用一双脚和一只桶让当晚162名口岸群众、商户、公职人员还有从尼泊尔逃奔我国境内的多名尼泊尔人在夜幕降临前吃到了热饭热菜，而官兵们只能在收拾碗筷之前把锅底剩下的汤一人一小勺倒进白米饭里蹲在地上填一填肚子。他们不敢吃饱，因为监护中队当时处于即将弹尽粮绝等待上面送给养的日子，灾害的突袭切断了补给给养的道路，让原本不多的粮食更加珍贵。

为了能让大家第二天早晨醒来喝上干干净净的水，吃上热热乎乎的粥，监护中队的官兵们当天就把从瀑布引到蓄水池的水管中被山体滚落的碎石砸坏的部位剪掉，把矿泉水瓶剪掉底座，把靠近水源一端的管子插进瓶底这端，瓶口这端插进靠近监护中队方向的管子里，相当于在管子中间安插了一个漏斗，跨过蓄水池，把贴了好几处“膏药”的水管直接接到国门前，因为“漏斗”两端和管子相接不是很紧密，水流不敢放得太大，所以用水还是要节约。这种节约一直延续到只有21人留守的时候，洗菜水流下来洗脚，洗米水流下来冲地，因为后期的帐篷直接建在水泥方砖的地面上，中午又特别热，为了降温和保持卫生防止疫情，洗米水都要留下来发挥作用，就算后来可以洗澡了，也只能把一个大垃圾桶洗干净，里面蓄满水，每隔三四天才能从里面舀出一盆洗一个澡，当然在地震突发那几天，除了炊事员，别人洗手都是奢侈的事。

在灾区，每样东西都要榨干净所有的剩余价值，包括人心的承受能力，你会发现原来自己可以如此弱小又如此强大。

几秒见证人性，几十秒改变人生。

灾害给了人们最坏的打击，人与人之间却给予了最好的关爱。

因为吉隆口岸去年12月才开放，今年五月份本来计划对第三国开放，西藏曾经对尼泊尔的最大陆路通商口岸即将重现繁华，很多商户就是奔着这个机遇不远千里来到口岸抢占商机的。

开超市的刘大姐就是这些有头脑的商户之一，长得白嫩白嫩，穿得也时尚，一看就不是本地人，做事也与驻地藏民相去甚远，圆嘟嘟的脸庞上一双精打细算的眼睛转来转去，透着一股小商小贩的精明与算计。平时不管谁去买东西，她都把计算器敲得啪啪响，生怕短了一块两毛的蝇头小利，群众和官兵们对她印象不是很好，可谁也没想到，地震刚刚稳定没多久，一个微胖的身影邋遢着一双拖鞋怀里抱着高出她头顶的一大摞毛毯晃晃悠悠朝中队战士走过来，见几缕沾满灰尘的乱发随着毛毯一颠一颠地吹向一边：“来，给大伙盖的，你们给分了吧。”放下毛毯大家才看清这不是刘大姐吗？剔除了胭脂水粉和高跟鞋，此刻蓬头垢面的刘大姐是大家眼里最美的。放下毛毯，刘大姐转身回超市又搬来几箱方便面，人都是容易受到感染的，其他的商户看到刚来口岸没几天的刘大姐都如此慷慨，纷纷回到店里，抢救出米面油，还有细心的商户踢开地震时挤在一起无法正常打开的柜门搬出所有的纸巾、口罩等存货以保障卫生，不至于大灾之后有大疫。不一会儿，小小的空地上煤气灶、火炉子、大锅小盆，吃的用的有序地堆放在一起，没有种族的区别、没有户籍的限制、没有亲疏远近，大家瞬间成了患难与共的一家人。

四川来开拉面馆的商户，因为是康巴人，名字又难记，大家都喊他“康巴”，个子高高的，一米八多，平时对官兵也不怎么尊重，把本来就高人一头的眼睛再向上挑出15度的眼神，一副趾高气扬的样子。可地震之后从朦胧的午睡中被官兵们拉着跑出来时穿着短裤背心浑身都是灰，吓得直往矮他一头的兵堆里面钻，把头低到跟十几岁的列兵一般高的位置，用唯一抢救出的右手虎口套着一串佛珠手链不停地边转边不停地说着谢谢。每见到一个兵都要说一次，搞得小他一轮的战士们都不好意思起来，当天下午他也踹开自己的面馆，把所有一次性的碗筷、储备的面食、蔬菜全都拿了出来。

所有的商户和群众拿出来的物资都集中放在指定的大理石板上，由官兵统一发放。大家没有哄抢，没有慌乱，人们安静地坐在地上，天黑前的最后一缕阳光从人群中略过，卓玛一岁半的儿子突然伸手去接，一切都是那样平静，像一场美好的回忆，也像一场赴死前的庄严。

官兵们没有时间去抓住最后一缕阳光，他们想抓住的是口岸上所有能利用起来搭建简易帐篷的材料，地震之后必有大雨，况且还有孕妇、小孩、老人，不能让他们受到二次伤害。

好在因为口岸的报检大楼刚刚建成，工程队在二楼停车场还存放着一个发电机、一些木板等杂物，用钢管支起一个没有盖子和围墙的棚子圈住这些东西，官兵们把钢管支架拿到口岸前的空地，在上面加上木板，取来中队进行防自焚演练时用的迷彩围布，有些事就是那么巧合，围布从一端系在一根竖直的钢管上，另一端拉开，绕架子围住整好够三面墙的面积，另一面空下作为出入口，再捡来落石固定四周，捡来工地上的蛇皮袋子挑好的铺在地面，至于加固钢管、固定木板等等还有工地上的工人前来帮忙。这些工人在口岸上建设报检大楼两年了，现在正在开展后期辅助工程，那两年期间哪个工人的手被羊角锤砸伤了，谁被刀锯划伤了都会找到监护中队，热心的卫生员兰彬总是认真地为工人们免费包扎，如今共患难，这些没什么文化却知恩图报的工人们都争着找来油布、羊角锤木方、钢筒、钢丝等共同搭建，吉隆口岸震后第一顶长15米，宽两三米的简易帐篷就这样被搭建好了！好在搭好了这样一个棚子，维持了震后近几十名群众两天三夜的生活。

帐篷搭好了，谁住进去？当晚162人聚集在吉隆口岸，有群众、有公职人员还有几十名尼泊尔涌入的灾民，一个帐篷是肯定无法容纳的。首先让老弱病残住进帐篷，住不下的监护中队把四辆执勤车开到国门前的空地上来，让大家挤进车里和后面的车斗，当然其中一台车里还要放进宝贵的电台和卫星电话，那可是当时吉隆口岸162人与外界联系唯一的生命通道，再找不到地方休息的就把四把椅子两把两把叠起来作为两个支柱，之间蒙上工地上原来盖水泥用的白色油布或者捡一块塑料布盖上作为挡雨的“屋顶”，几个人挤在同一“屋檐”下紧紧依偎互相取暖，最后剩下实在没有安身之处的驻地海关、检验检疫、驻村工作组等还有边防官兵全都露天而席，得到一张椅子坐下就是最好的安排。

地震当天气温本来就低，穿着单薄的人们围在一起用下午抢救出的火炉子烧柴烤火取暖，当然在帐篷里落脚的人们再冷也不愿出来烤火，怕一旦出来别人就占了自己的位置，“一席之地”在这时千金不换。所以晚上围着火炉子烤火的多是青壮年和震后通过热索桥逃奔过来的几十名的尼泊尔人，险情还在，他们只身投奔异国他乡势必有些孤独无助，官兵们过去问他们“怕不怕啊”，但碍于语言不通，他们摇着头，但脸上感激的微笑传递着不同国度共同的语言。他们拉着我们的兵坐下来一起哼歌，一个炉子里的火灭了，可另一个炉子里还在熊熊燃烧，藏族人、汉族人、尼泊尔人汇成一个共同的圈，大家哼着自己国家和民族的歌曲，分明是曲调不同、语言不通的歌曲，可在一堆火旁、三座山间、漫天星斗之下，听起来是那样浑然天成。

七个大胆的小伙子找到了一个相对不错的位置，面粉房！把平铺到墙壁一半高度的面粉靠近门口的一边取下两层堆放到另一边，上下形成一个梯田形态，上下两段“梯田”上都可以躺人，下面这层由于空间狭小，四个五大三粗的汉子也只要用“对虾式”的姿势躺下，就是侧面蜷缩着躺下，由大个子的在外侧当“大虾”，小个子的蜷在“大虾”怀里当“小虾”，几人经过目测比对最终确定里往外躺下的是满族的商户卡西木、回族的商户老马、汉族的业务科长王兴云，还有个子最高的藏族士官扎西平措，老马怏怏地说："你们睡吧，反正我是睡不着。"但不一会儿其他三人不约而同回头一看，就老马先发出了呼噜噜的打鼾声，一阵轻松的笑声击退了震后更浓的夜色，暗夜里风雨一次又一次袭来，几个不同民族的汉子互相搂得更紧……

当晚果然下起雨来，气温下降十度不止，好像一场地震把春季吓回了襁褓，不敢再探出头来。官兵们冒着余震危险跑到四楼储藏室把棉大衣棉帽拿下来优先分发给老人、妇女、儿童、伤员，等分完保暖的衣物，官兵们就所剩无几了，好在当时按照上级要求要修改迷彩服肩章的位置，所以官兵的迷彩服都统一收上来放在了一楼，大家把所有的迷彩服不管冬季的还是夏季的都抢救了出来，"急难险重老兵上，勤杂之类新兵来"，按照中队里平时的传统，士官和二年兵就是新兵的大哥哥，这时候更要护着弟弟，于是每个新兵蛋子的迷彩服外面又都被套上至少一件迷彩服，最小的新兵瘦弱的白马茨城被披上了四件，不分新旧、不分大小，白天地震中逃生救人沾了满身尘土的迷彩服被藏在最里面，白马茨城夜间站岗观察东面山体落石时，那四层迷彩上衣在太阳能路灯的微弱灯光照射下像一朵绽放的绿菊，穿在最里面白天沾满黄土的迷彩上衣只露出领子和衣角，像刚刚吐芳的花蕊，白马茨城也为自己超出预料的勇敢而骄傲，他觉得自己是个英雄！举着手电当观察哨时更加警惕和认真了，可说真的，那个强光手电在一千多米的大山面前微弱得像一只萤火虫，无论怎样狂舞也照不亮山上的任何一块石头，要判别山上是否有石头滚落，并与西面江水哗哗流淌声加以区分，完全要看兵们一对灵敏的耳朵。

有严重落石就吹紧急哨，提醒大家注意防范，小心躲避，但实际上往往是一吹哨群众就哭，哭声连成一片和河水声、落石声混在一起什么都听不清，一些还算清醒的人们钻出帐篷因为天黑断电看不到落石，不知危险从哪个方向的山上来，只能无头苍蝇一般乱跑，不知该往哪里躲。

为了防止群众四处逃生发生撞伤、踩踏事件，40名官兵把80只手紧紧拉在一起把群众围在身后的圈内。大地震动，兵们为群众踩稳脚下的土地；落石来袭，兵们为群众竖起人肉盾牌。因为官兵们背对人群以便360度向四周观察，人们看不到他们的正脸，但从侧影望去，从十几岁的列兵到二十几岁的士官再到三十出头的中队长、指导员等基层负责人，一张张稚气的脸庞因穿了这身军装被赋予了神圣的职责而庄重，其中还透出些许的悲壮，因为他们心中都清楚，壁立千仞的高山落石大的堪比一辆汽车，小的穿透力可敌子弹，而且越是高处滚下的石头在不停被外弹过程中砸向地面时距离山脚越远，在这场石头雨中谁也不敢保证不被哪颗雨点击中，而且三面山体中只要有任何一面垮塌，整个口岸就将被完全掩埋，沧海桑田中曾经的繁荣盛世不过昙花一现了无痕迹，但他们不能把这个众所周知的秘密道破，他们相信只要不说出来，便能给自己一个坚守的理由，他们唯一能做的就是握紧彼此，观察随时可能滚落的致命威胁。为了给老百姓信心也给自己仗胆，班长起头官兵们像唱饭前一支歌一样唱起了《团结就是力量》，口岸新楼建了两年多，去年12月才竣工，很多战友两年服役期结束直到退伍也没有看上新楼一眼，留下的能见证新楼拔地而起就像自己家盖了新房一样兴奋，地震之前在新楼前唱歌一定要响亮得连明亮的玻璃都自惭形秽，可惜他们的“家”刚建好就被震成了断壁残垣，但此时他们仍唱得山上的碎石都听得如痴如醉不敢挪动身躯。

一支歌完了，天色渐渐暗下来，断了电的口岸里几盏微弱的太阳能路灯睁开昏黄的睡眼，像沧桑老妇油尽灯枯前的眷恋，这时不知谁先在队伍里轻轻哼了句：“说句心里话，我也想家，家中的老妈妈已是满头白发……”有几个声音跟着唱：“说句心里话，我也有爱，长思念那个梦中的她，梦中的她……”

歌声弱下去，人群也突然变得安静，东林藏布和吉龙藏布日夜不息的河水带走了背对人群的队伍里一些不想被听见的声音……

吉隆边防检查站官兵徒步前往吉隆口岸给驻地群众和监护中队运送救灾物资。（郭章统　摄）

天黑，进山

涟漪漾上了谁的额头
春水也老了

山也老了
我从山松垮的骨髓里滑坡
这些老到骨子里的皱纹
被风剥去面具
露出深处包裹如新的初恋
一个眼神，就敏感得
满心震颤
所以，我闭眼
摸黑成一场掩耳盗铃的暗恋
每当走进地震的大山

命悬峡谷96小时

掐着手指头数时间，一寸天堂，一寸地狱。

地震后的第一个夜晚在一阵阵恐慌中熬过。

凌晨一点四十五分发生余震，哨兵第一次吹哨。

凌晨两点十五分发生余震，靠近东林藏布一侧的山上落了十多分钟的石头。

凌晨五点，西藏自治区商务厅驻日喀则市吉隆县吉隆镇江村的工作队主任德珍来到管委会人员休息的帐篷里，这个清醒果敢的女人通过一夜的观察与思考意识到险情的危急，必须想办法再次把灾情和新情况传递出去，如果东林藏布狭窄却湍急的河水被山上落石堵住，而成直角的吉龙藏布也遇到落石堵塞，那么用不了多久，口岸将被形成的堰塞湖所淹没，所有人员无一生路可逃。

可不知什么原因到了第二天早晨天亮了这些工作人员还是没有把这一情况报给上级部门。

震后第二天，4月26日早晨六点，有狼群从监护中队方向的山上下来嚎叫了两三分钟，野狗听到声音也朝那个方向狂叫，帐篷里的藏民说："有狼从山上下来不是好现象。""从前热索村被大雨冲过一次，鸡都是边叫边逃的……"

上午九点，电视机信号被官兵接通，白天多数时间人们都守着电视机希望能看到关于地震的消息和救援的进展，新闻里滚动播出的多是聂拉木地震新闻，一旦有了吉隆的信息大家都很兴奋地出来关注，但总是人们刚刚看到，这短短几句的吉隆信息就播完了。

下午三点十分又一次余震来袭，人们的情绪变得恐慌，德珍向监护中队申请要通过卫星电话把这边的险情汇报出去，各个部门都要分头争取救援，我们要主动发出求救信号！我记得最清晰的一句话就是她说："如果继续每天只用宝贵的通话时间汇报搭了多少帐篷，还有多少饮食这些事情，那么三个边防官兵冒着生命危险送来的卫星电话还有什么作用？上面不知道我们的险情如何怎么救援？看电视上说在珠穆朗玛峰有15个登山队员被困，那么我们这里一百多人挤在勉强算得上300平方米的相对安全地带，安危谁来负责？我们已经没有自救能力了，不能不向上级报告！”当与西藏自治区商务厅的电话接通后，德珍一边长话短说一边眼睛时时盯着电量已经在闪烁报警的电话，还好电池没有耗尽，电话顺利接通，那端的西藏自治区商务厅引起了高度重视，一小时后便传来了争取空中救援的信号，整个小广场上的人们沸腾了，“我们有救啦——我们有救啦——”

不得不佩服这个藏族女干部，临危不惧，理智果敢，这样的女中豪杰在我后来的采访中也见到过一些，正是有这些藏地本民族的杰出人才在国家整体政策下用智慧和心力大力推动着民族与区域自治，西藏圣地才嵌入中国版图牢固而璀璨。

正当人们处在求生有望的兴奋中时，孕妇白玛不知是不是因为情绪波动的影响，开始腹痛加剧。卫生员兰彬、监护中队的女兵文燕，最初把白玛搀扶到广场上的女检查员曲珍都赶紧过来安慰，但似乎没有什么作用，这时一个藏族的老阿妈用手指蘸着地震时抢救出的一点酥油茶在白玛的额头上一遍遍擦拭，喂她吃下糌粑，果然十几分钟后白玛的腹痛开始缓解，有时古老的民族留下的神奇秘方让我们一时不能理解却不得不由衷赞叹。

得到一丝希望的人们情绪渐渐稳定下来，小小的口岸上不同国家、不同民族人们组成的临时家庭里，虽然说着不同的话语，沟通起来却没有一点障碍。开拉面馆的满族人卡西木在所有人都在关注孕妇白玛腹痛的时候，默默照顾着她的第一个儿子，才一岁多的孩子居然一点都不怕生，在卡西木怀里安稳地睡着了。在灾区再娇气的人都学会了随遇而安，一岁多的孩子吃得下方便面、火腿肠，喝得下没有过滤好的泉水煮的米汤。求生，是人与生俱来的本性。

动物们好像也感受到了从未有过的生存危机，一旦发现食物便整体掠夺，人们发现有流浪狗叼着动物肠子跑过来，有经验的藏民看出是山羊肠子，断定周围有山羊被地震碎石砸死，便出去寻找，果然半小时不到，两个村民分别拽着山羊的两条前腿和后腿，踉踉跄跄地提着一大坨羊肉回来了，已成“孤岛”的口岸必须借助一切可借助的力量进行自救，这只肥羊无疑成了当天不能错过的美餐，能多支撑一天就多一天活下去的希望。在生存面前，一切都可以忽略不计，在地震之前口岸上的流浪狗如果咬死了群众家的羊，群众免不了会误会了监护中队，因为官兵们看无家可归的流浪狗可怜，每每见它们闯入营区就免不了丢些食物喂，时间一长，流浪狗就把中队当成了自己的家，群众也以为这些流浪狗是官兵养的呢，如此一来流浪狗一旦咬死了群众养的羊，他们都要面对抱着死羊兴师问罪的群众，每当那时，官兵们回头瞧一眼躲在身后怯生生摇着尾巴像个知错的孩子般求饶的流浪狗，又少不了要以狗主人的身份代为赔偿。如今提羊回来的田桑家的阿妈再不计较什么，把羊肉晾在一块大石头上，口岸建筑工地上一个打工的汉子自称原来在老家做过屠夫，自告奋勇上前剥羊皮，官兵们开始烧开水洗羊肉，大家七手八脚地跟着忙碌开，有的帮助切肉，有的刷锅洗盆，有的支起炉子，俨然一个大家庭的节日聚会。在叮叮当当的忙碌声中，地震的恐惧似乎也在案板上被切碎，加入了亲情的油盐酱醋，在人性的开水中翻滚，变成一盆盆暖心的菜肴，驱散着灾难与邪恶。左手一碗羊肉炖萝卜，右手一碗白米饭，人人有份，各个吃饱，人们围坐在一起心情像回到从前一样，一边挥舞着羊鞭，一边奔跑在安宁祥和的草场上……

帮忙成就这顿暖心大餐的还有监护中队士官吴文强的妻子冯乐和司务长单端玲的妻子张艳琼，一年中为数不多的来部队探亲的日子赶上了地震，她们为爱留下，跟着口岸上的其他妇女一起帮厨。

妻子张艳琼每次进藏看望丈夫都是旅途多舛。2014年1月29日两人喜结连理，蜜月过后妻子决定跟着单端玲一起进藏来看看丈夫服役的部队是什么样子，但遇上大雪封山，从四川老家到日喀则后困了三天才往吉隆方向启程，车子开到海拔5236米的孔唐拉姆山上时再次被雪困住，从下午三点等到晚上七八点钟，最后从对面方向来了一辆挖掘机把道路开通，但比车高的积雪让客车走到半山腰就又走不了了，单端玲和同时休假归队的孙丹一起下去推车，妻子看到单端玲风雪中推车心疼得直哭，立即去车后面取出毛衣当围脖围在丈夫脖子上、头上，把大衣一件套一件地穿在丈夫身上，已经习惯高原天气变化多端的单端玲就安慰她，“没事，这种事太多了”，等车子像蜗牛一样爬到吉隆县的时候已经是晚上十点多了。所以对于这次探亲又遇险，单端玲和妻子似乎已经习惯了，在妻子的眼里，单端玲就是个走在刀尖上的勇士，是她眼中的英雄，所以就算地震之后她不能整天跟丈夫在一起卿卿我我甜言蜜语，但帮着丈夫给他帮助的群众烧一壶水、洗一盆菜，也是最甜蜜的爱，伟大的爱情往往归于平淡。

晚饭过后，监护中队还迎来了三名特殊的战友，他们是解放军驻扎在吉隆镇的“一连”的战友。他们没带吃的喝的，接到上级命令要挺进通讯中断、道路中断的“孤岛”热索村，立即每人带了一把铲子爬了几小时的山路晚上才到达，虽然此时的热索村已经被安置妥当不必他们劳心，但天下军人是一家，中队的同志不会让一连三个九死一生赶过来的战友再挨饿受冻，立即拿出开水、方便面，还用晚餐剩下的一些羊汤，听他们讲，在来的路上带队的营长差点滑落悬崖，越挣扎越往下滑，最后他趴在斜坡上用手使劲往沙土里一扎，稳了一秒钟喘了一口气，然后靠爆发力一使猛劲窜了上来！三人回想起来仍惊魂未定。看着三个晚上爬山路衣衫褴褛的解放军战友狼吞虎咽地吃着东西，监护中队的同志们有种特别的满足与亲切，虽然穿的军装颜色不一样，但军人的一颗红心是一样的；虽然不同兵种担当的职责不一样，但大灾面前抗震救灾的劲头是一样的。中国人的团结无论在战争时期还是和平日子都是一样的，只是没有一根导火索，一旦遇到突发事件的考验，中国人的团结还是会打败一切破坏力量。

监护中队的同志们心疼三个解放军战友来路艰险，给他们安置后，大家主动来清扫场地。27日上午，解放军某家媒体派来直升机拍摄完三人挺进孤岛的照片后就走了，也没有通过直升机给捎来些饮食物资这让大家感到失望。年龄最小的战士邵明贵悻悻地坐到石头上不解地望着直升机绕过高山消失不见的影子说：“来架飞机得花多少钱啊，咋就只带几张照片就走了呢？”

震后第三天，27日下午六点多，头顶又传来轰隆隆的声音，大家以为又开始落石了，正要不知往哪个方向逃生，抬头一看是直升机来了！大家激动得对着直升机大喊：“在这啊——救命啊——”德珍穿了一件红色冲锋衣，脱下来举到头顶使劲地摇，想用醒目的色彩引起直升机的注意，但直升机不知为何经过吉隆口岸绕到了尼泊尔境内，正当大家疑惑着、失望着的时候，又一阵轰隆隆响声，飞机竟回来了，原来这是直升机第一次来到吉隆口岸，狭长的峡谷地形迫使直升机采取更安全的方式绕弯降落。

两个孕妇，一个老人，一个伤员四人先乘机飞走了。

来了第一架飞机，“孤岛”就有了希望，大家都靠着这个信念支撑，等待后续的救援。

果然，第四天，28日上午十点，来接走中国水电七局在尼泊尔工作的七名伤员的飞机也到了。

但同时东林藏布和吉龙藏布两条河里的落石也渐渐多起来，两条河的上游两岸的石头也没有停止滚落的迹象，如果在两河上游分别形成堰塞湖，那么突然溃堤的刹那可能就是下游的吉隆口岸被瞬间淹没的时刻，而这时中央电视台对西藏地震的报道中已经有堰塞湖的出现，这加剧了人们对水的恐惧。

还好有吉隆边检站工作多年、熟悉地形的向俊副站长带领着18名去尼泊尔会晤的公职人员在地震后一天徒步几个小时归来，为慌乱中的人们添了一根主心骨，群众都相信向站长，因为这19人是地震前一天去尼泊尔进行会晤，地震发生时监护中队的官兵都以为再也见不到对他们亲得一点都没有领导架子的向站长了，但震后第二天他竟然带着18个弟兄毫发无损地遇山爬坡遇水过河地回来了！所以官兵和群众对向站长危急时刻的处置办法充满信任甚至还有一丝崇拜。大灾之中，能有办法活下来的都是英雄！巧妇难为无米之炊，吉隆口岸的地形对逃生实在太不利了，峡谷之中，监护中队的操场地势最高，堰塞湖形成后逃避洪水最有利，但那块空地正是这两天落石频繁滚落的方位，对逃避落石最不利，在这种不可转化的矛盾里没有两全其美的办法。两者取其一，向站长还是果断将监护中队操场当成躲避水淹的逃生之处，并组织所有口岸人员进行了三次演练，最后一次具体到哪个兵负责搀扶哪个百姓从哪个角度逃生，为避免踩踏把哪个孩子放进哪个筐里拎走等等，确保只要有边防部队的一个兵在，就不能让一个百姓无人负责。

而这一天，28日的下午，天开始下雨，雨不大，但持续时间长，百姓们本来满怀希望的心又一次沉了下来，最怕因为雨天导致直升机无法飞来救援而雨水引起的山体滑坡和堰塞湖又会将他们生的希望再次剥夺。盼着，盼着，没想到直升机那天还是在人们惊呼声中到来了，而且还是两架！

因为事先安排好哪个兵负责照顾哪几个群众上飞机，谁负责拿东西等都安排得很详细，防止飞机到时秩序混乱踩踏，第一架飞机到的时候，孕妇、伤员先上机没有争论，已经顺利撤离，第二架是群众，第三架是公职人员，最后是边防官兵。第二架飞机来的时候有一个公职人员也要上飞机，他大概也是因为前方有抗震的工作需要处理，想偷偷混上飞机，正好被一个眼尖的打工工人在后面看到了，这个急性子的四川汉子一把把那个公职人员从舱门处抓了下来，打抱不平地说："你看他们边防军人，帐篷给我们搭，有住的给我们住，有吃的给我们吃，你们拿政府工资啥也不干还想先走，你要是先走我就给你录下来，把视频传到网上！"那个公职人员众目睽睽之下只好低着头退回来："你们先走，你们先走……"监护中队的战友们虽然脸上没有显露出骄傲的表情，但所听所见心知自己做的事得到了百姓的认可，心里便美开了花，一年兵白马茨城当时就在那个四川汉子身边扶一位阿妈登机，他把每个字都记得真切，顿时觉得自己长高了至少一头！比夸他的四川汉子都高！这种感觉一直延续在他抗震和之后的日子里。

那个商务厅驻村的女主任德珍说："当时觉得，如果真能回去，吉隆就是天堂了。"可真的回到了比较开阔的吉隆镇的热索群众，只要一有余震就会想着热索怎么办，热索怎么样了？德珍所在的商务厅驻村工作组还特意托人到县里做了一面锦旗"忠诚卫士，英雄本色"，虽然材料比较粗糙，但德珍主任亲自给每个战士献上哈达，每献给一个战士都认真地说一遍"谢谢你们"，说了四十多遍，到最后说得泪流满面……40多个20岁左右的孩子支撑着162人惊恐绝望的四天，德珍总能想起地震第一晚大家围坐烤火时，火光映在兵们的脸上，那一张张还是个孩子的稚气脸庞，看着就让人心酸……

162人成功脱险了，可彼此并没有脱离开，不管是藏民还是商户以及临时进藏人员，不管之前对社会的态度、对人生的感悟是什么样，经过这次生死劫难，每个人都切身感受到我们的军人太了不起了，国家的力量太强大了，对每个百姓的关心都无微不至，及时想尽办法救了命，还安置得吃喝不愁，平时大家偶尔会因为一些个别人、个别现象而愤愤不平，可关键时刻国家没有放弃任何一个人，特别是跟其他遭遇地震更严重的国家对比，我们的救援力量还是很强大的。

一场地震就是一次活生生的爱国主义教育。

希望与失望并存，恐惧与绝望兼在。

“那段时间，人与人之间的互相支撑最重要！”96小时让陌生人成为亲人。热索人，成了他们以后共同的名字。

留守吉隆口岸的部分勇士在国门前宣誓。（郑永波　摄）

刚好

鸟的嗓子被雪山打磨得刚好
阳光的线条被炉火煮得刚好
这时，酥油茶刚好沸腾
像唇齿间流转的经文
粘度刚好

喜马拉雅山脚，我们遇见了
刚好开口
却没发声

二十一勇士

自然灾害这种事总是说不清，有人侥幸逃脱，有人又恰好刚刚跳进这个圈里。4月25日地震发生前的一个小时，一个工作组刚刚检查完工作从吉隆口岸离开，一个小时的时间正好开过了地震时出现26处塌方的盘山路，抵达了相对安全的吉隆镇。工作组一行人毫发无损，而他们几分钟前走过的路上一辆停靠路边的公安车辆已经被石头雨砸得千疮百孔，除了轮胎是完整的，整个车身都已成为藕断丝连的碎片，而且被大石头滚落时推行了近十米才栽倒到悬崖边，半个零碎的车身探在悬崖上空。

工作组刚走，监护中队的警官正在四楼开会安排新报到人员的工作，指导员大喊："地震了，快跑！"王忠祥冲到门口想起没有拿对讲机，心里想："我通知不了我的兵了，他们跑没跑啊？"可这时地面的晃动已经让他来不及去找从桌上和一堆杂物一起甩落在地的对讲机了，等他跑到三楼二楼之间时有楼梯挡板轰隆一声掉下来，震得王忠祥脸上的肌肉麻了一下，腿也被砸了一下，这让王忠祥感到这次地震绝对不同于一年震上几十次的小地震，冲到外面看着周围的山，落石沿着山坡一块接着一块地滚落，轰隆隆的声音一声高过一声，脚下的地变得非常软，好像随时就能张开一张嘴吃掉自己似的。

集合！救援！安置！

口岸管委会的工作人员看着震后边防官兵们做的一切，在口岸各家职能部门联合成立抗震联合指挥部的时候，一口咬定要让王忠祥中队长当指挥长，头发谢顶得像孙悟空头上的紧箍咒一样的瘦小管委会主任努着嘴朝向群众那边一瞟，说："因为他们相信你说的话。"

其实就算其他单位不委以重任，中队长不集合动员，官兵们也不会少救一个人，少出一分力。有的说，“我们多干一下，大家就少吃一点苦”；有的说，“我们是军人嘛，战争时期杀敌人，和平时期就要救人”；有两个新兵不会说啥，低着头，搓着手，“俺是当兵的嘛！”

兵，是他们的身份，决定了他们的命运。有时命运的继承更是蕴含着神秘的密码，似乎冥冥之中自有注定。

同样的军装，同样的地震，同样的救灾飞机。

王忠祥从叔叔王怀远那里继承来的不仅仅是血液，更是一脉相承血浓于水的赤子之心。

2008年5月31日下午，汶川地震救援中，一架米-171运输直升机在执行运送第三军医大学防疫专家到理县的任务返回途中，在汶川县映秀镇附近因局部气候变化，突遇低云大雾和强气流，直升机于14时56分失事，驾驶员正是王忠祥的叔叔王怀远。

时间差七天七年，2015年4月25日，西藏浅源地震，释放的能量是汶川地震的1.4倍，吉隆口岸抗震指挥长正是侄子王忠祥。

王忠祥才长到叔叔王怀远大腿根那么高的时候，有一天去叔叔单位玩，看到停机坪上好多架穿着“迷彩服”的直升机，好像小时候在农村每到秋天又长又直的生菜杆上落着的一只只青色的蜻蜓，那种蜻蜓体形有普通蜻蜓的两倍大，肚子上不规则的纵横花纹像极了迷彩图案，而且一般出现在深秋，洗过风霜更加稳健，如果不是靠得太近不会像其他蜻蜓，不管在哪落脚都点水般停停落落，就像眼前这些服从命令听指挥的直升机。王忠祥至今记得他指着飞机告诉叔叔“有好多大蜻蜓”时候叔叔哈哈大笑的样子，叔叔摸着他的头问，“你敢不敢来当兵啊？”这时一架米-171运输直升机升起，在半空中点一下头，低着头飞走了，懵懂的王忠祥也学着飞机的样子带动着肩膀使劲地点点头，惹得叔叔又一次哈哈大笑，叔叔走后，他再没听过那么爽朗的笑声，在王忠祥眼里叔叔永远这样乐观，面对他的直升机，他的生活，他的死亡。

叔叔走后，王忠祥去“三妈”（“三婶”的意思）家，借来叔叔生前的军官证，把上面的一寸照片放大冲洗了一张，大小正好放进自己电脑包的小夹层里，这样每次拿出电脑工作就像看到叔叔当年站在停机坪上问他“你敢不敢当兵”的样子，那种无畏的笑声仿佛又重回耳畔。

这样深的叔侄感情，这样密切的地震关系，我猜想他一定会第一时间想起叔叔，并且害怕命运的遗传，可王忠祥却肯定地告诉我“根本没想起来”。那段时间他是大家的主心骨，群众和官兵所有的事情都要来找他拿主意，又忙又累又危险，什么都想不起来了，“你到那时候就知道了，没有时间想任何事情”。只是大家都安全撤出之后，只剩21个兵静静留守时，晚上躺在哗哗流淌的江水旁的帐篷里还是会想起叔叔来，想起他问自己“敢不敢啊”，犹豫的时候，恐惧的时候也会想起来，便什么都敢了！王忠祥相信叔叔一直在看着他！就像小时候摸着他的头时满怀期望地注视着他一样。

可王忠祥没有想到叔叔带他参观的那架飞机这次真的会飞到他眼前！吉隆口岸地处群山险峰环绕的峡谷之中，王忠祥没想到震后第三天，4月27日，直升机能够在如此强气流变化多端的冲击下从成都到青海到日喀则再通过卫星定位顺利抵达山势险峻的吉隆口岸，只是在不足400米的两山之间飞机无法就地转弯，要绕到尼泊尔边境再迂回吉隆口岸以确保飞行安全，我不得不佩服这些空中救援的飞行员，抗震没有演练，每一次都是实战！

第一架停落在吉隆口岸的飞机上下来一个参谋告诉王忠祥，下一架飞机就是叔叔生前所在单位的团长驾驶的，团长要来看看这个英雄战友的侄儿。当第二架飞机在停车场悬浮，驾驶舱里伸出一个竖起大拇指的拳头，隔着一层机窗，在螺旋桨轰隆隆的旋转声和风声中，两条真正的汉子，无言地对视，敬礼。

相对王忠祥中队长比较有渊源的军人情结来说，老兵陈豪的抗震理念就简单得多，“从一个男人的角度来看，该冲的时候就要冲！”当口岸上的人们通过直升机逐渐撤离到比较安全的吉隆镇，热索村将成为一座“空城”之前，陈豪跟其他战友一样写了一封意义等同于遗书的家书，因为谁也不敢保证这一次留下，是不是真的把命留给了口岸，只能把信上的只言片语留给家人。

陈豪至今记得家书里说，原来在家总跟妈妈作对，妈妈让好好学习，自己总会贪玩，现在却特别想让妈妈再骂几句……感觉从小到大都对不起他们……

可陈豪写完家书转个身就默默撕掉了，他不想让家人看到，如果让战友带上去就直接邮寄给家人了，奶奶还有心脏病，看到了会受不了。而且就算家书带上去了，自己如果真出了事，也再也听不见妈妈的骂了……从前倔强的陈豪不管妈妈怎么打骂管教，就是听不进去，从来不哭，可当时一想到妈妈从前骂自己，却忍不住偷偷落泪……

家书里没有写到的，陈豪心里还想到很多，他想着如果有一天自己活着回去，除了看望亲人，承认自己从前不懂事时候的错误，还想见一见最难忘的小学同学，这个愿望在后来通讯恢复后，陈豪实现了一半。他建了一个小学同学的微信群，57个同学已经拉进来49个，他想着下次休假如果我能活着回去无论如何要跟自己在乎的人见见面，说不定哪天就再也见不到了……

陈豪不好意思地告诉我，这些在乎的人里面还有一个女同学，是他从小学五年级喜欢到初二的同桌女孩子，那时候在课桌上画出三八线，却总是故意过界碰她一下，用陈豪的话说就是“没事总想让她欺负我”，从前这个女孩子不爱搭理他，他想让那个女孩子看到自己现在是个抗震小英雄了，是个响当当的“金珠玛米”，地震时候好多藏族女孩子很信赖崇拜自己哩！

看着陈豪说这些时骄傲的样子，仿佛他已经看到昔日女同学崇拜地看着自己的眼神了，这也不奇怪，面前都是些20岁左右，有的甚至才十八九岁的孩子，却说着有关生死这样沉重的话题，而且说得如此淡然，我不得不感慨地震对一个人心理上的影响，但他们无论如何英勇，终归是个孩子，有着自己的小心思，只是这样美好的情愫在地震惨烈的背景下让人心酸、心疼。

当然想到这些都是后来的事情了，地震后的几个晚上没轮到自己站岗的时候大家也都睡不着觉，帐篷都给了群众住，幕天席地的官兵们把脸盆倒扣过来排成一排，上面铺上木板，多少隔一些潮气，大家就互相依偎着坐在木板上，聊聊新兵连的日子，聊聊过去没地震的时候……好像聊一聊那些向往的日子，那些美好的回忆就又重回自己身边一样。

地震发生一周后，检验检疫的工作人员来了。检查疫情，消毒防疫，官兵们看着终于来了新人，还帮着他们围着一个又一个帐篷又是消毒又是检查。地震以来总是官兵们为了群众办事，总是自己充当别人的主心骨，终于有人来帮帮自己、想想自己，大家打心眼里高兴，立即从楼里抢救出六七张折叠的行军床和被褥铺进群众撤离后的帐篷给他们住，用尽了当时能做到的最高规格接待他们。检验检疫的工作人员走后，口岸的官兵才震后第一次尝到睡到床上的滋味，大家轮番到床上躺一躺，翻个身，打个滚，伸个懒腰，屁股往柔软的褥子上坐下去，使劲一颠，那叫一个舒服！

而之前那几天，因为群众撤离后仍然余震不断，不敢轻易回宿舍楼抢救物资，就在帐篷里铺上木板，木板上铺上毛毯，可就是在这样的条件下，兵们还是把毛毯整理得像军被一样有棱有角，似乎只有整理好了内务他们才觉得有兵的样子，可以开始新的一天了，折叠成的90度角是兵们身份的印章。

不知是对毛毯过敏，还是几乎席地而睡受了蚊虫叮咬，陈豪右边的胳膊起满了密密麻麻的红点，奇痒难忍，他问卫生员还有没有消毒的酒精一类，卫生员兰彬为难地说就剩一点了，还要以备谁受伤时救急。陈豪就把商户康巴撤离前留给中队的白酒找出来一瓶，直接洒在胳膊上，陈豪瞬间火烧火燎的疼，嘴歪在一边，眼睛一只紧闭，一只斜眼望天，活像一只地震前总来中队朝兵们做鬼脸的猕猴！不过这招还真管用，第二天右胳膊居然就不痒了。

右胳膊刚好，左胳膊的旧伤开始有了复发的迹象，左胳膊在地震前一周就受伤了，当时陈豪在站机关执勤，负责站机关的水电。中午他正在安装水箱，爬到梯子顶端时，梯子落在地上的两脚突然合上了，他顺势摔到水泥地上，左半边胳膊倒地，疼得起不来，勉强掏出电话只说出一句话，“快来水箱这里救我”。被大家扶起陈豪就感觉胳膊是伤了，在左边肩头突出来一块骨头，陈豪立即去找镇上一个祖传正骨的藏族医生时不巧医生不在，据说去拉萨办事了，另一家诊所说可以通过针灸治疗，可还没有开始针灸，就传来了将陈豪分配到监护中队的命令。刚到达监护中队才两小时就发生了地震，强烈的紧张与恐惧冲淡了胳膊的疼痛，他竟一直都没有感觉疼，直到快换防回到吉隆镇才感觉胳膊出问题了，只能往后转不能往前转，一扭就非常疼。回到吉隆镇陈豪立即又去了正骨的藏医家里，检查出是从水箱摔落的时候胳膊就已经脱臼错位了，所以才会在肩头有一块骨头突出出来。藏医抓住胳膊前后慢慢地转，检查脱臼情况和位置，陈豪听说第一次接骨会很疼，问同去的战友要了根烟抽。藏医家的阿妈很热情，见小伙子有些紧张，倒了杯酥油茶给陈豪喝，喝完一杯阿妈又倒上一杯，陈豪的脸都疼得憋红了，但想着自己是个军人在大灾面前还是这些藏族同胞的主心骨呢，怎么能疼一点就大喊大叫呢？直到最后藏医把胳膊转到后面一边转一边抬，找准位置往上一推，胳膊恢复原位，肩头上突出的骨头立即平了下来，藏医又用红花油反复搓肩膀，给贴上膏药，过了一周才算痊愈。

西藏地区的医疗条件虽然近年有了很大改善，但还是无法与内地相比，所以部队的军医成了军营和辖区里的重要角色，吉隆边检站有个多年的老邻居达瓦，每每生病了都会来站里要药。军医乌仁格娃和卫生员兰彬都认识达瓦，多年以来他跟站里关系都很好，站里总用他的拖拉机拉土、拉煤，每次用完都要给他留在车里一袋子煤，也不用说，直接放到他车里就好。

官兵把群众相处成邻居，又把邻居相处成亲人。

孙丹是我采访过的年龄最大的“留守儿童”，我们通常关注的留守儿童都是处在学龄前至小学阶段的孩子，觉得他们的童年更需要关注和同情，其实这些留守儿童长大后面临的问题和承受的压力往往更大，更多的时候，长大的留守儿童在情感失衡的天平上更多地选择了忍耐和沉默，那种甚至他自己都察觉不到是一种伤害的伤害可能会伴随一生。

2岁到17岁，孙丹一直跟奶奶留守在武汉，父母在浙江、福建做贸易，父母除了给他起了个像女孩的名字据说可以好养活之外似乎没有在他童年的记忆里留下更深的印象，家里只有奶奶，奶奶就是他的家。当兵报道的早上孙丹跪在院子里的泥土上给奶奶磕了三个头，当兵是奶奶支持的，二伯当年想参军没成功，哥哥想当兵因为有文身也没去成，奶奶想让子孙中有一个穿军装的娃，在老人家朴实的心里觉得有一个子孙去保家卫国是一件很荣耀的事，孙丹也本想只当两年兵就回家了，没想到一干就是八年。

地震后第五天，当口岸群众和部分战友都要撤离，而他在留守人员之列时，他给家人留下的书信里第一句话就是：“如果我出事了，爸妈你们不要告诉奶奶……”

奶奶已经94岁，操劳一生似乎就为了孙丹这一个孙子。然而自从当兵，每到过年的时候家里就父母和奶奶三个人，做一桌子菜也没人吃，孙丹觉得自己很不孝顺。

休假回去的时候奶奶就说：“也不知道我走的时候你还在不在我身边？”

休假要走的时候奶奶又说："不知道你下次休假时候我还在不在？"

小时候孙丹用稚嫩的童音每每逢人就说："奶奶要活到100岁。"

后来当兵了，孙丹每每休假回家都告诉奶奶："奶奶你等着我，等我干满三期士官，还有六年，你那时候正好100岁，我就回来天天陪着你……"

可是，到底那一天有多远，奶奶还能不能等到呢？孙丹说的时候眼里含着泪，奶奶听的时候眼角填满笑。

震后通讯畅通第一时间孙丹第一个电话打给了奶奶，"丹丹，你在那边好不好？安全不？"奶奶的声音因为着急而音调提升、语音颤抖，孙丹在电话里大声喊："都好，安全，奶，你放心——"奶奶年岁大了，不大声喊，通过电话传输正常说话音量根本听不见，而那两声好像用尽了孙丹全身的力气，喊尽了他所有的思念，然后他就说不出一个字来……

妈妈接过电话告诉她，自从地震爸妈几天没睡好，几天没吃好，还要劝奶奶。奶奶按照老一代的思想认为如果孙子在部队牺牲了都会隐瞒一段时间，奶奶不相信孙子是安全的，喊爸爸去当地武装部去问，还让爸爸打电话给原来的李队长问情况，把能问的都问了一遍可还是不相信，一定要等到亲耳听到孙子的声音了才放下心来。孙丹听见电话里奶奶还在旁边一句句念叨："我大孙子……我大孙子……"叫一声"大孙子"仿佛是老人一生最大的幸福。

"来世我还做你们的儿子，还做奶奶的孙子！"这是孙丹"遗书"里的最后一句话，九死一生之前，他突然变成熟了，他觉得他就是在写下这一句话的时间由一个男孩变成了一个男人！

老兵李茂伟也是在亲情缺失的家庭里长大，母亲在他七岁时去世，留下他跟着姐姐、哥哥和父亲一起生活，因为是家里最小的孩子，最初家人不赞成他来当兵。李茂伟就去求姐姐，自从母亲去世，姐姐在家庭里面扮演着母亲的角色，疼小弟更多些，每次弟弟生病，姐姐都急得直哭，虽然当时不懂事的李茂伟还经常任性地把姐姐气哭，直到来到部队才懂得姐姐的辛苦和爱护，也学会了像姐姐爱护自己一样爱护自己班里的新兵。

"身为班长，不能让新兵留下"，这是李茂伟得知要有人留守口岸时想到的第一句话，他清楚地记得地震时他大喊一声"地震了"，班里大多没有反应，都抬头看着自己，第二声喊“快跑啊”大家才往外跑。自己当班长也五六次了，每次叫人集合时候都习惯性回头看一眼，看看有没有没走的，地震时候也不例外，要每个人都往外跑了，自己再往外跑。可这些没有经验的新兵似乎依赖性更强些，如果放他们在口岸，自己走的话，李茂伟担心危险来临时他班里的兵连躲避危险自救都做不到。他放心不下，与其担心，不如独自承担。

而且李茂伟也舍不得离开，他亲眼看着联检大楼建起，自己来当了四年兵，经历了建楼的全过程。2011年入伍时赶上开始动工，听说“口岸要开关了，等你们下连就建成了”，结果下连了没有建成，下连后又听说，“等你们退伍的时候楼就建好了”，可退伍时还是没有建好，很多老兵带着遗憾走了。李茂伟能留下见到新楼建好，在这样雄伟的国门下站岗他很开心很骄傲，原来有个二号桥在新桥下面，官兵们一直在这座瑞士援建的钢板铺成的桥上执勤，五六米宽的桥面一次只能容许一辆车通过，每次过车桥都晃动得很厉害。现在终于有了自己国家建的大桥，这里又将恢复30年前的盛世，成为最大的中尼口岸，李茂伟想想就不愿意离开。

“这里是自己的家，新家刚建好，不舍得走。”

“这是自己家，怎么都要守着。”

李茂伟一次次跟我说起这样的话，他说转移群众撤离时他不理解有些老百姓为什么宁愿守着自己被石头洞穿的危房也不愿意被转移到安全地带，那种故土难离的感觉直到他在留守与撤离间抉择时才真正懂得。

李茂伟还拿起手机给我看他发在他们那批战友建的群里的国门照片，果然大家看到照片都很高兴，有发鼓掌表情的，有发竖起大拇指表情的，有点赞的，还有个网名叫老班长的发言说，“你们看到新楼了，替我们在那担一份责任吧”，下面有人跟了一个哭泣的表情。

李茂伟的“遗书”是没宣布留守命令的时候已经写好了的，却没有让撤离的战友带走，29日晚上他们走后李茂伟把它烧了，这样的家书就相当于“死亡通知书”。“如果自己没有事，遗书先到家了，什么感觉？”他喃喃地说，看着帐篷外面被纱窗切成田字格的天空，一架解放军震后巡逻的飞机轰隆隆飞过，填补了帐篷里声音的留白。

我默默回想着李茂伟回忆的“遗书”上的内容：“姐姐不要担心，既然选择了这条路我就要走下去，如果牺牲了也不要伤心难过，跟爸说这个儿子不孝顺，养这么大还没为家里做过什么，总让家人操心，对家里人很愧疚，爸爸身体不好有心脏病，姐姐要多照顾爸爸，让他少抽烟少喝酒，保重身体……”

还有一句没有写上去的遗憾：“还年轻，还能在部队多干几年……”

扎西平措是从西藏林芝县布久乡仲果村一个典型的藏族碉房里走到部队来的藏族老兵，也是群众和战友撤离后留守老兵中唯一一个藏族兵，他家里还有父母、哥哥、姐姐，藏民家里通常都会生养两三个甚至更多孩子，并且还一直沿袭着“入赘”传统。

哥哥就是按照“入赘”习俗“嫁”到河对面的滋布村的，牦牛、羊、马，还有犏牛等活牲畜是“陪嫁”中重要的组成部分，犏牛可以说是西藏特色品种，是水牛或土牛等跟牦牛杂交的品种，价格相对来讲便宜很多，但是犏牛基本上留不下后代，因为犏牛生的小牛存活率特别低，从出生到长大又要喝母牛很多奶，往往把大的犏牛拖累得骨瘦如柴无法再正常耕种劳作，小牛又夭折了，所以很多时候犏牛生下小牛后主人就要把小牛杀掉，当然扎西平措小时候并不能理解这一行为，往往他要抱着刚出生的可爱的小牛满山坡的跑，来保护小牛免受屠刀，但又往往被身强体壮的父亲像拎一只小鸡一样把他和怀里的小牛一起拎回来，这时扎西平措就会用藏人天生嘹亮的嗓音哭得昏天暗地，好像要被屠宰的是他自己一样。

在扎西平措的记忆里，他只挽救成功了一只小犏牛的生命，代价是由他来喂养这头小牛，家人的惩罚对他来说却像奖赏，母牛的奶水不让挤太多，他就学着阿妈的样子在牛奶里放进青稞面、酥油、酸奶一起煮熟，晾温后用两根手指伸进奶里，小牛就通过吮吸手指把奶喝进去，大概一个月后就能自己喝奶了，但很遗憾那只小牛在长到六个月大的时候还是生病死掉了。没能救活小犏牛，成了扎西平措的一个阴影。

带上各种牲畜及青稞、小麦等粮食种子，穿上节日藏装，哥哥和他的“陪嫁”一起被装上租来的卡车，到了女方家门口踩着扫帚进门，算是完成了西藏地区男方入赘女方家庭的第一仪式，短暂的休息之后哥哥被岳父拉进了未来嫂子的闺房，把门关上，这算是婚礼之前短暂几分钟的相亲。在西藏有些地区，保存了最古老的包办婚姻，双方在结婚前从来没有见过对方，所以哥哥和嫂子在走出房门之后特别羞涩，被安排坐在一起的时候竟然互相谁都不看谁，故意把头扭到相反方向的极限，即使在进行最后仪式，额头擦酥油、脖子抹糌粑，再用拴在一起的两条哈达给他们共同戴上的时候，两个人也保持着扭脖子的别扭姿势。但这似乎并未影响哥嫂婚后的恩爱，在那曲地区挖一个夏天的虫草，每月能赚上七八万元，这些黑色指甲大小的宝贝头上顶着麦穗果实、针一样朝天扎去的奇异生物支撑了扎西平措一家的生活，也让他的姐姐迎进了满意的“入赘”姐夫，姐夫在附近的尼洋河开车运沙子，西藏的峡谷里都是宝贝，有河就有沙，含矿量极高的沙石有着很好的市场，也吸引着外地人的到来。

作为新时代的藏族小伙子，扎西平措尊重奶奶和家人的宗教信仰，却也更相信善行结善果的理念，高考时家人请喇嘛为他念经、挂经幡，扎西平措就说，“你念经人家也念，你挂经幡人家也挂嘛”。不过在虔诚的奶奶面前他从不敢反抗，小时候打了鸟回来他故意给奶奶看，奶奶就念一段经文，吹一下鸟头，最后说一句藏语，翻译过来大概是“希望你下辈子生在幸福安详的世界里”。

扎西平措坚持认为念百遍经文不如做一件好事。如果把挡在路中间的石头搬走，比念经意义大；如果过河的时候对着刺骨的河水念经，不如去搭一座桥。冬天放牧需要过河时，脚一步一步踩过去粘起的石头吧嗒吧嗒响，最冷的时候过了河脚上就多裂开几道血口子，晚上要拿猪油擦，看到祖辈如此受罪，扎西平措上小学时就跟同样纯朴的同学们遇河修桥、遇沟填路。

在决定留守的时间里他反复地想起一件事，那是当兵第一年因为参加培训得空回家一天，可阿妈出门干活了下午才回来，第二天他就要回部队了，阿妈一直后悔为什么那天一定要出门没好好陪陪儿子？这件事成了阿妈的心病，一直都原谅不了自己。扎西平措坚信自己留下天经地义，他对战友们有着一层特别的感恩，“他们来自五湖四海，本互不相识，却对我那么好，当亲人一样救……”，所以扎西平措第一个报名留守，只是后来的日子他反复梦见阿妈遗憾地在牧场上放着羊，四下寻找着遗失在草原上的半天时光……

刘涛去尼泊尔把中国工人接回我国口岸之后决定要留守下来，穿越塌方、躲过巨石，他意识到地震带来的危险和次生灾害究竟有多大，他要把生的机会留给一年兵，那些可都是自己的“亲弟弟”啊！被刘涛从尼泊尔救回的一个四川老乡在上直升机之前问他：“要不要给家里带个话，告诉那边你的情况？”刘涛把电话号码给了他，叮嘱只说自己平安健康就好，看着老乡带着与家人取得联系的唯一希望飞上高空，那一刹那，他第一次觉得分别可能就是永恒，生的希望随着直升机的身影绕过高山消失不见……

……

吉隆口岸，不足400平方米的逃生空间，21名平均年龄20出头的边防官兵在15小时内就这样默默地做出生死抉择。

时间到了地震后第四天，4月28日晚8点，王忠祥接到吉隆边检站传来的要在吉隆口岸留守20名官兵其他人员全部撤离的总队命令，王忠祥当了多年中队长，第一次吹响一声低沉的集合哨，这是他最不愿意组织的一次集合！

中队两个主官留下，业务科两个主官留下，还要留16人！谁走，谁留？都是自己带的兵，手心手背都是肉！

看着一个个稚嫩的朝气蓬勃的脸庞，王忠祥从排头慢慢走到排尾，从第一排默默走到最后一排，他认真地看着每名战友的眉毛、眼睛、沾满落石激起的灰尘的脸庞，幕天席地而睡冻出没来得及擦的鼻涕。王忠祥伸出右手，用食指和中指给中队年龄最小的兵1996年出生的邵明贵擦掉凝固在鼻尖上的鼻涕，他却感觉自己的鼻子一阵酸楚……

然后他默默走到队伍前面，又比往常站队时更向队伍方向走了四步，停下，这个位置他如果伸出胳膊正好能拍到第一排战士的肩膀。

王忠祥开始一字一句地传达上级留守的通知，他每说一句，头就比原来更低一点，似乎自己是这些孩子们的罪人，是把孩子们推向断头台的刽子手，他无法接受那时的自己，恨不得自己一个人留下，让自己亲手带了几年的兵都能走出大山，享受到外面他们还未曾见到的世界，世界那么大那么美，他们还从未见过……人生那么长那么远，他们还未曾感受过……

人群瞬间变得寂静，山风夹杂着细碎的石头侵蚀着空气和时间。

王忠祥慢慢抬起头，他以为战士们会犹豫、会退缩、会恐惧，但没想到，他迎来的却是42个兵坚定直视的目光。

“你们也看到了，山上还不断有落石，留下的会有危险，你们考虑好……”

“报告，我留下！”

“报告，我留下！”

“报告，我留下！”

……

人群中呼啦啦响起一声覆盖一声的请愿，王忠祥又一次鼻尖酸楚，他不忍亲手写下一个个留守孩子的名字，本来上衣兜里的这只钢笔是去四川接兵那天买的，他把钢笔和新兵一起接到这里来的，应该在他们退伍的时候把他们的名字一个个写在光荣榜上，怎么能这样草率地写在半张稿纸充当的“生死簿”上？

王忠祥让自愿留守的战友到丁在成排长那里报名，自己和指导员默默退到20米开外的树下看着。一个又一个兵挤上去把丁排长围了一层又一层，来当兵的时候他们就是这样争先恐后的报名，而今天，他们又在争先恐后的赴死。

“老天爷真他妈不开眼！”王忠祥愤愤地骂了一句，把刚吸了几口的烟头使劲砸到地上，烟头弹了一下，还没熄灭，他跟上一步用前脚掌捻了又捻。

这时一个瘦小的身影一直在里三层外三层的报名人群外面一蹦一蹦地要往前凑，这是平时内向寡言的一年兵白马茨城。他长得矮小，前面的兵踮起脚来抢占位置，他根本挤不进去，不过人小却机灵，嗖地一下蹲下身，从下面的缝隙里钻空挤到丁排长的桌子前面，猛地站起来吓了丁排长一跳：“你干啥呢？还嫌这两天吓得不够啊？”白马茨城却一板一眼地说：“之前去尼泊尔救援就是从党员、士官、骨干中选的人，没有我，这次无论如何我也要留下，我会很勤快地干活，会听队长的话……”这个20岁的藏族小伙子平时说起话来害羞而胆怯，那天却不知从哪来的勇气，一字一句斩钉截铁，又委曲求全，让人没有拒绝他的理由，就这样白马茨城成了留守的20人里唯一的一年兵。

但这时，谁走谁留还只是一个意向，为防止人心涣散，名单宝贝似的揣进上衣口袋，王忠祥要等直升机到了再宣布。

14小时之后，4月29日上午10时，一个紧急电话打到卫星电话上，救助最后一批人员撤离的直升机就要来了，要求要撤离的人员做好登机准备，停车场上只能悬停，时间有限！

哨音！集合！宣布！

国门前小小的空地上上演了惊天动地的一幕，念到名字的留下，站左边，没念到名字的撤离，站右边。一条生死线，两样人生路，四目相对，一种离愁。

“留守的同志坚守国门，不辱使命！有没有信心？”

“有——”

20个兵，20声“有”，喊得青筋暴跳，喊得面红耳赤，喊得地动山摇，却没有任何一块石头敢在那个时刻掉落。

1996年出生年龄最小的邵明贵在排尾大声呼喊着，三天四夜没好好睡过觉的他向外突出着布满红血丝的眼，但目光依然坚定，让你心疼却不能把他当成一个19岁的孩子看待，仿佛心疼的想法一从头脑中闪现就是亵渎了他肩上神圣的职责。

国门面前，没有年龄的分别，只有职责所在，没有性别的分别，只有使命在肩。

直升机到来的时间越来越近了，左边和右边的两列队伍在一声“解散”的命令下达之后，却不约而同奔向了对方的队伍，互相拥抱着，鼓励着，哭泣着……后来回想起那个场面大家还觉得有些不好意思，一群男子汉，前一刻还在笑，后一刻说着说着就哭了，都不用看对方的脸只是拉过胳膊抱住肩膀就会掉下泪来，像老兵退伍的感觉，又好像分别即是永别，在口岸狭小的三角地带，谁也不能保证已经松动的山体能够坚持多久，有多少石块会禁锢多少留恋的灵魂。

一个叫向前的驾驶员，4月24日来了命令把他调回到站里，25日还没等走就遭遇了地震，他以为口岸这边只有一个驾驶员他一定能留下，结果宣布留守的人员名单里没有他，他抱着中队长王忠祥哭了，好像以为再也见不到中队长了……他抱着王忠祥哭的时候王忠祥没哭，告诉向前，“别哭，我们还会再见面的，我分析这个石头他掉不下来”，说完就把他推了出去。

陈豪是留守20个兵里面听到点自己名字时最惊喜的一个，28日晚确定留守人选的时候，他怕因为刚到监护中队没到两个小时，跟大家不熟悉，怕留守的人里没有他，就找到中队长王忠祥说："如果我这次活着是一次人生经历，如果我死了，也为边防做最后一件事。"

王忠祥心头被揪了一下，一只手有力地握住陈豪的左肩："中队接收你了！"

两个汉子，一棵树，四只水汪汪不敢直视的眼。

宣布陈豪留下的时候，他看着其他将撤离的和留守的战友哭着相拥告别，他也想哭，也想有人抱一抱，也想跟他们告别，但跟他们都不熟悉，没有人能抱一抱自己，那一刻觉得特别委屈、孤单、无助。这时候中队长从身后出现给了他来到口岸以来的第一个拥抱，我觉得特别暖，特别想哭，可又不好意思掉泪，紧接着同样在机关一起工作过的女兵文燕跑了过来，大大地张开双臂："来，抱一个！"一个兵又一个兵都跑过来，熟悉的不熟悉的，都互相拥抱在一起，如果相识需要一秒，那么在那种时刻由陌生人变成亲人只需要0.018秒的刹那。

留守的李武刚说："如果我牺牲了，我这个兵没白当，我坚守国门到最后一刻……"

同年兵王升打了他一巴掌："这话别说！你在这注意安全，等地震过后我们还能聚在一起。"

然后两个人抱着什么都说不出来。

"29日大家都撤走的时候，听说边防部队还要留人心里特别难受，我看着他们留下的21个人还整整齐齐列队站排的时候，我都背过身去哭了。"最后撤离口岸的公职人员德珍后来回忆说。

飞机就要来了，停车场的载重能力谁都不了解，官兵们事先找到承重墙的位置，用红色漆画上一个圈，直升机发动机大功率运转确保悬停着降落在那个圈里，螺旋桨飞快地旋转着他们不知所踪的命运，从飞机上下来一个人，是蒲正江副站长，原来他是来陪20名官兵一起留守的，吉隆没有忘记孤岛里的监护中队，站里的官兵没有忘记这20个兄弟，他们破涕为笑把蒲站长举起来、抛上去，抱在一起，陪伴，那时那地是多么大的鼓励，胜过千言万语。

直升机到来的时间步步逼近，中队长王忠祥建议留下的人可以写封家书，万一有什么事，还可以留下些话，让上飞机的人把信带出去邮寄给家人……就这样，就在飞机来前的十几分钟，20个20岁左右的孩子用稚嫩的笔写下了人生最沉重的话……

我没有办法一一列举出他们“遗书”一般悲壮的书信，每一句话里都包裹着一个伤疤，但在战友们把信件带上飞机时，他们在螺旋桨转出的烈烈风声里喊出了留给外界的最后一个声音：“爸妈，你们的儿子在这没怂！”

我也没有办法一一讲述他们的故事，每一个英雄都不是孤独存在的，他们背后的辛酸和脸上的汗水流淌成各自独特的成长密码，只是在那个时刻，2015年5月28日11时，他们共同成为人民心中的勇士。

让我们共同记住他们的名字：

蒲正江、王兴云、熊英杰、王忠祥、阿旦、陈小红、丁在成、陈玮、单端玲、杞从军、孙丹、刘涛、蒋永彪、李茂伟、李武刚、扎西平措、杨成辉、陈豪、兰彬、邵明贵、白马茨城。

吉隆边检站监护中队被安排撤离的官兵与留守“二十一勇士”依依惜别。（陈小红　摄）

黑枸杞

黑枸杞自有它的倔强和神秘
无论从哪个角度拍照
它都隐藏黑的浓度
像刻意模糊的一本梵文密码
烈日下摇晃成佛
只接受虔诚赶来的朝拜者
谁也别想从照片里破解
粒粒经幡排列的秘密
或是喜马拉雅山脉完美的组合

我缩回采摘的手
不想摘下一颗标点
引发一场地震

“为什么不让我留下”

文燕是我抵达西藏后听到的第一个抗震战士的名字，当时我坐在拉萨开往吉隆的吉普车的右后排座位。由于从接到进藏通知到登机仅有9小时紧急筹备时间，紧接着一天时间飞越大半个中国，抵达西藏宾馆房间时已是凌晨两点半，早晨刚起床就接到催促等车的电话，说预定的车子将要到达，七点半准时启程，慌忙收拾了东西，又躺在床上比收拾东西还长的时间之后我总结出西藏生活第一条经验：动作要慢！接下来我用电影慢动作的速度拖着箱子走出房间，房间的门锁咔、哒两声相继响起，节奏很是配合我的速度。而文燕的故事也是这样在接下来一路上大家你一言我一语中慢悠悠地流进我的耳朵。

坐上车，路过神圣的布达拉宫，街头的喇嘛、藏民让我恍惚之间忘记了这里两个月前曾发生的苦难，只是有些随着路边朝圣者转经筒的转动脑袋越转越大，直到我们正式开到通往吉隆的大路上被询问有无不适我才知道原来这就是高原反应。我就是在刚刚意识到高原威力的情况下听说文燕这个名字的，车里前排的领导是多次来过西藏高原检查工作的，坐在我旁边的记者也是，他们俩似乎毫无不适感觉地讲起“二十一勇士”，讲起这些地震时放弃登上救援机坚持守卫国门的勇士中唯一的女孩文燕，领导和记者口中的描绘让这个女孩增添了一些高大上的光环和江姐般的视死如归，这是怎样一个豪爽的女孩呢？我望着车窗外近处偶尔闪现一片的金黄油菜花和远处传说中的雪山和压低的白云，这里的云才称得上云朵，好像一朵朵无根的花，就在那灿烂地开着，开出厚重的深白色彩、开得富丽堂皇，而远近景之间便是无边的土地，偶有青草和牛羊，多少显现出贫瘠的模样，这让我开始调整思绪真正想到地震，真正开始进入地震中的西藏……

车子经过一些应该叫做村镇的藏式房屋聚集地，路边立一个样式基本统一类似于公交站点的蓝色小牌，上面用藏文写着村子的名字，多数下面有汉语注解，但其中不常见的文字让我惭愧。

简朴的一层或者二层房屋装饰得非常精心，屋顶和墙壁就算有着看起来粗陋的瓦砾也会将窗口用特殊的颜料绘制出固定样式的吉祥图案，那种涂了黑边的叫不出名字的窗户就像一个风姿绰约的中年女子精心画就的烟熏妆，风韵十足而不浮夸，眼神里总忽闪着一些故事，我就这样猜测着一个个窗口里像梵文一样读不懂的神秘。当然那些建筑房屋用的石头是如何严丝合缝不用水泥混凝土就能打造成一整面整齐牢固的墙壁的，就是后来才知道的事了。

车子经过这些村镇的时候总会减速很多，不像在内地城市的乡村，就算生活在乡下的人们也会对躲避车辆有着天然的警觉，而在这里，不仅人们步速不快，连牛羊也会自认为是这里的主人，甚至有时主人也拿这些有着优越感的动物们没有办法，如果他们横在车辆前面挡住车子通行，主人只能用鞭子引导牲畜偏离主路，让出一道缝隙让车辆缓缓通过。在藏区开车是急不来的。在我高原反应比较严重的时候，我们车上多年在藏区部队服役的四川籍司机说，有一次运输补给到日喀则，就是因为一对牦牛母子挡住去路怎么都无法绕行，心中一急按了一下喇叭，结果激怒了牦牛妈妈，猝不及防一个回头用尖锐坚硬的牛角一下子扎破了车前左边大灯，然后还示威般昂头叫了一声，之后溜溜达达地带着小牦牛散步到树林里去了，害得这个小战士只好借助半边车灯的微光一路龟速地沿着盘山路小心前行，到日喀则目的地已是大半夜。

而我们到达日喀则修整车马时还不到十二点，午餐时，同行记者开始在餐厅到处找电源插座给手机充电，年长的领导关心的一边给我夹菜一边说：“多吃点，等上去了可就吃不上这样的好菜饭咯。”瞬间我各种脑补汶川地震时电视里出现的吃压缩饼干充饥的场景，不由得多吞了几口大米饭，平时偏食的我居然觉得那顿午饭的茄子豆角是那么可口，当然我还脑补了一下没有地方住的恶劣环境，蚊虫、烈日、洗澡……蚊虫的问题我登机前买好了一瓶花露水放在箱子里，洗澡的问题可以忍，烈日怎么办？我带了伞，可没带防晒霜啊，想到这里我迅速把碗里的白米饭扒进嘴里，离席找日喀则支队的女兵想办法。她说最近的商店也要十分钟的车程才到，卖的西藏独有的叫做“高原防晒霜”的防晒霜，很大一罐，是朱砂红的黏稠膏体，管不管用不知道，她说她们单位的女兵是都没用过，看到我担心的表情她好像为了弥补不能为我解决难题的歉疚似的，开始转移话题刻意把终点吉隆说得很好，可她越是这样越让我总觉得极力安慰下有着我不可知的隐情，不知为何，心中的担忧比上午多了起来。我对西藏震区真正的恐惧应该就是从那个女兵茫然的眼神里开始的。

这时身边已经有司机和工作人员进进出出急匆匆往车里装进打包好的食品和水准备启程了，我以为这些供给是给终点单位送去的，当时还不知道原来吉隆那个地方“需要一天车程”的“一天”指的是从早晨醒直到晚上睡觉，以为晚饭之前总会赶到，没想到接下来会如此曲折。

事实证明我的担心并非没有必要，整个下午的体验从出了日喀则市区开始就与上午明显不同。随着海拔的逐渐上升，我隔着车窗拍照的频率逐渐下降，6月3日十点钟登机前，我还专门去买了一部IPHONE6PLUS手机，拍照、录音、录像……嗯，当然我还想到了万一发生余震有一部信号好性能好的电话求助非常重要。这时路边的房屋渐渐稀少起来，而路过村里的房屋前先经过的总是一顶顶帐篷，有牧民自己的圆顶帐篷，车上人说每逢夏季牧民举家赶着成群的牛羊到水草丰美的牧场放牧，几个月后秋霜降落才回来猫冬，一顶帐篷就是半个家呢，这种半游牧生活听起来很让人神往，可如今看到藏民们在呼啸的风中搬进低矮孤单的帐篷不禁心中酸楚。

这时路边被震塌的房屋和倒了一半的墙壁渐渐多了起来，歪歪扭扭的窗棂、开裂的黑色床边手绘图案也随处可见，像一位美女哭晕了精致的烟熏妆，更像被撕裂的肌肉纹理，血已经干涸。有些倒了半边的房子将屋子里的一切向外敞开了，墙上象征着吉祥如意的图案远远的仍然鲜活可见，好像等待着主人回来把它们抚摸。只有牛羊似乎还如从前一般悠然自得，在近处、远处，用舌头安慰着躁动的大地嫩绿的绒毛。

在西藏一步一景更换的速度比得上天空飘动的云朵，如内蒙古草原般牛羊成群的景象刚刚从眼前浮过，就好像驶入了一片沙漠绿洲，几位藏族阿妈穿着传统的藏族服饰耕种在田野里，两人高的树木上绿叶闪动着光泽，车上一位常来藏区的领导说，这在藏区并不多见，不是所有土地都适合耕种。果然，没过多远我们就进入了时光隧道般的盘山路，一圈一圈地绕下去，过山车的感觉越来越强烈，手脚开始麻木，呼吸开始沉重，一个头已经有五个大，路边的山越来越光秃秃的，黄色石头和沙砾让我产生是不是一会儿会看到仙人掌的错觉，我的眼皮发沉可又睡不着，胸口恶心又吐不出，这种感受在车子停下的一瞬间达到顶峰。我闭着眼睛把自己卡在两个车座的缝隙里，我听见车上的两个人和同行其他车辆里的记者纷纷下车，我勉强睁开眼睛看见他们到一处高高的蓝色标牌处合影，标牌旁边的空地上有石头堆砌的一个个石碓，石碓里有经幡和哈达，叫做“玛尼堆”，看似随手捡来的石块，却垒得很结实，是谁来过这里，又是何时离开？

在那个山顶停留的记忆在这里按下暂停键，当时我还不知道这是吉隆通往外界必经的海拔5236米的孔唐拉姆山。山顶的景象也不只我当时看到的那些，可随着四肢不知何时开始的麻木，头脑也像被掏空一样不能思考、不能记忆，我听见有人上车，有人叫我，我的思维是清醒的，知道自己在哪里，知道同行的人，却不记得当时有没有应答，也一动都不能动。确实也动不了，身体像个翻滚着热粥的容器，一倾斜似乎胃里的东西就要从胃里涌出来。

车里人要给我氧气瓶，我摇头拒绝了，比高原反应更可怕的是被怀疑，我是抱着必死的心态和必胜的信念进藏的，我不能让有关部门觉得送我这个平时看起来弱不禁风的小女子进藏是错误，我得证明给他们看！如果第一天就抱着氧气瓶，谁还放心把这么艰巨的创作任务交给我呢？

车里的老同志把车子后座中间的扶手放了下来，在后排座椅中间形成了一个小的枕头，我半坐半躺下来，车子开始沿着盘山路下行，我时而睁开眼睛自我确认神志清醒，看到窗外积雪已经达到了车窗的高度，狭窄的盘山路让雪逼近得似乎长了双手就能推开车窗，反射着高原的阳光发出刺眼的白，司机说我们看到的雪下面是常年未融化的冰，冰层已经压得很实了，所以冬天大雪封山时几个壮汉都挖不出一条小路的原因就在此。而我们却不敢开窗迎接外面的冷空气，这时我才知道我们已经驶上了上午出发时远远望见的雪山之巅。

不知过了多久，我感觉车子不再不停转弯，渐渐直起身子来发现路两边已经见到了星星点点的绿色，有种熬过严冬终于迎来早春的感觉，司机打开窗子，说已经到了海拔稍低的地方，要让风吹进来补充车内氧气。果然随着车子行驶海拔越来越低，我的状态开始好转甚至可以开口闲聊，掏出放包里两三个小时的手机拍照。到了水草更茂盛些的地方，车队缓缓停下，每辆车的司机都把后备厢里从日喀则带上来的盒餐搬下来拿到距离公路不远的河边草地上，打开来看确实是方便长途跋涉携带的便利食品，比如切成块的熟食，咬上去像牛肉干，干得快要掉下面粉的饼，这些尽量沥干了食材水分的食物大概是为了方便携带和防止路上变质吧。

我最后一个慢悠悠地从车上下来，拍下了大家穿着迷彩服席地而坐野餐的场景，特别是几个司机小伙子，一路上我们可以睡觉、可以恶心、可以焦躁，他们却不可以，要一直在狭窄高危的盘山路上保持精力集中。看着他们狼吞虎咽地吃下并不美味的食物，大口地喝下半瓶矿泉水，好像他们想尽量地张大嘴把正在光合作用的植物释放的氧气全都吸进去似的，这些氧气将支撑接下来直到深夜的行程。

我把手指伸进浅浅的清澈溪水里，这些雪水的冰凉让我清醒，如果没有地震，可能这些河水会更宽阔些……

在西藏，一座山就是一次四季，一条河就是一道轮回。

再上车不久我们就走进像热带雨林一般的山谷中，让人完全不敢相信这是我们在一天之内经过了贫瘠的沙地、春耕的林场、寒冷的雪山和无数或寸草不生或格桑花开的山丘之后最终走进的地方。茂密的植被提供了充足的氧气，车里每个人的精神状态都开始好起来，司机开始饶有兴致地说进入吉隆地区山林里的趣事，什么猴子和游客嬉戏，野鹿野猪窜到路上，牦牛带着小牛躺在路中间睡觉等等，窗外伸展到路上的枝叶拍打着车子为我们阵阵笑声打着节拍。这种节拍的频率越来越大，直到变成连成一片的雨打芭蕉，司机开始全神贯注地在泥泞的盘山路上小心驾驶，我们也变得有些茫然。而此刻，在漆黑的深山里已经没有什么可以拍照，黑洞洞的空间里我按了一下手机主控按键，成了唯一的光源，时间显示20:20。

晚十点，雨夜，帐篷。

再撩开帐篷帘子，已经是第二天早晨六点半，这时才看清昨晚抵达的吉隆边检站，一面是临时搭建却排列得错落有致的帐篷群，这一顶顶绿色的帐篷像一块块生长中的菜畦，整齐地长在被划分好区域的草坪里。虽是仓促建设、就地取材，连帐篷间的小路都是用不同材质、大小不一的石块累就的，但官兵仍然铺得横平竖直，若不是大山裂开白花花的口子就在眼前，我很难相信这是被地震洗劫过的灾区。

大门处站岗的战士也丝毫看不出不久前刚遭遇过一场灾难，笔直地站在也未曾受损的大门墙旁，一人高的墙上，“西藏吉隆边防检查站”九个金色大字仍挺立着，映着近在眼前的洁白雪山令人心旷神怡。同行的吉隆边检站警官告诉我，那座雪山叫“孕女峰”，因为形似一个孕妇平躺在山顶，飘逸的长发从峰顶妙曼垂落，微微凸起的小腹像孕育着一个新的生命，时刻为山下的人们注入积极生活的力量与活力。而站岗的战士却似乎不为所动，任凭我在大门前唏嘘感叹高原的美妙。

走出大门过一条土路就是吉隆镇为村民集中搭建的临时帐篷区了，晨起的炊烟袅袅升起，与早晨刚刚起床的云朵还有雾气三者混合在一起，仿佛人间仙界合二为一。雾气里迎面走过一位看上去八九十岁的老人，自从来到藏区我还是第一次接触藏民，不禁有些紧张。老人却很热情的老远便朝我笑起来，又很大方的与我合影，瘦弱的老奶奶单薄的耳垂上戴着手工雕琢的厚重金饰，干枯的手指上戴着各种玉器，手指虽然被岁月镀上了粗糙和黯淡却夯实了灵魂的密度，她承载得起这些高原灵物。

我就从这个早晨开始了45天的高原震区之行。

然而，真正见到文燕却是在我快离开吉隆的时候。那天天色渐黑的时候，文燕刚一路奔波参加战士考学回到吉隆，一路风尘仆仆却没有削弱她脸上笑容的温度，几句“姐姐”就拉进了与我之间的距离，我们之间的对话便像一对闺蜜的闲聊一样在帐篷里的一张小床上开始了。

说起地震那天的情形，文燕仍然心有余悸。之前她一直在机关当话务员，地震发生时她刚刚从吉隆调到口岸上的监护中队两天时间。当时文燕正走在楼梯上，楼梯整体上下颠了一下，她跟着在楼梯上跳了一下，等从楼里踉踉跄跄逃出来时已经吓得不行，据赶过来搀扶她的两个男兵回忆，文燕的身体似乎都吓得瘫软了。

可等她逃出了楼，看到村民们比她们更害怕，文燕突然就不那么害怕了，就有了“保护他们的欲望”，于是好像瞬间满血复活一样的文燕开始走到老百姓中间安慰他们。

第一块巨石落下后便漫天尘土、碎石飞扬，让本就紧张到窒息的人们无法呼吸。文燕用衣服捂住口鼻，一转头她看到很多人因为中午在午睡时遭遇了猝不及防的地震所以都没有穿鞋子出来，特别是一个瘦小的老爷爷因为脸庞的消瘦突出了两只大大的眼睛，惊恐无助的眼泪在满是灰尘的颧骨上留下，像烙下的两行伤疤，身上穿着逃出房屋时被刮破的单薄秋衣，一双皮包骨的膝盖跪在满地碎石上，战战兢兢地支撑着瘦骨嶙峋的身体，而这副身体的全部力量又集中在一双颤抖的手上，说是一双，其实已很难并拢，黑瘦如非洲难民般的手指因消瘦而指节突出，无法合十，文燕似乎能听到老爷爷祈祷时骨节碰撞的声音盖过他虚弱的诵经。文燕认出这是久病未愈的达旺爷爷，虽然文燕刚到口岸上，但对于自己的战友们多年帮助卧病在床的达旺爷爷的故事她早就在公安网上浏览过，如今惊恐中的达旺爷爷身心比照片上更加脆弱，地震后气温骤变，文燕说她虽然也开始不时打起冷战，但看到达旺爷爷只有一个想法：“我一个正常人都冷，何况病人呢？”

她把自己的迷彩服外衣和胶鞋脱下来给老人穿上，她不知余震何时到来，但一旦到来文燕要确保老人有一双跟脚的鞋子可以帮助他逃生。

男兵看到文燕穿着薄薄的袜子走在满是碎石的地上还以为她从楼里逃出来时丢了鞋子，就冲进摇摇欲坠的危楼抢出了一双鞋子给文燕穿，可不一会儿却又看到她光着脚，仔细打听才知道她又把鞋子让给了另外一个没有穿鞋的藏民。男兵们又冲进楼里抢出一双运动鞋给她，并叮嘱她再不能把鞋子给别人了，可没过多久，她看到一个老爷爷只穿了一件无袖的背心蹲在地上冻得直哆嗦又忍不住把自己的迷彩服脱下来给老人穿上，不忍心看到文燕受冻的战友们匀出一件迷彩服给她穿上。好在当时官兵们正在按照国家要求统一拆改军装，很多衣服都以为要送去拆改而集中起来统一放置在一楼，比较好拿，否则光是在地震当晚熬过那冰冷的山风就是问题，而地震当晚文燕最终的打扮就是穿着冬季迷彩服的上衣、夏季迷彩服的裤子和一双大了四个码的男士运动鞋。为了缓解大家紧张的心情，她还自嘲自己从来没有警容风纪如此不严整过。

地震的摇晃稍微平稳一些后，官兵开始尝试抢救楼里的棉被、衣物，一件能御寒的东西都不放过，因为今晚注定是一个漆黑寒冷的不眠之夜，更艰巨的任务在等着他们面对。战士康巴把一楼所有的鞋子都抢救出来，现场好多我国边民和从尼泊尔过境来的尼泊尔人都没有鞋子，尽量让他们先穿。

然而，惊恐的情绪仍然在老百姓之中蔓延，文燕看到一个一直在哭的年轻母亲，把她的头抱在自己怀里，安慰道：“没事没事，有我们在呢。”那个妇女怀里的孩子好像能听懂文燕说的话，居然停止了哭泣，还伸出小手去摸她军装上的领花。是啊，地震中的人们需要的更多是心理上的安慰，能有一个人在第一时间跟她说些什么，就算是微弱的一声问候，她也能有一个可以依靠的希望的影子。文燕的安慰效果果然很明显，孩子的母亲情绪渐渐平稳下来，开始叙述家里的情况、孩子的情况，这些地震造成的灾难文燕并不能帮助她解决，但每倾诉一句痛苦，老百姓的惊慌就会少一分，文燕甘愿做这个接纳诉苦的“树洞”。

把鞋子换到达旺老人脚上后，文燕就只穿着一双单袜走在遍布大小石块的小广场上，那是一双灰色的绣满了各色自由游泳的小鱼充满童趣的袜子，不一会儿功夫就磨得大窟窿小洞，似乎只剩下鱼骨头，而文燕天真快乐的一段年少时光也随着那些小鱼游走。有时成长就需要那么一分钟、一件事，无论事情好坏，都是人生中不得不纪念的仪式。

最后文燕穿着一双战友康巴新买的还没来得及上脚穿的42码的阿迪运动鞋，自我调侃说：“你看地震了我还穿个名牌。”这一穿就是两天多没脱下去。没有地方睡觉，没有干净水洗漱，当然就不用提脱换鞋子了。

每当我想进一步了解文燕地震期间的想法做法时，文燕总爱说的一句话是“我记性不太好”，甚至当我问起别人向我回忆起的她的故事时她有时都表现出陌生惊讶的表情问道：“是吗？是吗？我怎么不记得我做过？”然后就露出作为一个女汉子般大大咧咧的女孩难得羞涩的低头微笑，在她心里这些做过的都是小事，不足挂齿，也不足以让她储存在记忆里。但回忆起救援时的思路她严肃而清晰，“自己要微笑，要不怕，他们（群众）才不害怕”是她贯穿始终的思路，面对惊恐中的群众她一遍一遍重复着：“不要害怕，有什么事有我们当兵的在，会冲在前面！”

当我问起达旺老人的近况，文燕“唉”地叹了一声气，老人最终还是因为这场劫难在地震后没几天就去世了……这是我在与文燕相处的两天里唯一一次见她叹气。

持续的惊恐之后，监护中队接到了要留下20人的通知，文燕报名时就找到中队长和指导员要求留下，中队长考虑到文燕是个女孩子，留下来诸多不便，便劝她离开：“你不能留这，一来万一十天八天洗不了澡怎么办？二来石头掉下来你跑得慢，大家还得保护你怎么办？……”排长说，“你跑不动，体能不行，留下也是拖累大家”，她听到这就跑到帐篷里哭了，她回忆说她当时就想：“我想跟大家共生死，为什么不让我留下？”在文燕朴素的观念里“我们都是好人，不会出事的”，而且“大家都在，不会那么害怕”，就算有事，她也想把生的希望留给别人。经过两个中队干部轮番劝说，她仍然“执迷不悟”。最终，在战友们的劝说下，文燕权衡利弊还是决定要为大局考虑，不要留下帮不上忙反而成为大家的负担。当直升机降落时，大家把她送上直升机，就这样，文燕心不甘情不愿地被迫成为一名“逃兵”，这事让她郁闷了好久。

做这个决定的时候文燕表现出了冷静和理智，那种大义凛然好像离开的人才是赴刑场反而没那么难过，被大家连拖带拽左脚登上飞机那一刻文燕惊醒般哇哇大哭，因为右脚离地就意味着她彻底离开了地震中的吉隆口岸，如果强震来袭，她便从此与有可能长眠于此的21名战友阴阳两隔，那天的右脚沉重得抬不起来，是战友康巴把她硬“塞”进直升机机舱，轰隆隆的螺旋桨声终于覆盖了所有错综复杂的泪水和目光……

回到吉隆的那段时间，夜深人静时送别的一幕总是重现，地震后两天的经历也像两年那么长经常浮现在文燕眼前，那些平时表情严肃、做事认真的老兵们那两天都瞬间变成了暖男，热情细心地帮助群众，也照顾着她。

文燕在微信朋友圈里写下过这样一段话：“世界上最遥远的距离不是25公里，而是我在这里联系不到下面的你。”

吉隆口岸距离吉隆山路盘旋25公里，在地势上海拔低于吉隆，这时文燕在担心留在吉隆口岸的战友们，然而一条条不明真相的回复进到了文燕的手机里：

“你失恋了吗？”

“你男朋友在下面吗？”

“下面？听说西藏地震了，你男票……（惊恐表情）”

吉隆口岸留守的战士里并没有文燕的男朋友，但他们都是文燕无法割舍的亲人。

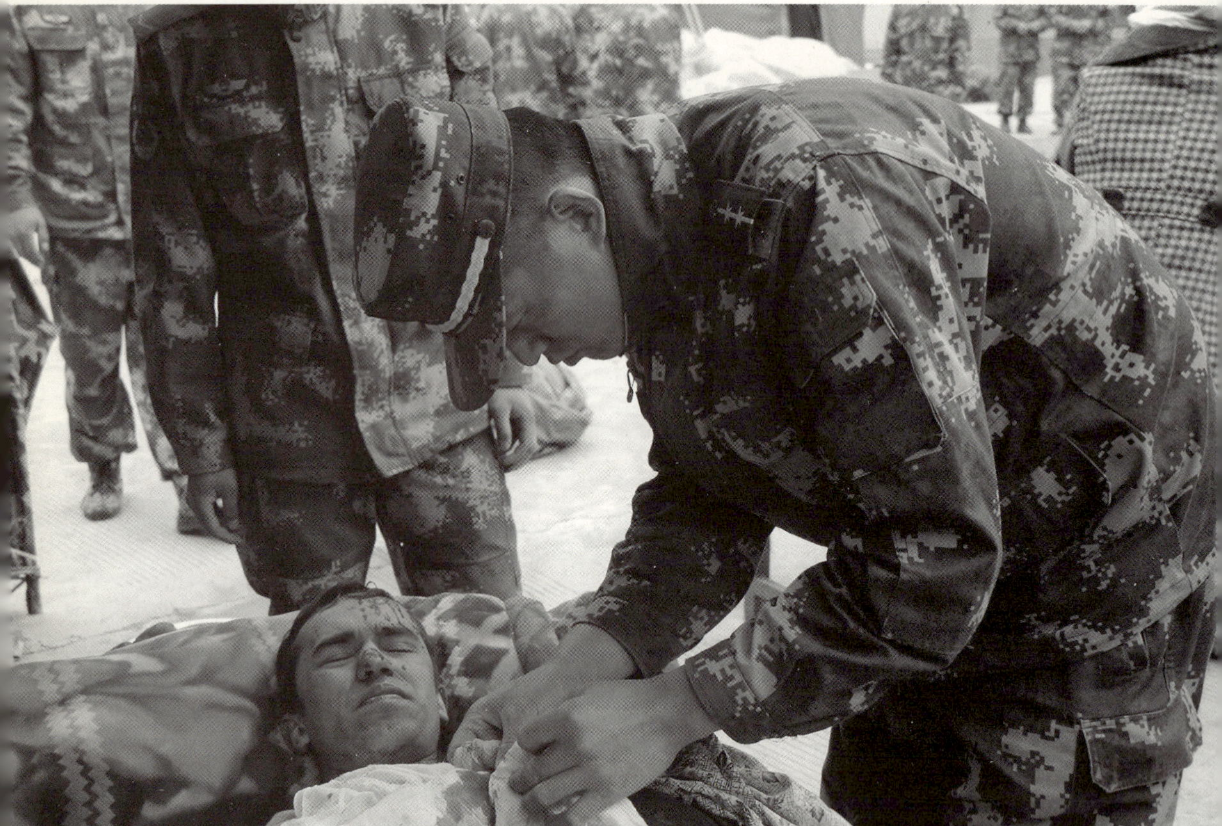

吉隆边防检查站监护中队官兵在地震发生第一时间紧急救治受伤的外国友人。（陈小红　摄）

曼陀罗

朵帮长在山间、路口、湖边、江畔
不用扎根
就能长进黝黑皮肤
额头体温炙热
一次次敲打
铁匠铺的砧板上六字真言火花四溅
经文、佛尊和着汗水
比山顶的牦牛骨更早铸造成化石
风马旗在玛尼堆顶削风成刀
磨骨成针
梵文的笔画被拆解又缝补
恰好覆盖住被针灸的穴位
一边煨桑，一边添加石子
精准重复的跪拜，将玛尼堆连成绵当
古老的经卷里又一行行走的曼陀罗

我从未让你骄傲，你却待我如宝

同样没能留下的还有战士扎西顿珠，他家庭比较贫困，年幼时起再没见过生父，继父对他很是疼爱，但因为西藏地区举办金刚法会他们要执行安保任务就停止了休假，所以他连继父受伤住院都没来得及回去看望，后来打算四月份休假回家帮家里种青稞，可地震发生了又没能回去。藏区村子里的藏民团结得像一家，一个村子的地一起种，不分你家我家，大家一起开工，每年种青稞要早八点到晚八点种上十多天，很是辛苦。扎西顿珠还有两个弟弟，一个念初中，一个念高中，今年刚参加完高考，而在我采访他的那天正好赶上他上午刚刚得知弟弟已被西藏大学录取的喜讯，对于藏族孩子来说，这绝对是改变一生命运的转折点。

扎西顿珠在口岸报名留下时也是没有犹豫，他回忆说其实当时也会想“如果再地震，口岸会怎样？”但心想着还有这么多战友，“大家在一起，总会有办法，那个石头掉不下来”，他这么说的时候用一只手向左上方拖着，好像那一晚、那块石头的位置就一直在那里，恐怕那个方位、那个角度，他一辈子都忘不了。扎西顿珠所说的“那个石头”是4月25日地震当晚由于山体被挤压，仅仅一三五米宽的雅鲁藏布江之隔的尼泊尔境内山体遭到严重破坏，一座高山的山顶遭到整体摧毁，形成了一块巨石，在滚落过程中被卡在凸起的半山腰。虽然尼泊尔和我国境内毗邻，但山脉却有着明显的区别，尼泊尔每逢春季烧山的习惯导致水土流失严重，山上草木稀少，加之高度比临近的我国山脉高出近一半，地震过后隔江望去，瘦弱的树苗被落石刀切般整齐，像刚刚被割过一茬的韭菜地！巨石就立在那片“韭菜茬”之间，好像有个风吹草动就能滚落下来将小小的口岸夷为平地。

在尼泊尔过境到我国避难的边民里有一个扎西顿珠叫不出名字之前却总能

见到的妇女，因为在地震之前，这个尼泊尔妇女经常来到我国境内的吉隆口岸买酒、买零食，有时还带着梳辫子的女儿一起过来，应该就居住在一桥之隔的尼泊尔小镇上。母女俩略带紫色的眼睛给扎西顿珠留下了深刻的印象，可能是因为熟练掌握尼泊尔语的扎西顿珠总为她们提供方便快捷的出入境检查服务，妇女记住了口岸上这个亲切的藏族小伙的名字。

地震发生的瞬间，恰好赶上扎西顿珠在国门站岗，只见漫天飞沙走石中一个熟悉的身影从桥上穿过高山上落下的不规则的石头雨踉踉跄跄地跑过来，那些高山落石对桥面造成的损坏几个月后看起来仍然触目惊心，粗壮的钢筋网被落石棱角切割得整整齐齐，厚重的水泥桥面被落石整体穿透留下三个直径一米多的大窟窿，像桥下湍急的雅鲁藏布江张开三张大口咆哮着满腔的愤怒。

尼泊尔妇女一边在桥上跑，一边还呼喊着扎西顿珠的名字，终于跑到桥头，看见一块大石头马上连跑带爬地跪倒在石头后面躲避头上不断飞过的碎石，直到扎西顿珠和几个战友迅速赶来将惊恐得已经无法自行走路的尼泊尔妇女搀扶到相对安全的国门前的空地上，她死死地拉住扎西顿珠的衣服，甚至指甲都划伤了扎西顿珠的胳膊也不肯松开，这是她在命悬一线时唯一的救命稻草，是她将生命托付的人。

抗震救灾的新闻在互联网发布后，有个网名叫“黑牛”的网友看了民警舍生忘死救助灾民的图片评论说：“现在女孩子都喜欢韩国明星，偶像小鲜肉，可地震时候他们都去哪了？真正的男神在这呢！”

那两天里，扎西顿珠多次回到摇晃中的危楼顶楼的医务室里找药，给受伤的群众和尼泊尔境内逃难过来的尼泊尔人用，其余时间多数用来准备这么多人的一日三餐。一个叫次仁央宗的小女孩看着扎西顿珠每到吃饭时间就忙着给大家打饭，往往最后粥盆都见了底，他还干裂着嘴唇没喝上一口，她就主动把扎西顿珠拉到监护中队为她和妈妈还有其他妇女们临时搭建的帐篷里，从角落里拿出她从家里抢救出的一些糌粑，伸出小手仰着脸举给扎西顿珠吃，那头卷曲的头发包裹着胖乎乎的小脸让扎西顿珠更加下定决心保护这些群众渡过难关，但孩子的内心是装不了这些国家大义的，她看着扎西顿珠一个人忙来忙去还以为是没有人喜欢跟这个大哥哥玩耍，好几次把扎西顿珠哥哥拉过来跟自己一起玩拍手游戏。

“你拍一，我拍一，一个小孩开飞机；你拍二，我拍二，两个小孩丢手绢……”清脆的童谣响在震后灰蒙蒙的山间，愿这些经历过地震洗礼的童年还能一尘不染走出大山……

像其他战友一样，扎西顿珠后来得知自己没在留下的名单里时没有丝毫可以逃生的惊喜，反而心情异常沉重，但还是服从了命令。“作为一名合格的军人，不仅要有勇气，还要听组织安排”，他觉得没有让自己留下也是组织经过慎重考虑的，可能是口岸不需要这个岗位的人员，也可能是吉隆地区抗震任务更繁重，更需要自己，总之组织决定了，自己必须服从。

直升机降落的时候，扎西顿珠帮一个带了两个小孩的妇女把孩子用背包绳绑在她怀里，并护送了最后一批转移出口岸的老百姓的安全。

我始终记住了他这句话：“有勇气挺身而出，有勇气服从安排”，这大概才是真正的铁血军人。

扎西顿珠一家是村子里极少能把两个儿子全都培养“有出息”的家庭，在扎西顿珠记忆里这要感谢他的继父。扎西顿珠很小时这个陌生男人便走进了这个家庭，从此懂藏语也要懂汉语的思想便贯穿他整个童年，所以他从小就在继父的教导下练就了一手好字。

地震刚刚发生的第二天，他听说吉隆口岸监护中队所有战士都要留下的时候，他就默默在笔记本的后面撕下来一页，这个19岁的孩子在人生尚未完整开启的时候写下了一封遗书。

他要写，而且还要写得漂亮，因为爸妈最喜欢自己好好读书好好认字了，这可能是留给他们的最后一篇作业了，字要写好一点，要保管好一点，以后爸妈还能经常拿出来看看，得留个好记忆。

写点什么呢？让家里再要一个小孩吧，可又一想，爸妈年纪已经大了，那就再领养一个小孩吧，总之可以稍微弥补自己不在他们身边的遗憾。

马上要过父亲节了，可惜自己等不到那一天了，回忆起十多年继父对自己视如己出，正因为有继父的教导，自己才开始学习汉字，继父告诉他想走出高原有出息就要先会说汉语会写汉字，自己来当兵也是在继父的支持下才实现的，可惜未能考上军校给他们争光。扎西顿珠一笔一画地在遗书上对继父写道：“我从未让你骄傲，你却待我如宝……”

遗书写好后，扎西顿珠把它整齐地对折好夹在了一本硬皮书的里面，他怕放在兜里压出褶皱。

被通知离开吉隆口岸的那天，扎西顿珠偷偷把这本书藏在怀里带了上来，余震一天不停，危险一天不止，万一哪一天他牺牲了，找到他的尸体就能给爸妈翻出这份随身携带的遗书，继父还能看见他工工整整的汉字：“爸爸……”

吉隆边检站尕麻旦增政委带领官兵前往受灾更严重的村寨救助群众。（胡俊浩　摄）

红妆

那年的小径未生皱纹
那年北风新娘凝脂如霜
那年快速瘦身的日历学习南飞的大雁
却免不了对坚守的红旗一步三回头
这只每天逆风练习飞翔的翅膀
始终一身红妆
再多的挑唆都隔不断
它与旗杆下身影的守望
你许我半世烛光
我陪你一生站岗

他揣上妻子的两块糖上山

2015年4月25日14时，中国西藏喜马拉雅山南麓。

此时，距离中国边境50公里的尼泊尔博克拉市游人如织，一座座历代王朝在这里修建的庙宇、宝塔、殿堂和寺院里，挤满了来自世界各地的佛信徒，人们双手合十膜拜佛像，祈求保佑平安。然而，谁也不曾预料，博克拉市地壳下红色的岩浆开始翻江倒海、喷薄欲出，人们脚下正在蓄积着足以造成大地震的“形变能量”，直到整个地壳达到难以承受的临界点。北京时间14时11分26秒，尼泊尔（北纬28.2度、东经84.7度）突然发生里氏8.1级强烈地震，震源深度20公里，所释放的能量相当于我国2008年汶川地震的1.4倍，强烈的地震波沿着喜马拉雅山中段的地壳迅速蔓延，向中国西藏边境地区袭来。

4月24日上午，吉隆口岸天空中的太阳周围忽然出现了大小不一、环环相套的光圈，人们很少看到日晕，纷纷走出家门用手机好奇地按下快门拍照。监护中队指导员熊英杰站在国门下，用望远镜发现口岸对面尼泊尔山顶，巨石缝隙间竟然冒起袅袅白烟的奇观，山顶上的野羊这里一只、那里两只不断地往山下奔跑。往日隐藏在幽谷丛林里的鸟儿呼朋引伴、啁啾不休，然而那天的山林死一样的沉静。监护中队的司务长单端玲曾发现一只藏野鸡意外地飞到热索村村民家的楼顶，怎么赶也不飞走。国门哨兵扎西顿珠还发现更奇怪的事，西山一只印度恒河猕猴从长叶松树上下来，后面跟着一群猴子猢孙，像是在匆忙地迁徙搬家。

距离中国吉隆口岸50公里的尼泊尔博克拉市野生动物园里，动物保护人员发现大象、犀牛等很多大型的野生动物涌到了开阔的地带，平时它们一般喜欢躲在林中不出来，甚至当地的一名导游还发现了几年不见的孟加拉虎，也意外地跑到野外的空旷地方来了。

尼泊尔发生地震后，国际社会广泛关注，习近平主席、李克强总理分别向尼泊尔领导人致电慰问。公安部、边防管理局首长高度重视，特别关注西藏边境地区受灾和公安边防部队自身安全情况，在第一时间给西藏公安边防总队打电话慰问一线官兵。

在同样震感强烈的西藏拉萨市，地震发生后不到5分钟，西藏公安边防总队高万海总队长就来到指挥中心，命令指挥人员到岗到位，立即启动《处置边境地区重大自然灾害预案》。在手机电话失联的情况下，总队指挥中心不断地通过超短波电台、卫星电话、北斗卫星通讯系统联系基层单位，在最终确定吉隆、樟木方向暂时联系不通后，开始联系西藏地震局，明确地震方位，动用数字地形信息系统，定位确定失联单位的坐标方位以及尼泊尔地震震源和中国边境地区的距离。

在同一片蓝天下，此刻，远在林芝视察工作的总队政委伏鹏忽然在手机微信里看到了尼泊尔地震的新闻，他立刻命令驾驶员加速行驶，越野车鸣了两声喇叭，风驰电掣地超过了前面邱敏副总队长的车。在一片尘烟纷飞中，两车嘎吱地停了下来……

远在西藏公安边防总队900公里之外的吉隆边防检查站，此时，办公大楼电梯门已经扭曲变形，楼梯的墙皮布满了恐怖的纵横裂纹。地震前，吉隆边防检查站尕麻旦增政委正带着妻子白嘎在吉隆镇逛街，他难得在百忙之中抽出时间陪陪妻子。白嘎拉着尕麻旦增的臂弯幸福地聊天说笑，她刚从拉萨市坐车来到吉隆，一路翻山越岭、克服高原缺氧，就是为了和远在天边的丈夫见上一面。地震发生时，尕麻旦增双臂紧紧地抱着惊恐万状的白嘎，怕石块砸伤爱人。当时，夫妻俩躲在路旁停放的一辆卡车旁， 汽车不停地左右摇摆，发出哐哐的响声，有很多老百姓俯在地上或看着碉房（藏式民宅）房顶上摇摆的五色经幡，双手合十祈求佛祖保佑。

地震刚停止，还伴有不断的余震，尕麻旦增忽然看到从他身边跑过的单位驾驶员次仁久美，他便大喊道："次仁久美。"次仁久美回过头停了下来，他站着愣了一下便问道："政委你怎么跟嫂子在这儿，地震没事吧？"尕麻旦增拍了拍身上的灰土，替白嘎用手捡去掉在头上的树叶，转身对次仁久美说道："我没事，一会儿将你嫂子送回来，我先行一步。"说完便头也不回地向边检站方向跑去。妻子欲言又止，看着尕麻旦增的背影发起了愣。尕麻旦增用了两分钟时间迅速从街道跑回到了单位。看到检查站公寓楼严重受损，外墙脱落，残破不堪，官兵们还没有从地震的惊慌中缓过来，尕麻旦增政委笔挺地站着没有动，他立即动员部队携带救援装备集合。

14时25分，第一支由吉隆边防检查站参与吉隆镇抗震救灾的队伍接镇政府通知到达帕巴寺广场。尕麻旦增对聚集在这里的群众高声喊道："我们是边防战士，大家不要怕！"这是地震发生后吉隆镇群众听到备受鼓舞的话。

这座相传是松赞干布迎娶尼泊尔赤尊公主时修建的古寺庙，整体形状为楼阁石木塔建筑。寺宙前，寺里的尼姑早为吉隆镇群众点起酥油灯，坐在地上双手合十祈福。听说边防官兵来了，寺里的尼姑们低头面佛激动地说："佛祖保佑，吉隆镇的百姓有救了，我们的金珠玛米来了。"

14时40分，西藏公安边防总队机动支队二大队、吉隆边防派出所和侦查支队的官兵陆续抵达帕巴寺广场与边检站官兵会合。此时，驻吉隆方向公安边防部队全部集结完毕，在通讯中断的情况下，西藏公安边防总队驻吉隆镇的几个单位，一致推荐尕麻旦增政委为"吉隆方向公安边防部队抗震救灾前进指挥部指挥长"，带领吉隆方向抽调的70余名官兵，准备抢险救灾。

正当尕麻旦增政委站在帕巴寺广场门前动员时，突然发生了余震，山上的石块开始嘎啦啦地往下掉，帕巴寺也在咯吱地响，门前三根高大的经幡松木杆在左右摇晃。群众惊叫着向四面八方开始跑。为防止踩踏，尕麻旦增没有顾及头上摇晃的杆子，命令边防官兵立刻手拉手将群众围在中间，用血肉之躯护住群众，并拿着喊话器用藏语喊道："同胞们，我们不要慌，有金珠玛米在，我们在广场是最安全的。"看到拿着话筒的尕麻旦增纹丝不动，人们才在官兵的安抚下慢慢地坐下来。

在露天的帕巴寺广场，尕麻旦增开始部署任务。"第一组由我和机动支队罗峰政委带队，前往多浦村救援。第二组由蒲政江副站长带队，在吉隆镇开展搜救。第三组由口岸边防派出所所长王科带队，前往吉普村救援……"尕麻旦增用手指着不同方向，通联中断，他只能用帕巴寺的石砌地面当地图，用手指当金属指挥棒，用现场能用的东西当沙盘，用石头碎片举棋步子、调兵遣将，快速地下达着命令。

“向右转，跑步走！”受领任务后，每个组的官兵在指挥员的口令声中如离弦之箭，迅速奔向重灾区开展搜救。部队急行军中，绕过相对安全的公路，直线进入受灾的村庄，一路翻山越岭，躲过飞落的滚石，尕麻旦增和机动大队罗峰政委冲在最前，官兵们用的是一种舍生忘死、扯皮脱筋的力量在奔跑，目的就是争取时间，抢救群众生命。

经过30分钟的急行军，第一小组顺利抵达离吉隆镇6公里的多浦村。此时，边防官兵看到，街道聚集了很多老人和小孩，看到部队来了，人们双手合十，做着拜佛的姿势。尕麻旦增政委迅速联系了村委会，了解情况后，紧急展开搜救工作。他对部队下达命令，“分成两个小分队进行搜救，20分钟后原地集合！”15分钟后，搜救完毕，在确认没有人员被房屋掩埋的情况下，尕麻旦增带领官兵帮助受灾村民抢救出一些日常用品，并对群众进行集中统一安置。

这里不得不提的一支队伍是机动支队吃苦耐劳的官兵们，采访中我也发现他们确实有好多可爱的故事可写，就连他们帐篷区用菜籽油桶废物利用制作的空中垃圾桶和帷布围起的自挖厕所就有故事在里面，采访快结束时远处山丘顶端一个歪脖树和一个扛枪的战士组成了最美的剪影。我想知道那个战士在想什么，我想知道那棵歪脖树是不是都认识了来这陪它的每一个战士，直到扛着自己砍伐的木头进行负重奔跑训练的战士喊着号子跑过我才意识到打扰这样一支部队的执勤生活是我不忍去做的，我也不该去打扰剪影里那个追梦的孩子。

在和吉隆边检站官兵统一行动抗震救灾的机动支队也有着自己的故事，但他们采集的照片太少，就像他们质朴的表达。

4月25日地震从两点多出发到六点钟抗震，全程没有喝一口水，没有吃一口饭，支队的政委说，“有的小孩体力已经透支了”，他总是这样称呼自己的兵，不管多少兵在他那都是他的孩了。六点钟接到命令去受灾严重的沙勒村“侦查灾情”时，他挑选了十个体力较好的去，由罗勇建副大队长带领赶赴，成了赶赴沙勒村孤岛的第一支救援队伍，刚到村口百姓就把车子围住：“军队来了，我们有救了。”

从4月25日晚开始的9天9夜坚守，官兵们住的是藏民的牦牛帐篷，是藏民牧羊时临时歇息用的。因为狭小，还要让老百姓住在里面，他们就在帐篷口挤一点地方，上身进到帐篷里，脚都露在外面。

过了两天之后，每个人身上都起满了红点，奇痒，当地村子的医生给了红霉素擦，不见效，等回到吉隆镇，又去解放军军区总医院在吉隆镇设置的紧急救助点，医生说这些是虫子咬的，如果不抓紧治疗会变成毒瘤，给了药粉和药水，说要保持皮肤清洁，防止感染。可是在灾区，哪里有水用来洗澡？所有人都像野人一样，回来的时候胡子都要比头发长了，脸上脏得一搓就能掉下一层皮。衣服脏得都直接扔了，有的泡在水里洗了迷彩图案也变成了白色，不能穿了。

吃的更成问题，救灾物资还没有到的时候，带去的干粮都分给了老百姓，官兵们山上摘野菜，借老百姓的锅煮，没有碗、没有筷子就用手抓，太长时间没有热的东西吃，他们都感觉不到烫，他们对温暖是多么渴求。

这里野菜特别多，多数是蕨菜，按照四川的做法，前一天采来，要在冷水里泡上一天，第二天吃才能去掉苦味，但那时哪有这种条件，饥饿的官兵们已经把苦菜吃成甜菜。这样坚持了3天，之后才有救援物资运过来，一共坚持了9天。

大学生士兵张瀚本来160斤，9天瘦了20斤，每天最大的愿望就是“能吃点东西，能喝点水”。

可艰苦的生活却没有影响他们的热情，毛全富和董斌挨家挨户排查有无被困或受伤人员时，发现一户农家院里还有人哭喊的声音，进去就看到一个老头在抱着房子正中的一根顶梁柱子，原来他是怕地震把整个房子震塌，日后没有修复的余地，一定要用那个柱子顶住房子。他的儿媳妇在外面哭喊着，“爸爸不要进去啊，金珠玛米会给我们想办法的”，可老人丝毫没有松手的想法。

毛全富和董斌赶紧把他拉出来，劝他危险不要再回去，可出了房门他就进了旁边的牛圈，非要牵出三头牛才走，“只要我的牛不出来，我也不出来”。这时候牛圈门已经被房屋坍塌墙壁的石头堵上了一半，余震还在不断发生，老人反复说着，“牛死了，我也不活了”，说着说着竟委屈得像个孩子一样哭起来，董斌看出这个倔强的藏族老人拉不着他的牛是一定不会离开的，便转身冲进牛圈，把最小的牛犊抱起来就往外跑，一直送到老人怀里，老人显然抱不动小牛犊了，但听到受惊的小牛犊滑落脚下哞哞地叫，老人破涕为笑，赶着小牛跟官兵转移到空地上去了，可眼睛还在盯着牛圈看。毛全富看着里面的两头牛，一大一小，赶大牛一下，小牛就跟在大牛屁股后面跑，看来是一对母子，于是重点放在大牛身上，可往圈门口赶，大牛就调头往回跑，跟毛全富玩起了转圈的游戏，其实毛全富在机动队的时间长了，跟老百姓接触多了，知道如果是正常时候赶一头牛出圈没有这么困难，想来是因为地震中受到惊吓的原因，于是毛全富轻轻上前摸摸牛头、摸摸牛后背高耸的骨架部位，这是牛愿意被人安抚的地方，果然摸了几下之后躁动的母牛安稳下来，毛全富顺势拉着它的牛角拍着它的后背走出了牛圈，当然小牛一见妈妈走了，立即惊慌地哞哞地叫着跟了出来，小牛的后蹄刚刚迈出牛圈，只听“哗啦”一声，对面房屋的一半侧墙在余震中全部倒塌并把圈门死死堵住。站在空地上的大爷一阵后怕，如果刚才不是金珠玛米把自己强拉出来，可能现在出不来院子的除了三头牛还有自己。

如今，穿着黑棉袄的老大爷经常开心地带着一头黑牛、一头白牛、一头黑白花纹的小牛在绿油油的草场上放牧，像掉入绿洲的几点宁静的夜色。

藏族人的观念是“宁可不要金子，也要牛”，因为牛可以耕地，没有牛就耕不了。

机动支队的第二组官兵去吉隆镇的人民医院抢救医疗器械，没有医疗保障，抢救出的重伤百姓只有死路一条。

卫生员江浩，每天背着药箱去附近巡诊，几天时间大家都听说了“有个穿军装的小大夫看病不花钱，啥病一瞧就好”，多普村等附近村庄上的百姓有的四五个一起跑来看病。

一个十来岁的小姑娘头被落石砸到了，需要剪掉头发包扎，小女孩的母亲怎么劝说都不行，经过队里的大哥哥们劝说，乖乖地同意剪头了。后来来换药的时候，小姑娘伤口已经愈合得差不多了，没有感染，小姑娘也笑呵呵的像朵格桑花。

第三组官兵由才旦静美带领巡逻，有定日县过来打工的，经常到垮塌或者主人已经撤离到安全地带的房子里偷东西，其实偷的不过是些被褥吃喝等日常用品，因为他们不像当地百姓一样得到同样妥善的安置。如果有当地百姓想回家取东西也要跟着，有一天巡逻发现了四个定日县过来的人在民房里鬼鬼祟祟，有个人还抱了一床被子，官兵看他可怜并没有没收而是远远地看着他们走出了村子。

劫后余生，每个死里逃生的生命都值得温柔以待。

有一天旦增俊美和吴文钊巡逻时，听见有人用藏语喊他们，虽然听不懂但听着急切的语调、看他招手的姿势就知道有急事，赶紧过去，只见地上一个土台子上面一个人仰面朝天地卡在土台子边缘躺着，“哎哟哎哟”地发出绝望的惨叫。看到当兵的过去，他绝望的眼睛顿时发出光亮来，用右胳膊支撑着身体肩膀抬起来，探出头来，用手捂着腰说，“肋骨，腰疼”，吴文钊把他背起来，但不敢用劲托他的身体，尤其是他的脚踝在从二楼跳落时受伤了，肿胀得要把袜子撑破了，怕他的脚碰到自己腿上造成他的疼痛，就让另一个战友扶着他的小腿，向外支撑着，及时送到了医院。

震区六一儿童节时，官兵们开展了“真情六一”活动，凑了3000元钱，给他们买小礼物，零食。

一个小朋友抱着一袋香辣花生馋得直流口水，翻来覆去地摩挲着鲜亮亮、滑溜溜的包装袋，就是不舍得打开，我们一个战士过去问他：“小朋友你怎么不吃啊？”她说要留给爸爸，我问他：“你爸爸在哪呢？”“在河里，昨天妈妈告诉我，爸爸去河里了，要好久好久才能回来，爸爸每次喝酒最爱吃这个了，我要等爸爸回来给他吃……”

震后水源紧缺，上游的冲堆村和下游的达曼村（也称铁匠村）发生矛盾，因为水流小，上游的村民为了多得些水，把流向下游的水路堵死，下游发现后偷偷打开，如此反复。

最后机动队让每个村子每家出一个人，对水源距离村子3.2公里的水道进行了清淤，将破损严重的管子从沟里取出，搭设的新水管让两个村子都吃到了干净水，一场纠纷得以化解。

不管是哪个单位的兵，抗震期间都统一行动、团结一致。

巡逻下来的人去搭帐篷，看官兵们搭帐篷辛苦，很多大人让小孩取出家里的救灾物资奶渣、饼干、可乐，小孩把可乐放在筐里分发给官兵们，官兵们不要，小孩就蹦蹦跳跳地把可乐放在这个兵哥哥的上衣口袋，那一瓶可乐放在那个兵哥哥的裤兜里，还有个矮矮的小女孩抱了一瓶举了好高塞进弯腰固定帐篷的兵哥哥怀里，官兵们把可乐掏出来摆在那里，村民和孩子们围着，看着，说着，笑着……那情境仿佛是在一个闲适的午后，坐在牧场里看着孩子跟邻家大哥哥玩耍，似乎忘记了三个小时前发生的天崩地裂。

官兵们回来纷纷说："看到群众这样积极乐观，我们觉得做什么事都值得了！"

士官洛桑甘丹，家就住在冲色村，爱人带着孩子在冲色村受灾，而地震后一切安稳下来之后，他才提出要回家看一眼。地震过去两个月了，他只回家看过两次，每次去半天就回来了。

大学生士兵张瀚经历了三次大地震，地震第一时间比别人先感觉到。经历过大地震的人对天气变化敏感，每当打雷、雨大的时候就会更加警觉。

"地震经历越多越害怕。"

帮别人的时候自己要哭了，不想再看到受伤了，不想再看到地震造成的伤害。

雅安地震的时候，爸爸那边通讯中断，两天找不到爸爸，我就去找来救灾的武警，他们说，"别急，告诉我们你爸爸在哪，叫什么名字"，我说了之后他们利用卫星电话在龙门的点找到父亲了，当时我还是一个小男孩，坐在武警帐篷门口的小凳子上，脚还够不着地，但是那种感激的心情深深地记在了脑子里。记得那段时间自己特别想当兵。后来他念了四川泸州警校，毕业后就如愿入警了。

汶川地震时，他住在学校，两栋房子都垮了，很多群众在哭，很多尸体……每次再经历地震，这一幕幕总是在脑海里浮现。

汶川地震的时候，晚上还在一个宿舍里住的同学，早晨还在一起有说有笑的同学，自从那一天下午开始就再也找不到父母了。

记得最深刻的是自己一个好朋友，他听说父亲去世了，最初没有反应，没哭没闹，然后突然哇一声哭出来就晕过去了。

西藏这次地震，他第一时间想起了汶川地震，有一种错乱的幻觉。

经过这么多次地震，他说："如果没有经历三次地震，现在自己可能跟地方无所事事的青年一样。"

“活了20来年，被别人帮助了那么多，也该帮助别人……”

“从前老想转业，现在想在部队干一辈子。”

我看着张瀚回忆这些的时候，他的音调低沉得不像是一个20岁的孩子……

曹峰政委在讲述战士们抗震故事的时候全程都在说“这些小孩”“我的小孩”，满眼都是心疼，他清晰地记得4月28、29日两天搬运的物资有400吨，他“恨不得把一个兵掰成两个去用”，也恨不得长出三头六臂好让他的“孩子们”歇一歇。

为防止人多情况紧急如遇余震可能引发其他事故，安置点的设置不能杂乱无章，先派出一组人挖厕所，另一组人扯塑料布搭房子，其他人员按照群众老幼病残等健康程度有序安置，每户人家都领到了遮风避雨的塑料布，战士们却两手空空，只能聚到一起烤火，狭小的车厢在一番退让之后让给了瘦弱些的战士进去休息。

跳动的火焰闪烁着一整天的惊恐，像尕麻旦增未能平复的思绪，他便在那火焰的跳动里回忆着突如其来的这一天。

他这才想起地震发生的第一时间他把来探亲的妻子交给了驾驶员，自己第一时间跑回了单位，如今妻子在哪？她有没有受伤？

担忧的思绪被记忆里的一阵哭声打断，那是一个叫泽西的藏族女警官的哭声，她说地震发生时她都没哭，但看到尕麻旦增政委回来了出现在大家面前她反而哭了。

短短的一天时间，从开始到最后每项救援都是尕麻旦增亲自带队，大家说不让他去，“你是班长，你要坐镇”，但他却总听见自己心里有个声音：“这个危险只能我带着去！”

“作为一个主官领导，急难险重全上，大家就没有怨言了。”

“政委都这么干，我们有什么理由不干？”

“这对我人生也是重要的考验。”

……

因为一场地震，边检站更有凝聚力了。

那一夜，“风一更，雨一更，聒碎乡心梦不成，故园无此声”。

风声雨声会随地震阴影的散去而淡忘，而尕麻旦增政委的两次哭声却湿润了所有官兵的心坎。

第一次落泪是地震发生第一时间尕麻旦增亲自向上级有关单位要求救灾物资支援，看着新建设不到一年如今却满目疮痍无法靠近的办公楼，看着满操场不知所措无处休息的官兵，尕麻旦增心疼又心酸地向上级诚恳“讨要”帐篷、棉被、食品……字字有如千斤砸落心头。

第二次落泪是地震发生后第一次与通信中断的处于热索孤岛的吉隆口岸监护中队官兵通话时，电话里听着热索那边的求助：“政委我们很危险，我们有什么办法？我们怎么办？”

……

虽然只闻其声不见其人，但犹如一张张真切的面孔浮现在面前，一双双无辜的大眼睛在盯着自己看……

“我是主心骨，主官，以站为家，是家长，有义务、有责任保护他们。”

“我们把老百姓保住了，可之后的问题又推到了我们这，官兵还在期盼着我，我又没有办法……”

“但凡哪个官兵出事了，我这个政委不用穿军装了。”

“我觉得自己真无能。”

地震风波过去之后，当尕麻旦增再与我回忆起他说的最后这句话时头又往下低了低，惭愧与自责的心情再次排山倒海般涌上心头，压得这个七尺男儿透不过气来。

最终确定留守的21人驻扎下来之后，通信逐步恢复正常，尕麻旦增想通过电台跟21个孩子聊一聊，他想跟21人每个人都聊完，一个一个说下去，但接起电话跟副站长、中队长讲时已经情绪不稳定了，听见那边赵英杰喊“政委”的时候已经泣不成声，赵英杰就在电话那边一直喊“政委，政委”，尕麻旦增就一直按着对讲机，讲不出话，21个脑袋绕着对讲机围成一圈还以为对讲机坏了……

坚强的人在那时特脆弱。

他们还能撑住，尕麻旦增撑不住了。就让他们说自己有紧急事，估计他们也听出来了，相对无言的对讲机里“滋滋”的信号声代表了千言万语。

事情过了好几个月后，尕麻旦增也坚持“不看遗书”，吉隆口岸21名勇士危急状态下的“绝笔”是尕麻旦增心中永远的痛。

“我没让他们有安全感，没能好好地保护他们……不想回忆……不敢回忆……”

4月29日，驻守热索村吉隆口岸的21名勇士重返吉隆的单位时，官兵们像欢迎久未重逢的亲人般夹道欢迎。21个孩子要给尕麻旦增敬礼，尕麻旦增坚持说不要敬礼，要——拥——抱！

他们既是军人又是家人！

时间在一天天的紧张与惦念中终于到了5月9日给热索村送物资的这一天，在第二个流泪的电话中尕麻旦增答应过官兵，第一次换防一定要下去。

满载物资的车子将要驶过通往热索村的盘山路上第一个塌方路段时，新的塌方出现了，车子的一个前轮差点悬空，在西藏盘山路上有过多年驾驶经验的驾驶员随机应变驾驶车子驶离险境，但当天去热索已经不可能。

说好的第一次换防就这样被拖到了5月11日，两天的时间物资就放在车上，人心就悬在路上。

因为有了第一次去换防路上的死里逃生，第二次去换防的清晨，妻子说什么都不肯让尕麻旦增上路。

是啊，家里还有两个孩子。“父母没了，两个孩子怎么办？”这句话在尕麻旦增的脑海里不断盘旋，所以地震一发生他便劝说妻子跟随救援车辆回拉萨，逃离地震区，如果自己在地震中牺牲，至少孩子没了爸爸，还有个妈……

但妻子坚持陪伴他到最后，默默地做些力所能及的事情，帮助战士们打扫卫生，劝说另外几个当时也来队探亲的家属稳定情绪，不能给官兵们抗震工作增加心理负担等等，还给官兵们当起了心理辅导员。

默默地支持不需要甜言蜜语，就像尕麻旦增说的“老夫老妻的了，都懂！”

就像地震后妻子睡在车里与尕麻旦增的对话。

“我有点累。”

“那你赶紧睡吧。”

妻子把车座放平，为紧张辛苦了一天的丈夫铺出一小块可以委身的“小床”……

妻子越是这样理解尕麻旦增，尕麻旦增心中越是委屈难过，一方面是对妻子的愧疚，妻子小半年不来一次探亲，这次翻山越岭坐了一天加半夜的车子前来，本是自己想好好补偿一下，却变成了妻子又为自己付出了很多。另一方面，尕麻旦增总想着自己有妻有儿有女，作为一个男人该拥有的都拥有了，哪块石头飞下来砸到这辈子都算值了，可那些十八九岁的兵呢？那些二十出头刚毕业的警官呢？尕麻旦增宁愿牺牲自己也舍不得牺牲手下这些涉世未深的娃娃们。

尕麻旦增的大女儿雍措四岁，二女儿隆钦刚刚一岁，名字都是尕麻旦增亲自起的。

后来尕麻旦增才知道，刚地震时，父母在电视上看到地震的惨烈景象，在央视的新闻上还看到了儿子灰头土脸指挥救援的画面，两个老人揪心的暴哭。

而心疼女儿，怕女儿听到灾难会留下心理阴影的尕麻旦增则是直到五月中旬才给女儿打电话，大女儿说在电视里看到爸爸了。

“爸爸怎么变这么丑了？”

“你变得好丑啊？”

“下次变帅一点再回来！”

“爸爸什么时候回来？”

……

一句句稚嫩的话语听得尕麻旦增一次次默默流泪，他问女儿：“你知道什么是地震吗？”不谙世事的女儿懵懂地摇头：“地震……就是地震嘛。”

妻女的支持是尕麻旦增抗震救灾的动力，他一遍遍劝妻子离开，但心里也觉得其实她陪在这也好，在眼前晃着，走了也觉得落寞。

妻子走的第二天，开完早会，他习惯性的在操场找妻子，才发现妻子已经不在这了，这时心里空落落的。于是，最后一次换防前在操场离别的情景反复再现。

妻子坐在操场石板凳上，戴着墨镜，她平时不戴墨镜。

“能不去吗？”

“没选择。”

尕麻旦增本来想说一旦有事让妻子照顾好孩子，但还是咽了下去。

妻子站起身，往他上衣的右兜里塞了两块糖，尕麻旦增拍了拍口袋：“等我回来，咱们一起吃！”

他抱了妻子一下，亲了一下她的额头……

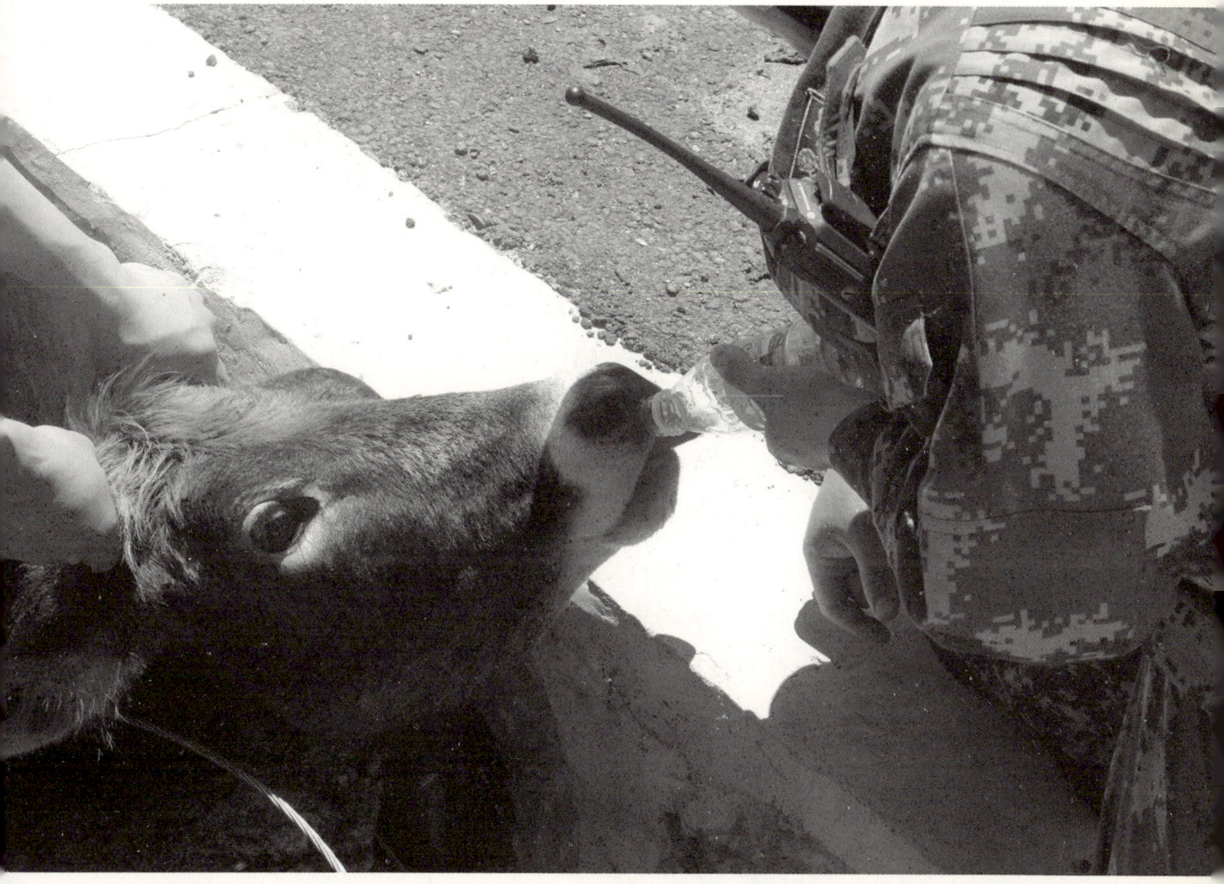

吉隆边检站监护中队留守口岸的战士扎西平措给一头卡进沟里的小牛喂水并设法救援。（陈小红　摄）

去超度

做一场超度
会不会比超越孔唐拉姆还难
我一米一米丈量海拔的提升
像细数自己的罪行

回转的盘山路是山的肠子
我被反刍到喉咙时
山，饥肠辘辘
我，也早已腹中空空
当我体内的高山高原被碾成一条
支离破碎的河
和一生流不走的罪恶
当那些凝滞的血
禁锢住一个白色的灵魂
为我见不得光的泪，着色

至往生极乐净土
在去超度的路上，我放声大哭
可泪太少，灌溉不了两边的秃山
引不回流走的河
我抱紧干瘪的肚皮
满满，都是母爱的饥饿

儿子没了，这辈子的母亲就做完了

从前繁华热闹的边境小镇热索村，在人们撤离成空城之后犹如一个退休后蜗居在家的妇人，失去了从前的光彩，一下子苍老了许多，孤岛里守望的日子，21名留守官兵觉得连平时近到伸手就能扯下来一朵的云都断绝了跟自己的联系。

这样的日子过了五天，5月4日那天中午，一名战士像得了元宝一样手舞足蹈地跑过来一边指着山上，一边弯腰上气不接下气地喊："江村，江村有信号！那的解放军给咱留了点物资……"没等他说完，中队长王忠祥刚想批评他的长脸立即变成了菱形，嘴巴笑到了耳朵那，一下子从床上蹦起来："有信号？！"这一强调不要紧，几个帐篷里的兵好像是猫闻到了鱼腥，各个跟着蹦起来，争着抢着要去取物资，王忠祥假装把脸一拉："清点人数，列队，列队，注意纪律！"然后又忍不住笑逐颜开，心里小声嘀咕着："好在中午没睡的兵才九个，若是都知道了，可让谁去不让谁去呢？"别看他这个中队长在决定谁留谁走的大事上拿得了主意，小事却总犯犹豫，比如晚饭吃馒头还是米饭？周末看电影还是唱歌？每每这时总是兵们做了中队长的主。

地震以来只有4月29日晚上只剩21人留守的时候大家才每人给家里打了两分钟电话，那个卫星电话不敢轻易使用，一来怕电池没电，二来怕占线接不到上级通知，所以只允许打两分钟电话，仅够报个平安，剩余时间不是盯着三面山上悬而未落的石头就是21个人面面相觑，似乎能聊的话题都聊完了，这次终于能没有时间限制尽情地跟外人畅聊，大家都感觉"太爽了！"陈豪后悔中午怎么那么快睡着了都不知道这种好事，没能跟着去，看着从江村回来的战友兴奋的样子，听他们说，那种走上十几里山路就为打一个电话的心情这辈子都忘不了。

在去江村的路上，扎西平措看到路边排水沟里挤进一头牛。说成"挤"一点都不为过，这是一头棕黄色的犏牛，骨架已嵌进排水沟的石壁，短毛下的皮肉把沟壑填得严丝合缝，全身除了头可以摇动，哪都被禁锢住了，不知是地震时被石块砸进了沟里还是逃跑时误入沟里，总之看起来它已经被困在此处好多天了，眼神中满是绝望和疲惫，连几个兵过去查看伤情、赶它出来，他都无动于衷。训犬员蒋永彪对动物的观察更敏锐些，看出牛又渴又饿浑身无力，到附近找到水源是关键，几人继续往江村方向走去，没走多远，在路边发现一处建筑工地，本来是有很多工人在这里赶工的，地震时期都随直升机紧急撤离了，留下一堆沙子围成的圆圈，里面蓄满了雨水，终于能尽情用水了。那些天中午特别热，从国门的一侧向尼泊尔方向望去能见到气浪从桥上呼呼地往上冒，冲击着上方依然纹丝不动的国徽。这次终于有水可以洗澡，大家扑通扑通跳进去洗了个澡，会水的还游上几圈，那几分钟在阳光、雨水之中，大家欢笑着、打闹着，好像忘记了山上随时会落下的滚石和刚刚发生的灾难。

而蒋永彪心里却记挂着那头牛，在战友们下水之前用自己的头盔盛满了澄清的水，像捧个宝贝似的坐在路边看着战友们在水里嬉戏，从小跟牛羊有感情的藏族兵扎西平措捡起一个空矿泉水瓶默默地灌了一瓶子水，坐到蒋永彪身边。

一座大山，两个人，一头牛……

返回的路上，他们一边加快脚步，一边小心翼翼地护着钢盔里的水，远远地看到那头牛的时候，牛好像认出了他们，把头抬得高了些，就那样凝视着他们一路走来。蒋永彪把盛满水的钢盔放在牛嘴下，渴坏了的牛几口就喝光了。扎西平措像小时候喂刚出生的犏牛娃子一样，把矿泉水瓶口伸进牛嘴里，果然被牛一滴不剩地吮吸干净，喝过水的牛看起来充盈了许多，眼神里多了几丝灵动，显得更加可怜。扎西平措看着它左右摇动的牛角，那两根牛角是直直朝向天空的，上端还没有弯曲，牛角与头皮的相接处像年轮一样的圈圈还没有几圈，说明这是一头年龄不大的小牛，如果牛上了年纪，牛角会向内弯曲，整体朝前面耷拉着而不再朝天直立，而那些“年轮”的记岁方法也是与树的年轮相似。根据小时候的经验，如果家里的牛陷进了沼泽地，要拉着牛角和牛尾拽出来，他让蒋永彪和孙丹各拉住一只牛角，自己抓起沾满了牛粪的尾巴。从小跟牛生活在一起的扎西平措一点都不觉得牛粪脏，原来在草原上放牧，牛粪可是宝贝，“一二三——

一二三——”可不管三人怎样用力，牛的身子始终卡在沟里一动不动，身上看不出明显伤痕的牛应该是腿部受伤了，它的四条腿竟然一条也抬不起来支撑不了身体的提升，经过半个小时的努力，效果仍是徒劳，大家累得瘫坐在地上。

一座灰山，三个绿兵，一头黄牛……

官兵们从四周的山上拔了些牛爱吃的草，踉踉跄跄地抱了一大捧堆在牛身前，比水沟还高，比牛身子还大。已经耽搁了近一个小时，兵们不得不摸摸它的后背、摸摸它的头，心情沉痛的先离开，一场生命浩劫般的地震都没有夺走它的生命，怎么一道小水沟就让它逃不出死神的魔爪了呢？等三个人转身的时候，听见后面“哞——”的一声，牛发出了一声长长的嘶叫，三人谁都不忍回头……

不管怎么说，经过这次“江村之行”，兵们打破了孤岛的局面，信心与希望倍增。

无论天灾还是人祸，人在国门在，国门在祖国在。什么时候小小的兵们都不忘肩上重重的职责。“一保安全，二守国门，三防不法分子袭扰！”我承认一看到这样一二三分条的八股文我就头疼，但在该时该地我却觉得这些兵们拍着胸脯张口就来的任务指令生动得很。

5月5日晚接到情报，有30多个流亡藏人要从尼泊尔通过吉隆口岸闯关入境，好久没有执行任务的官兵们得到消息表现得很兴奋，卸下地震第一夜搭建临时帐篷的钢管，加上废铁丝和钉子等，连夜扎了三道钢丝网隔离墙，横在热索桥上，同时还特意又看了看桥上被落石砸出的三个洞，有河水依然在桥下奔流不息，一切都和地震前没什么区别，除了有些生命不在了，有些躯体不再完整，有些心灵烙下的疤痕无法消除。

除了三道防护网和哨兵依旧站岗，还有一位忠实的国门卫士到了出场的时候了，那就是警犬“新华”！

每批警犬在训练基地都用一个共同的字作为名字的开头，相当于姓氏，“新”便是监护中队警犬的姓氏，“华”字是它第一任主人给起的名字，第二任主人训犬员蒋永彪给它沿用了原来的名字。这只警觉的拉布拉多黑犬在地震前一天曾经警觉地大叫，但没人往地震方面想过，当整个口岸成为孤岛，只有21人留守的时候，新华作为第22个成员似乎变得更加兴奋，它大概不懂得留守的21个穿绿衣服的人都有怎样的悲壮与恐慌，缠着蒋永彪跟它玩耍，一会儿抱着蒋永彪的大腿不松开；一会儿跃跃欲试想跳到蒋永彪的背上；一会儿又叼个瓶子来磨主人的裤脚，要求玩“扔沙袋”的游戏。每当这时大家就会围着国门前的空地看它表演，新华的演出总会更加卖力。相比之下，中队另外养的一只叫“猎卫”的白犬因为不像新华那样受过专业训练，自知专业素质逊色，显得有些自卑，每当新华表演的时候它就把头深埋进前面两爪里，一副可怜兮兮的样子，但猎卫追求上进的决心满满。得到要有不法分子闯关的情报后，中队在桥头从左到右拉了一根钢绳拦住想从桥上过来的人，钢绳上拴一个可以自由活动的钢圈，钢圈上用一米多长的绳子拴住“值班”的犬，太想表现自己的猎卫每有风吹草动就大声发出警报信号，由于多次报出假情报，扰得大家无法安睡，蒋永彪把它调成值白班，由警犬新华值夜班。夜班虽然辛苦，但新华被委以重任后神气得很，大摇大摆地从晚上被关进笼子的猎卫身边走出去上岗。

新华的表现果然没有让人失望，5月9日凌晨三点多，有人在热索桥上出现，新华大声发出警报信号，哨兵立即前往查看，桥上的人见惊动了哨兵，立即往尼泊尔方向走去了。

立得战功的新华更加趾高气扬，清早颠着有节奏的步子回窝里休息，这时倘若猎卫对新华稍有得罪就可能会受到兴奋状态的新华欺负，地震前一个月猎卫的左腿就被新华一口咬瘸。蒋永彪帮猎卫医治好腿伤之后送它回窝，但猎卫就是不回去，虽然它的笼子跟新华的笼子隔着一层铁丝网，但大概是有了心理阴影，猎卫害怕地绕在蒋永彪脚边寸步不离，就连蒋永彪上楼晾衣服，它也一瘸一拐地跟上去。蒋永彪蹲下身，猎卫把头放在他的膝盖上，还用鼻子哼地叹了口气。蒋永彪用手一遍遍摸着它的头和后背：“没事了，没事了……”见它委屈呜咽的样子，蒋永彪还为它唱了一首《男人哭吧不是罪》，被进来晾衣服的战友看见好一顿笑话，但蒋永彪从来不把跟犬之间的相处当成游戏，对待猎卫这样，对待新华更如此。去年新华的尾巴上长了一个肿瘤，蒋永彪带它去拉萨做手术，晚上在床边给新华铺了毛毯，可新华见主人睡在床上几次想上床想呆在主人身边。蒋永彪就侧身把它搂在自己怀里，让新华的头跟自己的头枕在同一个枕头上，像抱着自己女朋友一样。受宠若惊的新华从来没享受过如此幸福，一动不敢动，过了两个多小时实在忍不了了，自己蹦下床去睡了。

在平常日子，尼泊尔的狗偷渡来中国是常事，我们这边的狗对那些外国友“狗”并不是十分欢迎，见了面经常以来个贴面礼为契机上去狠咬对方一口。只要一只我们的狗发起进攻，它的伙伴们就会群起而攻之，外国友“狗”只好落荒而逃，但它并没有败下阵来，而是偷偷躲在角落里，寻找下一次可以融入异国狗群的机会。

而这些尼泊尔狗和口岸上的流浪狗在震后的特殊时期却没有因为侥幸逃过地震劫难而得到眷顾，这是官兵们最痛心的事。地震期间慌乱忙碌，顾不上照顾常来光顾的流浪狗，惊恐饥饿的狗们三五成群“偷渡”到尼泊尔境内寻找食物，垮塌房屋下来不及挖掘和掩埋的尸体成了它们最容易获取的盘中餐。官兵们曾亲眼见到一条高过人膝盖的尼泊尔品种黄色土狗摇着尾巴叼着半只黑乎乎已经开始腐烂的人的手臂得意扬扬地从尼泊尔那边穿过热索大桥跑回来，那条手臂因为长时间供血不足坏死变黑，只剩四根指头的手上还在食指处戴了一颗跟指头一样宽的白色宝石戒指，在变黑的皮肤上显得更加明显，想来他应该是已经娶妻的成年男子，不知他的妻子现在何方还是跟他一起在地震瞬间没有痛苦和预兆的平静而去。据说尼泊尔地震因为山体迅速滑坡，很多家庭瞬间都被一起掩埋，其实这样对于相爱的人来说不见得比剩一个人孤独怀念糟糕，刹那冷冻的爱情在天堂得以保鲜。灵魂归去，皮囊残留，同时留下的还有疾病和疫情，果然大黄狗叼来“美餐”后的第二天，就出现了口吐白沫、尾巴颤抖、走路摇晃等疫病症状，口岸还有很多流浪狗，如果这些狗吃了大黄狗吐出的东西都会被传染，由动物传染给人可能也是一瞬间的事，好不容易逃过自然的灾害，不能倒在人为的伤害里。摆在兵们面前的只有两个选择：要么杀死这条黄土狗，斩断传染源，要么既然这条异域品种的黄土狗从尼泊尔来就让它回尼泊尔去。官兵们看着病得歪着头的黄土狗虽然可怜却也没办法，把它赶上热索大桥，让它回国去。可不管官兵们怎么赶它、对它大吼，它都不肯上桥离开。在中国流浪两年，监护中队的官兵一直把它当自己养的狗一样喂养它，它早已把他们当成自己的主人，把口岸当成自己家，它一时不能明白“主人”“抛弃”它是放它一条生路的苦心。情急之下两个战士拿起地震时飞落到地上的石块朝黄土狗砸去，听到桥头的石击狗吠，训犬员蒋永彪赶了过来，一把推开两人：“你俩大男人咋这么对待一条小狗呢？”同样爱狗，但蒋永彪更把狗当平等的伙伴一样看待，他跑到黄土狗身边弯下腰轻声说了几句什么，带着它上了桥，又做了几个手势，黄土狗像听懂了蒋永彪的话一样，三步两回头地朝着桥对岸走去了……

卫生员兰彬养的狗就没有黄土狗那样幸运了，那还是两年前兰彬去山边巡逻时从路边捡回来的一窝小花狗，狗妈妈不知去向，四只小花狗冻得瑟瑟发抖一个往另一个身上爬互相取暖，兰彬一边胳膊抱着两个捧回了中队。好不容易两岁了，又逃过了地震，就因为可能感染尼泊尔疫情而和口岸十来条流浪狗一道被检验检疫相关部门下了“赐死”令。兰彬说他那天晚上没有吃饭，一个人躲在运兵的皮卡车里，头扭向营区的反方向，他只见一个战友拿着一根钢管和第一次直升机运来的物资里的两根QQ火腿肠朝大花、二花、三花和小花走去，那火腿肠是震区用来救人的，没想到今天却取了四条性命。官兵们都知道四只花狗最爱的就是QQ火腿肠，就连此刻拿着钢管的战友从前还省下津贴给它们买过食，只有这一次美食诱惑它们走近，迎接它们的不是味觉享受和讨主人摸摸头的喜爱，而是当头一棒！兰彬堵住耳朵，闭上眼睛……

一场地震，夺去多少人和动物的生命，没有办法统计清楚。地震过后的两天因为蓄水池水位降低便暂停使用，改从水源直接取水了，但当留守期间官兵们乐观地开始谋划震后重建新生活的时候，爬上山坡上的蓄水池却闻到了一股臭味，绕到蓄水池的背面才发现一块山坡上滚落的巨石下压着一条已经被砸扁的黑狗，黑狗四爪趴在地上，后面两爪和屁股已经被压在巨石下面看不到了，头歪着，舌头长长的从嘴角流出来，嘴边一点点凝固的血迹表明黑狗被砸的时间已经过去好多天了，圆睁着眼睛似乎是还没有反应过来地震就突然来临而葬身石下。

震后，任何腐败的生物遗体都可能引起大规模疫情，焚烧往往是最佳办法。兵们从车里引流出一些汽油，加了些柴火树枝，去给黑狗火化，但谁也没有料到点燃不久由于尸体腐烂时间太长，黑狗肚子内已经生满了蛆虫，随着火光的燃烧，噼里啪啦一层又一层地涌出来、掉下去，让前去焚烧的卫生员兰彬都恶心得把早饭全都吐了出来，但也要坚持把那些蛆虫聚拢起来焚烧干净，任何当时不能忍耐的因素都可能为以后埋下隐患。

同样受地震影响无家可归的还有监护中队宿舍楼前文化长廊里的十几条锦鲤，地震之后鱼池缺水被转移进两个水桶，过了两天水桶里的水因为不流通开始发臭，兵们便拎着水桶把它们抬到了半山腰上的蓄水池旁，可往蓄水池里一看才知遭到山上掉下的巨石破坏的池子前几天还只是水位急剧下降，现在竟然干涸见底了。什么事都难不倒自己动手丰衣足食的官兵们，他们从建口岸联检大厅的工地上找来损坏被扔掉的抽水机，号称“全能王”的杞从军变废为宝，把三个抽水机上好的部件更换到一个抽水机上，每天从吉龙藏布向文化长廊前的水池里抽半小时的水，保证水质新鲜，十多条可爱的锦鲤终于可以回家了！只是在频繁的“搬家”过程中一条锦鲤妈妈不堪重负过世了，为此杞从军伤心了好一阵，自从锦鲤买来一直都是他负责照顾的，没想到地震落石都没有伤到它们，却在后期转移过程中意外死了一条。杞从军觉得很对不起锦鲤妈妈，便在山脚下用铁锹挖了一个坟墓，捡来一块有凹槽的石头，把锦鲤妈妈放在上面，把几块碎石围在它的身边作墙，再找一块平整的石头当盖子，一个简易的石棺就做成了。

最后一步要在盖子上刻上字，刻字对于内地城市的兵来说可能要找外面的文化公司定制，可西藏这边没那条件，兵们什么都自己动手，就算是往草坪上的大石头上刻标语也不在话下。先用白纸把适当大小的字打印出来，敷到要刻字的石头上，用小刀沿笔画抠出来即可，如果需要再把凹进去的字体刷上红漆就更醒目了，地震之后吉隆边检站营区立旗杆的水泥台子上的字、几块石头用水泥黏合在一起喷上漆立进草坪里刻的字，全是通过这土办法完成的。官兵们不怕辛苦，人多力量大，十几个字，十几个兵，连写带刻半天完成！这大概就是“缺氧不缺精神”的老西藏精神最朴实细微的见证吧。

那些警营文化的字多是规定好的，可给鱼立碑刻什么好呢？锦鲤？太宽泛，笔画太多也不好刻，刻这条鱼的名字？可生前并没给它取名字呀，想来想去杞从军在石盖子上刻下“小军”两个字，那是小时候妈妈常叫他的名字，那时候他跟现在一样喜欢养鱼，每每扒在鱼缸旁要妈妈喊着“小军”“小军”的名字才肯过去吃饭，就像锦鲤保护着它的孩子一样，如今离家，再没人叫他小军了，也许山上的一块石头掉下来，妈妈就再叫不到小军了。蹲在正午的阳光里杞从军却打了一个寒战，他后悔战友们被直升机接走时自己没让他们捎一封家书回去，当时他怕写了家书就成了遗书，如今留下来他只想在信里叫一声妈妈，他怕一旦他没了，妈妈这辈子的母亲就做到头了，也做完了……

坚守在国门的官兵为执行任务的特警做好消毒防疫。（郑永波　摄）

震区节日

酒瓶里落满星光
不知夜晚如何通过细口瓶溜进来
被晃得东倒西歪
在青稞酒的干渴里
在盘山路般悠长的音符里
上蹿下跳
就像举起夜色的那只手
是想摇走星辰
还是想震落被挤上云端的往事

他叫姐姐的声音很亲

“第一次余震就是7.1级，谁也说不好下一次是什么时候”，这是在21个兵决定留守之前中队长讲的话，不好听，但是事实，所以我一直好奇21个兵是怎样在一座随时可能覆灭的空城里度过4月29日到5月11日12天的留守时光的，他们想了些什么？做了些什么？

搭帐篷！平时搭的都是军用帐篷，一个月练习一次，大家都能搭上，但这次派发下来的是民用帐篷，几个人把图纸摊到地上，围了一圈看怎么个搭法。2008年号称“全能王”的杞从军就参加了奥运火炬珠峰传递的安保任务，接替云南总队抽调的人员在没有营房的山南支队一直搭帐篷住，可以说对帐篷最为熟悉，但仍然没搞懂这些细钢条到底是用来做什么的呢？最后大家七手八脚一边尝试一边搭，用了30分钟才把帐篷搭好，原来那些钢条是民用帐篷里专门加固并且可以挂灯用的，一个生活配件居然让整天想着战斗的官兵们一时摸不到头脑。

第二天，官兵们被允许睡到自然醒，可习惯了按时起床的他们还是很早就起来整理内务、打扫卫生，好像这场地震从来没有发生过，生活很快恢复了正常。接下来每天上午由副站长和中队长轮流讲课，因为下午风大，在户外说话基本上听不见什么，下午一般用来自学，晚上还要搞军事训练，喂猪、种菜，每天坚持出早操，加强身体锻炼，“长时间不锻炼要生锈”。日子被安排得如此充实，除了要恢复正常部队秩序，还要让官兵在忙碌中忘记恐惧，没时间多想！为了缓解大家的情绪，副站长和中队长亲自跑到断壁残垣的中队宿舍楼四楼，把卡拉OK点唱机和音响设备抢救了出来，搭了一间帐篷专供大家娱乐放松心情。夜晚静下来，风从尼泊尔那边吹过来的，不一定哪一竿子（四川方言，一阵的意思）风里就夹杂着尸臭味，大家不敢让自己闲下来，每个人都不想独处，找出各种可玩的游戏。当时在一楼有一把带轮子的转椅，那12天里他们玩得最多的竟然是到停车场和吉龙藏布之间的水泥斜坡上，一个人坐在转椅上，另一个人从斜坡上把他推下来，平日无聊的游戏那些天都被兵们玩得津津有味。他们做好了随时牺牲的准备，但脸上都是笑着的，谁都不想挑明这是为了什么。

官兵们最享受的还是晚上在院子里生上火，大家围着炉子烧水，围着炉子泡脚，就像小时候在家里一样，这时常说的就是："如果没有地震……"和"如果现在地震了……"这样的话题，但好像事先约定好一样，谁也不许哭，必须笑着说。他们回忆着刚来的时候，房子、大棚、猪舍……什么都没有，现在刚刚建好，又什么都没了；他们回忆着当年吉隆通往口岸的路修了一年，国门修了两年，刚来时觉得这地方呆上十天就压抑得很，经常两三个月没信号打不了电话，但仍然坚持条令纪律，几点起床，几点出操从来不马虎，后勤保障更是风生水起，养猪种菜忙得不亦乐乎，做什么事都根据实际情况去想，所有人一条心，什么事自己动手，像个与世隔绝自给自足的桃花源。

这样自给自足的模式为他们留守期间增添了很多乐趣，21个人每人在留守期间至少做过一次菜，黑龙江的执勤业务科王兴云科长给大家摊的煎饼是最受大家欢迎的。面和好，发过一个晚上，用擀面杖擀薄了，放进葱花、花椒、盐巴等等，一人一块、三人一个饼，因为第一次尝试，面和多了，第二天早晨还做了面片，大家说好吃的时候，王兴云露出满足的笑容像个孩子。

留守期间的餐具一律是盆，包括盛米饭的容器也从小碗变成了小盆。

28日的直升机上运送来一些物资，有蔬菜，冻菜，包括冻鸡爪、冻肉、冻猪蹄、青笋、大白菜、洋葱、土豆等等，还送来了方便面、面包、饮用水，还有一些小食品，比如QQ火腿肠。当然还运来很多必备药品：麻药、纱布、消炎药、消毒水等等，官兵们还把用空的菜籽油桶切成一半，每半都是一个烧烤架，这些物资和快乐支撑了漫长的与死神对抗的日子。

生活再可怕，形象不能差。"从前连附近的村民们都找我们理发呢！"陈豪说这话的时候确实自豪，看得出他的理发技能一定不错，但我问到怎么理的时候，他就哈哈大笑起来，说监护中队每个人都会理发的，最拿手的是"锅盖头"，就是用一只碗扣到脑袋中间，用电动推子里刀片距离头皮比较小的档位把碗四周的头发推一遍，再把碗取下来，用推子里较高档位推碗里面的头发，这样从上面看上去就像扣了一个圆圆的锅盖一样，至于每个人头上锅盖的大小可是兵们心里计较的关键，谁也不想理发时顶着大碗，那样会被围了一圈的战友笑称“大头”。

留守期间，官兵们只远远地见到了一个陌生人。5月9日的傍晚，一个成员多数是退伍军人的民间组织“雪狼救援队”中的一名老兵站到了热索大桥的桥中间，他们应该是在尼泊尔救援期间看到了中国国门，作为一名老兵，他懂得法律神圣不可侵犯，知道不能跨越大桥，就像当年站军姿那样笔挺地站在桥中间，利落地朝向国门上的警徽、国旗敬了一个标准的军礼，又深深地鞠了一个躬，然后默默地离开，迈着中国军人矫健的步伐。

留守期间，官兵们还接到了一个陌生的电话，打电话的人却是他们熟悉的，一个在口岸开“浪漫满屋”奶茶店的老板娘，电话是打到卫星电话上的。接通了就问：“你们死了几个兵啊？”问得中队长既纳闷又气愤，没好气地跟她说：“一个没死，都好好的！你是谁啊？”没想到对方松了一口气：“啊呀，那就好，那就好。”原来这个奶茶店的老板娘地震时去日喀则上货去了，不知怎么听说吉隆口岸地震时死了四个兵，心里难过得不行，多方辗转要到了号码，要一问究竟才安心……兵们暗自想着：“等地震过去，口岸恢复正常了，这个最大的中尼陆路口岸一定会更加繁荣，一定要多去‘浪漫满屋’多喝几杯奶茶。”他们说这话的时候就好像蜷缩的那个打着木板地铺的帐篷里充满满屋的浪漫似的。

“这兵没白当，人家还能记得起。”

这个中午他们都没有午睡……

这样的欢声笑语在5月11日换防的时候又一次响起，那天口岸管委会的张军副主任回到热索村，跟王忠祥中队长陪同几个新华社的记者来采访，几人一起走在国门前的空地上时，记者感慨口岸地形的险峻，询问不同方向山体落石时逃生的路线，经历过地震的人对“地震”“逃生”这种词总是特别敏感，只要提到立即进入战斗状态，王忠祥认真地给记者介绍：“如果这边的山体崩塌就要往这边跑……”他有力的手臂大幅度的清楚地指示着逃生的方向，唯恐周围的人看不清楚，连身体都随着手臂的方向倾斜着，满是航空飞船发射时“走起”的架势。在这里，你才知道指示方向是多么重要而认真地工作，姿势美或不美、标准与不标准，在这里没有任何意义，要群众看得清楚，发挥作用才是真！口岸管委会的张军副主任似乎有觉得可笑的事情，他看到王忠祥的手势就开始笑个不停，大家诧异地等他终于控制了笑声之后才知道，原来在地震发生时到直升机把张军他们接走，王忠祥每天都在这样组织着大家逃生演练，把每一种情况都分析出来，一遍一遍详细地指示给群众看，每天要看他做上二三十次，以至于他的“走起”姿势成了大家关于地震记忆中一个不可或缺的元素，也正因为有了这个小小的元素四两拨千斤，安慰了恐慌中绝望的人群，如今青山绿水依旧，灾难成为历史，这手势却永远留了下来。

等我去口岸看望驻守官兵的时候，这一批战友已经在那个连只陌生的猫都看不见的孤岛里驻守了快一个月了，我作为陌生女性的到来好像让他们觉得增添了很多新鲜的元素。每个人都一边害羞的躲闪，一边有意无意地从帐篷里露出半个头来，然后，我隐约听到了帐篷里窃窃私语的笑声，这些不到20岁的男孩们这时候个个看起来像邻家小弟一样可爱又可气。一个藏族的大眼睛男孩偷偷告诉我，自从地震这两个月，口岸就没来过女生，我是第一个。然后在我采访他的过程中，他的目光多数时间就落在我的长发上了，相比他一个月被战友剃过两次的锅盖头，我的长发应该是这个19岁的男孩对于女性最标志性的认知，熟识了之后，这个藏族男孩告诉我他的姐姐也有这样一头长发，但姐姐出门就编一根好粗的辫子，只有在家才会把头发散开，所以他记得姐姐散开头发的样子，很美。他低下头：“来当兵两年没见到姐姐了……”我说：“你可以叫我姐姐，我好想有个弟弟呢！”他惊喜地看着我，羞涩而亲切地叫了我一声“姐姐，谢谢你”，我知道那一声可能不是对我，而是对着他记忆里的姐姐，而我只是一个亲情的载体，可我因此收获了一声最亲切的称呼，不是他该感谢我的出现，而是我该感谢他赐我如此纯真的呼唤。于是，在口岸被困的一天一夜，我始终把头发散开来，跟他们吃在一起、聊在一起、玩在一起，看着他们红扑扑的脸蛋有了难得的放松，我作为他们的邻家姐姐还有什么不能为他们做的？

但是很遗憾，我为他们做的也仅仅只有这些，第二天早晨，领队说为了防止山体塌方引起更长时间的封路，6:30天还没亮我们就集合戴上钢头盔准备徒步翻越塌方了。本来可以睡到八点钟的官兵们全部集合送我们，在太阳能路灯昏黄的灯光下，他们依然可以如初升的红日般朝气蓬勃地面对留下来将要面对的死亡威胁，我一时不知道说什么好，我摘下冰冷的头盔，散开绾好的长发，在山体落石滚在脚边的国门前给了每个兵一个暖暖的拥抱，希望我的长发拂过他们的钢枪能柔软了他们留守的时光。

作者臧思佳在去吉隆口岸采访的盘山道上遭遇余震，爬过右侧有碎石滚落、左侧是悬崖的塌方路段。（王兴云　摄）

你的白发我的棉

想让你结出更多白发
收割的季节，足够我
纺出更多棉
给诗歌织一件衣裳
给蓝天缝一条毯
让思念在诗行里守望时
可以暖暖地睡在云端
像你不再缩回的，左边
臂弯

想让你有更多白发作伴
雪花漫天时，陪你分辨
哪片里藏着春天
给四季戴上面具
给承诺一片白浪沙滩
让发丝长成箭头齐心指向
回忆的彼岸
像我日夜搁浅的孤单，守候
誓言

帐篷？帐篷！

“帐篷？真的要睡帐篷？”

在拉萨通往吉隆的路上，我惊恐又疑惑地问过车里同行的人。那时宽阔平坦的公路，路边劳作自如的藏家和藏式神秘坚固的碉房都让我觉得似乎没有山穷水尽到住帐篷的地步，当地应该会给各个“工作组”安排相对安全的一层民宅吧？

那时我还没在深夜冰雨里下车，还没在篷布搭起的帐篷食堂里吃过饭，还没走进过灾区为生存而搭建的帐篷，那绝非我们在公园海边嬉戏的浪漫小屋，冷冰冰的钢架时刻透出严肃紧张的表情。

那时我还没兴奋地一间挨着一间地参观原来只比普通官兵帐篷多了一张办公桌和一把椅子的“领导专帐”，还没体验在飞沙走石中的帐篷里采访一个小时白纸上落的沙砾就已经影响水性笔笔尖的钢珠行走轨迹了，当然更没体验到中午在帐篷里热到汗流浃背，到了晚上却多少棉被都堵不严窗口门口和360度无死角的漏风。

那时的单纯猜想在后来行走地震带的45天里被一点点磨砺成熟而复杂，像一双稚嫩的婴儿双手，总会在不知不觉中老化并生出老茧。那些复杂的纹路和坚硬的盔甲便是在后来45天的帐篷里磨炼而出。

最关键的转变就在那次热索被困24小时……

24小时里我在回忆中重新走了一遍过去的24年，过去现在和将来被尼泊尔边境的高山高密度挤压到一起，我从未那样迷茫又清晰地看穿自己。

去热索村采访吉隆边检站监护中队战士的计划施行了两次才成功，第一次是初到吉隆的第七天，当时四辆车满载着记者、换防官兵和物资浩浩荡荡的清早五点钟就启程了。在西藏若要出门是一定要起早的，因为早晨风最小，太阳升起前山还没有睡醒，发生自然灾害的可能性会小些，别说在地震期间就是平时也常有落石滚落到盘山路上，“哐当”砸一个或大或小的坑之后就滚进路另一侧无尽的悬崖之下，茂密的树冠遮挡着向下的视野，谁也不知道有多深，反正只能看见落石滚下，听不见落地的声音。

而第一次四辆车还打着车灯启程后不久便听见了稀里哗啦地落石声，头车立即通过对讲机向后三辆车喊话：“后撤，后撤，前方塌方了！”

当时我正在第三辆车里晕得不知东南西北，只感觉车子停了下来，同行的人下车查看，劝我在车里休息。不知为何去热索村的那段路每次走每次晕到五脏六腑翻江倒海，何况那次我们之前已经通过了几处地震时塌方严重的路段，抢修的人员在已经没有了路的样子的山坡上硬是一锹一镐头的挖平一段两米宽的道路。西藏的盘山路施工有的路段就要靠人工开凿，挖掘机就算开上去也根本无法作业，钻头的反作用足以让无法水平固定的车辆跌入深谷。在西藏这次抗震救灾中，就有丧命的挖掘机司机，他们和他们工作的机器一起长眠于九曲十八弯的深谷，工作间成了坟墓，层层荒草覆盖起被灾区重建打磨褪色的往事。

同车的人下车只有两三分钟功夫便被紧急喊上车，四辆车同时紧张又小心翼翼地倒车三百多米才来到一块相对空旷的拐角，到这里调转车头打道回府。原来最严重的塌方处虽然经过两次修缮又一次出现严重塌方，那些哗啦哗啦的声音便是从塌方处的高山上流水般落下大小碎石的响声。一个比较胆大的记者还下车就在塌方形成的小山丘脚下用手机录了一段视频，当我们调转车头的时候回望，刚才他站的地方已经被掉落的一块巨石砸塌。

有了第一次的经验，后来第二次前往热索村的时候我们采取先停车观察再快速通过的办法，一鼓作气冲过了塌方地带！从吉隆到热索有三个严重的塌方点，通过了最凶险的塌方点大家的心情似乎都放松了不少，开始谈笑风生起来，我也晕车如晕船般坚持着在渐渐明亮起来的山路上拍下沿途的惨烈或是风景。沿路都有交警在弯路处站岗，看见有“抗震救灾通行证”的车辆经过便站得笔直敬礼。

快到热索村的时候海拔逐渐降低，道路逐渐平坦，车子拐了一个大弯之后一座有着楼房、流水和威严国门的边陲小镇就呈现在面前了，如果不细看那些被地震震碎的玻璃和开裂的路面，这里真是一个与世隔绝的世外桃源，在三面高山的环绕下似乎与世间纷纷扰扰毫无牵连。我们到时，监护中队的早饭还没有做好，教导员就带着我们先实地了解一下热索村和监护中队的受灾情况，西藏的官兵们不止一次跟我讲起，在西藏呆的时间久了，脑子会变慢，说话会变慢，理想会走得越来越慢越来越远，我不知道该如何应对这样的话题，我想劝他们不放弃初衷和信念，我想劝他们安心享受以后的日子，可我一个半月后也将离开，我的几句安慰又何具说服力?

教导员就用那娓娓道来的语速讲着当时心惊肉跳的地震时刻和留在营区墙上、地上、百姓房子上抹不去的伤疤。

走上昔日官兵赖以生存的三层小楼，这里曾经多么温馨热闹，自娱自乐的官兵们总能在高原贫乏的物质生活中寻找到属于他们的快乐，而如今狭小的楼梯已经难以攀缘而上，两根水泥板里的钢筋插了出来，从三楼楼梯平台直接插向二楼，像断裂的两根肋骨插进肉里，让人看着不由得打了一个寒战。而操场的水泥围墙犹如枪击过的落石穿过的圆形空洞像一只从现在窥视未来的眼睛，从它的瞳孔里望过去就是一排岌岌可危的民房，如果忽略掉地震造成的千疮百孔，这排房子外观看上去还是比较温馨的，这算是当地政府为边民做的一件实事，连排的二层小楼让这个边陲小镇的幸福指数提升了不少，可惜这些房子建好还没有多久就发生了地震，吉隆监护中队威严耸立的国门也是这样，一切都刚刚建好，一切都还刚刚好。

发过怒的山恢复了往昔的平静，一些类似于仙人掌般的植物疯长得漫山遍野，它们似乎对于刚刚过去的劫难并没有过多感触，只有一些手掌长度的壁虎更加多地出现在路边。当我低头看着它的时候，它也抬头望着我，短暂的对望让我觉得冥冥之中它在向我传递着某种神秘的讯息，而我的这种预感在半个小时之后得到了印证。

当我们参观完毕吃过早饭后，太阳爬过高山终于来到了这几百平方米的空地上，我以为可以按部就班开始采访了，可马上到来的不是采访对象，而是急匆匆赶来的通信员，“塌方了！又塌方了……”再之后我听见他们第一句问“这里的水和食物够不够？帐篷还够不够住？”大家开始为基本的生存所需而担忧的询问，我从疑惑到最终确认：我们，被困了！

我们到达热索村一个小时，来时路上经过的最严重的塌方点，就是第一次来热索未能成行时把我们拦截下来的塌方点再次发生了更严重的塌方，连抢修队都不敢贸然施工，如果我们再晚半个小时从吉隆出发，可能就葬身于那处塌方点了。

从“我们被困这了吗”到“我们被困了”，这十分钟的时间真的很难过，我从假装坚强不能给被采访单位添麻烦的标准微笑到问了同行搭档得到确切答案后的手脚发冷，那个过程就叫绝望。

就在那个时刻，就在两个帐篷之间，就在别人严肃的研究水和食物等生活必需品的时候，在同行搭档真诚却也无力的劝说之下，我有种瞬间耳鸣、体重变轻的错觉。我不知不觉地看向天空，不知不觉眼泪“刷”一下子就流进脖子里，完全没有从眼睛湿润、眼眶装不下和流下的过程，直接像瀑布一样倾泻进发凉的领口。

“我还没有把这部纪实文学写完，我不能死！”

“我的人生不能留一部没有写完的作品……”

这样的想法后来收录到了公安边防部队为我录制的一部纪实片里，播放的时候有个刚刚入警的女大学生笑了出来，这种文学高于生命的想法在没有经历过这场灾难的人眼里，在没有用生命去创作的作家眼里可能是一种笑话，其实之前我也没有想过我会对文学如此执着，直到那一天，那一刻。

然而噩耗接踵而来，电信手机信号中断！热索村的电信手机信号要依靠一台信号车进行中转，在道路中断之后的半小时，信号车莫名其妙发生了故障。因为在藏区深山里通常电信的手机信号会比移动和联通更好些，所以这里的人们多数使用电信手机，这就意味着我们十几个人在道路中断、通信中断的情况下被困山谷！这个消息无疑雪上加霜，刚才表现最乐观的几个警官脸上也开始没有了表情。

如果你没有在地震时期被困手机信号全无的峡谷之中，你不会明白平安是多么幸福的事。

6月3日，我紧急受命挺进西藏震区，12小时飞机和18小时汽车终于到达地震带获取西藏抗震素材，我按捺不住心中的激动，当时砰砰的心跳声跟听说返回吉隆的路已经塌方中断时一模一样，只不过第一次心跳时，脚下有无穷的动力，可这第二次，我的腿脚却不受控制的发软，心跳的频率和声音似乎要把整个身体压进地震的裂缝里。

第一时间，趁着那部移动手机还有微弱的信号，我向外界发出信号，我要给这个世界留下点声音，说几句遗嘱之类的，虽然我在这个世界上二十多年的时光没有积累下很多财富也没有收获过很多的爱，但我还是爱这个世界的，那一刻，我对整个世界充满了眷恋。

我没有给母亲打电话，因为我一时口误告诉过她我来西藏了，但只告诉她去拉萨开会，两天就返程，她以为我早已经离开西藏，所以我不能告诉她我现在的真实坐标，何况现在已处困境。

我拨通了一个号码……

每个人的手机里都会有一个电话号码，让你在梦里都能准确按下那11个数字的位置；让你在情急之下，不管想拨给谁，都会无意识地按出那串数字，直到那个名字在屏幕显示两秒钟才恍然大悟拨错了，因为你早就把那个人当作人生最后一根也是唯一一根救命稻草；无论这个号码有没有发消息给你，你都会翻看你们曾经的短信记录，一个字的短信也能反复看上十遍，就算这个号码回信的字数还没有你发出短信的条数多。

可这又能怎样呢？它还是你手机里那个无法撼动的号码。

电话里突然静下来，似乎在那种时刻双方说什么都庄重得像是告别仪式，而什么都不说，似乎更加庄重。我开口，却不自觉地脱口而出“如果”，然后眼泪就又刷地流下来了，在口岸雅鲁藏布江的轰隆隆流水声和山上碎石滚落引起的风沙中，这两行眼泪实在微不足道，就在距离我三百多米的尼泊尔口岸，三层海关大楼一个月前被整体掩埋，连个房顶都没剩，如果没人告诉你，你还以为那是一个小山坡，只有新鲜的沙石像刚划伤等待植皮的肌肉，鲜血淋漓的印证着这一状况的新近发生。

我像交代身后事那样一件一件的安排万一我葬身于此之后的“大事”，像教堂里神父问一对新人是否愿意成为对方一生的伴侣一样提出一个又一个严肃而神圣的问题，然后像期待结婚誓言一样期待一句或者半句对我也许就将终结于此的生命的安慰。

那一句，就是一生。

在生与死的交界，一切舍弃的多与少，回报的迟或早，都已经不重要了。如果那真的是人生的尽头，我只想：带爱上路！

原来生命的尽头我竟然是如此浪漫的诗人，只有诗人才不计较得失，才不会计算得失，才从不懂得得失，不是吗？

我这一生，写过几首最美的诗，走过一段最苦的路，爱过一个最想爱的人，足矣！

2015年6月10日，我记住了生命中的那一天。不管我的生命会延续到哪一天，不管之后会经历多少风风雨雨，我都无法背叛濒死体验里自己清晰的内心。就像有人说的那样，在人生的有些时刻“听从你的内心”。

有鼓励的人生总不会太难。

各种滋味的眼泪流过之后我也开始接受了“被困”的事实，在战友们为我开设的“单间”帐篷里开始了我的“被困”生活。

心情焦躁地躺在安静的帐篷里，我还沉浸在留“遗嘱”的情绪里，也终于明白了地震之后留守这里的21个战友为什么要写遗书的心情。

回忆，像一个年迈的人生活90%都是回忆一样，在那个也许就是生命最后几小时的时间里我也无法阻挡满满的回忆充斥大脑。

记得来吉隆口岸之前，住在一起的吉隆边检站的女会计还提醒我去时带着洗漱用品衣服之类，怕到那边回不来，我还不相信情况会这么严重，什么都没带，虽然带了洗漱用品基本也用不上，就那么几箱饮用水，我可做不出来用战友们的救命水来洗脸臭美这种事！

吉隆边检站的女官兵都是那么可爱，可惜不知是否与高原对身体伤害有关，有的还不到三十岁就患有严重疾病，有的还处在十八九岁的花季就满脸晒斑和细纹，让人看着心疼。

媒体总爱用飒爽英姿、朴素纯真等看似美好的词来形容年轻时光献给祖国国防事业的女兵，可让那些美女记者来试试？估计没人敢用青春来交换。

青春，女人的青春就那么几年，她们都消耗在高原的烈日下了。

可有些人生道路也许就是冥冥之中的安排，就像我突然想起来热索的路上，在马上要经过后来塌方的那处山体时，司机突然回头对我们说：“看见没？刚才山腰上好像有只小狐狸？”

“没看见啊，多大？白色的吗？”

“比猫大点，红色。”

之前听说这一带是有野生狐狸的，因为我对狐狸这种动物有着莫名其妙的兴趣还特意打听过，据说狐狸并不常出现，可今天怎么就出现了呢？现在想来也许是提醒我们前面有危险不要通过吗？遗憾的是我们都没有“领悟”，到底还是被困在了这里。

西藏的午休时间特别长，要到三点钟才结束，早晨穿着长衫大褂还冻得哆哆嗦嗦的我如今不知该如何应对帐篷里蒸笼般的闷热。我曾多次去广州出差采风，也感受过刚穿上的裙子后背被汗水浸湿一大块，裙摆被腿上的汗水黏在一起的尴尬，但闷热如热索村的中午我还是第一次经历。好在这是一个单间帐篷，所谓单间帐篷就是在水泥空地上扫干净了新搭一个帐篷，里面放一张可折叠的行军床，再放上一床救灾棉被，教导员把他自己的枕头给了我。

热索村的村民早已通过直升机撤离，剩下十多个官兵，但女性只有我一个，空地也只有三面环山挤出来的三明治般形状的100多平方米小广场，说没有什么不方便但也是要注意影响的。身上的汗已经把内衣全部湿透，我躲到帐篷一角，从两边塑料般材质的帐篷窗口望出去四下无人，大约战友们都已经午睡了吧？我悄悄掀起衣角挤了一下内衣，两个手指间都渗出汗水来，这样可不行，到了晚上气温骤降可是要身上围着一圈冰的体验吗？我把塑料纱窗外面的帘子放了下来，四角系紧，把门帘放下来，用了10分钟功夫粘牢，然后赶紧把渗透能拧出水的上衣脱下来，咬断用来拴门帘的一截手掌长度的绳子再爬上床把衣服拴在高高的帐篷支架上晾起来。虽然是新搭建的帐篷，但还是有很多苍蝇在里面，地震之后蚊蝇增多，这可能跟山上被砸死的动物增多，和几百米之外的尼泊尔境内有很多人被活埋在废墟里有关吧？那些人有的伸出一只胳膊立在瓦砾之上，有的伸出一只脚鞋底朝上，有的已经被不敢在山上居住而下山来的野羊野猪等拖拽出来啃噬……

不知哪一阵风里就有死尸腐败的气味，可能与这有关吧，苍蝇越来越多，个头越来越大，乃至都不像平日里见的苍蝇那样拿起苍蝇拍便无处寻找般机灵，这里的苍蝇似乎都能用手活捉，就在你盯着它、它盯着你的时候你拎起它的一边翅膀都有可能，这些蚊蝇应该有着瘟疫疾病传染的隐患。

我正上窜下跳地轰赶那些企图落到我晾晒的衣服上的苍蝇时，另外的动物伙伴出现了。从无法完全封闭的帐篷卷帘门右下角，一只胖胖的灰色大老鼠长长的尾巴后面带着一只怯生生的小老鼠溜进了我的房间，它们没有顺着墙角迅速溜走，而是从门口进来之后大大方方地走到屋子正中间，反而将我吓得躲到墙角的床上。不能喊，衣服还晾晒着，而且我西藏之行全程可是打造的女汉子形象，怎么能让我的采访对象们知道我怕老鼠呢？我只好不知所措一动不动地保持着似坐非坐、似躺非躺的状态，而两只小家伙似乎并不理解我的处境，老鼠妈妈好奇地将头转向我，我们四目相对相看无言，大概她也在琢磨着什么时候来了个女孩子呢？难道跟她们一样是因为地震从山上搬下来的吗？老鼠妈妈试探着朝我的左前方走了走，我还是第一次看到老鼠走路，四只肉色嫩嫩的可爱小爪像猫咪一样轻轻地挪动着，而后面的小老鼠则稍微胆怯一些，抓着妈妈的尾巴稍看我一眼又缩回去。大概是这对母子看我并无恶意，开始观察起这个新房间，考察这个地形是否适合她们安家。我小心翼翼地挪动了一下有些压麻的右腿，怕惊扰到这对母子劫后余生的安宁，而与我渐渐熟识的老鼠母子也开始在帐篷里更加活动自如，直到十分钟后从帐篷的“后门”安然离开。

自然灾难让生灵心惊肉跳，人定胜天有时候也只能当做信仰，那么我们能做的就是与所有生物友好相处。

晚饭前我去看了储备食材的大厅，地震前这里宽敞明亮，现代化的电脑等设备为偏远的边境提供与内地同样便利的出入境服务，如今这里一片荒凉，被砸坏的电脑歪着头倒在验证台旁，地上的灰尘和划痕像未愈合的伤疤隐隐作痛，圆葱、土豆、胡萝卜……这些不易腐坏又容易运输的食材承担起保障生命运转的重要作用。晚饭我们就在停车场原来用于值班的小间里分两批吃了，炊事班长拿出平时不舍得吃的冻肉给我们做了老家四川的麻辣香锅。没有绿色的蔬菜，没有可口的饮料，没有足够的板凳，甚至屋里一桌、屋外一桌还有人端着碗站着吃，但那顿饭的味道一直留在我记忆里……

如果……那可能是我的最后一顿饭，这些和我共进晚餐的战友们就是我前路的伙伴。

西藏的日落是很晚的，晚上八点钟还有依稀阳光是我到了西藏才经历的，但夜色不会因为迟到而不再浓密，反而在三面环山的“三明治”地带显得更加浓重，尼泊尔方向有高瓦数的灯光照着千仞高山，以确保黑夜里也能观察到山体落石或余震，争取多几秒钟的逃生时间。而从我国境内隔河相望的高山轮廓却显得更加可怕，我在去往厕所的路上就感觉自己像一只蚂蚁正匍匐前进在一只猛犸象的脚下，这只大象随便一抬脚一个喷嚏就会要了我的命，而一旦它栽倒我又往哪里逃呢？像逃不出如来佛手掌心的孙悟空，我耷拉着脑袋不敢再抬头仰望那座拔地而起与地面没有任何坡度过渡的高山。

恐惧时逃避和自欺欺人也是生物的自我保护机能吗？

而我逃不掉的还有对黑夜的恐惧，我强撑着和创作搭档在男警官一起居住的帐篷里呆到了晚上十二点，因为我是真不敢回到我那个没有灯的帐篷。靠自我发电的热索村对于电线的搭接是非常慎重的，况且我只在这困守一晚，也许明早就能逃离困境了呢？我不想给本就身处困顿的战友们再人为制造任何困难。

可我终究还是不敢在那个黑洞洞的帐篷里独住，哗哗的河水声让我总产生山上在滚落石头的错觉，万一我睡着了余震来了怎么办？万一逃跑时我摔跤了怎么办？万一……我觉得我当时思维的敏锐度可以从诗歌转行写小说。

经过大家集思广益，我搬到了官兵们自娱自乐的有KTV装备的最大的帐篷里去住，留守的战友需要转移注意力以防像我这样整日担心，这个大帐篷在两个兵集居帐篷中间，我时刻能听到他们的谈笑风生，教导员还把唯一的手电筒交给了我。我就那样一手抱着手电筒，一手抱着还剩一点点电量已经关机的手机半睡半醒地度过了一夜，剩余的一丁点电量我是保留万一生死关头打电话求助的，半夜迷迷糊糊中我还徒手打死了一只大蛾子，因为早晨醒来我发现它的尸体就躺在我的床上，具体地说是在我怀里。

在没有灯的帐篷里我还在采访笔记背面写下几句文字。

“我不知道这是不是我最后一篇作品，笔总在停停写写间犹豫，心里的担心却一刻不停歇……”

“生命的意义在此全部明了……”

“连死都无法改变的内心……”

再之后便又是对一生的感慨与回忆。

我想起前两天采访过的吉隆边检站一个叫孙丹的战士，我总会在别人的故事里找爱，听着采访对象讲着平淡的故事，自己泪流满面；写着采访对象身上发生的故事，自己眼泪跟敲键盘的频率一样噼里啪啦落下。

在别人的故事里，我假装自己是那个被爱的人，是那个送出爱的人。在别人的故事里，我寻找着些许的爱，然后放大，然后展现给我的读者。在别人的故事里，我奋力寻找着假装是自己的爱，然后沉醉其中。

在西藏的日日夜夜里，我有三分之一的时间在挖掘那些20岁左右的官兵身上的故事，还有身后的故事。他们在雪域高原奋战，是个真正不怕死的战士，但他们的身后都有很多怕死的亲人，怕他们真的死在遥远如异国他乡的西藏。

这边好多血气方刚的男孩都起了个女孩的名字，比如孙丹，比如跟小品里人物重名的陈小红，还有听起来满优雅的单端玲等等，实际上都是一条条硬汉！

孙丹在我采访他时全程带着淡淡的笑讲述他和奶奶的故事，简单几句话让我泪流满面，无法继续问下去，只听他一个人喃喃地继续讲述着。在他讲述的时候，我觉得自己就是孙丹，就在被那些爱包围着，我想象着说那些话的老人就是我的奶奶，而我就是被那个满头白发，眼神却明净的老人爱抚着头发，揽进怀里的孙女……

作为一个缺爱的孩子，我渴望在别人的故事里，被爱一次。

第二天早晨四点半，我撩开帐篷帘子的时候已经有为我们“爬山”出村准备装备的两个兵在走来走去的忙碌了，地上摆了两排头盔、手套……我抬头望望还有星光闪烁的天，能否逃出生天就看现在的了！

我戴好钢盔，第一次那样认真的戴好钢盔之后用手机的余电拍了一张自拍照，如果……这就是我最后的影像。

最初一个多小时的徒步都很顺利，每个人脚步坚定又小心，似乎怕吵醒了沉睡中的大山，而我们就要趁着山还没有抻懒腰的功夫偷偷逃出生天！

“2015年6月10日7:27”同行人员的单反相机记录了我死里逃生的惊险瞬间。阻隔我们归途的塌方地带已经落石堆积成小山，我们要从那座小山丘的一侧爬到另一侧才算彻底解困。为保证安全，每个人爬山的时候后面的山脚有人保护，对面山脚有人接应，同时每个方向再派两人观察山上落石动态随时提醒，在如此周密部署小心谨慎的计划下，前三个人都顺利通过了，但谁也不敢大声庆祝，好像一道声波就能击落一块松垮的碎石。轮到我爬山了，我把挎包牢牢地斜绑在身上，把还有些许余电的手机放在迷彩裤侧面有子母扣封闭的裤兜里，万一滚下山去是不是还能摸出电话求救？我学着前三个人的样子小心又快速地贴着山壁往上爬，因为落石在掉落过程中经过多次山体撞击后呈弧线抛出，越大越重的石块抛出越远，按照这个理论身体紧贴山体是最安全的前行方式。然而就在我攀爬到山顶抬头就能看到山另一侧的人在迎接我胜利在望的时候，只听哗哗如流水般的落石声在我头顶响起，紧接着头盔上也响起碎石撞击的声音，虽然戴着头盔但也能感受到打在头顶的力度。我顿时慌了神，正好在中段，前进撤退都是同样长的道路，我急得朝下面的官兵大喊：“往前跑？往后跑？”只听见有声音从下面传来，“往后！往后！”我立即像得了保命符一样转身连滚带爬往回下山。

生死攸关的时刻，我把我的生命交给了战友们。我对他们的信任与依赖超出想象，何况是那些藏族老百姓呢？可见这些年轻的战友们地震时在当地是多么重要的主心骨。

说来也奇怪，从此以后十多人爬山通行再没经历过头顶落石的情况，这是大山知道由我来执笔记录它的变迁特别送给我的感受吗？

后来回到吉隆边检站之后，也遭遇过三次余震，每次我跑出来看到站岗的官兵，心中总是很踏实。

2015年6月12日0:14，我在西藏吉隆遭遇了人生第一次地震。

采访中听说地震第一时间先听到的天花板撕裂的声音，地面左右晃动的感觉，瞬间冲出房间的爆发力，还有跑到空旷地之后对其他人的亲切和信赖……我全部体验到了。

地震就好像人生的分水岭，经历过地震的人就像死过一次的人，重生之后思想便会脱胎换骨，这一切复杂的过程只需要在大自然推动下几十秒钟完成。

午夜地震之后我睡了不超过两小时，其他时间都用来整理采访素材。

早晨收到一条短信说我“长大了”，我起初觉得很意外，我一直拒绝“长大”，长大是什么概念？中规中矩地穿衣服，蓬头垢面的做饭，故作深沉的成熟，还有不能玩毛绒玩具了……这些我完全接受不了，我要做一个小淑女，可以撒娇，可以活泼，可以萌萌哒，还可以哭鼻子。但这一次，在心脏狂跳十几分钟之后，我回到房间选择继续整理采访素材，当清晨天开始蒙蒙亮时我再次爬起来坐到电脑前，经历了地震才知道生的时间是多么宝贵，就算有一天地震再次来袭，我要完成我该完成的作品再臣服于大自然的安排。

真正的逆生长，是长大以后还保持一颗纯真的童心。

真正的淑女，是敢于拿出女汉子精神的勇敢和担当。

灾难面前一切都现实得无法逃避，一切都血淋淋得无法虚构。

亲历地震才知道安全重要。

地震之后才知道生命宝贵。

生命的宝贵是真实的，一些生命的远去也真实得触手可及。

从那次爬过塌方和经历三次余震后，每天早晨醒来，睁开眼睛看到世界，我每一次都由衷地感慨：“天啊，我还活着？”

“活着，真好！”

吉隆边防检查站官兵跨境救援被困尼泊尔的中国水电七局员工。（陈小红　摄）

震区邮筒

骨折的邮筒
来不及被手术
便歪着肩斜着眼，等来了
一个一个也被碎石砸伤的心事
心事们却对彼此缄口不言
仿佛把嘴闭严
就能把地震前的阳光衔到
山的另一边
这是高高在上的高原人
嵌进地缝里的呼吸
邮筒，直起腰
抱紧这个满身裂痕的秘密

跨境救援

吉隆边防检查站，一间绿色帐篷搭建的指挥中心里。

尕麻旦增政委彻夜难眠，想到向俊副站长和两名翻译在尼泊尔生死未卜他就不敢去想，各种可怕的后果都困扰着他，让他难以专心去工作。他面临着更多的困难，感觉这根本就不像什么运筹帷幄决胜千里的指挥长，作为一支部队的指挥者，作为一名兄长，不能去救他处在水深火热中的兄弟，就像前方打仗，他不能去冲锋陷阵一样。王忠祥打来卫星电话报告："政委，堰塞湖堵塞严重，山体在松动塌方，一旦发生决堤，我们和中国水电七局尼泊尔拉苏瓦县的受困工人将无处可逃。"他无所适从地走出帐篷，一只红色的蜻蜓在尕麻旦增的一双大眼睛前悬停着，透明的翅膀在阳光下闪耀，他嘴里咬着一根草茎，脑海里忽然浮现着一架穿过云层的直升机。他幡然醒悟，开始以指挥部的名义联系吉隆解放军边防一连，协商陆航团派直升机的事，但一直没有敲定，他无助地挂了电话。随后，尕麻旦增直接找陆军边防团，当时团里已经上报成都军区，团长说外交部正在协商中国水电七局受伤工人撤离的事情。

吉隆口岸热索大桥。执勤科科长王兴云望着尼泊尔对面的中国水电七局的工人怎么也坐不住了。277名中国工人，正等待着来自祖国的召唤。虽然此时中国驻尼大使馆一直在努力与尼方交涉，协调救回中国公民。但吉隆口岸杳无音讯，并没有得到确切通知，像一块孤岛。时间刻不容缓，必须将工人的第一手资料上报给上级。王兴云找到了队长王忠祥，商量派人赴尼了解核实中国工人情况。大家都知道这是一次非常冒险的行动，但为了277名中国工人，不能隔岸观火，我们的同胞在距离中国口岸2公里的地方，生死不明。最后监护中队决定，由执勤科科长王兴云带队，监护中队排长丁在成、士官黄林松配合送回尼方滞留吉隆口岸的人员，顺道察看中国工人情况。

4月26日14时30分，王兴云带着丁在成和士官黄林松向尼泊尔色当移民局安全送回39名旅客，随后，来到我国电建集团所属水利水电第七工程局（简称水电七局）援尼工程施工地。眼前的一幕让他们触目惊心：工地的道路已经面目全非，几乎成了一片废墟。277名援尼中国水电七局员工神情绝望，看着有中国边防警察来了，便向王兴云他们这里跑来，他们现在最想听到的是祖国亲人的声音。工地总经理邵海峰是援尼中国水电七局拉苏瓦县水电站工地负责人，他带着几名工地管理层干部冲在最前面。他紧紧地握住王兴云的双手嘴角抽搐，泪如泉涌，半天哽咽着说不出话。

王兴云和邵海峰走进一间简易的帐篷，他深情地问道："大家受苦了，我们中国工人有没有伤亡？"邵海峰点了一支烟，深深地吸了一口，他向王兴云努努嘴，透过帐篷白色的纱窗王兴云看到，两具用工地白色塑料膜包裹的尸体冰冷地停在河边裸露的鹅卵石上，让人看了都感到冰寒彻骨。王兴云关切地问道："他们是怎么死的？"邵海峰闭着眼睛吸了一口烟说："女的是四川来的，在工地当临时工，老公在家里的床上还瘫着呢，哎，地震来时她不知往哪儿跑，别人躲在大石头后，她惊慌失措地左右乱跑，被大石头砸中。哎，惨啊，真是太惨了。"

邵海峰的手指在颤抖，他面露苦色地看着王兴云继续说："男的是我们的一名工人，当时坐在皮卡车里，地震来时，别人反应快，跳下了车，他稍慢了点，被一块片岩像刀子一样砸中了头。"王兴云岔开话题问道："目前工人面临的最大危险是什么？"邵海峰将王兴云带着走出帐篷，手指着横亘在工地面前的一座大山："看见山上那块巨石了吗？据我们的工程师估算大概有800吨重，昨天它还在那棵长叶松树后面，今天已经悄悄地移到松树前面来了，它还在动，白天我们工人用望远镜看着它，晚上，我们的工人开了两盏探照灯，靠发电机带着，我们24小时警惕地观察着，如果这块巨石掉下来，我们工地的板房会像塑料泡沫板一样被碾碎，277名工人会变成肉泥。"

王兴云用邵海峰递过来的望远镜一看，那块石头果然悬在山坡上，而且感觉确实在移动，令人胆战心惊。更令王兴云心有余悸的是，邵海峰对他说，他们在山体里下了炮眼，埋了炸药，地震时来不及排除掉，面对情绪不稳定的大山，谁也不敢贸然去拆掉，这将会发生可怕的爆炸，而且地震已经造成工地的山顶有一条长200多米的裂痕，如果再发生地震或炸药爆炸，那将又是一场惊天动地的人造地震，整个工地都有可能被掩埋。按照尼泊尔军方的规定，炸药的管理就由口岸附近的陆军边防连保管。

中国水电七局的处境岌岌可危，必须拿出可行的撤离方案，据邵海峰介绍，震后他们多次试图爬回口岸，但被一次次余震和落石吓得退了回来，只好计划先向相对安全的河对岸转移。员工中有老人、有妇女，还有伤员，大家都是一个公司的，他们不愿丢下一人，所以计划才搁浅。与此同时，集团领导已向中国驻尼使馆求助，外交部将联系解放军派遣直升机前来营救，但有7名同志伤势较重，情况比较紧急。

王兴云说道："现在我们还没有得到直升机的可靠消息，吉隆口岸的路也已被堵死了，你们可以选择两条撤退方案：第一条是继续和驻尼大使馆保持联系，争取从尼泊尔加德满都乘飞机尽快回国；第二条是从中国吉隆口岸出发，争取等到直升机飞来，再将大家从中国口岸接走，但这样一来吉隆口岸也面临着压力，给养已经严重不足了。"

"直升机我们以前也有，是租用尼泊尔的，但是现在尼泊尔国家救灾紧缺，飞机已经被军方征用了，正在博克拉地区进行空中救援。这里距离加德满都还有50多公里，我们这么多人，根本保障不了人员的安全。"邵海峰无奈地说道。

福无双至，祸不单行。正在邵海峰和王兴云商量撤离时，15时10分，特大余震突然袭来。邵海峰话音未落就被剧烈晃动打断，顷刻间山石滑落、尘土飞扬，昨日惊心动魄的一幕再次重演，刚刚还坚实稳固的大地，瞬间摇摆不止。在帐篷里的王兴云和邵海峰站着抓着桌椅。十几秒钟的颤抖，人们并未惊慌失措，毕竟在过去的十几个小时内，他们已经经历了大大小小的多次余震。

余震过后，王兴云看到山上那块巨石又向前移动了几米，工人们在外面惊呼着，他和邵海峰继续商讨撤离方案。面对危机不断、险象环生的驻外援建条件，王兴云极力劝说邵海峰带领全部人员与他一同撤离。正在这时，一名工人走进了帐篷，将对讲机递给王兴云说："领导，你们的向俊副站长找你。""什么？"王兴云惊喜交加地站了起来按着手持机发射按钮呼叫道："向副站长，是你吗？

你在哪里？”

“是我，王兴云吗？”对讲机里传来熟悉的声音，王兴云和丁在成他们相视而笑，激动得快要掉出眼泪。

“报告，我是王兴云，你怎么知道我在这里？”王兴云莫名其妙地问道。

“你小子，就你脑门长得锃亮，是接受滞留吉隆口岸39名旅客的尼泊尔警察告诉我的，说你们非常了不起。”

王兴云兴奋地摸了摸自己的脑门：“向副站长，你现在什么方位？”

“我现在尼泊尔陆军边防连，距你这里还有10公里左右，今天是过不去了，刚才发生余震，一块大石头堵在路上，这个边防连也建得奇怪，正好建在半山腰上，下面就是悬崖绝壁，郁闷死了，今晚我就住在这里了。两天了，我们徒步走了30公里的山路。”

王兴云非常兴奋：“好的，副站长，你一路辛苦了，我们在吉隆口岸等你回来，我会第一时间将这一好消息报告给政委。”

“兄弟们怎么样？”对讲机扬声器里向俊副站长焦急地问。

“监护中队所有官兵平安。”王兴云兴奋地摸着脑门说。

“那就好，我就不说了，我用的是尼泊尔陆军边防连的对讲机。”邵海峰向王兴云解释道：“噢，我们的工程用的炸药都存在边防连，为了便于和我们联系，我们向尼泊尔边防连提供了一部对讲机。”

吉隆口岸国门下，王忠祥和熊英杰在热索大桥上徘徊不定，他俩伸长着脖子，焦急地张望着像舌头一样伸到河边的滑坡体。他俩试图用对讲机联系，但当时地震声如奔雷，王兴云他们根本没有听到。王忠祥绝望地看着战友们刚走过的道路再次被泥石掩埋，到处尘土飞扬，他俩开始后悔不该让干部和战士冒这么大的风险，更后悔当时没阻止王兴云和丁在成。

19时10分，王兴云准备动员工人们回到中国口岸时，口岸忽然刮起了大风，他哪里知道，工人们想等着直升机来，不管王兴云和邵海峰怎么劝说都无能为力。万般无奈之下，王兴云只好与中国员工道别，带着中国同胞的第一手消息，踏上返回吉隆口岸的艰难旅程。临行时，他向邵海峰借了一部对讲机，以保持他和中国水电七局的随时联系，而且他还特别嘱咐道：“邵总，一定要想办法处理好两名遇难者的遗体。”等到他们三人跑到滑坡体时，口岸开始刮起大风，天空被漫天黄沙弥漫，他们根本看不到前方的路，而且此时两边的山体开始掉起了石头，工人站在高处纷纷大喊着，不停地为王兴云他们发出警报。几次冲刺，几次又撤了回来，让人看了心惊胆战。

三名中国边防官兵同样牵动着吉隆口岸方向群众的心，人们纷纷出来站在桥头，大声地呼喊着，为他们三人发出警报指明躲避路线。石块在飞，脚下水流湍急，三人顾不了那么多了，头也不回地往前冲，身后是簌簌飞落的石头。熊英杰紧张得几乎跳起来，朝着他们大喊："危险！快跑！"……

又一次死里逃生，又一次与死神针锋相对，但也是又一次生命的重生与回归。

远在他乡的国人终于安全回归祖国的怀抱，但跨境救援的一路艰辛让每一个参与救援的人员都终生难忘。

在充满仪式感的早晨穿上装备，扣紧荧光背心，背上相机，戴上口罩，口罩这种东西在从前的印象里总感觉装饰性高于实用性，经历了雾霾和地震的灰尘才知道那种防灰尘颗粒的口罩有多重要。早八点半十多个人出发了，业务科干部在缓冲带和桥头当观察哨，观察哨跑过桥头，丁在成在前面带路，王忠祥在中间，唐钢在最后。有一块石头从刘涛和唐钢之间擦着脸飞过去，你回不来，我也不敢往前去。

返程的时候更难，空手都难爬的塌方体更加难过，小石头堆积的容易滑脚，大石头挡道的要四处寻找缝隙从底下钻过去，个子高的抬担架，要一个人先过去把担架举高，后面的人把担架递过来再爬。丁在成在过一个大塌方体时抬着担架先爬了过来，脚一下子磕在刀子般锋利的石头楞上。这样有棱角的石头在灾区常见，多是大块的石头在从山上滚落期间砸到了硬物被磕下一部分，就留下了尖锐锋利的切口，由于西藏高原石头含矿量高，石头密度高质量大，新切口亮晶晶的闪烁出矿藏的星星状闪光，像从石头身上硬生生挖下一块肉，留下鲜血淋漓的创面。看得出丁在成被这一"刀""砍"得不轻，他使劲地皱了几下眉，几颗本来就在额头上居无定所的汗珠被挤了下来，从黝黑的脸上砸进刚滚落的石块缝隙，一路上他们从不敢大声说话，用力走路，仿佛只要轻轻一说话、稍微一用力，躁动的大山又会暴跳如雷，滴答的汗水是他们与大山交流的唯一方式。正常时脚受伤后，人下意识地第一反应是俯下身来查看伤情，但如果丁在成在这时松手，担架前端下沉，后面还没有爬到这座小山状的塌方体最高点的黄林松和陈伟不知情会继续把担架抬高，伤员就会从担架上滑落，况且担架上的伤员是腿骨骨折没有办法固定在担架上，甚至惊慌失措的后两个人会从塌方点最高处摔落，只有前面的人过了塌方把胳膊向上直直地举起担架高过头顶，才能保持担架的水平，所以丁在成只能撑下去，再撑下去，把担架举起来，再举起来！

尽管如此小心，担架上的伤员还是每晃动一下就发出痛苦的呻吟，他是4月25日地震当时被滚下的大石头砸成右腿腿骨骨折的，在接下来的三天里一直在流血，他神智清醒地支撑到获救的日子已经是奇迹。其他的伤员也伤情不轻，一个伤员的右胳膊被飞石削掉了一大块肉，据他自己说伤口最深的地方他都隐约看到了里面的白骨，一个人在活着的时候亲眼见到身体里的骨头是一种什么心情？那伤口用一层又一层的白布包着，上面的黑紫的血迹已经凝固，只要不继续失血，保命就不成问题，况且他精神状态还好，在一个兵的搀扶下一路都是自己走过来的，还有小腿骨折的，身上被划伤的……七名伤员各有各的痛苦，哪个都走不快，奔回祖国的崎岖道路被拉得更加漫长。

在跨过河边塌方的时候一座被废弃的铁架桥上一处开裂的铁架随着被河水冲击的频率发出“呜嘎——呜嘎——”的刺耳响声，大家都被吓坏了，以为山上要有大的石头滚落，压到铁架桥的一端发出的声音，那两秒钟大家像定住了一样全都保持不动，眼睛齐刷刷往高处看，寻找这个巨大的安全隐患方向，那两秒钟每个人浑身出的汗又一次湿透了迷彩服，沾上了汗水的荧光背心在尼泊尔口岸更加闪亮地显出“公安边防”四个汉字，为在异乡受到伤害的人注入回国的信念和勇气。

回来的路上为了减少伤员爬坡时的疼痛，能走平坦的路就尽量走平坦的路，走在前面的一组发现一条还算平坦的沙路便走了上去，几百米之后才发现这条沙路通往另一方向，而这时沙路的高度已经比正确的返程道路高出十几米的样子，返回？路途太远，跳下？伤员做不到，几番商量，只好下面安排三个人做人肉挡板，再有一个人做保护，在上方沙路的五个人像滑滑梯一样从沙路往下的斜坡滑下来。五个人的脚踢在做人肉挡板三个战士的腿上、身上，但这三个战士还是死死地用十根指头作为地桩，狠狠扎进石头沙砾之间，以保证战友和伤员不会顺势滑下身后一米之外的悬崖，等大家都顺利下来，那三个战士的手从石头堆里拔出来的时候，都已鲜血淋漓，每个小碎石都像一块锋利的刀片，每滑下一个战友踢在自己身上，手就要在地上承受千刀万剐之苦。十指连心啊，三个战士站起来，他们没哭，只是十个血迹斑斑的指头在不停地颤抖，颤抖……

返程中负责抬担架的人有丁在成、孙丹、李武刚、蒋永彪、陈玮，抬担架的时候听到身后有石头滑落声也不敢回头，一回头手就松。架起担架的每只手臂都是麻的，可不敢换人，一换人几个人配合得会不如从前好，每次担架轻微的晃动都会给伤员造成剧烈的疼痛。

第二次受命去尼泊尔国际救援依然困难重重。

尼泊尔请求中国外交部派出最近的部队前去救援，中国驻尼泊尔大使馆的商务参赞经过多方辗转与监护中队取得联系，请求再次支援尼泊尔进行救援。生命在召唤，气若游丝的生命也许就在废墟之下渴望重生。

这种情形下，他们别无选择。

29日早九点半，20人的队伍整装出发，虽然情形是地震危急时刻，但中国军人的形象不能打折，除了整齐着装、荧光背心，中队长王忠祥亲自给每个战士检查好头盔，不能让任何一个战士在异国的土地上有任何危险，同时还带上了防疫的器材药品。过了热索大桥之后便没有道路可走了，如果外人看到了会说是一座小山横在眼前挡住去路，但大家知道，这座小山里面掩埋着尼泊尔海关的三层办公楼，地震时从山顶垮塌下来的大小石头瞬间将楼房掩埋得严严实实，好像这里从来就没有出现过川流不息的人群和着装威严的执法者，一切喧嚣都被大山包裹得了无痕迹。走在上面不仅觉得阴森森的，也许脚下踩着的就是一个人的大腿，也许面前这块大石头下面压着的就是一个人被砸扁变形的头，也许走着走着就会被石缝间伸出的一只手绊倒，所有情况都可能出现，每“扫一竿子风”带来的尸臭味兵们都要仔细嗅出吹来的方向，以便辨别尸体的方向和裸露程度，把容易挖掘的尸体先挖掘出来。爬过埋葬了海关大楼的小山，一辆被砸得面目全非的货车拦住去路，车子后斗全部砸碎，残留的铁皮也千疮百孔七零八落，驾驶室里全部塞满了石块，找不出完整的尸体……再往前走，一处依山而建的酒馆也被掩埋了大半，只有标志性的尼泊尔旗子状的招牌从石头缝里顽强地挺立出来，像一根天空的骨刺硬生生扎向酒馆里十几个刚刚在口岸卖过苦力想喘息一下的血肉之躯。官兵们爬上塌方的山体，从靠近酒馆窗户的方向搬掉四块大石头，才露出一小块窗口。有一个问题确实奇怪，地震造成楼房石板掉落，墙壁开裂，甚至房屋垮塌，但只要不是窗框整扇垮塌，玻璃多数都是完好无损的。酒馆这扇玻璃居然在被石头掩埋的情况下仍然有一片是完好的，擦掉厚厚的一层灰尘，靠近窗口的位置冲进酒馆的一块巨石将一件红色的衣服扁扁地压在垮塌的桌子上，一些长发混着碎石与灰尘散乱地沾在巨石前端，总之有衣服、有头发、有血、有灰，可如果不是一只伸向窗口五指奋力张开的手，很难想象碎石下那如纸般薄的衣物其实是一个被压扁的人，那半空中想抓住逃生希望的手上中指处还带着一只小巧的细碎花纹的金戒指，想来是一位热恋中幸福又矜持的姑娘……

战友们刚想把她挖掘出来，尼泊尔的警察匆忙跑来，叫官兵们帮忙把他们警察局的贵重东西抢救出来，作为援助方我们的官兵自然可以去帮忙，于是大家伙儿一齐动手，很快便从废土堆中扒出了许多的证件、票据和警服、电脑，甚至还有一辆摩托车。

另一边的尼泊尔警察也在挖，但挖出两具遗体后他们却不知道怎么处理，正常情况下应该通知家属来辨认，但地震导致很多家庭成员全部遇难，侥幸逃生的也不知去向，一时间找到家属认领非常困难，而挖出的尸体如果不尽快处理又很容易导致疫情，最后尼方主动放弃了挖掘。

其实他们之前自己也进行了挖掘，但山上滚落的石头实在太大了，他们引爆石头的声音在吉隆口岸听得一清二楚，有的石头爆破时崩出的碎石甚至飞到监护中队这边，在寂静的人群中又引起一阵恐慌，但西藏这边的山上含矿物质太多了，石头坚固而沉重，普通爆破很难打碎。

终于完成了救援后，大家感慨万千：

“从小想当英雄，这回头一次当了回英雄！”

“从小看电视，觉得军人就是敢死敢拼那种，现在知道能救人的才是英雄！”

“走到桥上了有种特别的喜悦感，终于回来了。”

“这次中队能派我出去完成这项任务是对我的信任，我又完成了任务，特别自豪，当时踏上桥的第一反应就想大声喊一声，因为这一路走得太压抑了，一刻都不敢放松。”

一边是救援人员的感慨，一边是被救人员劫后余生的感叹。

“你们要是不来，我们就完了。”

“只要那边有中国人，我们一定过去。”

一个四川人说：“如果你们有机会来四川旅游，我给你们当导游。”

水电七局一个女员工说：“谢谢你们救了我，我从四川来，经历三次地震了，没想到这次还能活过来。”

业务一科的科长阿旦、王兴云、陈小红三个人跑上热索大桥，跑到中间，三个人不约而同地停下了，前面是一个大坑，王兴云叫陈小红先过去，翻过大坑就能看到水电七局了，我们以为走过去就没事了，但翻过去总能听到、看到小石头和泥土掉落，时刻听到山上“沙沙”的滑落声，一边跑得出汗，一边吓得出虚汗，导致安全帽里都是雾气蒙蒙的。

王志群个子最高但走得最慢。陈小红不停地在前面招呼着他，确保每个人之间都保持能为彼此互相观察的距离。刚走过塌方点，阿旦科长的半个小腿就陷进泥土里，那是河床松动造成的，陈小红帮科长拉出陷入的腿继续前行。

到了第二个凹口又看不见阿旦科长了，王志群还在最后面……

一路走得阴森森的，因为知道尼泊尔口岸的酒店里有十几个人埋在下面，只能看到那边房子的屋顶，脚下就是十几具尸体，有的还露在外面。

到了水电七局，工人们看到中国的救援力量到了，都笑逐颜开。

工人的安全帽是黄色的比较轻比较单薄，部队的安全帽厚重结实，官兵就把自己的安全帽摘下来换给工人戴。

分配了七名伤员分别由哪位官兵具体负责搀扶或背回，受伤最重的腿粉碎性骨折的伤员由哪些人担架抬回。

有两名腿受伤但还能一条腿走动的伤员在经过长有50米的塌方形成的小山坡时要求官兵扶着他们走，可能也怕太高了万一摔下来。

其中有一个女工作人员叫杨娜，猜测应该是管财务的，一定要坚持跟回国，还背着个大袋子，让陈小红帮背着，因为地震发生瞬间，她亲眼看见身边的女同事的头被飞来的石头一下子削掉，特别害怕，一定要第一时间逃离那个地方。走到能看到通往中国的热索大桥的悬崖上，她立即晕倒了，后来才知道她患有哮喘、低血糖等病症。陈小红用对讲机喊桥头的战士送来糖水，掐人中，对她说鼓励的话等等，告诉她“这里并不安全，你不能躺在这”，“你还有家人呢，我们冒着生命危险救你，你这样死了多不值啊”，渐渐地她开始有了意识但说什么也起不来，战友们要背她走，她也不让，一直摇头。官兵只好找来把破椅子把她扶到椅子上坐着，因为她比较胖，两个人有些吃力，就由四个战士一人抬起椅子的一条腿，换着位置把她抬回来。

抬回口岸文燕过去跟她聊天，喂她红糖水喝。

等她清醒之后，眼睛慢慢地睁开问：“我的包呢？”官兵把包给她，她用虚弱的指头打开包上的系绳，一看钱还在，就放心地又闭上眼睛，留一根小手指垂着一直勾着背包绳子。这时陈小红才知道原来他背了一路的包里装满了钱。

还有一个女的，本来由一个战士一路搀扶着回来，左手拿东西，右手搀扶着她。到桥头了，战士感觉右胳膊突然一沉，一扭头看到她一下子滑了下去，说出一句话“终于回国了”，就瘫软在地再不起来。

很多人身份证没了，护照也没了，没做过多检查战士们就将工友们搀进了国门，生命的意义高于一切。

救援人员有这么好的体力，跟平时认真主动练体能有很大关系，监护中队每天都负重20公斤跑5公里，背囊里装着水壶、被子之类，每天早晚两次，一般18分钟就能回来。平时还学习自由搏击，官兵之间互相练，当然也可以挑战队长，但一般没有人有这样的胆量。据说王忠祥队长刚来中队带兵的时候瘦小枯干，虽然个子不矮，看上去还有些弱不禁风的书生气，但就是凭借着自由搏击的真招式PK掉全中队的兵，从此成为战友们真心佩服的榜样。带兵其实很简单，只要你拿出真本事让他佩服，拿出真心爱护他们，他们就会心悦诚服地紧紧团结在这个集体里。

李茂伟和岳吉在云南昆明的士官指挥学校培训水电和军需技术的时候，早晨跟内地的官兵一起出操，别人跑得慢，他们跟着在队伍里一颠一颠地跑反而累，就提出要求西藏的兵能不能单独跑？内地战友评价西藏战士的话就是："一群疯子在冲。"

"抓一个歹徒，你都跑不过人家，那不是反而被人家抓了？"

"有偷渡的往山上跑，就要用人力、靠体力往山上追。"

"明年我可能就退伍了，经过这次抗震救灾，军旅画上了圆满的句号。"

"以后老了，还能跟孩子吹吹牛，你爹当年……"说着说着，年轻的兵们满脸的神气。

边防官兵在地震后遭遇降雨的夜幕降临前帮驻地群众加固临时救灾帐篷。（郭章统　摄）

把西藏还原进一头牦牛里

拆解一头牦牛，不如说
把西藏还原进一头牦牛里
就像一碗酥油茶从早静放到晚
便可以固态点燃，流淌出白天吸收的阳光和经文
牦牛的油，把灯光还原成雪山的夜晚
马背上系挂的干奶酪重新化成奶酪和酸奶子
再化成牦牛奶流回牦牛体内
一段旅程便还原进牛腹
干奶酪喂养的旅人还原到草原
牛肉干把能量还原给叶片
还有扇扇门上饱满的祈愿
还原给牦牛骨头
还有高原的灵魂
还原给一只牦牛放空的眼

一个馒头的故事

崔海力，一听就不是藏族人的名字，这个陕西汉子本可以在古老的城墙根底下过着安逸的生活，可谁不想过得更好呢？老百姓哪个不想多赚点辛苦钱？何况他还有一个徐娘半老风韵犹存的老婆在西藏风生水起地做着公益事业？于是当他在电话里听老婆说到吉隆口岸要全面开放、前景无限时，头脑灵活的他想到了抢占商机去吉隆镇开家小店，当然他暗地里还琢磨着这样能陪在老婆身边，谁放心把娇妻常年放在男人堆里呢？

妻子莞尔一笑没戳穿他，任他怎么筹划。飞机、火车、客车，三个月后崔海力带着一手特色陕西面食手艺信心满满地站到吉隆镇不足二十平方米的陕西面馆里，虽然厨房、卫生间包括瓷砖、挂画和牌匾全部亲力亲为累掉半条命，但眼巴巴看着自己的杰作，崔海力摸摸这看看那满意地憨笑着。新店开张恰逢藏历四月十五佛祖生日的月份，很多藏民当天不吃肉，更虔诚的藏民一个月都不吃肉，酬宾七天打七折，辣辣的油泼子、香香的臊子，纯正的手工擀面香配上老陈醋的酸爽，吃得藏族阿妈一边擦汗一边竖大拇指。

开业第七天下午，崔海力正在把开业大吉的花篮和房顶酬宾广告摘下来，就感觉脚下踩的椅子腿开始晃动。他本能地从椅子上跳了下来，差点摔了个趔趄，双脚踩在地面上就像海上遇上大风浪晕船的感觉，眼前的高山似乎从漫长的沉睡中惊醒，在抖动着睫毛好像马上就要睁开紧闭的眼。他可不想陷入大地张开的双眸，立即趴到地上防止掉入地缝，不知所措的七八个邻居也紧跟着趴到地上。烟尘开始从他们头顶上蔓延，从眼前的高山蔓延到整个小镇。崔海力用力把住这片他才亲近了七天的土地丝毫不敢懈怠，大地终于安静了下来……后来，崔海力才知道这次地震吉隆镇处在地震波平波带，处在地震波最平稳处，所以房子倒塌得少，他也幸免于难。

惊魂未定的崔海力和大家慢慢地爬起来，不约而同地掏出手机给家人打电话，但令人焦急的是大多数人的电话都处于无法拨出状态，只有崔海力的电信手机信号闪烁着，闪烁着。“嘟——嘟——”，“喂——”接通了！电信信号的接通让整条街的人们都兴奋起来，灾难时刻“家书抵万金”！崔海力冒着余震的危险返回面馆前台取出充电宝连接上手机交给焦急的邻居们。那一天这条街唯一的电信手机传递出200多个平安的信息，让200多个家庭得以心安，虽然电话再交回崔海力手里的时候已经打得发烫，但无论是外地商户的一声声谢谢还是藏族同胞双手合十放在胸前不停点头的“突及其”（藏语“谢谢”）都让他觉得倍感亲切，他也从吉隆人眼里的陕西汉子变成了自家门口的老崔。

老崔初来乍到，对进货途径和当地气候不太清楚，地震前两天，吉隆边检站官兵进行走访时发现了这家新开张的面馆，一向对驻地群众关爱有加的官兵进门询问有什么需要，并根据经验告诉老崔这儿的气候特点等，并特意强调了雨季将来临，山路容易塌方，最近进货要多备些。于是第二天老崔就买来了两箱西红柿，三箱小黄瓜等蔬菜还配组了各种配料。没想到第二天就地震了，这些物资本来是老崔的救命粮，但他一想起老阿妈来他面馆吃面时满足的笑容和刚才与大家一起生死逃亡的过程，他就觉得“遇到了事，自己不做点啥不好”。

于是情绪稳定下来后老崔去边检站找到了三天前来走访他的胖乎乎的连长，将一箱箱蔬菜、一袋袋面粉、一盒盒配料像蚂蚁搬家一样搬进了吉隆边检站给群众准备的临时安置点。官兵们感谢老崔资助的好意，赶过来帮忙，老崔坚持自己搬最后一样“宝贝”，那是花了三千多元从拉萨购买的全自动蒸馒头机。为了买这个“宝贝”老崔二月份被大雪封山困在路上一天，在日喀则等车耗了一个星期，前后用了十多天才把精心挑选的机器捧回新店里，一路上像抱着婴儿一般怕磕怕碰到，就像他此刻一样小心翼翼。当时临时厨房还没有建成，操场上还飞扬着山体滚落碎石引起的灰尘，但天色将晚、天气渐冷，震后第一缕炊烟从吉隆边检站的操场升起了！一个个热气腾腾的白面馒头从馒头机里一笼屉一笼屉地抽出，官兵们帮忙分发给每一个饥肠辘辘的群众，在地震刚刚过去的惊吓里一个热馒头安慰的不仅仅是人们的胃，更是人们的心。

做一个馒头是小事，但给全镇几百户群众做，在国家救援还未到来之前数天坚持做就不是小事。面袋子一袋袋空掉，老崔的心里却越来越充实，只是震后前两天在边检站的操场露天而蒸，吉隆这个地方因为在山谷之中，上午风平浪静，下午狂风四起，气温也随太阳的升降而灵敏地冷热变化着，一天之内早晨穿毛衣，中午穿短袖，晚上穿棉袄是常事。"早起浮云走，中午晒死狗"便是西藏"十里不同天，一天有四季"的真实写照，特别是每到下午风沙漫天有置身黄土高原的感觉，让你疑惑四周群山上的成荫绿树都到哪里去了。每当风沙打着旋一来老崔就用宽大的肩膀护住和面的盆子，像护住自己家的小孩，每和好一盆就用塑料布密实缠住。官兵们过来说要帮他和面，老崔认真地推开了，做面食成了老崔的信仰，不管是开门做生意还是关门做公益，馒头的质量就像老崔的脸面，男人丢啥不能丢脸！

老崔的馒头像孕女峰的白云柔软着震后渐渐安静下来的吉隆，两天后，边检站的帐篷食堂也搭建出框架，老崔憨笑着把他的宝贝搬进去，再也不用担心大家吃到刮进沙土的馒头了。

"馒头哥"老崔和他的馒头一样家喻户晓，镇政府来人说："你也受那么大的灾，干的活不算钱，蒸的馒头肯定要算钱的……"老崔一听，憨笑的八字眉立马向眉心转了90度："你要这么说就是没把我当自己人，我可是把这当家才管的！"老崔确实在这扎下根来，根本没有因为刚来就地震而离开，店面重新开张后，他坐在门口晒着太阳，过往的藏民和他互相问候着"你有没有事呀"，虽然有时语言不通，但通过表情足以明白是互相关心的意思。镇政府灾后对商户更加热情了，远方的客人在大灾面前选择留下来，谁作为当地人都会有些感动和骄傲，驻地的解放军一连的田连长也常来问候，因为当时老崔的哥哥因为面馆开张过来帮忙赶上了地震，在弟弟去边防部队的操场帮忙蒸馒头的时候就带着自己的专业摄影设备作为灾区第一个志愿者跟着解放军去其他村子救灾拍照去了，而吉隆边检站的官兵更是因为一场灾难结识一位朋友，哪个路过都愿意来看看。面馆里的各种陕西特色面食每名官兵基本都品尝过，当然，后来都按价付款给新吉隆人老崔。

桑青边境检查站一名官兵撤离前向地震中倒塌的老营房敬礼。（郑永波　摄）

春山空

风如果再吹，山就空了

此刻，我在曲径中漫步，作为隐者
渴了汲桂花上的露珠为饮，饿了
以野果和松籽充饥……

时光纷溅，万物静谧如谜
一朵迟开的花，在春风中
形单影只、形销骨立
再次在红尘中与我，互为支撑

花落人亡两不知

“因为爱情，不会轻易悲伤，所以一切都是幸福的模样，因为爱情，简单的生长，依然随时可以为你疯狂……”

闭塞的深山小镇关不住疯长的爱情，每一根思念的枝叶都像巨石缝隙拱出来的幼苗，看似柔嫩却风吹雨打砸不断，藏族姑娘一旦爱上心仪的男子，便像草原上雪山彩虹般明艳绚烂，像草原格桑花般美丽芬芳。

云朵掉到山腰的时候，拉则问罗布：“如果有一天，我像这云朵一样，老了掉下来，飞不动了，你还会爱我吗？”

罗布躺在草地上把拉则搂在怀里：“瞎说，你什么时候都像你的名字一样‘像仙女一样漂亮’，怎么会掉下来呢？”

拉则指着行云无痕的足迹说：“看啊罗布，云朵掉下来了，掉到山脚去了……”

拉则急得直哭，不知为云还是为罗布的回答。

罗布赶紧搂紧拉则：“不会的不会的，你不会掉下来，就算掉下来，我也这样抱紧你，不离开你……”

草原上起风了，疯长的春草发出只有贴近草地才能听到的呼唤，云，散了……

拉则是家里唯一的女孩，罗布是母亲之前怀了两个孩子一个流产、一个夭折之后才获得的至宝，所以取名“罗布”，是宝贝的意思。两人的婚礼得到了全村人的祝福，村长的爱人蟆央金亲自给两人擦酥油、抹糌粑。

今年年初幸福的小两口从牧区搬到了相对开放的吉隆镇开了家超市，他们听说吉隆口岸要扩大开放了，双方父母生养的子女都少，想多赚些钱孝敬父母。开业大吉，旅游的人越来越多，尼泊尔商品越来越受游客欢迎，不辞辛苦的两个年轻人计划着要多购进一些，于是罗布4月24日就从吉隆口岸通过热索桥去尼泊尔口岸附近的村子挑选货源了，计划着25日就能返回，但没想到赶上了地震，两人一桥之隔被困两国。

通讯中断，道路中断，思念却无法中断！联系不上爱人的拉则每天站在吉隆镇通往吉隆口岸的路口盼着，盼着。有野生黑枸杞结了果把纸条伸展到她身前，一颗颗黑红黑红的，像堵在忧虑的心口一块块凝固的血。

拉则一次次梦到她和罗布又回到最初放牧的草原，他们有意地赶着半饱的畜群向对方靠近，在不远不近的地方站定，唱起拉伊情歌，直到肩并肩地在草地上坐下，罗布解下自己的靴带，系到她的靴上，三年前的春天他们中意对方……

头顶雪山亮了又暗，5月11日，相思的人儿终于通上了电话，一根缠绕的电话线，两个人心头的千千结。

看取青青池畔，泪痕点点凝斑。

第二天，5月12日，拉则不顾家人、朋友和巡逻在路口的吉隆边检站执勤官兵的劝阻，非要去吉隆口岸接回一桥之隔的丈夫，官兵们苦口婆心的向“阿佳”（藏语“姐姐”的意思）解释着路途的危险，拉则一边假装同意回去，一边却联系了村里的一辆车，拉上亲友，一车三人偷偷驶往吉隆口岸……15时5分，就在车辆行驶到最大塌方点的时候，尼泊尔7.5级强震再次来袭，山顶的落石哗哗而下，有一块巨石像一片乌云一般在烈日下带着影子从左侧高山飞下，眼看就要砸中车辆，拉则不知从哪里来的勇气从右侧车窗跳出逃生，可就是这一跳，让巨石从车顶擦边飞过，不偏不倚正好砸在拉则身上。

拉则连喊叫一声都没来得及，眼睛圆睁睁地看着前方吉隆口岸的方向，左手往前方伸着，虽然肩膀砸在巨石之下，小臂却硬挺挺地抬起来，手上露出平时深深地埋在长长的袖子里不外露的戒指，“一匹马不载两架鞍子，一个戒指不戴两个指头”，牧民的锁情戒指是爱情联盟的明证和结晶，是锁定终身的金锁，情人一戴上戒指就是有笼头的马，不再是草原上自由飞翔歌唱的百灵了，拉则做到了……

“如果有一天，我像这云朵一样，老了掉下来，飞不动了，你还会爱我吗？”

“不会的不会的，你不会掉下来，就算掉下来，我也这样抱紧你，不离开你……”

拉则再也问不出这样的话了，她真的跟云朵一起掉进峡谷里了，罗布的灵魂应该信守了他的承诺回到他们相爱的山谷陪伴被巨石禁锢的拉则的灵魂，用定格的年轻，相爱到老。

5月12日17时，罗布在余震中受伤，于两小时后不治身亡。

一个月后吉隆镇通往吉隆口岸的路口花开得烂漫，那株野生黑枸杞硕果累累，随风摇摆，像是在替拉则守候在窄窄的路口一遍一遍踱来踱去盼夫归来……

愿依此日生双翼，随花飞到天尽头。

镇上渐渐开始灾后重建的其他超市响起音乐：

“因为爱情，怎么会有沧桑，所以我们还是年轻的模样，因为爱情，在那个地方，依然还有人在那里游荡，人来人往……”

有些事情似乎真要按照藏民笃信的佛教才得以安心接受，一车三人中另外两个没来得及跳车躲避的仅仅被砸成轻伤，只有跳车的拉则当场没了生命体征。解放军一连的田连长一队十人本来去巡逻，结果遇上这样的事立即去救援，据吉隆镇开陕西面馆的老崔说，看到田连长走的时候穿戴整齐，戴着钢盔，系着外腰带，队伍走得整齐，回来的时候各个丢盔弃甲、灰头土脸，跟煤矿工人一样，他们的腰带解下来做了担架，衬衣撕下来一条包扎了伤口，钢盔爬碎石时被滑下来的沙土迎头拍下来，蓝色成了灰色，但欣慰的是这两人都无大碍。

据陕西面馆的老崔说，5月11日，余震发生的前一天下午一点多，拉则还在他们面馆吃了一碗油泼面，没想到第二天下午人就没了，第三天人就被水葬了。水葬那天他还跟了去，就在离面馆所在的吉隆村子不远的吉普吊桥下方的吉普峡谷，站在吉普吊桥上往下看到湍急浑浊的流水从峡谷中间川流而过，拉则的尸体就在5月13日早晨被肢解后扔进了河水里，肢解得越碎越容易被鱼虾吃掉，所以内脏也要分解成小块，连骨头都要被敲碎和上糌粑捏紧送入河水……只是送葬的亲朋好友在距离河水500米左右的地方就不允许再往前送了，只有水葬师和助手背着用白布一层层包裹的尸体向卜算好的水葬地点走去。在西藏无论是水葬还是天葬、土葬，人都是被洗得干干净净一丝不挂地被包裹着白布下葬的，水葬和天葬包裹尸体时要把尸体蜷缩成在母体里的样子，象征着怎样来到这个世界上就怎样离开，来时一丝不挂，走时也什么都不带走；如果是土葬还会在坟头放一个摇篮，意味着故人回归到最初的起点或者重新投胎往生。

“饯春无语，肠断春归路。春去能来，人去能来否？”

老崔还告诉我们吉隆四周的四面山都不能随便上去，每面山都有讲究，有的是老人最后的归宿，有的是年轻人，有的是意外去世……如果在山上看到有人为挪动迹象的石头也不要翻动，也许就与天葬仪式有关。

这里的殡葬师都比较富有，但外人看来神秘的殡葬会为他们带来什么样的心理影响就无人可知了。

地震第一时间，吉隆口岸监护中队的战友们想从窗口救出一个衣衫不整的小女孩，聪明的小女孩为了引“金珠玛米”叔叔到一楼救“爷爷”放弃自己被救的机会跑回屋内，感动了兵们好长时间，当时把他们转移到国门前空地安置的几天时间，大家都以为瘦小枯干满头白发的老人是整天围在他身边的几个小孩的爷爷。这个叫普布的老人每天不太说话，孩子们好像很怕生的样子，也不怎么跟大家交流，只有跟他们的妈妈有时才说上几句，直到4月28日全家撤离到吉隆镇上。

而我也是直到老人6月17日早晨去世那天才知道原来普布是那六个孩子的爸爸，刚刚53岁的普布被大家以为有七八十岁，由于早年过量饮酒造成肝脾等内脏严重受损，家里又无钱医治，直到后期病入膏肓。因为我刚到吉隆镇的时候就听说在地震中将瘫痪老人毫发无损地救出来的故事，所以前期就去看望过他，当时我还想跟他合影，但普布老婆告诉我，普布已经一周没有说过一句话了，我立即中止了不合时宜的想法。朴实的阿妈把普布藏蓝色的衬衣撩上去给我看普布鼓胀起来的胸腔和腹腔，同行的年龄较长的朋友悄悄说：“这人已经完了”，而他的三个年龄较小的孩子一个蹲在地上玩着石头，一个坐在满是垃圾的床上看着《熊来了》的动画片，还有一个最小的，穿着看不出原来什么颜色的一件脏痕一层覆盖一层的单衣，用脏兮兮的小手咬着边检站的官兵之前送来的一支鹅黄色的铅笔。那支铅笔上面有一些细小的牙印，牙印里面陷进去一些黑黑的脏东西，看得出已经被这个孩子咬过好多次了，她看看我，注意力马上又回到那半支脏铅笔上，看来我在她眼里还没那半支脏铅笔能吸引她的注意，而她那张其实并不丑的小脸上也只有黑亮黑亮的眼睛是干净的。后来我才知道这三个孩子并非普布当时的老婆所生，受到西藏古老的一夫多妻制影响，虽然现在已经废除，但在年长一代里一个家庭里孩子并非都由妻子所生还是偶尔会见到，但懵懂的孩子对这些一无所知，仍然用明净的眼睛望着我，像海拔5236米的孔唐拉姆山旁那汪清澈的佩枯湖。

我从包里掏出纸巾，撒上一路没舍得喝完的三分之一瓶矿泉水，想给那个女孩擦擦脸，她却怕生地躲开了，依然用那双眼直直地看着我，直到她阿妈过来跟她说了几句我听不懂的藏语她才肯到我跟前来。通过她妈妈的讲话，我听出这个孩子叫卓玛，多美丽的一朵格桑花，应该在春风中摇曳才对，为什么要像埋在土里一样呢？我小心地给她擦起脸来，她突然变得乖巧而听话，好像她从来没有享受过有人这样温柔地给她擦脸的幸福，一动不动地任我处置，擦好了脸和手，我拿出包里的小镜子让她看看自己，她晃着脑袋在镜子里找了半天，好像没有找到自己，可镜子里干干净净的小女孩又是谁呢？她突然笑了，拿着镜子看个不停……我把剩下的两包面巾纸和小镜子留给了她，跟阿妈打了声招呼就出来了，我不想打断一个小女孩爱美的天性里难得的幸福。

等我走出帐篷回头拉上帘子的时候，卓玛还在那里歪着头好奇地看着镜子里的自己。她越是不觉得自己可怜，我越是觉得她可怜；她越是笑得开心，我越是心酸得想哭……就像出殡的那天早晨，阳光在连续三天的阴雨天之后格外灿烂，水葬师背着被白布包裹成婴儿状的普布带着一队人走在通往吉普峡谷的路上，古老的海螺吹奏出悲伤安详的乐音，没有哭声，普布老人即将与流水一体，溶解在他一辈子都没有走出的西藏高原上。

试看春残花渐落，便是红颜老死时；

一朝春尽红颜老，花落人亡两不知。

《葬花吟》，葬尽天下不能善终的爱恋。

西藏吉隆县吉隆镇完全小学的小学生在接到边防官兵组织捐赠的“爱心食品”后开心地举起欢呼。（郑永波　摄）

春光

花天酒地
雪花开满天之后，青稞酒唤醒春泥
唤醒高原雪山顶沉闷的痕迹
醒着的山不安分起来
每天抽一片新绿
沿着盘山路规划春天
到三月，汇成一株扎根的树
这新建的桑青边境站
为冬眠的藏区提前带来春光

格桑花天使不哭

一群小伙子，一床床红彤彤的老式棉被。当兵们从没有锁用透明胶带黏得严严实实的床头柜里取出他们藏得好好的神秘宝贝时，我也惊呆了，12岁离家便从未再见的凤穿牡丹经典绣样活灵活现地飞舞在艳粉色、大红色的缎面上，让人忍不住想伸手去触摸，这些被子里的棉花因吸足了绣花人一针一线缝制时的体温，显得饱满而温暖。

官兵们一边骄傲地展示，一边还不舍得让人摸似的赶紧小心翼翼地折叠好，被子很松软，叠不成军被一样的豆腐块，这种鼓鼓的感觉迎合着官兵们满满的幸福。

在灾区一个月，我走过了近20个逐渐恢复灾后重建的村寨，穿越了4个人员已经撤离的空城无人区，只有这个仅7人在位的桑青边境检查站是快乐指数最高的单位，让我暂时忘却了一路走来精神上背负的伤痛。

这30床松软的手工大花棉被是河北希望社区11个退休阿姨听说西藏吉隆地区遭遇地震连夜赶制出来的，棉被里还夹了一张纸条。

“听说你们那里地震了，不知道你们有没有被子盖，赶紧赶出来一些，不知道你们工作站的小伙子结没结婚，做了几床大红色的，如果没结还可以到时候当婚被盖，现在这大红缎面不好买哩……”

结婚或者没结的小伙子们都不舍得盖。这时他们理解了为什么那些老百姓在收到了社会爱心人士赠送的好衣物时为什么不舍得穿，都整整齐齐地码起来，除了藏民勤俭节约的传统外还有对这些爱心的珍惜吧？尽管有时把张耀杰逼急了，就会吓唬说：“给你们的衣服合适就穿着，再攒起来以后就不给你们了哈！”

张耀杰是在2012年3月桑青边境工作站在吉隆镇江村成立的第五个月从其他单

位调过来的，从条件相对较好的单位调到新成立的守山口的边境工作站，如果是别人多少有些抱怨，可张耀杰却欣然接受，并把心扎在了距离中尼边境直线距离不到3公里的半山腰上，尽管工作站连一座自己的营房都没有，借住在江村村委会一座由石头和木板搭成的小楼的二层，刚成立时的几个官兵硬是把根钻进石头缝扎进石头山，而江村全部人口不过是8大户含14小户，全村在绿树掩映下仿佛悬崖峭壁上向外探头生长的一棵灵芝。

只是工作站刚刚驻扎时村里卫生状况较差，这跟藏民常年放牧生活有关，战友们第一天驻扎就起早把街道清扫得干干净净，藏民早晨起来一看，自己的家门口从来没有这样干净过，都走出家门好奇地张望，看到环境改善带来的赏心悦目，各家各户第二天开始都派出一个人来跟大家一起打扫卫生。

工作站的站长老婆来探亲的时候，藏民看到站长老婆用一大盆温水给小孩洗澡，爱玩水的孩子在澡盆里咯咯笑着，也把自己的小孩带来给洗澡。

边防官兵带来了现代生活的气息，让常年居住深山的藏民们既新鲜又好奇，他们开始向往外面的世界。朴实的村民懂得知识是唯一通往山外的路，于是每周末工作站的官兵们教小孩学习的时候，村民就说："你们教小孩，我们给你们砍柴。"砍柴是江村生活中重要的组成部分，因为海拔和山路的原因，煤气无法接通，各家各户保留着最原始的烧柴做饭取暖方式，每到下雨天，工作站的门前就堆好了柴火，每到蔬菜丰收的时候，厨房门口都放好了青菜，官兵们甚至不知道哪根柴是谁砍的，哪篮子青菜是谁放的。

"3·28西藏解放纪念日"的时候工作站组织村民们搞"军民运动会"，拔河比赛是官兵们的强项，但不服输的藏民们不停更换参赛选手，七个回合下来终于取胜，接下来的藏族传统竞技项目抱沙袋、丢石头等比赛，官兵们就拼不过长期山地生活的藏民了，最终在藏民的祝酒歌中罚酒了事。

一家人，无论什么时间、什么地点都是最亲的人。

村长扎西老汉说："我们关系这么好了就是一家人，要互相串门，等你们休假我们要跟你们回去，你们的家人也要到这里来玩。"

虽然这个想法还没有实现，但大年初一就给工作站的站长打电话拜年，还给站长吓了一跳以为村里出事的情况还是会经常发生。

这里确实像有灵气的世外桃源，好像提前实现了共产主义，但经济状况却不容乐观，全村只有8个小孩却过着吃不饱穿不暖的生活。

张耀杰把这些都看在眼里，记在心上，他本身就是个时尚的“90后”，喜欢上网、随手拍、结交朋友，他发出的反映西藏地区贫苦生活的微信、微博得到网友的同情、点赞，一次在与朋友聊天中说到西藏的孩子如何可怜，朋友提出“为什么不在网上募捐呢？”张耀杰眼前一亮，可行！一来可以帮助贫困儿童，二来可以把西藏相对闭塞的地方人民的生活传递出去，让外界了解他们，让他们感知外界。

2014年6月30日，张耀杰建立了“格桑花天使公益”QQ群，当时只加了3个好友，将贫困儿童照片资料发到群里，好友转发到贴吧等网站宣传，一传十十传百，到9月份就有400多个爱心人士加入群里。

2014年7月12日，好友陈静邮寄来的爱心包裹成为QQ群里的第一份爱心回应，里面是八个书包，尽管后来经张耀杰的手为孩子们争取来太多爱心捐赠，但张耀杰始终忘不了的是八个孩子第一次看到从大城市里邮寄来的书包，好奇又胆怯地歪着头专注地轻轻抚摸的样子，他们甚至不会使用那样高级的书包，翻来覆去找不到该从哪里打开。

通过QQ群、微信、贴吧等互联网手段，官兵们把西藏高原半山腰上悬浮的一个村子八个孩子的故事传播到五湖四海，电视台的记者、爱心人士都纷纷捐款，“暖城公益”“北京点点爱心”“善行唐山”“大手拉小手”“米公益”等民间爱心团体也纷纷与“格桑花天使公益”取得联系。

活动越搞越多，范围越来越大，近一年之内收到的爱心物资累计100余吨，价值100余万元，还发到山南、日喀则、林芝等地区，与爱心人士结成“一对一”对子，资助40余名困难儿童上学。

本以为日子会像雪山顶上终年不化的冰雪一样稳固，但一场地震将大家的梦想击碎，桑青边境工作站暂住房几乎成了西藏地区因地震受损最重的边防部队营房，等官兵们逃生到门外回头看时，山体落下的巨大石块已经把他们刚才午睡的床上下铺之间堆满，整片墙壁消失不见，如果再晚几秒钟他们可能就被砸下悬崖尸首全无。而由村民的鸡圈加了个铁皮顶改装成的厨房如今已压在一块巨石之下，只剩一角蓝色铁皮露在外面证明这块石块下曾经有过东西。

惊魂未定的官兵们缓过神来打了个冷战立即冲进村子。

92岁的央金奶奶拍打着南窗求救，她的床挨着垮塌的侧面墙壁，已经半床尘土，孙子达瓦次仁刚回来看到奶奶被困屋里急得直哭也不敢上去救。桑青工作站的官兵们赶紧搭着梯子爬上摇摇欲坠的二楼，想把她背出来可老人好像受到了惊吓不敢让他们背。官兵便卸下门板搭在二楼和地面之间为老人搭建了一条类似于滑梯的生命通道，最后他们连扶带背地把160斤重的老人抢救了出来。江村的房子都是二层，一层用来关牛羊鸡鸭等家禽，是为了防蛇防虫，也防潮；二层住人，在一层和二层之间有设置在外面的木质楼梯，就像我们楼房外置的逃生楼梯，只不过他们建在正门方向。这次地震虽然造成房屋倒塌严重，但是人员没有受伤还因为村民建房子时都把好的石料建在前后两面，不好的石料用来建侧墙，至于房顶更是轻质的钢板。地震时垮塌的一般是侧墙，房屋整座倒塌的很少，所以说，民间流传已久的智慧往往在各个方面发挥作用，只是没有遇见考验的时机我们不曾发现罢了。

江村年纪最大的97岁阿妈也是被桑青工作站的兵们背出来的，只是她家房屋倒塌还不太严重，抢救出来时还算安全，可老人到了桑青站新建营房之前这块村子里唯一的开阔地之后一直上吐下泻。一了解才知道家人刚给老人喝了青稞酒，如今酒劲反了上来，连她自己的亲孙子都嫌弃她呕吐的酒味不愿意给她端盆子，官兵们却一直扶着老人直到她稳定下来，还单独给她搭了个棚子。

格桑地震前上山砍竹子编筐，不小心惊到野猪了，野猪用露到外面的獠牙把他的左腿拱骨折了。地震袭来时药品短缺、医疗中断，战友们为了防止格桑伤口感染用酒精消毒，敷上少量的阿莫西林药粉，帮他坚持到医疗救援到来。

最幸运的是索朗老人，他喝醉了酒睡在了温室里，根本不知道地震发生。桑青站的官兵们接到他老婆的求救赶到时，发现那一片温室大棚全部倒塌，而只有鼾声如雷的索朗老人睡觉的大棚毫发未损。大家扶他出来时他竟对刚才发生的惊魂一幕毫不知情。

而其他藏民，尤其是妇女吓得一直跪地哭泣，信奉佛教的藏民每逢初一、初八、十五等日子要组织念经，地震发生后几个老人坐在安置广场上自发围坐念经。可不管是经文也好，官兵的劝慰也好，村民们始终不愿搬进桑青工作站新建还未投入使用的营房一楼车库，那里宽敞，出口又大，可藏民似乎被吓坏了，再不敢住进房子里。大家只好给住在外面的村民多拿出些棉袄棉被，多拢些火取暖，每一只从山上飞下来的乌鸦都会被误以为是石头砸了下来，而飞鸟在前一天傍晚群起低飞的异常却没有引起人们的警觉。

不幸中的万幸是站长下山去日喀则参加培训，特意提前一天回来，怕雨季来临山体塌方工作站的人出不去，拉了满满一车的菜和主食回来，没想到第二天发生地震竟发挥了大作用。

而这些储备毕竟只能应急，撑不了太长时间，大家必须节约支撑，而这时吉隆县里一个领导传来命令让村民四天之内所有东西都要吃完。"不许吃不完，四天后道路一定会通畅"，站长立即与那位领导争执起来："现在山路已经多处塌方，余震不断，你凭什么保证四天后能通？没了粮食村民困守在这，你过来负责吗？"最终证明桑青边境站的谨慎周全是正确的，最终群众都撤下来道路也没有完全通畅，如果按照那个领导说的做，到了后几天村民可能会因为饮食不足而饿死。

有个职能单位在震后聘用了27个农民工上来送物资，在半路上遇到塌方，其中25个工人吓得扔下物资撒腿就跑，等剩余的两个农民工到达时，官兵们问他们一共上来几个人，他们已经吓傻了，其中一人伸出两根手指，意思是两个人，但却一句话都说不出来了。不过这种千辛万苦送来干粮的事在灾区有时却发挥不了多大作用，边境站甚至还要取出新鲜的蔬菜米饭招待他们，相当于用营养配餐交换来一些垃圾食品。

余震不断发生，山体落石不断，终于接到人员全部撤离的命令，江村通往吉隆镇的盘山路虽然经过抢通但仍时有塌方，危险重重，桑青边境站将仅有的7名警力分成三组，一组带领老百姓撤离，一组抢救老百姓必备的东西，一组抢救边境站的枪支弹药等军械，在距离尼泊尔直线距离仅三公里的地方，任何时候都不能忽视边境安全。

下山的路上，两位孤寡老人成了最大的难题，这两姐妹一个是78岁的确巴，一个是74岁的尼琼。本是尼泊尔人，上个世纪70年代，两位老人因为父母早年过世，她们当时30岁左右，没有亲人，没有家庭，没有收入，无依无靠，过着吃不饱穿不暖的流浪乞讨生活。而当时江村的村民，嘎米次旺的祖母念及与她们有一点远亲关系，就把她们接到村子里。西藏自治区成立不久，村民们分到了自己的土地草场，两姐妹就帮助村民耕地砍柴干活，村民很是感激，分给她们一些青稞、糌粑、衣物等，两姐妹用勤劳的双手朴实的心在江村定居了，终身未嫁。直到2013年桑青边境站成立，主动与地方部门协调，将两位老人纳入国家政策改善群众住房的补助中，边防官兵和群众共同帮助两位老人修建了新房，地方政府和驻村工作队还为老人购置了新家具。当两位老人抱着一小包衣服走进属于她们自己的新家时，确巴摩挲着崭新的家具、雪白的墙壁，似乎像用指尖触碰到的冰凉告诉自己这些都是真的，可每摸两下又立即缩回去，在长裙上蹭两下手掌，生怕自己刚刚干完活的手摸脏了新家；尼琼则小心翼翼地踩在干净明亮的地砖上，走一步回头看一眼，生怕踩坏了似的，到了里屋甚至脱下鞋子在地砖上走了一圈，高兴得像个得了奖励的孩子。笑着笑着两姐妹都哭起来，拉住桑青边境站兵们的胳膊，竖起大拇指，一遍遍说着："金珠玛米亚古都，金珠玛米亚古都……"

可这场地震让她们失去了年近八旬才住进的新家，两位老人跪在地上抱着从倒塌的屋顶坠落的半截经幡，哭得像晚年丧子般痛心，说什么也不肯离开这些断壁残垣，让周围的人们看着都忍不住落泪。

为确保老人安全撤离，张耀杰扶起老人，陪老人坐到地上聊了一个小时，老人才同意暂时离开，"条件"是桑青工作站的兵们要跟她们在一起。

扶老人上车也颇费周折，久居深山的老人这辈子第一次坐车，她们俩不敢踏进这个长着轮子的小房子。上到车里后也不敢坐到座位上，官兵们扶着她们坐上座位，可车一开动速度加快她们就吓得蜷缩着蹲在车座椅的过道里，说什么再不肯起来。

终于安全撤离了群众之后，最后离开的小王回望了一眼他们和村民们共同聊过天、喝过茶、吃过饭的临时工作点，唯一一张没有被落石砸毁的办公桌上还放着一个苹果，那是5月2日，西藏广播电台的记者秦国风第二次来到桑青工作站采访时，跟站长了解情况时发现站里最年轻的警官的嘴唇干裂，就从包里拿出了一个早晨带着本来要当早餐的苹果给站长吃。地震之后别说水果，连水源都已经告急，站长想想站里几个累得像泥猴一样的兄弟，舔了舔嘴唇，把这个苹果放在了办公桌上，记者走后，他让旁边的张耀杰吃，张耀杰咽了咽口水，使劲看了一眼，仿佛看一下就能润到喉咙似的，转身出去喊别人去吃……如此循环，最后谁都没有动一下这个苹果。它被大家用眼睛咬过一遍之后就静静地躺在那里直到烂掉了一半，有两只苍蝇过来大快朵颐，小王愤愤地把苍蝇赶得老远，仍然没有碰苹果一下，然后关好门，就像平时离开工作站去村民家走访一样，他相信总有一天，他和战友们还有“家”里的老百姓都会一个不落的重新回“家”。

这个秦国风记者村民们都知道他。江村地势险要，受灾又重，但百姓安置得很好，这样的画面冲击力较小，一般记者不愿意冒着落石余震的风险爬到悬崖上的小村子采小新闻，但是这个秦国风记者前后来了三次，最后一次是跟随村民一起撤离。百姓的心如明镜，记得住大灾面前每个不放弃他们的人，不管是看到的记者，还是没有见过面的大山外面的人。

地震发生后，“格桑花天使公益”QQ群里就炸开了锅，“西藏地震了，吉隆受灾严重，咱们资助的孩子们不就在吉隆的江村吗？”“是啊，还有群主和他的战友啊，不知怎么样了？”……

但是这些关注张耀杰当时都无法看到，地震发生后，手机信号中断，直到十来天后才每天断断续续有信号，每次信号接通就有七八十条短信、电话进来，把手机卡死了，开机再被卡死，但张耀杰的心里却舒畅得很。太多人想进到灾区来当志愿者，但从救灾实情出发，太多志愿者实在不需要，便都劝返了，100多个以个人名义邮寄来的包裹和2000多元现金纷纷到达江村撤到的吉隆镇，其中山东寿县一个幼儿园老师带领小朋友们捐出自己的零花钱，用三元两元的零钱积攒了899元钱，捐献给了江村的同龄小朋友。特别是一个由经历过唐山大地震的人发起的“善行唐山”公益团体，筹集捐助了20吨价值30多万的物资，可这些物资运费就要七八万元，怎么办？“善行唐山”在紧急筹集运费，桑青边境站也联系了大队、支队进行协商，最后通过中铁货运装了两火车集装托运到日喀则市，再从日喀则通过汽车分别发放到吉隆、樟木等受灾地区，还与民政方面沟通，将一部分作为灾后重建的物资扶持。一个仅仅为资助八名深山儿童而发起的“格桑花天使公益”最终将格桑花开遍了整个摇摆中的喜马拉雅南坡。

这样的爱心资助不只在震后，在地震之前也源源不断。其实无论政府还是社会各界对西藏地区的援助始终占据很多藏民生活来源的重要部分，基于高原的环境，民族的差异等因素，资助是必要的，但时代在进步，人们追求美好生活的梦想始终存在，不能让好心的资助成为拖累藏民自力更生、勤劳致富的阻碍。为此，桑青边境站还为村民们联系了编竹筐的业务。受亚热带气候影响，喜马拉雅南坡的西藏地区山上长有好多竹子、霸王鞭等野生植物，这是求之不得的财富，桑青边境站的同志们号召老百姓采竹子学习编筐，一个筐能赚到15到30元，如果竹子砍伐得足够，一天编10个筐没有问题，山里的孩子到八九岁就会编筐赚钱养家了。

种植蔬菜大棚也是既提高生活水平又勤劳致富的好项目，村子里从来没有种过蔬菜大棚，而且没有大面积的开阔空地，只能在山坡上开垦出上下排列的一排排梯田，这样更为蔬菜大棚的建造增加了难度，只是找建墙和压塑料薄膜的石头就找了20天，算来有10卡车，才算准备好10个温室大棚所需的石料，再挨家挨户帮助搬运、建墙，连迷彩服都磨出好几个洞，手都磨破了皮。2014年7月温室大棚建好了，官兵们不管谁休假下山，回来时都会带一大包蔬菜种子，这些“90后”的官兵从前多数都是娇生惯养并不懂种植，可为了村里人都能吃上绿油油的健康蔬菜，硬是先去学习了温室大棚种植技术，再回来手把手地教给村民。一年时间不到，江村的村民们不仅蔬菜家家吃不完，还能运到吉隆县城卖掉，每户藏民靠自已的双手就能增加不少收入。

资助儿童时也通过奖励的形式，用张耀杰的话说要让孩子们从小明白“劳有所获”的道理，不能因为有爱心人士资助就产生“不劳而获”的念头。每次分发学习用品的时候张耀杰都要给他们考试，成绩最好的才能优先挑选喜爱的学习用品。

在桑青边境站成立之前，因为江村与尼泊尔一山之隔，5月到10月青壮年又要去桑青草场放牧，剩下老幼妇孺在家，常有尼泊尔人过来偷猎，顺便顺手牵羊偷些东西。桑青边境站成立之后，通过巡逻排查，重点管控距离桑青检查站20公里的桑青山口和68公里以外的普隆山口，大大地震慑了不法入境者。半年之后江村就达到了夜不闭户、路不拾遗的程度。

……

短短9个月零25天，山崖上镶嵌的江村因为有了桑青边境站的驻扎而有了新气象，这些故事成了在江村生活了几十年的村民们撤到吉隆镇后最主要的回忆，特别是镇上为了帐篷搭建得美观，让帐篷里的百姓搬了四次家，老百姓都问：“能不能不搬了？”江村人都知道如果换作桑青边境站的金珠玛米，一定不会如此；又特别是当村民们听说江村因为地震可能不再重建，桑青边境站也不再恢复的谣言之后，更是找到也撤到吉隆镇的金珠玛米焦急地问：“你们下去了还上来不？”意思是还回不回山上的江村了，村民们说不出心里的留恋，表达不出太复杂的感情，但祈盼的眼神和简单的话语，官兵们懂。

在由几个村和吉隆镇本镇百姓共同居住的庞大帐篷区里，如果想找出江村的男孩特别简单，低头一瞅只要是脑袋上都顶着个心形头发的就是，这是桑青边境站的兵们给设计的“爱心头”，一来给山里孩子无趣的童年增加些乐趣，二来让孩子们在潜移默化中记住社会爱心人士的帮助。

我到达灾区的下午正好赶上孩子们过六一儿童节。说是孩子们过节，但一看阵势倒像是记者们过节，记者的人数明显比孩子还多。只见几个孩子惊恐地被拉来扯去地摆出各种姿势拍照，“笑一下，笑一下”，“看这边，看这边”。孩子们被像个玩偶一样推来搡去，就这样好像还达不到摄影师的要求，两个记者被逼急了，直接扯着孩子的小手搭在假定的“帮扶者”脖子上，“帮扶者”似乎还嫌弃地扭了一下，怕弄脏了自己干净笔挺的休闲衬衫。张耀杰心疼地摸了摸孩子的小手，似乎怕刚才记者粗暴的指导扯疼了孩子似的，孩子在张耀杰过来抚摸他的时候笑了，媒体满意地按下快门匆忙离开了。

在没有被选入摆拍行列的孩子里我见到了一个低着头很不开心的女孩，她跟旁边的小朋友也不说话。我问她：“小朋友，你怎么了？”她不知道是怕生还是不太懂得汉语，懵懂的眼神似乎没有跟我交流什么内容，我想她是不是饿了？还是没有分到喜欢的礼物？我从张耀杰救灾的物品中精心挑选出一个毛绒小熊塞到她手里。她看看我、看看熊，似乎觉得能拿出这么可爱小熊的人不会是坏人，试探着接过来，我刚要起身走，她却发出了一声微弱的声音，我没听清她说什么，但捕捉到了她想跟我交流的眼神。我又一次蹲下，她问我：“你从山那边来吗？”我说是，她才从小包里掏出一张纸，看起来应该是美术课上比较厚的图画纸，还沾着沙土，上面画着半幅画，左边有高山，桑青特色的二层房子，房子下面一只抬头哞哞叫的小牛。我好奇地问：“怎么只有一半呢？”小女孩说：“我在画美术作业，就地震了，我画完了东面的山，还没有画西面的花，你是从山那边来的，那你来的时候花还开吗？”我不能告诉她那面的山体已经完全垮塌，原来开满格桑花的山坡已经完全塌陷，像被烧伤的皮肤，一道道灰色的结痂上还鼓着没有掉落但随时可能再次滑下的巨石，可我又不能欺骗她，只好不作回答。

小女孩的绘画水平不高，有的地方甚至看不出来画的是什么，我继续认真地欣赏着并问她：“牛棚边坐在石头上的女孩是你吗？你是在做什么呢？”小女孩指着那个比她还高的筐说：“我在编筐，每天能编四五个，金珠玛米叔叔说山那边有好多叔叔阿姨在给我们攒钱（捐款），我也要编筐攒钱，等攒够了钱，我们就能送奶奶到山那边治病了，一个筐能卖10元钱呢……”我瞬间觉得我用一只小熊换取孩子对我的热情实在轻率，穷人的孩子早当家，对比城市20多岁还像个孩子一样抱着毛绒动物满街跑的大儿童来说，她对洋娃娃的兴趣在刚开始的年纪就结束了。我感到羞愧难当，立即拿出200元钱要放到她握着画纸的小手上，她似乎被吓坏了，突然往后躲去，我说阿姨就是山那边的人啊，这是给你奶奶攒的钱。她头摇得像拨浪鼓，低头说：“我只编筐攒钱。”我告诉她那我就买你20只筐，整好200元好不好？她将信将疑地看着我不说话，我告诉她编好后送给张耀杰叔叔，他会邮寄给我的！一听张耀杰的名字，小女孩信任地点点头却哭了。

我帮她把画纸折叠好放回她口袋，告诉她：“等我们回去接着画西面山坡上的格桑花，她们在等你回去画，好孩子别哭，你哭了花就不好看了呀，因为你是格桑花天使。”我补充道：“是张耀杰叔叔告诉我的！”

她立即把嘴角翘翘，带着鼻尖上的眼泪笑了。

我却急忙站起来转过身去，在一个自尊、坚强、美丽的天使面前，任何眼泪和同情都显得多余和渺小。

聂拉木边检站战士张高勇为保护驻地一名小孩被巨石击中造成骨盆粉碎性骨折，战友们在第一时间救助受伤的张高勇。（黄恩　摄）

半阕江水千古情

这定是唐诗宋词里流出的
半阕江水
否则怎会雄浑得如此多情
连愤怒都能捧出一列整齐行走的树
假装从你身上一寸一寸长出的春天
还在昼夜穿行

这些留守的战士把河走薄了
把时间都走旧了
把一轮落日的苍茫装进枪口里上膛
当一行诗从上游昂头
便把立场不明的岩石射落，满地
藕断丝连的衷肠

雅鲁藏布江
被流淌过界碑的一声口令，滴醒

擎起不倒的国门

樟木镇位于喜马拉雅山南麓。“樟木”是音译，藏语意为“边沿、近处”的意思，是茶马古道一条重要的分支延长线的节点。它东南西三面与尼泊尔接壤，海拔2300米，距拉萨736公里，距加德满都120公里。

走进樟木，一栋挨一栋的楼房密密麻麻地拥挤在山坡上；一辆辆首尾相接的大货车，占据了街道两旁所有的空地，绵延向前，似乎没有尽头；四川酒楼、尼泊尔餐馆、中国银行……内地有的，这里都有。往来樟木的人群中，有来自拉萨和内地的藏、汉民族，有本地的夏尔巴人，还有尼泊尔人等来自国外的商人和游客。小小的樟木镇，成了喜马拉雅山谷里名副其实的“经济特区”。

2015年4月25日14时55分，西藏聂拉木边防检查站勤务中队。一张明亮的警容镜前，列兵张高勇穿着一身冬季迷彩服，他将拉链提到了上衣领，头稍向后仰起，开始整理自己的着装准备上哨。镜子里的张高勇高挑的个子，让人会联想到喜马拉雅山巅上笔直的青岗，看上去正当挺枝拔节的青春期。他留着浓密如墨的寸头，长着一张可爱的圆脸蛋。一对打眼的勇士眉下长着一双腼腆的单眼皮瞳仁，他还是个十八岁刚刚出头的新兵，他的兵龄才只有八个月，但他结实的身体每个部位的肌肉，都硬得像一块块的铁疙瘩。魁梧挺拔，朴实健壮，从他那副厚实的肩膀来看，是一个挺棒的列兵。上等兵朱文喜走到张高勇的身前，给他套上防弹衣，有条不紊地检查携带的装具。朱文喜摸了摸弹袋，发现张高勇防弹衣系得有些松垮，便使劲地帮他勒紧整理防弹衣，将迷彩服衣角整理平齐。张高勇站得笔挺，下意识地收腹挺胸，两手贴着裤缝，保持新兵连时的军姿，他很配合老兵这样无微不至的照顾。

张高勇今天是和朱文喜一起上哨，两人成列走过一段100多米长的陡坡，到了部队营门的哨位前，交枪验枪交接后，他用碳素笔在《哨兵登记本》上填上“张高勇”三个象征责任的楷体字。张高勇接哨后，挺立在哨位上，威武神气、目光如炬，警惕地注视着樟木镇人群熙熙攘攘的街道。

樟木镇地处中国和尼泊尔边境喜马拉雅山中段南麓沟谷坡地上，是一座依山而建的小镇。聂拉木边防检查站就建在“V”字形河谷的山腰上，从营区大门往山上看，到处郁郁葱葱、古木参天；部队大门是在一条逼仄的街道上修建的，但周围自然环境很美，现代化建筑和一些古老的木质结构房屋依山交替地散落在盘山而下的公路两侧。从远处看樟木镇，人们的房屋都是建在悬崖绝壁上，让第一次来这里的人不由地会想起山城重庆。

樟木镇属于亚热带气候，让人很难将它与雪域高原的西藏联系在一起，也许这就是西藏的神秘之处。樟木气候潮湿，风景宜人，其建筑以南亚风格的小楼为主，材质有石料、松木以及砖混等。由于樟木镇是依坡而建，街道拐弯很多，整个镇的房屋布置比较随意，高低错落明显，层层紧挨，全由街道和石阶相通。大多数屋顶都有小花园和铁皮屋顶，各种风马旗、运气树等布满屋顶，将整个城镇打扮得花花绿绿的，在周围青山绿水和白云的环抱中，显得非常醒目。作为一个非常繁忙的通商口岸，镇里车水马龙，常常水泄不通。公路两旁，商店密密麻麻的约有几百家，经营着各种各样的物品，能看到不少印度、尼泊尔等地的商品。除藏族和汉族外还有很多印度人和尼泊尔人，各种肤色的游客、商人来来往往，为此，樟木被人们称为“西藏的小香港”。

14时11分26秒，挺拔站岗的张高勇忽然被大地摇得站不稳，脚下的大地波浪一样在震动，地面在左右摇晃，人像在筛子里无法站定，双腿颤抖，眼前的建筑都在晃动，他甚至看到有人从楼里跑出来又被弹了回去，周围的大山开始轰隆隆地倒塌，声音一声接着一声，炮轰一般，天昏地暗，飞沙走石，如同世界末日来临。朱文喜惊恐地对张高勇喊道：“不好，地震了！”此时，街道上的人们一哄而散，疯狂地顺坡往下跑。看到惊慌失措的人们从街道的坡上跑下来，张高勇在哨位上徘徊，心急如焚，怕石头砸到群众，便离开哨位跑到公路上和朱文喜一起大声劝阻：“大家别慌，快到边检站紧急避险。”他挥着手引导人们到营区躲避。但地震造成山体发出轰隆隆的声音，人们根本听不见，都在慌不择路地跑着，更没有留意张高勇在喊什么。张高勇张开双臂，将身体变成一个善良的“大”字阻挡着人流，但并没有阻挡住慌乱逃命的人们。此时，一名藏族小男孩从坡上跑了下来，边跑边哭叫着：“阿妈阿妈。”张高勇看到小孩子在惊慌失措跑着，突然不知从哪儿来了一股勇敢的力量，他一咬牙，冲向孩子。八个月前，他还是妈妈膝下的娇子，今天，他作为一名边防战士，勇敢地冲进石雨中。他准备挡住他，想抱起他到营区，然而，小孩子撞在他怀里，转身又闪开跑了，根本没有理会张高勇。张高勇始终追着那个哭喊着找妈妈的藏族小孩儿，突然，他听到朱文喜大喊：“大家快跑，巨石滚下来了！”他侧过头，看到一块三米见方的大石头已经滚落到自己的左侧，他转身后退了几步，双臂本能地抬起准备躲避石头。千钧一发之际，他转身看到那名藏族小孩儿已经吓蒙了，看着飞落的巨石僵立在路上不敢动，孩子泪流满面，张大嘴巴大声地哭着叫妈妈。张高勇完全可以避开石头，他有足够的气力冲刺到安全地带，但在飞石袭来的最后一刻，他听到了孩子求救的哭声，他看到那个孩子太可怜了，哭声让他的心都碎了。出于本能，他便义无反顾地冲了过去，那声音像他远在四川南充的弟弟，也和这个小男孩儿一般大，今年才八岁，鲜花般的生命，在不到两秒时间的抉择面前，他想不了那么多了，奋不顾身地跃起身子，在石头砸下来的一瞬间用力将孩子推了出去，用自己的身躯抵挡飞石，石头像子弹一样砸在了他的身边。张高勇看到一根掉下的松树向他迎面倒过来，他本能地后滚了几米，但已经来不及了，一块巨石已经迎面向他冲来，三米、二米、一米……山上的石头不断地向建在山崖上的楼房砸来，飞落的一块巨石瞬间砸碎一辆白色的“马自达”越野车，飞出的窨井盖像飞碟一样飞了下来，随后是嗖嗖响的密集石雨，水泥地面冒起了白烟；被摇得荡秋千一样的黑色电线被石头像剪刀一样剪断，摄像头被砸烂，聂拉木边检站指挥中心屏幕前出现了一片闪动的雪花，随后变成一片黑屏。孩子平安无事，张高勇却被压在了巨石之下。

张高勇眼前一片黑暗，他被树干砸倒了，树根上还压着一块直径三米的巨石，他被砸晕了过去，像掉进了没底儿的深潭一样。他耳畔响起了弟弟格格的笑声：“哥哥，哥哥，等等我。”他慢慢地合上双目，眼角斗争似的抽动了几下，血从嘴角流了下来，他看到弟弟在跑，风像铃铛一样娓娓传来格格的笑声，他背着八岁的弟弟在回家的小路上奔跑着……

“张高勇，张高勇，我的好兄弟。”朱文喜放声大哭，他看到已经被树木压倒的张高勇，他焦急、痛苦、绝望，他试图推开压在木头上的巨石，但怎么也推不动。地震过后约1分钟，刚从寝室跑出来的聂拉木边检站勤务中队郗树蒙中队长接到营门哨兵朱文喜对讲机的喊话：“队长，我和张高勇在门口站岗，张高勇为了救小孩被大石头压住了，快来救他！”

郗树蒙不顾余震，疯了一样向营门跑去。炊事班士官杨林午休中被地震惊醒，他没有穿外套，赤着双脚也跟着冲了出去。郗树蒙看到张高勇被压在巨石下动弹不得，他试图和两名战友将巨石挪开，可使尽全力，巨石仍纹丝不动，像一座大山般压着张高勇。郗树蒙仔细观察了张高勇的情况，他是先被一棵山上掉下来的松树压住的，随后才被滚落的巨石压在树上动弹不得。当时张高勇脸色苍白，身体一动不动，下半身已经没有了知觉。正在郗树蒙和杨林准备救张高勇时，听见一名中年男子撕心裂肺的救命声：“金珠玛米，快救救我阿妈吧，她还在楼里。”

此时，郗树蒙泪如雨下，面部纠结着，他望着面色苍白动弹不得、嘴唇在发抖的张高勇，他犹豫不决难以做出抉择，出现了电影《唐山大地震》里的一幕，到底是救自己的战友，还是救那位藏族老太太。被巨石压住的张高勇半闭着眼睛，用虚弱的声音说：“队长，快去救人，我没事。”郗树蒙强忍住泪水，慢慢地放下张高勇，拍了拍他肩膀说：“你要撑住！”转身前往居民楼内抢救受伤群众，当时，郗树蒙带着后勤处助理员寇永照和炊事员杨林走到房间的二楼，发现在走廊里平躺着一位老太太，脸上全是血，问话不答，只是眼泪在不停地流，于是他俩抬着老人下了楼。

半小时后，战友们来到大石旁发现张高勇一动不动，郗树蒙失声地喊叫着：“张高勇，张高勇！”没有回应声。郗树蒙便挥手示意道：“快快快，想办法将石头撬开。”失血过多的张高勇已接近昏迷，手脚开始冰凉。随后来了十名官兵用四根树干撑着大石头，在附近救援民警的齐心合力下，才慢慢地将大石头挪开。郗树蒙抱着张高勇，发现他还穿着执勤时用的防弹衣，戴着头盔，也许这身装备保护了他，战友们轻轻地为他脱去装备。朱文喜抱着张高勇穿的防弹衣和头盔哭道："张高勇，我的好兄弟，你一定要挺住。"战友齐心合力将张高勇抬着放在了担架上。此时，张高勇意识清楚了，只是他一个劲地问郗树蒙："班长，我下肢麻木，我会不会被截肢，我还能不能站岗？"郗树蒙用一双坚毅的目光看着张高勇，他安慰道："能，你没事的。"此时，张高勇脸色苍白，开始感到身上痛了，便问朱文喜："朱班长，我是不是不行了，会不会瘫痪？"朱文喜脸上流着血，那是被碎石擦伤的，张高勇用手指着他，朱文喜用手擦拭了一下头上的血，拉着他的手鼓励着说："兄弟，你没事，坚持住。"

张高勇苍白的脸上积满了灰色的尘土，他感到浑身冰寒彻骨，大脑已经无法指挥没有知觉的双腿，带着血的嘴唇不住地翕动，想要说什么，但他什么也说不出。"张高勇，张高勇……"队长郗树蒙失声痛喊，焦急地抚摸他黝黑的短发，呼唤着意识逐渐模糊不清的张高勇。

"张高勇，你感觉怎么样？"朱文喜声音嘶哑，动手探捏他的肌肉，企图使他恢复知觉。

"张高勇，你说话呀，说话！"炊事班班长杨林托着他沉重的头颅，战友们呼唤他，仍听不见他的回声。

他似乎没有听见战友们的呼唤，耳畔只回荡着轰轰隆隆的巨石的炸响，震荡着耳鼓，要将他头颅冲炸。他觉得耳膜那么单薄，就像孱弱的身体，在巨石面前显得那么渺小而又微不足道。他不知自己是否还存在，也不知存在什么地方。他朦胧记得，他在哨位上，继而跑了几步，追赶着那个藏族小孩儿直到这里，好像已经过去三天两夜。

意识慢慢恢复后，一股绝望的情绪像狂潮一般涌上张高勇的心头，他躺在担架上，感觉自己像是漂浮在水上，他在移动，像是去一个遥远的地方。他看着汗流满面的战友，头发肩膀湿透了，自己却感到浑身冰凉。他有点急切，胸膛好像一面鼓，甚至可以听到自己的心脏在嗵嗵跳动，人们在他面前变得模糊不清，影影绰绰的身影，还有那一个个张着嘴巴大声呼喊着他名字的战友，他已经听不到他们在喊叫什么，只有那凸着眼珠，青筋毕露，一张张大叫的嘴形，声嘶力竭地喊叫着。他心想着："我是不是就这样完了？"内心开始被恐惧包围噬咬着，他感到自己怕是逃不过这一劫难了。想到父母，想到他的小弟弟，他有点遗憾的是此刻见不到他们，八个月了，他太想念亲人了，几乎每天晚上睡觉前他都会去想。想念他的战友，思念他的亲人，他怕自己闭上眼睛就什么也见不到了，他想着那个藏族小男孩儿像他的弟弟一般大，当时孩子惊恐无助，这么小挺可爱的，出于军人职业的本能，他冲上去张开了双臂护住小孩子，根本没有想到危险。多可爱的孩子呀，他们从来没有走出过樟木的大山和森林，甚至没有机会去看看外面的世界，却遭受前所未有的惊恐和痛苦。

张高勇被战友抬到聂拉木边检站的院子放下，边检站到樟木的道路因滑坡已经中断，他无法送往医院进行救治，被暂时安置在了机关操场。此时，边检站的院子里安置了樟木镇迪斯岗村的全部百姓，有许多重伤员，边检站唯一的卫生员尚望高被安排救治重伤群众，张高勇则只能由三名战友轮流看护。战友们看着咬牙忍痛的张高勇，只能通过不断说话鼓励他坚持住。张高勇躺在担架上神志不清地说着谵语，等稍稍清醒的时候，第一句话却是询问藏族小孩儿情况，得知孩子安然无恙后，他才安静地躺在了担架上。此时，郗树蒙再也控制不了自己的情绪，他哭着悄悄对参加救援的机要科郑军科长说：“科长，张高勇受伤了，很严重，好像不行了。”科长鼓励道：“你不能哭，你要是哭了，咱们战士怎么办？我们如果手足无措，对下面的官兵影响会很大。”

郗树蒙安排人照顾张高勇后，便带人出去救援。地震的惨烈程度远非官兵们所想象的简单。樟木镇建在悬崖峭壁上，许多商户家的楼房就盖在半山腰上，地震来时，山上小汽车一样大的石头滚落下来，瞬间砸穿了楼房，房屋中的百姓随着石头砖块飞入滔滔的波曲河水中。巨石洞穿楼房是毁灭性的，面目全非的楼房好像是被巨人打了一拳头，倾斜着缩了回去，整体被巨石洞穿了，透过楼房可以看到尼泊尔境内的绿色山体。

在军用帐篷里，张高勇疲惫不堪地躺在床上，嘴唇干裂，这一夜他感到口渴，一直想喝水，最要命的是口渴，渴得他精神恍惚，恨不得眼前有个大水缸，一头扎进去喝个够。尚望高用葡萄糖为他补充了一点能量，他嘱咐陪护人员不能让张高勇喝水，那样他砸伤的器官会受不了。郗树蒙只好按照卫生员的嘱咐用棉球蘸着水，擦拭着张高勇干裂的嘴唇。那一夜张高勇没有多说话，他只是用一双无力的眼神看着队长。郗树蒙怕他多想，替他掖被子，摸摸汗水洇湿的头发，一直在鼓励他："你没事，一定会好起来的。"

张高勇躺在床上，紧张的一天过后，他浑身感到精疲力竭，只想美美地睡上一个囫囵觉，但高度紧张的神经让他难以入睡。恐惧像藏于身体内的魔鬼，只有在他一个人安静下来的时候才会出现。病床上，一个轻微的声音都会让他警惕地睁开双眼如临大敌，余震不断地袭来，他总感觉有东西要砸下来似的。冥冥中，他感到一个人身处险境：快跑，快跑，他在筋疲力尽地追着那个藏族男孩儿，但他的双脚像被一双无形的手抓住了似的，他怎么也跑不动；山上滚落的巨石劈头盖脸地倾泻而下。张高勇站在街道里，两边开始不断地掉落石头，他已经没有了撤退的路线，像是步入一个封住去路的死胡同；张高勇感到浑身不能动，他挣扎着，碎石从空中向他飞来，束手无策，眼看着飞落的石头向他和小孩儿迎面砸来，"快跑，快跑！"张高勇在床上大声喊着。"张高勇，张高勇！"中队长郗树蒙抓着他的手，张高勇睁开朦胧的双眼，他看到队长的面目越来越清楚。郗树蒙看着他大汗淋漓，用湿毛巾擦拭着头上的汗水。张高勇才发现自己做了一个可怕的噩梦。郗树蒙用手摸了摸张高勇的额头说："没事，别想得太多了，你会好起来的。"

张高勇惊醒后，他静静地躺在帐篷的床上，望着绿色的篷顶，无光的眸子直瞪着苍天，像在探寻着什么东西，眼前又出现了幻觉，他似乎看到了故乡绿油油的稻田，父亲正戴着麦秆编织的遮阳帽，扛着铁锹从田间走来，脚趾间流出酥油一样的淤泥，绾起的裤腿上被露水淋湿了，弟弟在田地旁边的一条土路上奔跑着，他的思绪回到了故乡四川省南充市嘉陵江区，这里自古就有"西通蜀都、东向鄂楚、北引三秦、南联重庆"之地利，是西部重要的交通枢纽城市。知道中国革命历史的人都知道，南充是川陕革命根据地的重要组成部分，朱德元帅、罗瑞卿大将、民主革命家张澜以及共产主义战士张思德均诞生于此，曾有五万多英雄儿女参加过红军。英雄的土地必定生长英雄的儿女，1997年张高勇就出生在这个美丽富饶的地方。这里有他一段美好的童年，父亲是一位勤劳朴实的农民，每天都在地里干活，他小时候嬉耍的天地就是乡下的田间地头。他现在还有一个八岁的弟弟。张高勇当兵的志愿是到西藏锻炼，在他的记忆里，西藏是最艰苦的地方，高寒缺氧一直是人们望而生畏的。没想到当兵来到樟木和老家南充中亚热带湿润季风气候没什么差别。

张高勇从小生活在农村，他上小学三年级的时候就开始帮父母干活儿，掰玉米、锄地他都会。每到暑假，张高勇便顶着炎炎烈日给猪割草。太阳像火球一样炙烤着他的脸颊，黝黑稚嫩的脊梁闪着亮光，劳动开端他很不适应，但他咬牙坚持着，为父母分担着繁重的农活。有时，他还会钻进玉米地里，割鲜肥嫩绿长势较好的野草。田间的玉米叶儿像一把把伸展开的镰刀，整个人行进在田里，脸就像被刀刮一样。他额头的汗珠不时浸入眼里像针刺似的。玉米地里蒸笼一般，让人感到窒闷，嗓子眼儿里可以喷出火来。每次割完草，他背着筐子回到家已经夕阳西下，别的孩子像他这个年龄时，还在父母的面前撒娇，而张高勇稚嫩的肩膀上已经烙下了过早劳动的印记。

高中毕业后，张高勇看到父亲在地里干活儿辛苦，就利用暑假到南充市一家川菜馆打工，他工作勤勤恳恳，洗碗端盘子、倒泔水桶、打扫操作间什么都干，繁重的劳动常常让他头上布满豆大的汗珠。老板看着他还是学生模样感到心疼，这么小就用稚嫩的肩膀撑起家的重担，便对他说："小张，你年龄这么小，应该找个出路。"张高勇笑着说："我暑假出来就是想锻炼锻炼自己，将来走上社会能吃得了苦。"老板看他是个有想法的孩子，便对他说："要想锻炼自己，还不如当兵去，我就是在西藏当了三年兵，吃了三年苦，回到南充后，什么苦也不叫苦了。"老板的话像指点迷津一样让张高勇萌生了一个崇高的理想：当兵去，到祖国最艰苦的地方锻炼自己。他打完工后，就把这个想法告诉了父亲。父亲看着张高勇整天吃苦受累，他并不想让孩子像他一样，一辈子呆在农村，便同意他当兵去。

2014年八月，17岁的张高勇穿上了绿色的军装，戴着鲜艳的大红花站在月台上的兵流中。当他登上车时，看到父亲眼眶里盈满了泪水，便喊道："爸！我走后，爷爷和奶奶就全靠你和妈妈照顾了。"父亲哽咽着："嗳，你就安心在部队工作吧！当兵就要学会吃苦，到了部队多锻炼自己，要多做事少说话。"张高勇坐在列车上，心里百感交集，他怀着"要干一番事业"的雄心壮志踏上了去西藏的军用专列。

火车一路穿戈壁、翻雪山、过湖泊，张高勇来到了美丽的拉萨。但他下了火车拎着行李箱刚走了几步就感到头晕恶心，那是他第一次体验到了什么叫高原反应。

登上了总队接新兵的大客车，张高勇左转右拐进了新训队，几幢错落有致的长方体办公楼前站了两排整齐的夹道欢迎队伍；欢快的锣鼓声和热烈的掌声把现场的氛围推向了高潮。新训队的几名老兵早早地来了这里，等车子缓缓停下，便争先恐后地帮助新兵搬运行李。张高勇下了车，他听到操场上一些训练的老兵正在练擒敌拳，操场上传来震撼的杀声，如阵阵的炮声滚滚而来，敲打着他好奇的耳鼓，而且这声音将伴随他当兵生活的每一天。

新训动员大会是在一个空旷的训练场召开的，各连按照并列纵队站立形成气贯长虹的矩形。然而，动员讲话没过半小时张高勇就脸色发白，眼前发黑，被班长扶着蹲在地上呕吐不止，最后无奈被送进了卫生所。这一回，张高勇才领教了什么是真正的高原反应，他知道自己还需要在部队好好地历练，提高身体素质。

随着每天的训练强度加大，张高勇从来没有产生过当逃兵的想法，心中有一种信念总在支撑着他，必须为了自己当兵来吃苦锻炼的诺言顽强拼搏。在班里，他训练并不算突出，但如果俯卧撑做不够，他就会给自己加几个；动作自己做错了，他会反复去做直到标准，甚至不满意时，自己罚自己蹲马步，给自己加“小灶”。

三个月后，在艰苦的战术训练和擒敌摸爬滚打中，张高勇终于成长为一名合格的士兵，他被分配到聂拉木边检站勤务中队，除了正常的站岗执勤，他还利用业余时间复习功课，看一些励志方面的书籍，像所有的士兵一样，他也有自己的梦想，想在部队好好干一番事业，最好能留在部队。队领导喜欢的是张高勇对待工作认真，尤其是他干工作非常细致。有一次，中队长郗树蒙发现他在擦拭梯角线，看到他先是用手摸摸看看有没有积尘，然后，蹲下身子神情专注地擦拭着，竟然没有发现身后站着的中队长。中队长摸了摸他长满茧子的双手，看了看裂开的口子，问：“疼吗？”张高勇咬咬牙说：“不疼！”“不疼是假的，以后要爱惜自己点。”“是，班长。”张高勇笑着挺直了胸脯。

执勤站岗中，他总是提前做好准备，像一颗钉子一样插在哨位上，从来没有误过一回哨。训练中，他跑五公里越野，总是悄悄地在自己的挎包里装一块砖头。生活中，衣服破了张高勇自己学着缝，每月发的津贴他都会给父母寄大部分去，自己留着够买日用品就行，偶尔也会奢侈点为自己买几本好书，利用业余时间不断地为自己充电。

然而，正在他为理想奋斗时，却遇上了可怕的地震，自己受了重伤，此刻生命危在旦夕，如今他开始想着可怕的不可预知的一切，仿佛所有的梦想将像肥皂泡沫一样破碎。电话一直打不通，他想和自己的亲人说上几句话，他也有过后怕，怕再也见不到自己的亲人，他在想：我才18岁呀，还有很多事没来得及做。

第二天一早，聂拉木边检站成立党员突击队，全站官兵冒着生命危险翻过三处滑坡滚石路段，将张高勇等八名重伤员送往樟木医院进行救治。樟木医院桑布杰副院长对张高勇进行了检查，初步诊断为髋骨粉碎性骨折，因医疗条件限制，张高勇在樟木医院只能进行保守治疗。郗树蒙对医生说："医生，这是我们边防部队的英雄，他昨天救了一名藏族小孩子，请你一定救活他。"桑布杰眉头紧锁、神情凝重地对郗树蒙说："我们这里条件有限，要尽快送他到成都治疗，这么长时间，身体的各个器官都有可能损坏，要全面诊治。"郗树蒙眼角淌着泪，他转身望着躺在病床上的张高勇心如刀割。桑布杰走到张高勇的床前深情地说："小伙子，现在你要用坚强的毅力、坚定的信念与死神决战了。"张高勇点了点头，脸上多了一丝成熟与坚强，他对医生说："活着是一种幸福，我要活着。"医生握着他的双手说："你是一个坚强的小伙子，你会没事的。"

眼下最要紧的是帮助联系医院，第一间救助张高勇。一名普通战士的生命，也牵动着将军的心，总队长高万海少将赶赴吉隆县灾区的途中，在电话里指示，要不惜一切代价抢救战士张高勇。

通往山外的路被滑坡体的山石堵住，樟木像是一个独立的悲惨世界。此时，西藏公安边防总队派出的一支由日喀则边防支队组成的救援分队，在武警交通部队清理完友谊隧道洞口堵塞的大石后第三天才进入了樟木。救援人员看到，武警交通部队的大型机械设备根本挪不动上百吨重的巨石，推土机一人高的轮胎在原地打滑。樟木镇地震的惨烈给人们造成的恐惧，让媒体记者都觉得歉疚樟木，因为道路中断，他们没有办法第一时间深入灾区报道。

在西藏拉萨市河岸南侧不远的地方，是西藏公安边防总队的所在地。大院内，耸立着新建的宏伟的办公楼，指挥着日喀则地区吉隆、聂拉木、定日三县抗震救灾的中枢单位——指挥中心就设在大楼内。此时，电话不时“叮铃铃”响起铃声。西藏公安边防总队指挥中心正在想尽一切办法联系聂拉木边防检查站。指挥中心动用超短波电台、北斗卫星通讯系统，进行着一场接力联系，先是联系到聂拉木边防大队，再通过边防大队，紧急联系立新机动二中队，最后机动二中队两名战士冒着飞落的石头危险将超短波电台送到聂拉木边防检查站，才得知了张高勇受伤的消息。正在大家紧张地联系解决问题时，一个外线叮铃铃地打进了总队指挥中心，技术参谋看到是甘肃方向来电怕耽误正常的救灾联系便准备挂掉，指挥中心主任安德荣抬起手示意别挂电话。安德荣轻轻地拿起了电话温和地说道：“喂，您好，西藏公安边防总队。”电话另一头传来淳朴的甘肃口音：“喂，西藏吗？我的娃在樟木口岸当兵，听说你们那里地震了，有没有情况，帮我联系一下娃？”安德荣知道老人是费尽周折才打进来的，他安慰似的口吻学着用甘肃口音亲切地与老人对话：“大叔，你娃的部队在抗震救灾，目前，他正做着祖国和人民最需要的事情，大叔你放心，他平安无事。”电话的另一头老人兴奋地说：“那就好，那就好，感谢部队首长培养，要多教育我娃在部队好好表现。”安德荣欣慰地放下了电话，他对指挥中心的人员说，在这种时候，我们的部队家属还在支持边防工作，他督促人员加班加点也要保证指挥中心的畅通无阻。

时间一分一秒的过去，聚集在电话机旁的西藏总队政委伏鹏少将和值班员听到张高勇伤情暂稳，终于长舒一口气，他们已经在这个不算宽敞的房间里连续指挥工作了几十个小时，有的眼睛熬红了，有的嗓子干哑了。可是他们却个个像打了强心针一样没有一丝困倦。

张高勇所在的部队是一个英雄的集体，先后涌现出全国“青年文明号”友谊桥监护中队，一等功臣、“全国十大杰出警察”拉吉，“全国民族团结先进个人”余加银，成都军区“卫国戍边先进个人”、二等功臣格桑罗布等一大批优秀集体和个人。从踏入警营的第一天起，张高勇就被这些英雄所感染，血液里溶进的是钢铁般的意志。

煎熬的四天四夜过后，一架军用直升机终于出现在了樟木口岸的上空，正当人们企盼着能救出张高勇时，那架飞机旋停了一会儿，便调转机头飞走了。上边传来消息，樟木建在狭窄的山谷中，飞机根本无法降落。

张高勇受伤后，引起公安部边防局领导的高度重视，原局长武冬立少将、原政委李乐民少将先后批示，要求西藏公安边防总队一定要寻找最好的医院，邀请国内最优秀的医疗专家救治张高勇。4月29日16时，在樟木至聂拉木县城道路抢通的第一时间，西藏公安边防总队迅速联系小车，指派专人护送张高勇连夜前往拉萨。郗树蒙开始和战友用担架抬着张高勇从帐篷里走出，人们用目光送着这位入伍不到八个月的新兵，有的捂住嘴哭了，有的握紧拳头高呼着："张高勇，加油，加油！"被救的藏族小孩叫嘎玛丹增，他通过官兵将一条洁白的哈达戴在了张高勇的脖子上，小孩儿说他在樟木为张高勇叔叔祈福，盼他早日回来。张高勇从白色的被单下伸出右手，向战友们慢慢地挥了挥手，缓缓走出了聂拉木边检站的大门，战友们抬着他艰难地翻过多个滑坡体，将他抬上了在路上迎接的小车。

4月30日凌晨5时许，汽车在青藏高原盘山公路上风驰电掣地行驶着，聂拉木边检站的军医刘正早早地为张高勇插上氧气。驾驶员踩着加速器，弓身伏在方向盘上，透过被雨水抽打着的挡风玻璃费劲地看着前方，驱车行驶在狭窄的道路上。他车速很快，太快了，但他必须遵照他的时间表。雨滴杂乱无章地敲击着车顶。张高勇静听着雨刷有节奏地咔嗒咔嗒摆动着，水幕从车窗两侧泼挂下来，透过淋淋的挡风玻璃显得模糊不清。

出了樟木，为了战友的生命，驾驶员冒险将车开到了时速100公里以上，在山路上达到了高速公路的速度，在蜿蜒的盘山公路上，车子就像跑急速快道一样转弯爬坡；在空旷的高原上，这里人烟稀少，驾驶员为了保持头脑清醒，不断地喝着咖啡饮料。眼前只有一条望不到边际的公路，上空是棉絮一样的白云。高原上的藏野驴远远地驻足观望着这辆身后拉起尘烟的越野车，尥蹶子向远处跑去。经过连续13个小时的长途跋涉，一辆120救护车早早地停在了高速公路入口，车顶不断地闪着回旋蓝色急救灯，张高勇被抬上救护车后，嘟嘟地在高速公路上快速行驶。张高勇抵达拉萨贡嘎机场后，在西藏边防总队的协调下，10时55分，他被战友抬着搭乘国航CA4402航班，飞机迅速地滑向跑道，犹如一只掠过海面的军舰鸟，平稳地冲向蓝天，一下从海拔3000多米的高原以极快速度升到了万米高空。

飞机穿越白云，白色透明的机翼，在阳光映照下，像蜻蜓的翅膀，一朵朵白絮似的云团从飞机舷窗外飘过，拉萨弥漫在一片云山雾海中，山脊上可以看到洁白哈达一样的积雪，好像大山也在为英雄的儿子祈福。飞机到达成都双流国际机场后，四川省人民医院派出救护车早早地停留在机坪上，这个曾深受汶川地震影响的西南省份，对地震有着刻骨铭心的痛苦记忆，对人民子弟兵有着深厚的感情。在警车的引导下，张高勇被快速地送到了成都人民医院接受治疗，在医院被专家诊断为器官损伤，骨盆环多发骨折。

当张高勇的父亲接到刘正医生的电话时，心咯噔了一下，此时，他正在工地上用铁丝扎钢筋，他脱下安全帽和一双磨得千疮百孔的线手套，来不及换洗沾满泥浆的工作服，便匆忙坐上赶往成都的客车。到了医院，他看到儿子腿上已经缠满绷带躺在病床上，两行泪水从他水泥般青灰的脸上滑了下来，眼神流露出一个父亲在儿子遭受危难时的痛苦纠结。因为他是一位普通的父亲，面对眼前的儿子甚至有点惊慌失措。张高勇却显得平静而又坚定，说："爸爸，我没事的，我没有给你丢脸。现在医学发达，部队首长也很关心我，还有刘医生一直陪着我。"张高勇的父亲转身握着刘正医生的手说："谢谢你们对张高勇的照顾。"刘医生亲切地说："叔叔，你放心，我们部队一定会治好他的。"张高勇躺在病床上，他忽然发现父亲身体比以前更瘦小了，黧黑的脸膛上是细细密密的汗珠，脸上爬满了核桃皮一样的褐色皱纹，脖子间的青筋蚯蚓一样爬向他沧桑的脸上。眼角爬满了鱼尾纹。更让他难过的是，父亲的脚指头钻出了布鞋外。张高勇心里感到很难过，他不在家，父亲用他孱弱的肩膀挑起更重的担子，耕地锄草，养牛喂猪，犁地背砖，只要是简单的重活儿他都干。他沉默着，一个人养活着他们一个大家，怎么也停不下来，像是被风吹得急速旋转的风车，只要有风就不停息。

5月7日，张高勇在四川成都成功接受手术救治后效果良好，转入后期康复治疗。6月8日，受原局长武冬立、原政委李乐民委托，公安部边防管理局赴西藏总队指导抗震救灾表彰奖励和深化宣传工作组前往四川省人民医院，专程看望、慰问张高勇。工作组组长、边防管理局组织处郑伟处长向张高勇转达了局党委和首长的深切关怀，详细询问了他术后治疗及身体状况，称赞他是敢于牺牲、敢于奉献，在生死时刻、危难关头，把生的希望留给群众，把死的危险留给自己，用实际行动诠释了习近平主席“有灵魂、有本事、有血性、有品德”的新一代革命军人本色，为官兵树立了榜样。临别时，郑伟处长拉着张高勇的手说：“小伙子，你表现得很勇敢，现在你不用担心自己的伤，相信经过医院治疗，你一定会好起来的。”张高勇有点腼腆，淡淡地笑道：“首长，我只是做了我自己分内的事，部队这么关心，我感觉挺不好意思的。”工作组同志还向张高勇赠送了慰问金，并嘱咐他安心养伤，争取早日康复。当郑伟处长将慰问金递到张高勇父亲的手中时，张高勇的父亲有点不知所措，又将慰问金双手推了回来，激动地说：“首长，军人的天职就是为人民服务，这是孩子自己的事，他是一名边防军人，他应该这样做，他尽了他的职责，感谢部队对张高勇的培养和照顾。眼下，孩子的部队还在抗震救灾一线奋战，这钱说实话我们一家真不好意思收。”郑伟处长握住他的手慢慢地推了回来，笑着亲切地说：“这是我们上级领导对张高勇同志舍己救人的关心和慰问，他出院后还需要养伤，你就收下吧。”老人最终还是收下了，但此事感动了所有在场工作组的同志，人们感慨我们的部队家属始终这么淳朴和善良。

7月7日，张高勇出院了。他一路归心似箭地坐车从成都向南充老家赶了回来。到了嘉陵江畔，张高勇看着嘉陵江依旧缓缓流动着，江水依然呈现出青绿的颜色，不时有人划着船在江中捕鱼，感觉这里的山山水水都很亲切，都像在呼唤着自己。此刻，他激动得热泪盈眶。乘船过江后，刘正医生带着张高勇又乘车走小路向他的家乡李度镇新场乡驶去。走到村子那条窄窄的小路，张高勇再也熟悉不过了，这是他当兵走时的小路，他远远地看见爷爷奶奶的身影。他们身单力薄，走在老家逼仄的土路上，蹒跚着，相互搀扶着，走得更加趔趄，更加危险。他见到他们，看到他们的头发都白了，他们苍白得像从天而降的枯叶，他抱着亲人泣不成声。弟弟叫着哥哥跑过来扑在他怀里，两个人抱着亲热又激动。奶奶双手抚摸着他的脸，给他抹眼泪，“娃儿，回来就好，回来就好，我和你爷爷都高兴。”走前稚嫩的脸庞如今成熟了，奶奶眯着双眼把他看了很久。

回到家，母亲早已给张高勇准备好了酸汤挂面，碗里还浮着两颗白水荷包蛋。听说英雄张高勇回来了，左邻右舍都跑来看张高勇，有的将自己家里做得好吃的也送来，有的挎着篮子送来了土鸡蛋，张高勇没有想到自己舍己救人的举动能得到父老乡亲这么尊重。他深切地感念起那些世世代代胼手胝足地居住在大山里的父老乡亲，他立了一等功的喜报传到了乡村，对这个名不见经传的村子也是一个不小的震动，区人武部、乡里的干部也来看望慰问他。村里人都夸他说：小伙子好样的，给咱乡亲争光了。

如今，张高勇已经可以下地走路了，但还不能跑步。他在家里经常接到领导和战友的电话，询问他的恢复情况，安慰他不要担心，身体一定会好起来的。他是一个闲不住的人，他每天坚持读书，有时还拿起扫帚扫扫地，为家人偷偷地做一顿可口的饭菜。几次感觉部队的哨声将他叫醒似的，他早早地醒来，还不忘做恢复性锻炼，他想早点回到美丽的樟木，回到那个让他魂牵梦萦的“喜马拉雅第一国门”，站在五星红旗高高飘扬的哨位上，敬一个庄严的举手礼，和他战友们一起持枪守护国门。

震后仍坚守在国门界碑前的聂拉木边检站官兵。（郑永波　摄）

水葬普布

水与火，没什么分别
唱与哭，也没什么分别
聚集与离开更是相同的仪式
在沧海蜕变的高原
在古老的海螺驮来的天边

海螺已老成化石
每唱一曲新歌都像
从石缝抽出新芽
春意盎然，却把春都抽疼了
今晨，春，又疼了一遍
一个叫普布的老人把八十斤的体重
压在春身上
他被蜷成一颗将被甩落的眼泪
坠在水葬师背上，像拼命抓住一朵云
每颠一下
都给春砸出一个洞
这些是他转世呼吸的透气孔

回归婴儿姿势的普布吮吸河边擦破的花苞
河床是他来生的摇篮
喇嘛用经文催开格桑花安眠他的灵魂

灵魂以外，鱼夹进鳞片带走

水，一生只流过一次
河，永远是干净的
长裙阿妈摇着转经筒从吉普索桥上走过
桥下唱起歌

湿尽烟花

“我要去樟木！”

进藏第一天我就这样说！

“我要去樟木！”

听说那边又塌方了，我还这么说！

经历了吉隆的三次余震和热索村的被困24小时之后，我更加恐惧也更加坚定。我因地震而来，为地震而行走，如果写西藏地震的稿子我却没有到受灾最严重的地方实际走一走看一看，那么此行是不完整的，我算什么行走地震带？

去樟木我可能紧张十天，但不去樟木我一定会后悔十年！

去樟木之前，我连续做了三天的噩梦。前往樟木的路上，路边的石头就在头顶上，山体与地面的夹角居然是锐角，就是你抬起头时看不到头顶的天，下着大雨的时候，如果没有风，路上是干爽的因为根本淋不到雨。

更有甚者，后来的盘山路居然呈现“C”字形，没有办法，人车只能在如字母“C”一般的下部凹槽中行进，左面是山体，右边是悬崖，头顶是没有任何支撑的悬空山体。山体太坚硬了，无法把上部的高山凿碎，就只好硬是在大山里抠出一道道凹槽供人车通行。

我坐在司机后面的位置上全程不敢分散注意力，一边用手紧紧抓住车上部的扶手，一边仔细观察靠近我左边的山体情况，及时警告司机随时可能发生的落石和塌方情况，副驾驶座位上的人员负责观察右边的，司机也话少起来，盯着山路不敢放松，这时却发生了一场虚惊，那是第一次在盘山路上遭遇“水帘洞”，水虽然算不上瀑布那么宽，水量也不大，但从高山上流下来一路加速度，突然不规则的噼里啪啦打到车顶车窗上，让我误以为是山顶落石袭来，吓得大叫。

这是山上的山泉流下来的，因为地震，很多山泉都改变了流向，有些还受到了污染，要等待有关部门来检测后才能饮用。

经过了“C”字路段，前面豁然开朗，虽然路仍然算不上宽广但视野开阔起来。电影《阿凡达》里一般的山谷，恍若仙境般的云雾，只见树冠不见树根的树木从悬崖下探出头来，怪不得都说樟木在地震之前是著名的旅游胜地，然而现在再无人光顾，山川都寂寞了下来。

终于在一个转弯处，山体上出现了简单用水泥雕刻出的两个红色大字“樟木”，在泉水冲刷的不规则黑条纹和树木残枝掩映下透露出些许萧条和阴森。

我知道我真正踏入了死亡之谷。

到了樟木后再往前开，沿途坡度变得缓和，岩壁上清晰可见铁丝网像一只大手一般死死握住山顶掉落的落石，这些貌似柔弱的铁丝网像一队忠诚的杨门女将成了这一路的守护神。

在这里，我看到了饿瘦的牛，饿死的狗，整体倒塌的四层小楼和被巨石穿肠而过徒有两面墙壁的房屋，房屋的主人被巨石带进悬崖之下，在统计伤亡人数时被列进“失踪人口”……

我踏上了西藏“4·25”地震最惨烈的无人区，也来到了当时所有群众聚集的樟木唯一一块空地：樟木边检站操场。

樟木边检站，也是刚刚建好新办公楼。

地震发生时，樟木口岸大地颤抖，滚石倾泻，尘土弥漫，樟木这个藏语鲜花盛开的地方在凋落。大地不断地震颤下挫，扭曲开裂的路面，满脸是血的父亲背着头发散乱的女儿往聂拉木边检站跑来；女人怀中抱着襁褓中的婴儿，男人肩膀上骑着男孩儿，人们面色苍白地跑着；双手合十的姑娘哭着，惊慌失措的人们只有一个逃生的去处——聂拉木边检站，它像一艘挪亚方舟，为樟木镇迪斯岗村的老百姓提供了唯一的安身之处。

樟木边检站营院的水泥上，群众惊恐地坐在地上，他们举目四望，胆战心惊地听着山体垮塌发出的隆隆声。身上背着小孩子的女人，双手合十地坐在地上，口中念念有词地祈祷着；巨石不断地滚落下来，像保龄球一样不断冲撞着积木一样的楼房，瞬间四分五裂的房屋碎片飞向万丈深渊；国门友谊桥对面的尼泊尔山体的石头如洪水倾泻而下，惊慌失措的人们向中国国门跑来，空中灰白色的尘烟追赶着人群，像恶魔一样张牙舞爪地袭来，整个樟木口岸被灰白色的尘烟吞没了，天忽然灰暗下来。

地震过后，大雨忽然哗啦啦地下起来，这对惊恐万状的人们来说无异于雪上加霜。聂拉木“开”字形国门在雨中岿然不动地矗立着，鲜艳夺目的五星红旗迎风招展。“首先救人，救人是我们的主要任务。”几张从机关楼里抢出的椅子，摆成一个圆圈，杨杉副站长带领所属人员穿着雨衣召开抗震救灾部署会，紧急设立“抗震救灾临时指挥部”和“抗震救灾应急分队”。没有专业挖掘设备，官兵们只能靠铁锹和双手挖。周志均参谋长站在队列前，面对站在雨中准备参加抢险的官兵强调：“我们作为军人，不要怕，不要慌，慌了群众就乱了。”

部队开始踏着飞溅的雨水，对樟木镇的街道进行搜索，地震现场惨不忍睹：一名男子在自家的牛棚里被磨盘大的石头压着胸部，一直在吐血。当时他是被一名边防战士发现的，被背起来的时候那人一直在吐，吐得士兵脖子上全是血。当时伤者的意识还是清楚的，他不想将血吐在战士身上，头一偏将血喷在了一米开外的墙壁上，伤者被送到樟木镇第一人民医院时，开始吐起了黑血，他在医院一直叫，一直在喊自己的亲人。当时，没有更好的办法救他，战士心如刀绞，眼睁睁地看他咽了气，帮他擦掉了嘴上的血，脱下迷彩服盖上尸体后，开始瘫坐在地上大哭起来，随后，又艰难地站起身来，向尸体埋首鞠躬。

卫生员尚望高救回的一个伤者，躺在边检站的院落里，他已经束手无策，伤者血淋淋的眼珠子凸了出来，他试图用手将它放回眼窝里，仔细向下一看，肠子也从腹部流了出来，血流如注，没说上一句话就断气了，他脱下迷彩服苫住血淋淋的、余温尚存的尸体；有一名遇难者被一块巨石压着，只留下上半身，当时嘴里还在说着什么，官兵们无能为力，只能眼睁睁地看着他耗尽最后一口气……

地震发生时，在距离边检站大门20米的樟木镇迪斯岗村西若坚参一家的房屋被山上滚落的几十吨重的大石砸中。西若坚参一家人正在休息，一个都没跑出来。郗树蒙队长带着突击救援队官兵立即冲向随时都有可能倒塌的房屋，用手刨、用肩扛，徒手抢救出一名重伤群众，挖出四名遇难群众遗体。战士们拣起地震时落下的树杆，脱下迷彩服用袖子绑在两根结实的木棍上，一张简易的担架就成了，肩挑手擎地将伤者抬到了营区；后勤处助理员寇永照人长得瘦削，看起来斯文腼腆，他背着一位受伤的女孩儿下了坡，女孩儿右脚被石头砸断，只有几根筋吊着血肉模糊的脚掌。

“立尽黄昏泪几行，一片鸦啼月。”多少哭泣月下无声。

在此次地震中，我们还不能忘记另一名英雄，当时也受了伤，他叫杨林，是聂拉木边检站一名普通的炊事员。他个子不高、身体瘦削，面对大家常常沉默寡言，却有着超强的大爱精神。地震来临时，炊事班下士杨林正在午休，情况危急他顾不上穿外套和鞋子只穿着短袖短裤跑到操场上，他看到很多战友已经从大楼里跑了出来，边检站辖区迪斯岗村的老百姓正在纷纷往营区跑，他环顾四周，四周的山上都在往下掉石头，漫天都是灰尘。

杨林赤脚冒雨转运伤员，周围民房掉下的木头上有钉子，他的左脚心被扎了一下浑然不知，继续抢救伤员，他在地上摊开被褥，踩在为伤员铺好的褥子上时，脚上的血已经黏在了被子上。由于冒雨、长时间剧烈救援，他开始出现气短、胸闷和晕眩等症状。21时30分，杨林因劳累过度，突然呼吸急促，意识不清，心搏骤停。卫生员尚望高立即对他进行心肺复苏，一分钟、两分钟、三分钟……时间一分一秒地过去，可是杨林的呼吸越来越急促，意识也渐渐模糊。

战友们不停地呼喊他的名字：“杨林！杨林！”可杨林丝毫没有反应。卫生员看情况不妙，喊道：“需要安定、肾上腺素，站里没有了，赶紧去樟木医院取药！”

樟木医院离聂拉木边检站约三公里，且道路塌方，加之余震不断，这么晚出去取药危险性极大！

队长郗树蒙二话没说，拿上手电和对讲机就往樟木医院方向跑去。12分钟后，对讲机里传来急促的声音：“我已到达樟木医院，正在取药。”

28分钟后，郗树蒙的身影慢慢出现在大家的视野里。“药拿回来了，赶紧给杨林注射。”郗树蒙说完，就虚脱地躺在了地上。杨林接受治疗后，呼吸才逐渐恢复了正常。

“边防战士，我们三天没有洗澡了，身上痒得很。”“边防战士，小娃娃没得水喝，渴得要死了。”

灾情严重的樟木镇一夜之间变成一片废墟。最糟糕的是地震导致水管破裂，导致聂拉木边检站安置点400多名群众和100多名官兵用水困难，战士们从五公里外背回来的矿泉水也所剩无几，想要在318国道打通之前维持生命，必须找到干净的水源。

“参谋长，我上山找水去！”余震、山体滑坡仍在不断地发生，担任聂拉木边检站水电工的赵广发，主动请缨去山上寻找水源。参谋长斟酌片刻后，派了两名战士跟他一同前往寻找水源，但赵广发却说，“多一个人去就多一份危险，我体力好，一个人去更方便”，说完就拿了块压缩干粮只身上山寻找水源，连矿泉水都没舍得拿一瓶。赵广发凭着记忆前往水源地，然而由于地震导致地形改变，水源要么不复存在，要么已被污染，一天下来走了十余公里山路却没有找到水源，期间他仅靠一小块压缩饼干就着混有泥沙的水维持体力。回到营区后赵广发查看了一下仓库的矿泉水，还剩10箱了，这些水对400多人来说实在微不足道，只有找到水源受灾群众和战友们的生命才能得到保证！第二天一大早，赵广发再次只身一人前往山上寻找水源，这次他选择到更高的山上寻找水源。山上小道已被地震彻底摧毁，部分山体开裂，余震来袭赵广发随时有可能被山上掉下的石头砸中，但赵广发心里惦记着400多名受灾群众和100多名战友，全然不顾头顶随时可能掉落的山石仍然坚持找。功夫不负有心人，在距离营区2000多米的山上，一涧小瀑布洒下一束甘洌的山泉水，赵广发兴奋地用手接了一捧水尝了下，确定可以饮用后，立马飞奔回单位，带领30多名战友在废墟里扒出一些管子前往水源地引水。为了加快进度，没有铁锹，就用手刨，流血不止也顾不上处理。经过近10个小时奋战，长约2000米的水管引到了聂拉木边检站。断水四天的受灾群众和官兵终于喝上了放心水，激动的声音在劫后余生的人们之中响起：“这是我们的救命水啊！我们能活下去了！”

聂拉木边检站机动队官兵翻山越岭为受灾群众搬运帐篷。（郑永波　摄）

绿色的秘密

再多一棵就太满了
山的毛孔，在它醒时
恰好能呼吸出一朵春天
并在风来前
吐纳成云

再多一朵就太重了
一棵树柔软了一座山的骨骼
昨晚归来的战士
还把一个绿色的秘密藏进树洞里

他半夜翻山20公里进灾区

"4·25"地震时，远在广州参加支队级主官理论读书班的聂拉木边检站站长蒲方爱，当晚从电视新闻中得知地震后心急如焚、眉间紧蹙。他深知，地处中尼边境的樟木口岸不可避免地会遭受尼泊尔地震的严重影响，电视新闻里没有樟木的任何消息等于坏消息，樟木群众怎么样，部队官兵怎么样？他坐不住了……

"樟木是我的家，群众是我的家人，官兵是我的兄弟！这种关键时刻，我的岗位必须在樟木、必须在部队，我的职责是和他们一起战斗！" 4月25日20时30分，重责重情、心情沉重的蒲方爱向上级请假后火速返回部队。

郑军手中发热的手机再次响起，是边检站副站长达娃次仁费尽周折找到的一部尼泊尔手机打来的电话。听了简短的灾情报告后，蒲方爱站长立即对抗震救灾工作进行了安排部署，还特别强调必须不惜一切搜救被困群众，不惜代价救治受伤群众，不惜成本安置受灾群众……

在想方设法向各方了解受灾情况、向上级汇报灾情的同时，蒲方爱站长与刚参加完读书班尚未赶到单位的卢家林政委的电话一直没有闲着，除了汇报，他们还要用自己的电话为失联单位的战友家人报平安。

4月27日15时，蒲方爱站长带着从内地采购的两部卫星电话赶到聂拉木县与卢家林政委会合后，马上又通过单边电台与部队取得联系，了解和指示抗震救灾工作措施。随后，心急如焚的两人在边防大队借了钢盔，冒险再次尝试徒步返回樟木。然而，在前往樟木的318国道友谊隧道处，巨大的塌方和滚石堵住了洞口，他们不得不无奈地原路返回。当晚，两人又拿着通过单边电台刚刚统计上来，还未给家人报平安的官兵家中的电话号码，从新兵到老兵、从战士到干部，为官兵报起了平安。

第二天清晨6时，一夜无眠的蒲方爱站长得知武警交通部队连夜抢通了友谊隧道时，立即与卢家林政委乘车赶到友谊隧洞。徒步20公里、翻越数十个塌方点后赶到了单位。

当他们终于疲惫而坚强地站立在站机关安置点的受灾群众和官兵面前时，望着满目疮痍的樟木和严重受损的部队营区营房，望着一茬茬边防官兵经历30年建设的家园毁于一旦，望着充满期盼眼神的受灾群众和意志坚强的官兵，卢家林政委没忍住泪水，蒲方爱站长也已经泪眼蒙眬。在随之深入了解群众和官兵的救灾安置情况时，蒲方爱站长对群众和官兵说得最多的一句话是“我回来了，我必须和你们一起战斗，我们共同抗击地震灾害。”

4月28日11时30分，回到樟木群众和部队官兵的身边，身为主官的蒲方爱既感到踏实亲切又深感责任重大。

迪斯岗村民巴桑旺堆紧握着他的手说：“边检站的官兵冒着生命危险，刚帮我把老婆、两个孩子从房子里背出来，余震的滚石就把我们家毁了，你们就是老百姓身边的共产党、活菩萨。只要有你们在樟木，我们夏尔巴人就有抗争灾难、重建家园的希望。”

看望完受灾群众的蒲方爱又仔细察看了站机关营区、营房的受损情况。看着拥挤在操场的数百名受灾群众，看着为抗震救灾累倒的官兵，看着营区周边被地震震松了的山体，看着被地震损坏了的信息化工程，他一直在思索如何更好地安置受灾群众，如何防范地震后的次生灾害，如何防止不法分子乘乱潜入潜出……他必须全盘考虑、统筹安排，绝不能忽略每一个细节。

面对主动参与抗震救灾的众多群众，看着已经奋战了四天三夜依然保持旺盛战斗力、仍在紧张有序忙碌的官兵，他知道自己有了底气与信心，有了力量和方向。他来到队列前，高昂着对全体官兵讲道：“战友们，我以你们为骄傲。地震发生后，你们挺身而出、敢于担当的精神和舍我其谁、舍命救民的行为，让我感动、使我自豪。我们是习主席领导下的新时期‘四有’军人！既然地震使山河变色威胁人民群众的生命财产安全，那我们就必须用我们军人的力量给山河开路、使山河让路，保护群众安全转移、誓死坚守国门！”

了解了单位情况，没有片刻休息的蒲方爱又徒步3公里、冒险越过2处塌方点，前往樟木口岸抗震救灾指挥部汇报工作、争取支持；去樟木医院安置点看望抗震救灾中负伤的3名英勇官兵——张高勇、朱文喜、杨林，了解他们的病情恢复情况和精神状态……

4月29日凌晨3点过，真的扛不住了。他到车上找了个位置，与官兵相互挤着，眯一下也是好的。4天时间，3000多公里的辗转奔波，他的痛风已经发作3天。

第二天上午，边检站接到樟木大转移的通知。劝离、转运、劝离、转运，直到当晚22时30分，官兵才将最后一批群众安全送到撤离点。

此时还有4台车、8名官兵护送140余名中外旅客和群众连夜赶往日喀则的路上，他相信自己的战士们会圆满完成任务，但他的心依然揪着。

群众转移后，樟木成了一座沉默黯然、离殇寂寂的空镇，静静地远眺着依然矗立的国门。那里，还有奔腾不息的波曲河，还有坚守国门的聂拉木边防检查站官兵。

蒲方爱没时间伤感、唏嘘。他在思考群众走了，如何才能帮他们守护好家园保护好财产，部队和官兵的自身安全问题怎样解决，没有群众力量的国门该怎样坚守……

4月30日上午，蒲方爱站长忍着痛风和长途奔袭后的关节疼痛再次徒步8公里、越过5处塌方点抄小道前往友谊桥部队。国门在那里，战士们在那里，那是他最关心的地方。

友谊桥周边的山体明显存在安全隐患，官兵刚入住半年的新边检信息处理应急中心大楼，被对面尼泊尔山体滚落的大石，隔河击穿了2楼的仓库、4楼的1间宿舍；旁边的发电房被砸毁，幸好发电机只是“轻伤”。尽管营房有所受损，官兵安然无恙是让他最感欣慰的。

此时，蒲方爱清醒地意识到，抗震救灾转入坚守阶段后，当务之急是强化边境管控，维护震后边境口岸稳定。地震严重削弱了原本严密的边境管控体系，如何迅速编织补牢这张“天网”，完成党和人民赋予的“拒敌于国门之外”这篇作业，迅速恢复国门的威严形象？他带领官兵靠两条腿强化巡逻管控，让“境内”“境外”的分裂分子、不法分子不敢靠近。

在他的带领下，4月30日以来，边检站分别为武警交通部队赴尼救援大队实施跨境救援行动的2801人次、车辆831台，为西藏自治区政府援尼物资，西藏自治区卫生防疫工作组，解放军援尼野战医院提供通关便利；同时，劝阻3名仅持身份证欲出境救援的民间救援队员，劝离1名印度非法人员和4名尼姑返回尼泊尔，与立新边防派出所开展联合巡逻时抓获1名非法入境人员。

在严密管控的同时，蒲站长叮嘱边检官兵要为从尼泊尔回国的“游子”做好服务保障工作。5月1日，7名历尽艰险回国的中国旅客看到威严耸立的国门、高高飘扬的国旗时喜极而泣，高呼“回家了，回家了”“祖国万岁”。他们望着国门前“雪域边检的微笑，世界之巅的服务”的巨大标志感慨道：“地震了，但雪域边检依然微笑，世界之巅仍在服务。”震后至今，已有33名国人平安回国。“游子”平安回家的真心笑容也感染了他，已经一个多星期笑不出来的他，也乐了。

抓边境管控初见成效的同时，蒲方爱站长没有忘记他对樟木群众临走时的承诺：守护群众的家园及财产。他组织官兵为辖区210家住户、商铺及225辆尼泊尔货车贴封1726张，并定期开展巡逻。

在忙着自家事务的时候，蒲方爱一直念叨着邻居家的难处。他常想，尼泊尔地震灾害悲惨深重，国穷民弱，震后的安置救助肯定艰难。我们与尼泊尔对面的地方政府、军警部门，长期保持着密切友好的良好合作关系，他们曾给了我们极大的帮助，别忘了邻居的好。

5月3日，武警交通部队赴尼救援大队开始实施跨境救援行动。蒲方爱站长指派懂英语、尼语、夏尔巴语，熟悉对面尼泊尔情况的尼玛云旦、扎西顿珠2名同志担任翻译，一同前往配合执行任务。他们帮助交通救援大队克服语言障碍，出色地完成了协助打通国际生命通道的任务。同时，他们也完成了蒲方爱站长交代的“秘密任务”，找到以往经常走动的尼方官员、警察，希望能力所能及地帮助他们。

5月10日，蒲方爱站长代表聂拉木边防检查站将募捐到的5万元食品、药品、帐篷等救灾物资，转赠给尼泊尔边境地区的200余名受灾边民群众，缓解了尼方受灾边民群众在震后得不到及时救助的危机。6月8日，蒲方爱站长再次为中尼边境5

个尼泊尔安置点提供募捐到的20000斤大米、3200斤食盐和200箱方便面。

同日，应尼泊尔立宾寺32名僧尼为其提供国际人道主义援助的要求，送去帐篷、被褥、食品、药品等急需品，帮助他们渡过难关。

5月12日，樟木口岸再次发生强余震，所幸樟木群众早已安全转移，官兵也无任何伤亡。望着伤痕累累的山峦沟壑和无声矗立的国门，蒲方爱知道自己和战士们肩负着的神圣使命任重道远。

在“4·25”抗震救灾中，我们看到了“老西藏”“雪域边防卫士”精神在蒲方爱站长和他的战士们的身上延续传承；他们用朴实无华的实际行动，深刻诠释了新时期 “四有”革命军人本色。

蒲方爱，湖南农村磨砺出来的瑶家汉子，20多年的军旅岁月把他锤炼得无坚不摧，一米八的伟岸身躯与国门交相辉映、同在同行，成为中尼边境线上一道醉人的风景。

有了他和战士们的坚强守护，岁月静好，国门安在。

4 月 28 日，聂拉木边防大队救援小分队人员携带救援物资快速通过一处塌方点。（郑永波　摄）

扎西通卓林寺

把箴言交还土地
把酥油灯交还太阳
扎西通卓林寺应大地的呼唤而去
留下断手佛，断章经，断掉春的四季
阿尼十八岁折断的呼吸
证明扎西通卓林寺在地震前来过
我学着扎西通卓林寺的样子
留下断行诗
证明我在地震后来过

度

公元7世纪，松赞干布统一西藏各部落，建立强盛的吐蕃王朝，西藏正史开始书写。作为印度佛教传入西藏以前的先期文化，古象雄文化的痕迹贯穿于西藏的方方面面。

如今西藏大多数群众信奉藏传佛教，信教群众的家中几乎都设有小经堂或佛龛。资料显示，目前，西藏全区共有大小寺庙和宗教活动场所1700多处，僧尼46000多人。

宗教与稳定之间存在着悠久而微妙的关系，为尊重和保护藏民的宗教信仰，西藏地区凡是辖区内有寺庙的边防派出所都设立了驻寺民警制度，就是指定一名懂藏语的民警长期驻扎辖区内寺庙。

地震发生之时，这些驻寺民警和寺庙僧尼之间发生的一幕幕故事让人不禁感慨，在生命的问号面前，不同种族、不同信仰、不同身份、不同性别的人都可以瞬间相融。

“不管你是谁，我都不会放弃你。”

这是吉隆边防派出所驻寺民警索朗说的一句话，废墟里奄奄一息呼救的人懂得这句话的意义。

4月25日下午，天气微凉，因为刚刚过完一次祈福的节日，始建于唐朝的帕巴寺因受到周边乡镇信徒的尊崇而迎来很多朝拜者，香火使用量很大，需要补给，寺庙里的4名尼姑正在从整箱的酥油里取出一袋袋黄色塑料袋包装成肥皂般的固体酥油横一道竖一刀切开，扔进炉火正旺的酥油壶中，待固态的酥油温热融化，便将这些暖黄色液体倒进一盏盏酒盅大小的酥油灯里，加入特制的灯捻，一盏酥油灯才算做好。

驻寺民警索朗正在寺庙中检查节日后的火、电等安全设施，这时古老的佛龛开始摇晃，供奉的一排排酥油灯火焰开始一明一灭地跳动，索朗一时被惊呆了。紧接着屋顶和墙壁传来撕裂的声音，一些灰土开始往下掉落，索朗意识到是地震了！大喊一声：“地震了，快跑！”赶紧一手拉起一个还在拜佛的信徒就往外冲！到了帕巴寺广场，索朗想起还在西边厢房准备酥油灯的4名尼姑，赶紧绕到寺庙后门进去救援，这时看见3名尼姑已经从后门跑了出来，唯独不见年龄最小的尼姑央宗。看到索朗跑过来，3名尼姑往身后的厢房指了指，索朗明白了，央宗还在里面，因为厢房的地势较低，要从后门往下走三级松木台阶才到狭小的厢房木门前，厢房没有灯，平时只做供奉酥油灯的准备室，外人一般不让进入，所以虽然在阳光灿烂的午后屋里也是黑洞洞的，索朗大喊着央宗的名字冲进来，只见个子比较矮小的央宗踩在一个本身就不结实的木板凳上，跷着脚，努力向上伸手去够挂在墙上的一尊佛像，地上的板凳随着地面摇晃咯吱咯吱作响，一下剧烈的余震袭来，凳子向左边倒去，索朗抢前一步扶住凳子，这时央宗摘到了佛像，抱在怀里。索朗赶紧把央宗推出摇晃中的厢房，等索朗刚刚跑出去时，门上方一块挡板掉落下来，砸在刚才索朗站立的位置。对于普通人央宗来说，她有足够的时间可以自己逃命，但对于十来岁就来到帕巴寺修行的虔诚信徒央宗来说，除了要把青春年华献与青灯古佛，在危险面前为了保护佛龛甚至可以献出生命。

同样在地震中遭遇重创的寺庙还有雪布岗村的扎西通卓林寺，当时寺庙共有10名尼姑和寺管会的1名女性驻寺工作人员，地震发生时从立新边防派出所向寺庙山顶望去，整个寺庙像是被从天空伸出的一只巨手像压气球一样压扁，原来高出视线一层楼高的寺庙眼看着被压下仅剩寺顶的尖部。此时立新边防派出所在雪布岗村驻村的民警拉巴次仁、商诚还有辅警桑旦多吉也刚刚从倒塌的警务室逃出，惊魂未定。烟土夹杂着哭声、喊声、狗叫声，瞬间弥漫在往日如山水画般清澈的雪布岗村。从二楼跳出的商诚忍着脚踝隐隐作痛，三人对视了几秒后，意识到了这场灾难的真实降临。桑旦多吉精通藏语，由他负责转移老人小孩到空地上，商诚、拉巴次仁和赶来增援的张艳兵、杨兵冲进废墟救人，“里面有人吗？”“驻寺和白确和阿尼（尼姑）还在里面。”扎西通卓林寺的住持旺堆跪在地上仰天喊着，顺着住持手指的方向，只见原来厨房位置已经垮塌得只剩两根柱子和半边屋顶，而那倒塌的废墟里就埋着两个亟待解救的生命！因为不知道两位被困者的具体位置，不敢轻易用铁锹、镐头刨开，商诚几人就用手把砖头、石块、断木、沙土等一捧一捧地往外刨，每搬开一捧，都希望下一捧沙土下就有一线生的希望破土而出，经过十多分钟的紧急营救，驻寺干部白确的一只脚露了出来，但身上压着一块巨石无法挪动，当几个民警刚想一起用力挪开时，旁边凌乱的木板下面传来微弱的声音："救我，救我……"住持旺堆大声尖叫起来："桑旦，桑旦在下面。"官兵们一起把目光投向刚才发出微弱求救声的方位。这时惊险的一幕发生了，余震袭来，半片墙体突然再次倒塌，几块碎砖压着一块木板就要砸中刚才发出微弱求救的废墟，张艳兵不知哪来的勇气，一头扑了过去，木板硬生生砸到他的后背上。大家都惊呆了，鸦雀无声地看着他，五秒，十秒，二十秒……张艳兵扶着腰站了起来，看了看盯着他的几个民警："别愣着了，快把阿尼救上来啊。"民警们把废墟上的木板，沙土慢慢移开，小心翼翼地把桑旦阿尼拉了出来，桑旦的头上和胸口都受了伤，如果刚才张艳兵没有挡住那第二次袭来的伤害，恐怕桑旦就要因为二次伤害而死亡。而这时拉巴次仁已经叫了几个青壮年一起来帮忙挪开压在白确身上的石块，但受伤太重的白确已经没了生命迹象。原来扎西通卓林寺的厨房建在寺院两栋房屋之间，因为是后期搭建的简易厨房，所以屋顶和墙壁都没有加固，在屋顶单薄的铁皮上面为了防止每年两三次大风掀翻还放置了三块大石头压住屋顶，就是这三块大石头在地震第一时间从摇晃的铁皮缝隙砸进厨房将白确全身砸中，将尼姑桑旦的头部和胸部砸成重伤。

好在立新派出所抢救及时，将尼姑桑旦第一时间抬到派出所广场，由卫生员和村上的医疗队紧急对她的伤口进行了处理，后期又及时转移出去治疗，尼姑桑旦的性命才没有大碍。

相对于雪布岗村的扎西通卓林寺，立新边防派出所辖区内的另外两个寺庙则毫发无损，距离派出所仅100米的扎西通卓林寺的分寺玉洁寺每月都有两个来自扎西通卓林寺的尼姑来此轮班修行，这两个寺庙都属于宁玛派，而立新村半僧半俗的噶举派寺庙扎西桑旦林寺因为每年都只有一个和尚在此轮班修行，当时这位和尚又在寺庙外劳作，因此并未受伤。

地震发生后三个寺庙的十二位尼姑和一位和尚都被转移到相对安全的立新边

防派出所广场上来，跟村民们一起度过地震后最难熬的几个日日夜夜。

正当民警们挨家挨户搜救有没有没来得及逃跑的百姓时，雪布岗村的村长西绕坚才朝着立新边防派出所的所长朱智敏跑来，还没到朱所长面前已经瘫软在地、泪不成行。这个平时铁打一般的藏族汉子突然如此情绪崩溃，朱所长意识到情况不妙，立即往前两步要拉他起来，可西绕坚才的膝盖像两只钢钉钉进泥土里一样怎么也拉不上来，当朱所长的手拉住他的手时，他似乎找到了精神上救命的稻草，越握越紧，越握越紧，似乎要通过这只手臂把他所有的痛苦、委屈、无助一股脑宣泄出来似的。他突然失声恸哭起来："完了啊，完了啊，我可怎么活啊？"朱所长见拉不起他，便同他一起坐到地上，用另一只手拍着他的肩膀："到底怎么了？跟兄弟说说？"西绕坚才仰天大喊一声："老天爷不长眼啊，我一家四口，我老妈，老婆，孩子，全……全被砸死啦……"西绕坚才家和雪布岗村其他村民家一样依山而建，只不过这次地震的山石从西绕坚才家建造的北坡上滚落的居多，一块巨石从西绕坚才家一楼房子像子弹一样洞穿，从前门飞进，从后门滚出，一家老小四条性命一起滚落悬崖，尸首无存。朱所长一时不知怎样安慰这个平时坚强的汉子，默默地将西绕坚才的肩膀抱紧："兄弟挺住！你还有个妹妹需要你！你是村长，全村人还需要你!"可刚说出两句也忍不住悲伤，两个七尺男儿，四行热泪，洒在曾经美丽富饶的高原土地上……

逝者已逝，尊严尚存，只要尸首还在的，不管伤成什么样，立新边防派出所的官兵都背着他们跟撤离的群众一起转移下来。1485级台阶，2公里的塌方路段，路上还有一段只能容一只脚通过的狭窄悬崖，背着尸体的拉巴次仁和商诚没有让逝者遗骨再受伤害，他们活着的时候惊恐中没弄懂发生什么就与世长辞，死后不能再让他们受到惊吓，他们的灵魂理应得到安息。

第二天，临时安置在立新边防派出所旁的玉洁寺里的三具尸体白确、次旺次仁老人和立新村村长索朗旦增的妹妹白玛将要被抬上山实行火葬。两位藏族逝者亲人都在安置点，但驻寺工作者白确的老公却在被道路塌方阻隔的樟木镇，朱智敏所长与驻守在樟木镇的聂拉木边检站通过对讲机联系，找到了白确的老公。听说老婆去世悲痛欲绝的扎西一定要爬到立新山上看老婆最后一眼，但短短几十公里的道路如今一半以上被落石塌方掩埋，有的盘山路段根本看不出那里修过路的样子，完全被山体塌方掩埋成跟大山浑然一体的斜坡，没有曾经修过路的痕迹，而且落石还在不停滚落，如果扎西强行上山可能连自己的性命都无法保住。最后在立新派出所和聂拉木边检站双方劝说之下，白确的老公扎西终于说出了一声最沉重的“好吧……”朱智敏所长帮扎西保存下爱妻最后的遗物：一块结婚时买的手表，一枚金戒指和一部三星手机，手机上显示着一条没发出去的短信：“老公，下周末我就结束驻寺回家了，你说咱们先回老家还是先去拉萨……”

十一名尼姑低沉的《地藏经》诵起，数十条哈达将圣洁与宁静一圈圈缠绕在逝者的身体上，地震过后山路难行，没有人保护很难安全到达山顶施行火葬。立新边防派出所两名“90后”战士，地震前头脑中从未闪现过死亡的概念，如今在几个小时内成长，包哈达、背尸体，一项一项平静安稳地帮忙操作，好像地震一天让他们成长了十年。按照当地习俗，送葬路上尸体不能落地，四五公里的山路，两个小伙子一步未歇，到了山顶，捡拾来柴火，搭成一个圈，火焰熊熊而起，糖粉纷纷洒落，经文随火焰跳跃，愿天堂没有地震。

聂拉木边防大队救援小分队成员快速通过一处在地震中被损毁的路面。（郑永波　摄）

微小

一定是那些微奢的首饰
微过地装扮了微羞的藏家少女
在格桑花眼里微美
这微微的嫉妒
被蝴蝶的翅膀微微鼓动
就膨胀了山的鼾声

山越睡越沉
压得大地透不过气来
稍微拱一下鼻子
就惊醒山河落荒而逃
这破碎一切的震颤如同整合一切的震颤
你有无数个重新高大的沟坎
却寻不回地面不肯随花摇曳的
微小笑脸

等着你

樟木原名卡萨，尼泊尔语意为“税卡”，后称为“樟木”，藏语里有“边沿、近处”的意思，但因山势陡峭也被一些人称为“死亡之谷”，“死亡之谷”再向上延伸，便是樟木镇下设的一个有着不同风格名字的村子，立新村。

立新村建在立新山上，不知是村子因山得名，还是山因村子得名，反正穿越“死亡之谷”便会到达这个标新立异的村子。立新边防派出所就建在这个村子最中心的位置，其实所谓的中心对于这个悬挂在半山腰上的村子来说也没有多大的地方，但也就是这块空地成了地震之后627名村民的安身立命之所。

地震发生后，樟木依然余震不断。4月29日上午9时许，西藏自治区抗震救灾指挥部决定：组织所有受灾群众向外转移至日喀则、拉孜等安置点，负责守卫国门的聂拉木边检站则继续留守樟木。

16时15分，聂拉木边检站卢家林政委接聂拉木县抗震救灾指挥部副总指挥、县委副书记李冬的电话：“由于持续降雨，立新山体出现近50厘米裂缝，随时有垮塌危险，山上近百名群众需要立即转移至边防一连，需你部组织30名官兵护送群众安全下山。”

李冬在电话中所称的近百名“需要立即转移”的群众在樟木镇立新村，位于距离聂拉木边检站上方约10公里的立新山上，由于跟外界相连的道路大部分被破坏，有119名村民被困于山中。由于樟木灾区群众居住地十分分散，余震、塌方、持续降雨给此次转移灾民带来极大困难。

这是一次冒险的行动，甚至卢家林在下这个命令时，他的心都在像刀割一样，他疼爱这些孩子，真不想让他们去冒这么大的风险，但这身军装告诉他必须义无反顾地往前冲。聂拉木边检站迅速成立32人的突击队。突击队员们行进在山谷中，沿途一直下雨，浓雾弥漫，能见度极低。受地震和雨水影响，不时有石块从山上滚落。

一路上，官兵们连续通过多处塌方地带，一边小心翼翼地探路，一边招呼身后的战友踩哪一块石头，每走一步都要用脚先试探性地踩一下，确定没松动后再迈出第二步。经过3个多小时的跋涉，汗水和雨水混在一起，官兵们所有的衣服都被浸透了。

立新村的受灾群众见到从天而降的边防官兵，许多人流下了感动的泪水。“你们真是我们的救命恩人啊！”在离开立新村前，有一户村民家的老人坐在碉房（藏民居住的房子）里，死活也不撤离。无论沈凌平科长怎么相劝，老人抱着一根支撑危房的松木柱子，激动地说：“我哪儿也不去，要死就死在自己的房子里。”老人的儿子、儿媳、孙子都跪在地上，老人依然倔强地抱着柱子置之不理。当时，沈凌平也开始感觉委屈，他劝道：“大娘，我们冒着大雨和不断飞落的石头来到这里，就是让你们平平安安地离开这里。”老人扭头哭着说：“我们祖祖辈辈都生活在这里，这家是我一辈子辛辛苦苦才建起来的，要死，我就和这房子死在一起。”沈凌平拉着藏族阿妈的手，饱含深情地说：“大娘，你要相信党和政府，不会让你老人家冻着饿着的，过不了多久，你还会回来的。”随后，沈凌平鼓动家属做工作，老人终于答应撤离。在雨夜的山路上，官兵们背着老人走在刀尖一样的石头上，冰冷的雨水和汗水交织着，大家咬着牙将老人送到了边检站安置点。此时，沈凌平看到官兵辛辛苦苦建立起来的营区倒塌了，部队基础设施遭到重创，他开始流泪了，他终于明白老百姓为什么死也不离开他们生长的地方，那是他们的家啊。他在聂拉木边检站从一名战士走到今天，已经整整十五年了，十五年了，聂拉木边检站地上的一草一木他都感到亲切，掉下的一砖一瓦他心里都觉得像在滴血。

连续五天五夜，边检官兵不知疲倦地从事着高强度的抢险救灾。终于在一个雨夜，他们挤在一起睡着了，睡姿百态，却令人动容，像一座座雕塑。他们穿着墨绿色的雨衣，有的坐着，有的平躺着，有的双手抱拳放在胸部，有的用椅子搭床，两人紧紧地抱在一起合盖一床被子，有的没有摘掉蓝色的一次性口罩，有的拉下迷彩帽，有的用防寒迷彩大衣将自己严严实实地包裹着，有的穿着雨衣蜷缩一团，有的皮靴上沾满了泥，雨在淅淅沥沥地下着，他们完全没有顾及身边流着的雨水声，皮靴上的泥巴开始变成泥水流了下来。

这里具有南亚雨林的气候特征，这些丛林山丘布满了旱蚂蟥。绿叶间深褐色的旱蚂蟥开始在树上一屈一伸地爬动，它在阔叶树上停了下来，开始用吸盘粘住树叶弓着柔软的身子，像一张拉满的弓，倏地将身体迅速弹射了出去，悄无声息地落在战士的衣服上，然后一屈一伸地爬到战士的手上，脸上，脖子上，用一个像三棱针的口器，刺入熟睡中的战士，先从体内分泌麻醉效果的一种酶，便用吸盘紧紧地粘住，贪婪地吸起战士身上的血，直到将自己身体变得像一血块儿，才自动收去吸盘，收缩身体从战士身上脱落下来，滚动到人们浑然不知的角落。那个恐怖的夜晚，战士浑然不觉地睡了一个囫囵觉。有熟睡中的战士摸了摸脸颊，摸到嘴边有块肿起的肉。还挺滑稽，不过一点也不痛。接着他意识到那块肿起的肉原来是条蚂蟥，由于吸了他嘴唇上的血而变得肥大。战士恶心地颤抖着，他们看见前臂上吸着另一条蚂蟥，把它拽下来后，在手臂上留下一道深深的血痕。

4月25日晚，从雪布岗村抬回来的两名重伤员尼姑桑旦和小姑娘达瓦在一间相对条件较好的帐篷里，所谓条件较好也只能停留在不吹风、不漏雨的程度，当晚更多的简易帐篷只是取些塑料布蒙在折弯的竹子上，搭建了17个像蔬菜大棚一样的高度只能容人坐下来的避雨之所，山雨大起来，噼里啪啦打在塑料薄膜上，共振着人们七上八下的心情。

而两名重伤员“啊，啊”的痛苦呻吟更是每一声都将朱智敏所长的心拧出血来，对讲机里一遍遍的求助：“你们樟木那边能不能派过来一个医生？我们这边两个重伤员伤的都是头部，一个都要看到头骨了……”传来的却是一次次无奈的回应：“这边就两个医生，路上又危险，出了事都不好办，要么你们把伤员送下来，要么只能……”朱所长一整夜心如刀绞，眼睁睁看着亲手从废墟里挖出来的生命在一点点油尽灯枯地等死？真是造孽啊！朱所长看不下去！第二天天刚蒙蒙亮就叫醒了六个本来也没有睡踏实的兄弟，再加上十几个机动队过来援助的兵，说什么也要把两位重伤员抬到相对来讲有医护条件的樟木镇治疗！

而且立新村的饮用水也不够了，原来只储备了40多箱，一个晚上就消耗了20箱，一个八九岁的小男孩因为喝了两口原来村民们都在使用的瀑布水源的水而上吐下泻。新的危机在地震发生不足20小时之内再次产生，如果饮用水不足，生命无法延续，如果使用了不卫生的水源，全体腹泻疫情蔓延将不可收拾，向检验检疫部门要消毒药片，没有！要漂白粉，没有！要消毒设备，没有！一连串的没有让朱所长只能舍出所里的兄弟们，从樟木镇一箱箱背水上山！

早七点，二十个小伙子便抬着伤员下山了，返程要背回627条生命的生命之水和卫生防疫药品。中午十二点伤员得到救治，一点钟二十人备好了水和药准备返程，就在用对讲机跟立新村汇报马上开始返程时，对讲机另一端，朱所长听见尼泊尔广播中大余震即将发生的预报。尼泊尔对于余震的测算是比较准确的，朱所长正想让兄弟们先撤退到安全地带，一只公鸡从地上嗖一声飞到树杈上，朱所长明白，一切太晚了，一分钟后，远处传来隆隆的“地声”，经历过地震的人多数都有这样的体会，在地震来前一分钟到30秒，人们感知到的不是大地的晃动，而是大地深处咆哮般轰隆隆的呼啸。朱所长对着对讲机大喊：“地震了，快跑——”但对讲机的那端再传不来任何回应。朱所长的心一下子沉到了樟木沟谷底，自己派下去的兵，出了事怎么办？巨大的震颤让朱所长在地上像踩在海浪上一样无法站稳，碎石、尘土再次飞扬，等平稳之后又过了五分钟，对讲机里才陆陆续续传来兵们的声音，原来二十人为安全起见分成五组，之间间隔十米行进在路上，以便互相观察山体落石情况，余震袭来三处塌方同时砸向队伍，他们分头避险，达旺更是被逼到一块有半间屋子大小的巨石下面缝隙里缩成一团避险，只听见碎石从身体两边倾盆大雨般哗哗而下，他躲在安全“房檐”下一动不敢动，倘若当时有更大的石块砸向达旺避险的石块，他就会被压在石下或推向一米之外的深渊，而碎石流沙量再大一些则会将他活埋于半山坡中，好在这两种情况都没有发生。达旺钻出石头下看到前进和后退的路都被塌方石土掩埋了，他被困在最窄处不足一米，长度十多米的“孤岛”之上，还有几位战友的境况也跟他差不多，被困在其他路段。落石平稳后，索朗从塌方体另一面给他递过来一瓶水和一支烟，达旺用朱所长在他们临走前每人兜里揣的一只匕首削掉了矿泉水瓶的瓶颈，一口将一瓶水灌了进去。

这边是二十人互相鼓着劲自救，立新村那边是想尽办法解决水源问题。朱所长大着胆子烧开了一壶从瀑布水源接来的水：“我先喝，半小时后如果没事你们再喝。”天无绝人之路，半小时后朱所长走了走，蹦了蹦，结实得很，于是青壮年开始第二轮尝试，确认无人上吐下泻之后才放心地给老人孩子喝。再有一个水源就是天降雨水，大震之后必有大雨，地震之后两天，民警和村民们把能抢救出来的盆盆罐罐都接满了雨水，所有水都要烧开之后使用以确保安全。

地震带来的隐患远远不止大地震怒的几十秒。

到了晚饭时分，二十个战士分两批，一批回到了立新村，更多地被滞留在了樟木镇，不过人员无一伤亡，大家总算安心地喝上一口放心水，吃上一口放心饭。

震后第三天，27日一大早，有村民突然想起有三个挖虫草的村民可能上到了山顶送物资。挖虫草是很多藏族村民的一项重要经济来源，但这却是一项辛苦活，首先要选对虫草生长的地点，然后为了第一时间挖到质量好的虫草，要提前一两个月就在生长地附近搭建帐篷，驻守在那里，不停地观察虫草长势等等，所以定期要送米面等生活用品上山，这三个人就是去送生活物资的。从立新派出所到立新山顶平时也要走四个多小时，梁冬、旦增和拉巴次仁主动请缨去救回三个村民，路经一个岔路口时，三个民警不知该往哪边走才好，左边通往仁滇牧场，右边通往樟木电站沟。从小在牧区长大的拉巴次仁蹲下来看看还算成型的牛蹄子印和一坨牛屎，说：“走右边的，看这牛屎还没干透，应该是大前天他们上山时候留下的。”果然往樟木电站沟方向走了没有一个小时就远远望见了在帐篷外面守望的三个挖虫草村民。他们到的当天下午就遭遇了地震，山顶的树都差点被摇断，三人看着落石往山下滚去，不知道路情况如何，下面受灾情况怎样，不敢轻易下山，在山上又物资即将耗尽，担忧得不知如何是好，见到了风尘仆仆赶到的民警，三人跑过去抱住民警，连声说：“终于有人来救我们了！”

救回挖虫草的村民，630位村民全部在立新派出所的空地上妥善安置。直到4月29日接到群众全部撤离到樟木镇再由樟木镇撤离到日喀则的命令，当晚18点左右，带着满身的疲惫与立新派出所民警和机动二中队战友汇合。聂拉木边防大队政委徐洪军组织立新边防派出所所长朱智敏、机动二中队队长黄元庆、指导员刘安毅、戈达林边境检查站教导员张成、突击队成员雷安琦以及立新村乡政府、村委会成员召开了转移工作部署会议后，立即对辖区群众展开思想动员。

故土难离，虽然面对一片断壁残垣，但每一个角落都有他们生活过的痕迹，有一家的男主人因为家里有97岁的姑姑，87岁的老母，还有一个50多岁的精神疾病病人，怕沿途危险无法保证安全，说什么也不肯撤离。

有一个60多岁的阿妈，因为儿子去尼泊尔打工，地震后没有联系上，生死未卜，生怕儿子回来找不到妈妈，说什么也要在家里等儿子回来。儿子如果活着……回来进门能有一口热饭吃；儿子如果在尼泊尔遭遇不幸，灵魂也会回来找妈妈……可怜天下父母心，一声声哭诉听得民警也忍不住掉泪，但如果不让老阿妈撤离，不断滚落的山石可能让她再没有性命等到儿子平安归来。大家劝阿妈说："如果你儿子回来找不到你，他一定会去派出所问的，我们把你安置的地方告诉他，让他去找你好不好？"

还有位桑布老人喝了些青稞酒，坐在地上哭着说："我是生在这个地方的，我说什么不走，除非毛主席叫我走……"

还有孩子多撤离不方便的不想走，心脏病、高血压不敢上高海拔地段的不想走……

"我家里面还有老人需要照顾""我妈妈腿脚不好根本走不了""我就这么一个家，走了去哪里？"……就这么一个接一个的问题接踵而至。怎么办？

总之不想走的理由很多，但撤离只为一点：老百姓的平安。情况一向聂拉木边防大队徐洪军政委汇报后，他立刻决定"启用二级方案"，所谓的二级方案，其实就是先安稳群众，然后逐个进行疏导，面对600多名群众，我们一共不到80个官兵，1∶8的思想疏导工作，任务非常艰巨。

提出最多的问题就是"立新村在山上，这里比下面安全多了，再说了我们走路下山途中万一遇到危险了怎么办，都是滑坡和落石，随时都可能发生意外情况，真要是余震了还是山上安全。"为了以理服人，突击队参谋董军翻出手机中的照片："这是我们检查山体的时候在立新山接近顶部的位置拍摄的照片，你看看山体上面的裂缝，现在又是雨季，到时候加上余震裂缝肯定越来越大，整个山体都面临着崩塌。路上有没有余震、落石我不能保证什么，但是路上我们的官兵会给你们打头阵！"

讲通了安全问题，又一个被问频率最高的问题出现了，"那我们下山了住哪里，吃什么？你们会保障么？”

官兵们继续解释，“这个你放心，党和政府已经为大家安排好了吃住的问题，下山后你们都会转移去更加安全的地方。”

最后，诸多不舍离开的村民在官兵的耐心和劝说下，终于放下了自己的偏执。而80人说教、动员600多人的任务，在耗时约5个小时的时间后终于完成。接近零点，官兵开始享受迟来的晚饭：饼干、压缩干粮、方便面，和谁都舍不得咬一口的7个苹果。

第二天早上撤离时，四川饭店的老板边收拾东西边问旁边的列兵王斌：“我们今天走，你们明天就走吗？”王斌回答：“我们不走，国门还在这里，我们哪里也不去”。老板顿了一下，起身拉着王斌的手说：“兄弟，有机会再见，我们再在一起吃饭，我请客。”

茶馆阿家桑旦卓玛说：“朱所长，我在立新村生活了大半辈子，第一次感受到全村人凝聚在一起抗灾，感谢你们为我们老百姓做的，这几天你们辛苦了，我们走了，你们还在这里守着，这是茶馆的钥匙留给你们，里面有面包、零食、饮料和矿泉水，你们拿来吃，别饿着！”

农家乐老板普尔巴也将自己家的钥匙递过来，说：“我这房子，当初咱们一起盖的，我走了你们用吧，里面还有些菜和方便面，留给大家啦，我走啦，哈哈！”

村民的“偶像”小格桑也站了出来，他外号BOSS，在村子里是生活条件比较好的意思，他说：“所长，这几年你为村里的确做了不少好事，我们大家都不会忘记你，现在我们也要走了，这钥匙留给你们，家里还有一些米面和煤气，所有东西你们需要什么随便用！”

村妇联主任美朵是驻村工作队扶贫项目的负责人，平时很坚强的一个女性，听到大家都要转移的消息后，她忍不住流下了眼泪，说：“在村里面当了这么多年的妇联主任，谢谢你们支持，如今我们都要转移了，我也把钥匙留给派出所，希望这栋新房子等我回来的时候还在，屋里还有饮料和方便面，可以充一段时间的饥。”

商贸城的商户自发地找到扎西副站长说：“我们走了，我们把能吃的肉和菜都放在门口，需要吃的就去拿，实在没吃的就把我家门撬了，家里多多少少还有一些干粮，你们进去拿就行。”扎西副站长的泪水在眼眶里打转：“谢谢，谢谢你们，你们的好意我们已经心领了，你们放心走吧，家我们帮你看着！”

不仅仅是村里的商店，就连困难群众宁玛和多吉平措，也将自家的钥匙留给派出所，他们说：“立新派出所信得过！”还有修路的包工队负责人操一口浓重的四川话：“兄弟，这个钥匙给你们，想吃啥子拿，只要是工地有的，全部拿去，多保重哈！”

“得知要离开家的时候，我很痛苦，但是听到你们不会走的时候，我感觉我的家有了希望。”

“我家里还有一些糌粑就不带走了，留给你们吧。”

“我家的房子还没装修，你们的东西没地方放的话，可以放去我家里。”

这些是立新村村民们的原话，话语简简单单却让每名官兵都刻骨铭心。

也不知是谁开的头，村民们临走前开始向官兵握手道别，为原本紧张有序的撤离现场增添了些许离别的伤感。有的问官兵什么时候还能再见，有的双手合十为官兵祈祷，有的向官兵敬礼致意，有的向官兵挥手道别。

副食店的张阿姨在上车的时候才听说与他朝夕相处十余年的边防官兵不撤离，用嘶哑的声音吼道：“我们走了，他们怎么办，他们好多同志都还没有结婚呢！”聂拉木边检站的官兵目送朝夕相处的群众，忽然大家感觉眼睛湿润了，开始抹起了眼泪，如今他们要坐着部队的车，到安全的日喀则安置点，留下了部队为他们守家园，有人对着队伍大喊：“边防官兵是我们的亲人，边防官兵万岁！”

朱所长泪湿着眼眶，紧握着这十几把钥匙，大声地说：“大家要转移我真心不忍，尽管我来立新还不到三年，但这儿的一草一木都熟悉得像是自己家一样，你们就是我们的亲人，请大家放心，我们一定帮你们看好家，守好屋，等你们回来的时候，我保证，如果这座山不塌的话，你们的房子还是原样，家里的东西一样不少。”

由于官兵人数少，需要转移的群众人数多，所以只能送完一批赶紧返回，继续送下一批人，从立新村到樟木镇狄斯岗单程8公里多的山路，一个来回要徒步行进16公里，平均每人要来回跑四五趟，脚走到发麻，腿走到发抖。更难转移的是一位下半身瘫痪、儿女不在身边的曲举热老人，官兵们跟村民们一样都亲切地唤她甘吉老阿妈，平时都是立新边防派出所和机动二中队官兵每天照顾老人的起居。25日地震发生时，立新边防派出所民警易节和机动二中队列兵刘振正在老阿妈家中洗碗，第一时间连背带抬将老人转移至立新派出所广场，如今要转移到山下，民警们为甘吉老人用哈达、破布将椅子牢牢固定在两根木棍上，制作了简易的“轿子”，在椅子上加了棉垫，还用哈达为老人系上了“安全带”，防止老人承受不了长途颠簸或者爬塌方时跌落。下山路上天空飘起了小雨，官兵们拿出雨衣给老人盖上。把老人安全抬到安置点后，甘吉老人紧紧握住一路辛苦抬她的突击队成员亚来边防派出所索朗次仁的手，含着泪反复叮嘱：“咳措咧顿珠呗仁，尼吧土叮伽啦噫色囔若！”（藏语，意思是“你们一定要保重身体，注意安全！”）

终于把村民们安全转移，返程路上为了缓解枯燥和疲惫，更为战胜谁都不肯说出口的恐惧，战友们断断续续哼起了歌，山石也静静地倾听着，一路再没有石头滚落。回到立新村驻地的时候已经是晚上11点，驻地的战友已经准备好了“晚餐”，一些稀饭和炖土豆，没有饭桌没有饭碗，大盆小盆都用来盛，石头泥土有空就坐，这顿狼吞虎咽成了大家当兵以来吃得最香的一顿饭。饭后大家围在篝火旁烘烤被雨水打湿的衣物，没有电、没有信号，没有日常生活里熟悉的一切，甚至累得连话都少了下来。仅有的这80来人，晚风惊起一只乌鸦从树冠飞起，有零星的树叶不知飘落哪里，让偌大的立新村显得更加空旷。

群众的暂时撤离不代表家园的覆灭，立新边防派出所的民警们一人不少地坚守在这里，群众撤离后的第一天，民警们就用铁丝把没有上锁的门用铁丝捆起来，没有关紧的窗户关紧，破损的门窗用挡板、钉子固定，直到几天之后聂拉木边防大队送来了50把锁头，民警们又把之前使用的铁丝替换掉，并每天通过警报警灯和人力交叉巡逻，在一天黄昏发现有15个尼泊尔人偷越边境来到立新村偷盗米面等生活用品，其中还有老人和孩子，虽然尼泊尔地震受灾更重，我国也给予了一定援助，但偷盗行为严令禁止，最终他们归还了偷盗的物品，被遣返回国。

从百姓撤离的4月29日，直到山路畅通的5月26日，近一个月的时间，立新边防派出所每隔三天就要派出三人下山背回蔬菜、肉类、药品等生活用品，每个人都徒步踩过山路上的每粒石子。条件再艰苦，风险再大，他们都不会舍弃老百姓心中惦念的家园，这里也是民警们的家园。

通信信号恢复后，派出所与安置在日喀则的村民们取得了联系，似乎是自己的家人被送到亲戚朋友家居住一样。派出所的民警们有着好多不放心，一会儿问问吃得好不好，一会儿问问住得暖不暖，听到村民们乐呵呵的笑声民警们的心才轻松下来。村民们也关心地问他们走后村里又有没有地震啊，民警们在那怎么样啊，吃的喝的够不够……虽然是一些家常琐碎的念叨，但民警们听了都像听到家里阿妈亲切的叮咛一样，心里乐开了花。

村民们把委托民警们帮忙的事一件件列出来：索朗家的冰箱里放着冻肉，你们民警看看能不能吃了，不能吃就扔掉吧？扎西家的太阳能热水器里面没有注水，别烧坏了，帮忙注满水吧？达瓦家的牛走时还关在圈里呢，帮忙打开圈门让它们出去吃些草吧？扎西桑旦林寺的和尚说诵经的垫子走时晾晒在外面，是不是能帮收回寺庙？……

还有卓玛一家请民警一定帮忙照一张现在他家楼房的照片，经过一场地震卓玛一家感慨很多，想通过地震前家里漂亮的别墅照片和地震后破损的照片作对比图，写一些文章发表。

卓玛一家属于夏尔巴人，是立新村乃至樟木镇有名的商户。夏尔巴，藏语的意思是来自东方的人，我国境内的夏尔巴人，主要分布在聂拉木县的樟木镇和定结县的陈塘镇，居住在喜马拉雅山的山坡沟谷中，人口不过2000人，却有着聪明的头脑和经商的传统，从做“珠峰背夫”到倒卖从尼泊尔背回的食品和手工艺品，再到开饭馆做仓储、住宿，勤劳的卓玛一家盖起了全村最漂亮的别墅。

村民们说这些事情时，好像他们只是出了趟远门，明天就要回来住一样。民警们对村民叮嘱的无论大事小事都一件一件记在本上，逐家逐户跑去落实，就好像明天村民就能回来一样。

地震毁掉的只是一部分，地震带不走的是老百姓的勤劳与智慧，只要人在、信心在、希望在，美丽的家园一定会回来，我们等着你。

聂拉木边防大队立新边防派出所官兵自制担架将立新村一名老人安全转移。（郑永波　摄）

水的疼，我能听到

水的脊背残留的石头弹孔我能看到
水从时间转身挣扎过来的疼，我能听到
决堤，在我体内这条伤心的河
要用多少飞雪才能把身体里的冤屈湮没

那些哭泣像岸边的颤抖的山
不断用泪水将自己层层蜕皮
只留满头过季的思绪
摇落，一地哀伤

水，还在哭
哭疼了满江渔火
这一次，它要用泪水把自己湮没

十年

“我们等着你……”

朱智敏每次翻开村民电话记录簿时，指尖会对纸张说这句话，眼睛会对村民的名字说这句话，温暖会对寒冷说这句话……

朱智敏每次巡逻在村民撤离的辖区时，无家可归的牛会用嶙峋的瘦骨说这句话，骨折的窗棂会用骨刺说这句话，黑夜会对白天说这句话……

“我们等着你……”

不管十天，十个月，还是十年。

十年？朱智敏心中一惊，指尖的烟灰抖了一下掉在桌子上，露出火红的烟头差点烫到夹着烟头的食指和中指的第二个关节。

十年前，正是朱智敏开始在西藏公安边防部队工作的时间，而那时，正是爱民固边这个新鲜词汇刚开始在公安边防部队兴起的一年，人们对这四个字的理解还处在懵懵懂懂的阶段，就像当时的他，懵懵懂懂地上高原。

他用献身边防建设的十年见证了公安边防部队十年爱民固边征程。

2005年1月，朱智敏刚刚从昆明边防指挥学校培训归来，带着三分热情和七分稚气，绕过高处不胜寒的孔唐拉姆山，又在鸡肠子一样弯弯曲曲从山顶耷拉到山脚下的盘山细路上绕来绕去走了好几个时辰，才来到他工作的第一个单位西藏日喀则支队日屋边防派出所。由于高原警力稀缺，刚上任的朱智敏就被分配负责日屋镇两个行政村的走访工作。那段凭着感觉做工作的日子让朱智敏记忆犹新，没有工作经验，没有工作方法，有的是什么？是辖区藏民对这个新上任的小伙子的喜爱，是高原直上云霄的热情。朱智敏硬是凭着热爱与坦诚，跟辖区的老百姓交上了朋友，做出了成绩，半年不到，就被提拔到日喀则边防支队定结边防大队机关任参谋。

“当学员时看参谋，当参谋时看领导”是朱智敏总结出的第一条工作经验，不管基础多薄弱，学习是提升自己的重要法宝。在任参谋期间，朱智敏一方面通过学习藏语、撰写材料等方式提升理论素养，一方面通过实地走访大队下设的各边防派出所和协助帮助群众解决实际困难汲取群众工作的实践经验。

日喀则定结边防大队下设的陈塘边防派出所交通不便，陡峭的山体，松垮的山石，还达不到劈山修路的条件，只有上山采虫草的藏民们硬生生用双脚踩出来的山间小路可以通行。朱智敏眉毛一扬、眼睛一瞪，初生牛犊不怕虎的劲头上来了，“藏民走得，我怎么走不得？”斜挎上草绿色的背包，揣进一瓶水和一个馒头，就朝陈塘边防派出所出发了！30公里的山路对于哪个体格健壮的小伙子来说都是一项需要考虑的任务，何况是在高海拔的西藏高原，在紫外线超强的直射情况下，在毒蛇猛兽可能随时攻击却无人求助的野外？上山下坡，曲曲折折，每次要徒步6小时才能看到陈塘边防派出所的屋顶像个陈年的旧抹布一样从翠绿翠绿的树丛中隐约显现出一角。

“望山跑死马”，到了西藏才知道这句老话的现实意义，如果问起村子里的老人：“阿妈，某某个村怎么走啊？”阿妈努努嘴热情地告诉你：“喏，翻过那座山就到啦。”可若你真的沿着阿妈指的方向以为一个时辰就能翻山到达的话就免不了要失望了，上山下山是把直线距离延伸了好几倍的盘山路，山与山之间有谷，就算翻过了山，这不一定拴在哪根“鸡肠子”上的村子也够你寻找上半天。朱智敏就吃过这样的苦头，从陈塘边防派出所到最远的村修修玛村，他以为两三个小时也就够了，为了节省时间，他没有听派出所官兵们的劝说，下午四点钟出发，目标是七点钟前赶到修修玛村，还能跟村里的老百姓一起吃晚饭、话家常。可是看起来越来越近的路走起来却是越来越远，眼看晚饭时间过去了，走着走着天色渐渐暗了下来，陡峭的山石被白天的太阳烘烤得昏昏欲睡，一些白天耷拉着眼皮的树枝树叶却在晚风的撩动下风姿绰约起来，像是在暗处隐藏的妖魔鬼怪在暗夜全都复活起来。星，亮起来，朱智敏稳了稳心神，通过白天看到的山的棱角，在星光下分辨着修修玛村方向的山体，继续朝那个方向摸索着前进，直到一声犬吠让朱智敏的心安稳了下来，修修玛村终于到了，而此时已是月圆星稀的深夜。

有了自己这次徒步5小时才走到的经历，朱智敏深刻地体会到住在这里的百姓如果平时需要什么生活用品或者遇到什么险情，得不到及时救援是多么可怕的事，于是他在定结边防大队下设的所有偏远山村都安装了“电台110”，方便辖区群众。

“横看成岭侧成峰”，高原起伏的山脉教会了朱智敏全方位成长与锻炼，2011年9月，正当大家以为朱智敏会顺风顺水地在大队机关得心应手地工作时，朱智敏却主动提出要去很多人不愿意任职的日喀则支队龙中边防派出所任教导员。那可是在大山外的大山，山沟里的山沟，但朱智敏却是欣然前往的，他说他走访了那么多派出所和山村，没有想象不到的艰苦，没有经受不住的恶劣。次年3月朱智敏又转任日喀则支队直克边防派出所所长，开始更多的与镇政府接触，更多地参与地方经济建设，也更加直接地了解了驻地群众的需求。因为有着前期多年做群众工作的经验，了解西藏地区老百姓的生活习惯和本质需求，并掌握了一套自己的方式方法，任职所长之后老百姓都愿意把知心话说给这个“没架子”的派出所所长听，朱所长总是认真地听，之后站在老百姓的立场上跟驻地政府最大限度的沟通协调。每次解决一个老百姓提出的问题，看到老阿妈黝黑的皮肤上绽放真诚的笑容，朱所长心里总有一种说不出的幸福感。

2012年格桑花开始含苞的时候，朱智敏因优秀的工作成绩被调往日喀则支队聂拉木边防大队任副大队长，他却不愿意离开多年朝夕相处的群众，但后来他非常感谢那段担任副大队长的日子，在那一年的时间，他除了指导基层工作还为地方党委政府出谋划策，为聂拉木扎西岗村协调饮水工程的修建，向自治区成功申报40万元工程款，这些都实质性地改善了群众的生活，也正是这期间锻炼的与地方政府的接触能力让他对群众工作的认识和为群众解决问题的能力有了更大提升，这在一年之后调往目前工作的日喀则支队立新边防派出所工作有着很大的帮助，无论是先任教导员还是后任所长，开展工作总能游刃有余。

这几年，在强基惠民政策大背景下，西藏自治区宣传部（外宣办）驻村工作队与立新边防派出所联动共建，双方采取有力措施，深入开展利民惠民活动，取得了明显成效。

朱智敏就像入警以来见证着公安边防部队实施爱民固边战略从开始到现在的十周年一样，他来到立新边防派出所也见证着联动共建发展的三年。

自西藏自治区宣传部驻村工作队进驻立新村开展工作后，朱智敏带领立新边防派出所主动靠前，积极利用自身优势帮助工作队筹备前期工作，并着手联合外宣办驻村工作队找准爱民固边与驻村工作的结合点，深入贯彻落实国务院兴边富民行动“十二五规划”和《公安部关于深化爱民固边战略进一步提升边防管理服务水平的意见》，推动边境地区跨越式发展，共同谋划紧紧围绕影响边境和谐稳定的源头性、根本性和基础性问题，以宣传十八大精神为主线、改善民生为出发点、警地团结协作为动力、边境稳定为落脚点，努力建设“安全稳定、幸福美丽”的和谐立新。随着《立新边防派出所、区党委宣传部（外宣办）驻立新村工作队联创联建协议书》的签订，《联创联建活动方案》及《联创联建计划表》的制定，“四知四清四掌握”的联创联建工作机制被确立，各项活动有序开展，各项举措有力落实。

为了能让生活在闭塞藏区里的藏民们了解外面的世界，感受到党和国家的关怀，朱智敏通过红色广播系统（即阳光棚电视机）定期组织群众观看红色电影比如《建党伟业》和新闻联播，大力宣传党的惠农政策、宗教政策、民族政策和边境地区法律法规，让藏民们虽然身在大山内但知晓天下事。但朱智敏知道仅仅靠集中教育的方式是不行的，往往思想上的跟进要在潜移默化中，他在通过与自治区外宣办驻立新工作队近一个月时间的走访交流，了解到辖区多户贫困家庭的电视已损坏，不能及时收听收看到国内外的新闻动态，便积极向上级党委反映，为辖区50户贫困家庭解决了“看电视难”的问题，从解决电视广播问题到解决生活中的大事小情，“倾听民声了解民意、为群众化解困难提供支持”是朱所长坚持的思路和方法，在经济文化尚不发达的山区，切实为辖区群众排忧解难才是硬道理。

说到群众可以集中看电影的阳光棚，就不得不说说其中的故事。村子里的卫生所及村委会房屋简陋，面积较小，无法满足群众的就医办事需求，病人生病都在户外输液，受天气气候影响较大，严重影响病人的治疗。针对这一情况，朱智敏想到一个既能解决实际问题又节约成本的好办法，就是承重部分采取钢架结构，其余部分采用有机玻璃的组合方式，一个阳光可以透过而雨雪无法侵蚀的玻璃阳光棚正式开工。

八月末的西藏山区早晚已有寒意袭来，为了能在霜降之前将阳光棚搭建好，朱智敏带领着派出所的官兵们从测量玻璃尺寸到逐片安装，从搭建钢管到打磨地面，不到一周的功夫，一个宽敞明亮温暖的阳光棚就呈现在村民面前。为了适应高原紫外线比较强的实际情况，朱智敏还特意买来能遮挡紫外线的黑色半透明帘布，搭在阳光棚上方的玻璃上，可以在夏天紫外线强时随意拉伸。

小小的举措将温暖迎进来，把伤害挡出去。阳光棚的意义如此，朱智敏带领派出所官兵守护辖区的意义亦是如此。

辖区里的橡树庄园老板普尔巴是联创联建活动最早的受益者之一，普尔巴家常年以经商和种地为生，有经商经验和资金基础。朱智敏通过联创联建领导小组帮助其解决商业用地，精心设计庄园格局和建筑蓝图，积极向上级争取资金30万元，多次前往帮助其装缮房屋和搬运货物，赢得普尔巴家人的一致好评。庄园建成后，派出所给予其悉心帮扶和照顾，联系运送建筑材料，协助办理工商行政手续以及聘请尼籍服务人员，开辟绿色通道优先为尼籍务工人员办理暂住证，扎实开展上门走访排查治安隐患工作，并叮嘱普尔巴做好外来人员登记工作。

橡胶园的生意一天天好起来，地震的到来却让向着阳光生长的橡树低下了头，弯下了腰。撤离那天，普尔巴拍了拍树干，就像出差前拍拍家里儿子的头，像在最后安顿一下即将短暂离别的家，最后，他用一个紧紧地拥抱与朱智敏无言道别……

村民携手奔小康，但做到齐步走还是不可能的，总有引领者也总有后进者，后者更需要关照。村民坚赞以往只是靠采摘虫草等中草药和养牛为生，经济状况不太好，朱智敏看在眼里觉得不是滋味，看到别的村子建起了温室大棚，就第一时间引进技术，让派出所司务长史小江细心教坚赞、达娃这些没有开展副业的村民们一起种植小白菜、青椒、南瓜和地瓜等蔬菜，并逐渐教村民饲养鸡、鸭、猪等家禽的技术，让大家摆脱吃肉总是要从日喀则运输冻肉的状况，冻肉的营养价值比较起新鲜肉类毕竟有差距，况且在藏区的山脉沟谷之中养殖的肉类才真是绿色肉呢，吃着放心！

有了新产业的立新村更显生机，但配套的生活环境却没得到改善。朱智敏联系联创联建领导小组引进资金，改善村居环境和村容村貌，为辖区修建垃圾池6座，改变了以往落后的垃圾处理方式，辖区环境卫生得到了显著提高；为辖区修筑太阳能电杆30座，使群众夜晚出行更加安全和方便，安装上太阳能电灯的那个夜晚，次仁旦增赶着牦牛从路灯下走过，唱起了悠扬的藏族歌曲。

路灯把阳光从白天送到夜晚，朱智敏把温暖从派出所溢满立新村。

宗教文化在西藏盛行，寺庙的僧人也是朱智敏多年群众工作中非常重视的工作对象，辖区内的扎西桑旦林寺就是朱智敏经常来慰问的寺庙之一。别人看来死板的爱国主义教育和党的民族宗教政策，在朱智敏口中说出来就像拉家常一样容易让人接受；官兵还加入僧人的队伍跟他们一起打扫院落，搬运柴火；驻寺民警定期联合樟木消防部队为寺庙排查火灾安全隐患；卫生员张艳兵定期为僧人们进行身体检查……在一点一滴的相处中，寺庙的僧人对这位穿军装的“香客”建立了感情，每次朱智敏和立新边防派出所的官兵们到来都特别欢迎，有问题也会敞开心扉向朱智敏倾诉和求助。

除了帮助群众办实事、办好事，朱智敏还在群众中发展了护边联防队员达娃，辅警桑旦多吉、门次卓玛等多名辅助边防派出所做好群众工作的人员。达娃长期担任护边联防队员，跟随派出所官兵开展辖区巡逻设伏和山口通道巡逻，派出所官兵不畏艰险，忠于职守的形象也深深地感动了他，通过护边联防队员也把边防派出所的故事无形中传播到群众之中。桑旦多吉和门次卓玛长期担任辅警，多次协助派出所民警开展治安案件查处和辖区重点场所、重点人员隐患排查工作，走访慰问过程中做好翻译工作，大力提高民警的工作效率。

为什么他们能全心全意地去做这些辅助工作？说到底还是朱智敏带领的派出所官兵深深地走进了他们心里，派出所把他们当成一家人，他们才能把派出所当成自己的家。

家？家！

如今，家改变了表情，山川却还是原来的模样。路改变了弯度，终点还在原来的方向。

十年，是朱智敏作为一个边防警察走过的十年，是公安边防部队爱民固边战略实施的十年，是每一个藏族村落奔向美好生活的十年。尽管在十年的节点上遭遇地震，但人们相信幸福转个身，一定会再来。

聂拉木边检站警务联络官向尼泊尔受灾民众代表赠送救灾物资。（郑永波　摄）

故土：被一缕轻烟扯痛

只因燃了一缕轻烟
故乡就升腾到时光背面

一朵未开，一朵不在
虚构了前世，又掩映着今生
异乡的黄昏，落日的余晖
照亮了一颗孤寂的心
一个被明月压弯了腰的人
从前它怀抱着清月取暖
如今，它与明月执手相看，彻夜难眠……

时光的缝隙，月光仍在汩汩流淌
故乡：被一缕轻烟扯痛
依稀旧梦中，一行返乡的大雁，在霞光中
振翅而飞，照亮了恒久的河流
永世的今生，与故土——

带一张照片回德国

2015年4月25日清晨，雪域高原太阳初升，位于西藏自治区聂拉木县的樟木口岸友谊桥国门上飘扬的五星红旗仿佛镀上了一层玫瑰金。哨兵桑布和王斌像往常一样走上了“喜马拉雅第一国门”哨位。友谊桥下，滔滔的波曲河水从狭窄的河谷中飞泻而下，发出巨大的响声。他们挺直了威武的身姿，目光警惕，看着远处。

来自尼泊尔的边民头顶肩扛着来自印度、尼泊尔加德满都的香水、化妆品、纺织品等各式货物通过中尼边境的友谊桥，准备与友谊桥这边的中国商人做生意，他们遥相呼应。相比之下，这些商人更青睐于中国内地的儿童玩具、服装、鞋类等百货。

几辆刚刚入境的欧美房车停在了口岸联检大厅前，随后，帅气的荷兰籍旅客亨利骑着一辆宝马摩托车缓缓地停在口岸限定区域。他穿着一身夹克，脚上蹬着一双没到膝盖的皮靴，戴着雷朋墨镜，加上满脸的络腮胡子显得非常酷。停好车后，人们才发现他的个头足有两米，是个名副其实的大块头。紧随其后的是他的妻子，也骑着一辆宝马摩托车，只是相比他来说显得矮小了些。取掉头盔，甩开一头卷曲的金发，一双美丽像蓝色湖水一样的眼睛非常迷人。在门口，来了很多换钱的人。每当有外国旅行者出现，他们便持着计算器和大把的纸币蜂拥而上，他们是樟木镇的夏尔巴人，用人民币换取欧美旅客的外币，从中赚取一定的差价。

初具规模的中尼友谊桥头的“边贸自由市场”吸引了来自中尼两国各地的商人和游客。几十间简易店铺前人来人往，中尼商人操着不太熟练的英语和尼语按着计算器讨价还价。由于樟木镇山高交通不便，海关中尼友谊桥头的“自由贸易市场”地理位置显得尤其特殊。出了樟木海关，距离中尼界河上的友谊桥还有8.7公里属于中国境内。因此，樟木口岸有着中国口岸独一无二的例外，出关不出国，入境不入关。这个特殊的地方有个村庄，名叫迪斯岗，居住在那里的全是夏尔巴人。根据中尼两国政府达成的协议，双方边民在双方边境30公里以内都可以自由出入。从樟木海关到中尼友谊桥头这段地方，尼泊尔边民出入可以不用办任何手续。在两国政府的协调下，双方自发地形成了一个自由贸易市场。

桥头市场的商品在我们看来平淡无奇，多是一些大陆货的日用品，如皮鞋、香皂、电筒、家用电器、衬衣和电饭锅等等，但对尼泊尔边民来说还是很有吸引力的，价格不贵，加之边贸市场免税购物，来一趟很值得。桥头市场开始时只设有一些露天摊位，现在当地的夏尔巴人看准时机，在这里盖房屋，用来出租给前来这里做生意的商人。

曾经羞于出门、终日围着锅灶转的夏尔巴妇女，如今勇敢地走出深山密林，在樟木国际市场上大显身手。这里四面环山，森林密布，夏尔巴人祖祖辈辈靠在林间开垦出少量的土地维持生计，很少与外界接触。随着国家的改革开放，中尼边境的樟木镇，给当地人提供了生财的难得机遇。夏尔巴人纷纷走出山林，借助日益繁荣的边贸市场做起生意来。过去夏尔巴妇女社会地位低下，她们生儿育女，从事繁重的家务劳动，家里的一切，男人说了算。而现在，越来越多的妇女成为家庭社会经济生活的主角，她们不仅闯荡樟木口岸、尼泊尔首都加德满都，还到内地广州、上海等大城市去。

尼泊尔南亚特色装饰的货车已经驶到联检大厅前，正在秩序井然地通过友谊桥的车辆检查通道，满载着中国的百货向尼泊尔口岸驶去。也有从尼泊尔方向驶来的货车，他们带来了南亚的西红柿、黄瓜、青椒和产自尼泊尔加德满都周边地区的芒果、荔枝、榴莲、香蕉源源不断进入中国西藏。谁也不会想到，这些亚热带产的水果，一天之内就能出现在远在900公里之外的拉萨市水果市场。

4月25日14时，聂拉木边检站友谊桥营区。忙碌了一周的执勤业务科教导员徐杨洗完衣服，从饮水机里倒了一纸杯纯净水放在茶几上，坐在沙发上看起了电视，不到一根烟的功夫，当他刚刚端起杯子呷了一口水时，突然感到楼层晃动了一下，发现纸杯中的水出现了细密的波纹，潜意识告诉他是地震，但他并没有起身往外跑，不以为然地坐在沙发上继续看电视，因为在樟木口岸经常发生无关痛痒的地震，他早已司空见惯，觉得和以前的地震没什么区别，摇一会儿就会结束。然而，地震并没有像他所期望的归于平静，楼层摇得越来越厉害，电视机旁的饮水机上的水桶“嗵”的一声掉在地上水咕嘟咕嘟地流了出来。徐杨反射似的忽地站起来，纸杯中的水洒落在了地上，侧身发现窗台上的一盆吊篮 “啪”的一声砸在地上碎了，书架上的书开始哗哗啦啦地满地滑落，天花板上的吊顶不停地向下掉。感觉到此次地震比以往的要强烈得多，但他还是没有往外跑，心里想着地震最强的时候过了，很快就会结束。此时徐杨已经根本无法站立，他立即躲到房间的三角处，期待地震早点结束。但结果事与愿违，他忽然听到外面山体传来剧烈的轰隆声，他意识到情况不妙，随即抓起对讲机向外冲。

徐杨口袋里装着一个哨子，那是他当班长随身携带的东西，小哨子可以发出尖厉的声音，他掏出哨子，用力地吹响紧急集合哨，边跑边吹，一路狂奔，每到一个楼层，他下意识地停顿几秒，让紧急集合哨音时间响长点以便提醒大家。徐杨跑到三楼的时候，看见战友们惊慌失措地跑着，有的是趿着鞋子下来的。此时，楼房左右不停地摇摆，徐杨抓着楼梯护栏双腿开始发软，心里开始有点绝望：“遭啦，遭啦，我肯定跑不出去了。”然而，当人们面临死亡时，求生欲在脑子里一闪，哪怕是一根救命的稻草也要牢牢抓住，他暗暗地鼓励自已绝不放弃，一定要跑出来，他拼命地冲向一楼。

当徐扬冲出楼房跑到营区操场时，看到已经聚集了很多群众，人们惊慌失措，六神无主，面无表情，场面十分混乱。大地还在无情地震动，他向着国门的方向跑去，迅速集结边检科的人员，清点人数，进行简单动员，立马投入到抗震救灾工作中。不到三分钟的时间，营区操场聚集了中尼两国边民、友谊桥商户、第三国旅客、三家联检单位、驻友谊桥警务站地方公安、尼泊尔军警等避难人员达600多人。此时营区篮球场上哭泣声、祈祷声、哀求声响成一片，余震不断，大家三五成群，相互紧紧地抱着，像是惊弓之鸟。徐杨发现人群中有小孩和妇女，为防止发生踩踏事故，他立即与友谊桥监护中队指导员吴太宗商量后，马上集结边检科和中队官兵，让大家手拉着手，形成生命保护圈把群众围起来，一方面是就近做好灾民的安抚工作，另一方面是如遇紧急情况，可以让大家有序地向安全地带转移。

地震发生后，樟木镇通讯、电力全部中断，与外界完全失去联系，徐杨只能靠对讲机向站机关简单汇报了灾情，站机关参谋长得知情况后，命令徐杨全权负责友谊桥方向的抗震救灾工作，并要求他及时将灾情向总队报告。临危受命，说实话徐杨也是生平第一次遇上这样的事儿，心里没底儿，但一想到这么多无助的群众，还有自己身上穿的军装以及肩上所担负的责任，恐惧早已抛到九霄云外。就在这时，徐杨发现有人还在打电话，经过了解得知是尼泊尔电信公司NCELL手机网还有信号，徐杨立即向尼泊尔旅客借用电话，拿起电话拨通了总队长高万海的电话，向总队长汇报了灾情。总队长指示："火速抗震救灾，积极配合地方党委政府统一安排部署，马上抢救人民群众财产。"

屋漏偏逢连夜雨，偏偏天公不作美，就在余震稍微缓和时，老天却下起了雨，战友们冒着余震冲向库房把帐篷抢出，大家齐心协力搭建帐篷时，一个非常棘手的问题摆在徐杨面前，灾民众多，帐篷有限，怎么办？突然有一名干部在徐杨耳旁说："我们可以将地方车辆开进营区来。"徐杨考虑一番后，觉得建议非常好，便召集骨干商量对策。时间已经到了晚饭点，官兵们一面搭建简易炉灶准备为群众做饭，一面动员协调地方车辆。

经过炊事班战士的辛勤努力，不一会儿600多人的饭做好了，令徐杨感到欣慰的是，他们也就几名炊事员，第一次做了这么多人的饭，可谓保障有力。饭做好后，接下来是这么多人怎么吃，也是一个不容忽视的问题，如果组织不好，会导致哄抢事件的发生。徐杨当即决定，这么多人就餐，必须参照部队集体开饭模式，安排人员分桌就餐，避免哄抢事件发生。

夜幕降临，接下来的工作是安排灾民怎么度过震后第一夜，一想到这里，徐杨马上召集口岸海关、国检和警务站的公安民警，在运兵车上召开抗震救灾工作紧急会议，对接下来的抗震救灾工作进行分工：分帐篷、分车辆、设置夜间生命哨等。会议结束后，各组分头通知安置点的群众，口岸单位也积极地配合边检工作，纷纷地到达指定的位置休息，经过一天的恍恍惚惚和惊吓，大家也累了。

安置点的群众是安排好了，由于帐篷仅有为数不多的几顶，车辆上也挤得满满当当的，边检站的官兵只能在边检应急指挥中心底层的危楼里和白天搭建的临时做饭的地方过夜，甚至有的战士是以天当被、以地为席。徐杨心里始终感觉不踏实，夜间生命哨是否设置科学合理？在哨位上的同志是否能时刻保持高度警惕？群众熟不熟悉危险时发出的哨音信号？帐篷里有没有预留紧急疏散通道？在车上的群众是不是把车窗打开着的？脑海中出现这一连串的问题，徐杨不放心，晚上打着手电筒，像查铺查哨一样巡视着营区的角角落落，进行了详细的检查。

地震发生后，西藏康曲旅行社的车进了友谊桥部队营区，随后林芝香巴拉旅行社的车也进了院子。情况越来越复杂了，中国部队的院子里忽然涌来了美、英、法、德、日、以色列、希腊、荷兰等国家的旅客。

这是徐杨遇到的最棘手的问题，各个国家的人员混在其中，整个营区巴掌大的篮球场，忽然挤了各个国家的人员，像在开国际运动会一样。他这个执勤科教导员现在管了600多人，而且除了他的部属，里面的成分五花八门。欧美的旅客自扫门前雪，事不关己，高高挂起。尼泊尔的边民来了以后，因为此前没有设置那么多的垃圾箱，地面开始不断有垃圾出现，大多是人们吃剩下的一次性餐盒和用过的餐巾纸。面对一片狼藉的场面，徐杨立刻组织人员划定区域，将偌大的一个篮球场分为生活区、饮水区、就餐区、卫生区、垃圾处理区。口岸没有电，电脑等同于摆设，他让人从商户那里找了些袼褙，用群众烤火没有烧尽的火棍，让部队翻译人员写上中英文字，提示大家热爱环境。

徐杨带着部队英语翻译前来为外国旅客做工作。他首先找到了德国旅客罗比，罗比长了一头雪白的头发，下巴略尖，文质彬彬的戴着一副眼镜，清瘦而双目有神。他是一名工程师。他的自驾车停在边检业务综合楼的墙角，徐杨准备让他将车移到炊事班门口，这里准备用作炊事区，专门为600人做饭，当时主要是怕做饭的火引燃帐篷。罗比听后不愿意，他耸了耸肩，做着一个极不情愿的动作问道：“Why？Why？为什么是我？这不公平。这么多车，凭什么我的车要先挪走？”罗比脸拉得特别长，徐杨话没有说完，他转身就走了。徐杨在提高边检服务水平培训中学过外事礼仪，德国人讲究秩序，他认为他停在了那个地方，是部队人员引导过去的，就不能再动了。徐杨看着罗比，他坐在自己带的椅子上，沉默寡言、不苟言笑，显得古板而沉重，只是看着远方不断落石的山体不吭声。

此时，停在部队食堂旁边的几辆大巴车上的游客又与几名中国警察发生了冲突，徐杨走上前去，了解后得知，原来帐篷里住满了群众，边检人员找到了林芝香巴拉旅行社的导游，协调他们安排这几名警察晚上住在大巴车里。导游答应了，美国旅客不答应。徐杨耐着性子解释道："现在帐篷里住满了旅客，实在住不下了，希望大家配合，相互理解支持。"一名高大的黑人不愿意了，他剃着光头但依然黑得发亮，一双黑溜溜的眼珠下，长着一个宽扁的鼻子，他摊着手讲道理似的问徐杨："这车是我们花钱租的，暂时是我们的私有财产，凭什么让你们的人住？"徐杨笑着说："他们是中国警察，负责保护你们。"大块头的美国黑人想了一下，骨碌地转了两下眼珠子，转身和身边的几名旅客合计着，最后答应中国警察上车，但依然约法三章：一、车上严禁吸烟；二、不准大声喧哗；三、严禁乱扔垃圾。徐杨尊重旅客的要求，并向几名警察强调了外国人的礼仪禁忌。

徐杨找到罗比时，他正坐在椅子上悠闲自在地喝着咖啡。看到一双黑色的作战靴子出现在了他的眼前，他扶了扶金丝边的眼镜，看着长着国字脸的徐杨，他看到这个膀粗腰圆的中国边防军人特别高大，身上的每一块肌肉都像钢打铁铸的一般。罗比依然板着脸，表情像被乳胶刷过一样的坚硬，保持着德国人特有的古板严谨。徐杨冷静沉着，准备用晓之以理、动之以情的办法说服罗比。罗比知道他要说什么，保持着喝咖啡的绅士姿势没有动，徐杨让梅央翻译道："尊敬的罗比先生，你车占的位置必须用，现在地震非常危险，我们的部队要在这里集结，保障大家的安全，而且还要在远离帐篷的地方搭灶。"罗比放下手中的杯子，双手摊着说："为什么只是我？"徐杨身体向前挪了挪位置，坐在了罗比的对面，郑重其事地对他说："因为你的车正好停在我们部队的集结地，请你配合罗比先生，你们讲罗马不是一天建成的，没到河边，先别操心怎么过桥，事情要一件件地做。"罗比忽地站起身来，他极不情愿地耸耸肩膀，虽然是走向他的房车开始挪车，但从表情上来看心里非常不满。他的太太也跟着他，但一直没有说话。徐杨记得外事礼仪课上老师的授课，说美国人如水果，德国人如干果。水蜜桃一口下去尽是甜水，刚才他说是警察保护那几名美国旅客，他们把自己的命看得比什么都金贵，但当心果核嗑了牙，让人家约法三章。德国人像核桃，外壳太硬，轻易打不破，但一旦打开，里面倒大都是果仁了。和德国人交朋友不容易，而一旦成为你的好友，大可信赖终生。

4月26日凌晨3时，波曲河对面的尼泊尔山体突然出现了大面积塌方。徐杨从睡梦中被惊醒，一骨碌爬起来将哨子塞在嘴里，嘴变成O形，舌头尖抵着口哨，发出哔哔哔的尖厉声音，清脆冗长的像要穿透人们的耳鼓一样在黑夜里传递。睡在边检业务综合楼过道里的官兵开始顺着逃生道、大门口跑出了大楼。罗比从睡梦中被惊醒，他打开手电筒，找到了自己的眼镜戴上，妻子扳着他的肩膀示意他别出去，可他还是穿好衣服打开了房车门。此刻，篮球场上已站满了人，人们不安地看着波曲河对面黑色的山体，罗比扶了扶眼镜，他惊愕地看到对面山顶开始像岩浆一样流下红色的东西，那是山体滑坡时石头相互碰撞飞溅出的火花，远远望去，就像是刚出炉蹦着火花的钢水。山体轰轰隆隆地响着，在山谷中不断地回荡，罗比的房车开始震动。罗比面露苦色，他开始忧虑起来，恐惧开始涌上心头。他开始感觉到了问题的严重性，如果不及时撤离就有可能被山上石头像包饺子一样活埋掉。

徐杨站在罗比的身旁，山体的滑坡声足足响了三分钟，他打开夜光表，计算着时间。徐杨开始给夜间站哨的士兵交代："要注意观察波曲河水的流量，如果水位下降，你一定要用强光水电筒照那块掉在河里的大石头，我们以那块巨石为参照物，如果水位下降，就用哨子报警。"哨兵点头答"是"。罗比看着徐杨，徐杨也在不经意间瞟了一眼罗比。令他惊奇的是，罗比竟然向他招了招手，徐杨笑着回敬了一下。晚上，罗比怎么也睡不着觉，他透过车窗上的玻璃看见灯光下穿着墨绿色雨衣的中国士兵，警惕地注视着远方黑魆魆的大山。灯光下雨像帘子一样落了下来，不一会儿，他看见了一个熟悉的身影，那是徐杨，他也没有睡觉。先前，徐杨躺在车里战友们让他休息，但他的思想怎么也停不下来，只好穿着雨衣来站哨了，再也没有人烦躁那刺耳的哨子声了，它像是成了人们的救命哨。

三天三夜的操劳，狂风大雨击打在徐杨的脸上，他倍感压力，这个陌生、漆黑的国门。他嗓子嘶哑了，冷风凄雨打湿全身，加上地震当晚那场大雨，徐杨一直没有在意，在雨中忙着搭帐篷，他精疲力竭、浑身无力，开始感冒发烧，先是发冷，身上关节疼痛，咳嗽不止，忽冷忽热的。军医薛建庭每天晚上给他挂点滴，高强度的工作、超强度的压力，他一直撑着，可是身体就是不见好。监护中队队长吴清超也劝他："你要休息，你这样下去可不行。"但到了第三天，他坐在运兵车的副驾驶室上，怎么也睡不着，眼睛眯一会儿又睁开，在余震不断中他忽然又想起了什么事。600多人，老百姓可不像训练有素的士兵，你说东他绝不敢朝西。地震发生时，场面非常惨烈，一幕幕地又萦绕在眼前：从尼泊尔逃过来的群众，双手合十举过头顶，跪在震动的大地上，哭天喊地的声音响成一片。人们在大自然面前渺小、绝望、可怜，看到惊慌失措的人们，徐杨当时也感到恐慌、无助，特别纠心、沉痛，自己也有点慌了。不过，他是一名优秀的带兵干部，很快从突发事件中走了出来，头脑变得清醒。发生重大突发事件肯定要做好请示报告工作，他向聂拉木边检站的参谋长用对讲机进行报告："参谋长，友谊桥发生地震。""边检站这里也发生地震，下面就由你全盘负责。"他立即让官兵手拉着手将混乱的人群围成一圈，用喊话器对人们说："大家不要慌，大家安静，不用怕。"当时依然有人在尖叫，有的在大声地哭泣，有一个尼泊尔妇女，她是一名边民，是一名背夫（主要靠背些商品生存），她家在尼泊尔里宾村，地震时她的家人都在家里面，她眼睁睁地看着石头从山上倾覆下来，她当时和家人打电话，结果电话不通，房子被埋了。巨大的悲痛让她难以保持理性，她情绪失控，随行的几名妇女劝不住，她要跑回家去，当时山上石头在落，她过去必死无疑，她嗓子撕破似的喊叫着，顿时失去了理智，越过国境线，没走几步，尼泊尔山上又落下来石头，她看到这绝望的一幕，忽然休克了，所有的人围上来。"大家不要围观！"徐杨大喊着，让官兵放平这名妇女，让她和自己熟悉的人呆在一起。军医过来后，她醒来还是大哭着要求过去，家人在房屋里，她要回去，跑了以后，又被士兵抬了回来。尼泊尔移民局、海关的一些友谊桥执勤人员，地震发生时先往尼泊尔方向跑，结果山体塌了，同事被埋了，又向中国口岸方向跑。徐杨看到这种场景心里也开始紧张后怕，主要是担心混乱的人群发生踩踏事件。徐杨是个心细的领导，他手里有个记事本，口岸有几家商户，中国旅客、尼泊尔边民、第三国旅客，他心里有一本账，这些人都清清楚楚地记在这个小本子上，用他的话说，好记性不如烂笔头。他有着多年的带兵经验，随时观察着篮球场上人员的一举一动。

徐杨是2001年从四川达州入伍，他从小生长在农村，父亲是一名普通的乡村教师，母亲是农民，他在家里排行老大，选择西藏源于他想去祖国最艰苦的地方锻炼自己。当兵后他干工作也是蛮拼的，曾在西藏公安边防总队机关当兵，2003年考上昆明指挥学校。他军事素质过硬，总是严格要求自己，这些年来一直在带兵，而且特别喜欢学习，经常利用业余时间读余洪敏的书，喜欢研究如何打造优秀骨干团队。他最喜欢看《三国演义》，说张飞爱打兵，刘备也曾提醒张飞一不能酗酒，二不准辱骂士卒。但张飞不听劝告，我行我素，一打就把兵打散，自己也被削了脑袋。他带兵先和班长们做兄弟，以柔克刚。当兵前他沉默寡言，性格内向，带兵后他才知道，作为一名合格的带兵人你自己得先敞开心扉，你不主动，没有人理你。他喜欢直来直去，不喜欢绕弯子耍嘴皮子，几年下来，他成了官兵拥戴的模范带兵人。

地震发生后，徐杨考虑到地震后进入部队院子的人要过夜，便召集科队领导开会分任务。最让他感动的是司务长冒着余震的危险，第一个冲进食堂操作间，扛着煤气罐跑了出来，他主要是想保证大家伙食。徐杨按照标准保证每人每天喝上肉粥的定量。每次开饭的时候，篮球场上男女兵齐站成一排，这些官兵是引导滞留人员打饭的，旅客们每20人纵队站在每名官兵身前，后面还跟着一名干部，而且徐杨要求必须有秩序才能打饭，并让最后的一名官兵估摸了人数，他计算了一下，口岸滞留人员达到了600多人。摸清人数，他便在笔记本上记着，每天的人员消耗，他自己有一份明细账。炊事班班长宁诵岗每天活儿最忙，他要用刀在案板上将肉剁成肉丁，常勒着围裙累得大汗淋漓，胳膊都要麻了。罗比他们刚开始几天喝稀饭吃咸菜。第四天的时候，徐杨发现群众手中的筷子不够了，之前他特别向人们强调，用完餐不能扔筷子，然而，边防官兵可以做到，旅客做不到。当时，友谊桥部队的菜不多了，冰柜里还有点肉。此时，一名尼泊尔司机找到了徐杨，说他的车上有菜。原来，这名司机刚刚入境中国口岸准备候检时，就遇到了地震。他对徐杨说："你们中国军人在救我们尼泊尔老百姓，我这车菜放这儿也会坏掉，就让士兵们卸下车，为大家做菜吧。"徐杨激动地拉着司机的手说道："中尼友谊万岁！"3吨重的菜，西红柿、青椒、洋葱4.8万尼币相当于人民币3000多元的菜运到了部队，真是雪中送炭，人们纷纷向尼泊尔司机表达着感激之情。

友谊桥几家开饭馆的商户看到战士辛苦，他们也坐不住了，不约而同地找到了徐杨请求说："老乡，让我回家一趟吧，我家商店的冰柜里有肉，你们炊事班那10个娃娃太苦了，每天要做600多人的饭，我把菜拿来为大家做菜。"那天炊事班特别热火，商户的老板亲自掌勺，干部群众过来帮忙摘菜，像是一次国际大会餐，二十几名第三国旅客竟然开启了一瓶法国产的红葡萄酒，罗比坐在自带的折叠椅子上，他们围坐在餐桌旁，手里慢慢地摇着鲜红的葡萄酒，高高地举过了头。他们这次邀请了徐杨，纷纷喊着："徐杨，请过来。"徐杨笑着向老外们指了指手上的针眼，意思是他正在打针，不能饮酒。不过他还是端起了茶杯和老外们一一喊着"干杯！"他和坐在椅子上的罗比碰了一下，罗比微笑着向他也举起了杯子，说了句："祝你健康。"随后，高耸鼻梁，金发碧眼的；头发蓬松，白脸有点红的；留着大胡子，鼻子特别勾的老外纷纷向徐杨祝福，他听后非常感动。

此时，一名皮肤黝黑、身材清瘦的印度男子走了过来，他对徐杨说："对不起警官，我是素食主义者，我不吃牛肉。"徐杨也愣了一下，心里想都成这样了还讲什么素食主义。此时检查员梅央走了上来，通过交流才知道这名印度男子一家四口都是素食主义者。梅央长着一张圆润润的脸蛋，眉毛浓密而又细长，一双大眼睛闪动着爽直的、热乎乎的目光；微微卷曲的黑发拢在脑后，扎成一绺，轻巧地垂挂着；老是未言先笑，语言也带着笑，像唱歌似的，科里都叫她"微笑天使"，徐杨却叫她"开心果"。她是一名藏族女孩儿，来自西藏拉萨，天生就对英语有天赋，业务上与外籍人员交涉都是她去当翻译。她走路时把身子的重心放在足尖上，总像要蹦跳、要飞，一眼就可以看出，她是个纯真而欢乐的女孩子。梅央闪着一双漂亮的大眼睛向徐杨说道："我问了，他是印度的孟买人，在那里60%的人是素食主义者。事先我们并没有确认对方是否是素食主义者。在印度，你若要进入印度教的寺庙，身上绝不可穿用牛皮制造的东西，否则会被视为犯了禁戒，皮鞋、皮表带、皮带、手提包等牛皮制品，都不得入其寺门。"

徐杨亲自找到炊事班班长宁诵岗，为这名印度旅客一家搭起了"小灶"，做了些他们最爱吃的胡萝卜。当菜端上来以后，他们一家四口非常感动，梅央还专门从宿舍里找来了些零食和私藏着没有舍得吃的芒果。作为喜马拉雅第一国门的文明使者，她有一颗金子一般亮的心。每次检查旅客时，看到尼泊尔妇女怀中抱着孩子，背着沉重的货物，她都会去给孩子买东西，梅央特别关注这一家人。她还特意为官兵强调了一些国外礼仪禁忌，尤其是对这印度一家四口。她对官兵们说：“印度人吃饭大多使用盘子，千万注意，吃饭时，只准用右手递接食物，不准用左手。与印度人接触时，切忌用左手递东西给他。因为他们认为左手肮脏，右手干净。吃饭用右手抓取，不但吃米饭用手抓，就连稀粥也能用手抓入口中。在印度，除上洗手间外均不使用左手。伸左手就是对别人的侮辱，弄不好他们会把你用左手递的东西砸烂，盛怒之下，还可能臭骂你一通。切忌抚摸小孩的头，在印度如摸小孩的头，对方一定翻脸。”梅央问了这一家人，他们主要是来西藏冈底斯山转山。冈底斯山脉横贯中国西藏自治区西南部，与喜马拉雅山脉平行。冈底斯藏语意为众山之主，冈底斯山是被世界公认的著名神山。来冈底斯山转山朝圣，是印度教徒的毕生夙愿。冈底斯朝圣之途无比神圣，一路上充满艰辛。两只脚板走上半年甚至一年，有的要穿过无人区，有的要翻越喜马拉雅山，有些人甚至倒在朝圣的路上。朝圣过后能够平安回到家乡的人，受人敬重。据说过去在印度、不丹和尼泊尔，教徒和喇嘛前往朝山时，在国内可以免费乘坐马车。居住在冈仁波齐附近的阿里人拥有冈底斯就拥有了一种至尊和财富，他们去尼泊尔、印度或青康藏区，只要一说他们来自冈仁波齐，就会受到特殊礼遇。

到了晚上，我们的哨兵为中外旅客站岗，在淅淅沥沥的雨中，人们经常可以看到穿着墨绿色雨衣的官兵，打着手电筒走着。罗比掀开车窗，他正以一名外国人的视角在中国营区里看中国士兵站哨。印度中年男子晚上去卫生间时，看到了边检业务综合楼整齐地睡着一排排士兵。官兵将楼上宿舍里的毡子、褥子、毛毯拿出来铺在地上。男男女女，都是和衣而睡，那名老外忽然看到梅央。第二天晚上，印度男子专门请梅央和其他几名女干部住他们家的帐篷。梅央用流利的英语对男子说：“不行，我是中国军人，我不能住你们的帐篷。”男子执意不肯，高挑个子的印度男子愣是和一家人挤在车里，他蜷缩着身子睡着。梅央带着女警陈国静、吴宵婷、朱洁最终住进了印度男子家的帐篷。

地震后进入第三天的时候，罗比的太太找到了徐杨说罗比病了。当初那个固执的倔老头，徐杨想起来就想笑。他立即派军医给老人用了些药，果然第二天好多了。一大早，徐杨起来后，发现一名金发碧眼的瑞士旅客亨利在操场上踢起了足球，难得在大灾面前有这样的兴致，外国人喜欢保持乐观心理。不知不觉足球滚到了一名尼泊尔小伙子面前，他踢了一下球飞了起来，但拖鞋掉了，引起一片哄笑声，不知不觉围的人越来越多成了圈，人们发出了笑声。球在每个人脚下开始传来传去，踢来踢去。还有反对的声音，甚至想亮起“红牌”。球忽然到了一个士兵的作战靴下，他踩住了，在原地秀起了脚法，老外们目瞪口呆、兴奋得鼓起了掌，球忽然撞在他的胸部，飞起一脚又被另一名老外接住。徐杨看着乐了，他看到罗比向他笑，还竖起了大拇指……

在这些滞留的外国旅客中发生了两个典型的故事，第一个是从NO到OK的故事。

在外国旅客当中有一对荷兰籍夫妇，妻子在奔跑时不慎摔倒，胳膊被水泥地擦伤流血不止，受到严重惊吓思维混乱，边哭边要求返回联检大厅取回贵重物品，并要将自己的房车转移至安全地带，但当时余震不断，为确保其安全，被现场维持秩序的官兵阻拦，荷兰籍妻子情绪激动地说：NO！NO！I need my luggage and car（不！我要我的行李和车），后经官兵一遍又一遍耐心地开导，并说道：“我们去，我们保证完好无损地带回你的行李和车子。”这才让她的情绪稳定了下来，让医务人员为她包扎伤口，同意由边检官兵冒着余震，山上滚石，建筑物上瓦片横飞的生命危险为其取回贵重物品，并转移房车。

下午四时，大雨倾盆，官兵冒雨为群众搭起了仅有的三顶帐篷，雨水冲刷得官兵眼睛都睁不开，但临时厨房必须要搭建好，官兵们不惧风雨，尽全力做好安置点的后勤保障工作，一对新加坡夫妇看到眼里敬佩在心里，他们用流利的汉语说，“中国边检非常棒”，同时竖起大拇指!

第二个故事便是从OK到YES的感动。

按照上级命令，从地震当天开始，由懂英语的执勤科干部邹海波负责照顾11名外籍旅客的安全及饮食起居，他们有什么要求都会及时传达至上级领导并尽量满足，因地震滞留友谊桥安置点的边民及游客较多，物资严重缺乏，只能喝一顿稀饭，吃一顿方便面，每天两顿饭，开饭时优先保障外籍旅客，其次是尼泊尔边民及中国人，最后轮到边防官兵时食物所剩无几，部分官兵每天几乎只能吃一顿饭，而且还要负责站岗执勤，灾区疫情防疫，救助、照顾伤病群众。

友谊桥安置点设休息区、医务室、洗漱区、就餐区、卫生区，每个区域都用英语、尼语、藏语、汉语分别标注，使得友谊桥安置点干净卫生，救灾工作井然有序，常言道“日久生情”，在和外籍旅客相处的四天时间里，我们官兵对其无微不至的关怀和照顾，让他们对边防官兵产生了深厚的感情，从对我们抢险救灾工作不配合到支持再到最后竖起大拇指。

德国籍62岁旅客罗比因年纪偏大，加上数日劳顿，感冒发烧，边检官兵就像照顾自己父亲一样无微不至地照顾着罗比，为其送水送药送食物。4月29日上午，道路抢通了，聂拉木县电视台前来采访受灾群众及旅客，德国籍旅客罗比受访时非常激动，眼含热泪，在镜头面前一直重复地说：China inspector very good，Organized Very Well！（中国边检非常棒，组织保障非常有力。）中午，我们最先疏送外籍旅客离开樟木。罗比在临走时和官兵一一含泪拥抱道别，紧紧拥抱了聂拉木边检站扎西达娃副站长后又紧握住他的双手，激动地说：Thank you！Thank you very much!

常言道：大灾有大爱，大爱永无疆。聂拉木边检站全体官兵用生命诠释了国门卫士的良好形象，用实际行动履行了“雪域边检的微笑，世界之巅的服务”承诺！在灾难面前展示了我国的良好形象！

4月29日，西藏自治区通知口岸滞留人员撤离的方案。得到消息后，人们纷纷感到有点太快了。这个国际大家庭五天就解散了，但他给每个人都留下了一段美好的记忆。每个人的人生将重新定位，面对灾难，人的生命如此脆弱，不管牛气冲天的、财大气粗的、身份特殊的，人只有在绝望的时候才会想到善良的一面，因为他会怕。徐杨用中国军人的最高礼仪在门口列队欢送各国旅客。罗比抱着徐杨忽然哭了：“你们是世界上最好的军人！”这是大家所没有预料到的，正如梅央说的，和德国人交朋友不容易，而一旦成为好友，大可信赖终生。罗比用相机留了一些战士为旅客打饭的相片，他要带回德国让人们重新认识中国。

一名藏族阿妈地震后面向大山祈祷。（郭章统　摄）

吉隆藏布倒流进一根青稞芒里

一定有什么灌满长到岁月前头的青稞
喂养得一根芒，有了刺穿千年的力量

听那声音像风的修行
在吉普吊桥铺满前生今世的经幡上
像瀑布不加喘息的倾诉
在岩壁下寺庙里没能向松赞干布吐露的心思
她要一股脑的托出
连成片的水滴浇筑不分行的话语
挫伤整垄拔节的诗意
还在顺势而下
那声音要碾平所有生活的纹路
田园牧场的蹄印，男耕女织的节奏，石屋古路上的祝祷
和吉普村口一条江支离破碎的鳞片

一定有什么清空了一棵青稞的思想
让整条回心转意的吉隆藏布
倒流进一根削尖了嗓子的芒

那坟前长出荒草，像我还没为你刮净的胡茬

震后第四天，樟木口岸对外通信和通外道路依旧完全中断，樟木俨然成为“雪域孤岛”。傍晚，执勤业务一科教导员陈宇的手机闹钟突然响起，已经身心俱疲的他看到手机上的提示“检查员桂溪铠生日”，他心里一动，“就为他煮一碗长寿面庆祝一下这个特别的生日吧”。随后，劈柴、架锅、生火、烧水、下面，一项项准备工作紧锣密鼓地开展。一小时后，一碗热喷喷的长寿面端到了检查员桂溪铠的面前，此时，桂溪铠已被感动得说不出话来，他在全体检查员为他齐声合唱的生日歌中吹灭了本用作夜间照明的生日蜡烛。这碗长寿面既蕴含对生命的敬畏和祝福，同样还包含这些长年守卫在雪域高原的年轻边检官兵之间浓浓的战友情。

4月29日，被困樟木口岸的群众开始撤离，群众在离开樟木前纷纷将家中储存的食品送到边检官兵手中，“你们不愧为人民的子弟兵，感谢你们这几天的细心照顾，每天给我们做饭，为我们站岗，吃饭你们都是让我们老百姓先吃，看到你们都吃不饱，老头子我实在是感动，我要暂时离开一阵子了，家里还有些吃的，给兄弟们拿来改善改善伙食吧！”

“我这一走也不知道什么时候能再回来，店铺的钥匙就先放到你手上，放你这里我放心，有什么需要的尽管到店铺里取，请帮我们守护好家！”商户宋小玲将店铺的钥匙放到检查员王宝路的手中，发自肺腑地说。

4月30日，在得到可能留下部分人坚守国门，其他人员撤离的消息后，官兵们争着要留下来，纷纷主动递交留守申请书，并在决心书上签字，表达自己与国门

共存亡的决心。“我们是边检人，守护国门是我们的职责，国门有难就逃跑我们还算什么边防军人！”最后，在宣读留守名单时，准备撤离的官兵都面色沉重，没有人表现出任何喜悦的心情，他们都深知留守战友所面临的处境。离开时，大家都迟迟不愿登车，饱含泪水为留守的战友送上了庄重的军礼，久久不愿离去。

“樟木在，我们就在！国门在，边检官兵就在！”

脆弱的友谊因地震而变得强大。

4月29日，樟木大撤离开始时，撤离的6000多人中还有一些是边检站官兵的家属，他们有的随军，有的是来探亲的。撤离樟木时，聂拉木边检站后勤处助理员李炯的妻子邹玉婷被挤在人流中，她咬着嘴唇，不断地回头，李炯低下头，有意避开了妻子的目光，默默地走在了护送部队的最后，他有着一种复杂的心情，甚至不敢去看妻子一眼，他怕看见妻子的泪眼。

接到撤离的命令，邹玉婷哭了。跟着李炯来到边境口岸，就是想一解相思之苦，好好陪着丈夫守边关。登车前，邹玉婷再也控制不了自己了，她逆坡冲出人群，跑到李炯面前，平时开朗的李炯此刻再也忍不住了，泪水夺眶而出，他顾不了那么多了，紧紧地抱着妻子，用他健壮的身体，给妻子传递着温暖和力量，两人抱在一起泣不成声。他们被淹没在行军队伍绿色的洪流中，路过的战友谁都没有去打扰这对生离死别的夫妻，有的只是回头扫视一眼，有的眼泪流了出来。所有的声音好像停止了，只有两颗相依的心在颤抖地跳动着。坐在车里护送群众的解放军战士开始掀开绿色篷布，大喊着：“没有登车的同志，快点登车！”那名战士不停地摆着手，示意群众上车。李炯嘴唇贴着妻子的耳畔深情地说：“老婆，如果我……”妻子扭头忽然捂住他的嘴，她不愿听到他说出的话，李炯咽下了他要说的话，妻子放开堵着李炯嘴唇的手，然后狠狠地掐着李炯的胳膊，像要在他胳膊上留下永远的指痕似的，她大声地对李炯说：“老公，请为我和孩子保重！”李炯像是明白了什么，他不住地点着头，随后泪水便夺眶而出。车上的解放军战士不断地挥手呼喊，李炯用力推着妻子，妻子脚下像生了根，没有走几步，她又跑了回来。李炯从来没有这样对过妻子，可是那天他用力推搡着，像是做着绝情的告别，他含着泪水硬是把妻子推到了军卡后。两名解放军战士的手已经紧紧地抓住邹玉婷的手，李炯用肩膀顶着妻子并不愿踏入后箱的双脚，他终于将妻子推上了车，等妻子转身向他含泪挥手时，李炯已经涌入送别的队伍，妻子在车上撕心裂肺地喊着他的名字，看着她混入绿色兵流的丈夫。李炯用衣袖抹着眼泪，扭头向队伍的方向走去，他再也控制不了自己激动的情绪，泪水模糊了他的双眼，眼前只有影影绰绰的蜂拥而上的人流。

聂拉木边检站副站长扎西达娃的妻子卓嘎怀抱着未满3个月还在襁褓中的女儿，孩子张着小嘴嗷嗷地哭着，在即将撤离前，她忽然找到了卢家林政委，卢政委用一双温和而又难过的眼睛看着她，过意不去地说："小卓同志，我们对不住你，我们工作没有做好，让你受苦了，你还有什么要求？我们一定帮你办到。"卓嘎含着泪水用脸贴着小宝宝粉嘟嘟的圆脸蛋，然后抬头对卢政委提出了一个请求："政委，五天了，电话一直无法联系，能否让我和丈夫通过对讲机说一句话。"卢政委眼睛湿润了，他将自己手中的对讲机按下发射钮："×××，××呼叫，听到请回答。"对讲机扬声器传来："我是×××，听到请讲。"卢家林将对讲机递给卓嘎，她的手按着发射按钮却在发抖，热泪从眼中滴下，滴在饱受灾难的樟木口岸。她是为了爱人才来到了这里，现在她却不得不离开这里，怀抱中的婴儿哇哇地哭着。对讲机里的另一头，扎西达娃站在雨中，听到了宝宝的哭声，他用手抹了一下脸上的雨水失声痛哭，最后，他劝说妻子不要占用通信信道。妻子哽咽着却只说了一句："樟木挺住，扎西德勒！"便抱着女儿哭着头也不回地跑向军车。扎西达娃孤零零地站在雨中，他紧紧地抓着对讲机，仰天长叹，泪如雨下……大转移结束当晚，卢家林政委忽然有了一个新想法，在自己的手机里建起了"军嫂微信群""官兵家属微信群"，抽出一部对讲机，专门收集官兵父母配偶的电话，第一时间向官兵家属报平安。温暖如春的短信迅速从樟木镇传向全国各地，让心急如焚的家属吃上了定心丸。

地震发生时，扎西达娃蹲点友谊桥的时间刚要结束。面对险情，他选择自愿留守在友谊桥组织指挥部队开展抗震救灾和守卫国门、安置旅客。于是，地震前到樟木探亲的妻子卓嘎和未满三个月的女儿，便只能呆在站机关等待，结果等来的是大撤离。

大撤离工作结束后，曾经人流熙攘的街道，空空如也。没有水、没有电、没有通讯信号，留下聂拉木边检站官兵20人，日喀则边防支队立新边防派出所12

人，坚守在这座空城里。在这两个兄弟单位的组合中，还有一个组合，那就是聂拉木边检站检查员冯雨晨和她的爱人朱智敏。

他们是夫妻，更是一个战壕里相互扶持的战友，联系他们的除了爱还有共同的理想和信念。相识6年，结婚4年，同驻樟木3年，相距9公里，却像牛郎织女，相聚的日子算来算去也不过200天。

地震发生时，女儿正好五个半月，冯雨晨还在休产假。樟木镇通讯中断成为孤岛，丈夫的驻地更是孤岛之孤。抱着女儿，从地震发生时冯雨晨就呆坐在电视机前，看着仅有的新闻片段，不敢想、不敢哭，她知道作为军人此刻只能坚强。

4月28日，整整3天没有朱智敏的信息。后来辗转传来的消息，小小的立新村，地震后安置700余人，立新派出所十几个官兵管着700余人的住宿医疗吃喝。朱智敏临危受命，作为抗震救灾临时救援领导小组组长，负责当地的抗震救灾工作。

因为道路多处塌方，运送物资只能靠人力，运送一个伤员至少需要10人接力。朱智敏带领官兵白天背运物资、安抚群众、治疗伤员，晚上站岗放哨防止次生灾害。

4月29日，道路终于打通，因为地质结构发生改变，樟木居民整体迁移至日喀则安置点，这是一次大迁移，浩浩荡荡的转移大军将乘坐各种交通工具离开生养他们的土地，村民们抱着朱智敏痛哭，他们舍不得离开自己的家园。

人走了，国土仍在，冯雨晨的单位聂拉木边检站和朱智敏所在的立新边防派出所奉命留守樟木空城，守卫群众财产、守卫国门。

5月20日，318国道聂拉木至樟木镇解除车辆管制，冯雨晨买好当天机票，下了飞机就直赶樟木。5月21日，恰好遇到朱智敏带着单位的战友在樟木背运补给，樟木至立新的道路尚未抢通，他们要靠人力背运物资上山。

五六个又黑又瘦的边防军人中，冯雨晨一眼认出了朱智敏，千言万语却说不出来。朱智敏背着巨大的迷彩背囊向冯雨晨跑来，他离家时体重接近160斤，不到4个月，瘦了很多。

“嗨，你还好吗？”朱智敏拍了一下冯雨晨的肩膀，像和战友打招呼一样。除了那坚毅的眼神，他脸上四处都在脱皮，脖子上布满了被蚊虫叮咬的红包。

冯雨晨多么希望抱抱他，告诉他自己的思念和担心……

朱智敏抬头看看天，说："要下雨了，我要赶紧上去……"冯雨晨连眼泪都来不及流，他就转身走了。冯雨晨追着他说："孩子很乖，她已经可以坐起来要玩具，每天要喝6次奶，每次150毫升，爸爸妈妈都好，他们让你不要担心……"他的身影越来越小，直到小成一个圆点再也看不见了。

由于通讯信号中断，他俩不能通过电话联络，想他时，冯雨晨就用公共对讲机呼叫他："×××，×××，收到请回答。""人员安好，巡逻无异常。""好的，收到。"

曾经有位记者采访冯雨晨时问到，你是边防军人，又嫁了一个边防军人，你后悔吗？冯雨晨说不后悔，她一直觉得自己是幸福的，他俩虽不能朝夕相处，却为荣誉和信念并肩而战。她对记者说，在西藏当兵，夫妻两地分居，一年当中十一个月不在家，一个月相聚非常正常，西藏边防军人就是夫妻双方呆在西藏，相距依然是800到900公里，依然是分居。西藏边防的军人，夫妻俩哪一个不是相隔两地，正常的一年见上一次，任务繁重时期，许多军人两年甚至三年才能与家人相聚，有些人孩子出生甚至都没来得及见上一面，再见时孩子已是蹒跚学步；有的人长期驻守高原，从十几岁入伍到三十多岁提干都娶不到妻子；又有多少人当上新郎却不能出席自己的婚礼，亲人离世却不能见上最后一面。他俩有个共同的愿望，那就是在这峡谷之中作经尘，等着樟木在雪域重生。

"我昨天给我老婆说，穿上这身军装，就要做对得起这身军装的事，有些事情我必须去做。"说这话的人叫尼玛云旦，是聂拉木边防检查站警务合作科一名普通的参谋，身材瘦弱的他说得一口流利的尼泊尔语，在平日的工作里踏踏实实，兢兢业业。

地震当天正值周末，尼玛云旦请假和樟木镇的妻儿团聚。地震发生时，房屋剧烈摇晃，尼玛云旦才意识到情况不对，就迅速抱起躺在沙发上8个月大的儿子，拉着还在厨房洗碗的妻子往楼下跑，跑到大街上，他看到山上的巨石在滚落，街上的人们在拼命奔跑，整个樟木哭声、喊声混杂一片。尼玛云旦当时脑子里只有一个念头，就是一定要镇定，一定不能乱，往上跑，往地势平坦的地方跑，他突然想到离他最近的一个比较安全的地方就是解放军一连营区，那里地势相对平坦，是个暂时避难的好地方。于是他带着妻儿拼命往一连方向跑，边跑边朝路边的人喊，“大家朝一连跑，都朝一连跑，那里比较安全”。到了一连，尼玛云旦看到已经有很多百姓跑来这里避难。过了20分钟，政府把一连设为灾民安置点，这时候，尼玛云旦才感觉到自己在紧急中的选择是对的。尼玛云旦松了一口气，他回头看看妻子，发现妻子眼神恍惚，充满了恐惧，看来妻子在地震时吓得不轻，孩子从地震开始就一直在哇哇大哭，这可能是幼小的他表达恐惧的一种方式吧。每每地震后，总会有一场大雨如期而至，还好安置点里建起了帐篷，尼玛云旦带着妻子和孩子住进了帐篷。晚上尼玛云旦安抚受惊的妻子，照顾年幼的孩子，待妻儿都睡着后，他却失眠了。熟睡的妻子依然紧皱着眉头，他心疼万分，现在他就是妻子和孩子的天，妻儿现在都需要他，孩子还那么小，安置点的人那么多，连排队打饭都是一件费劲的事情，如果让年轻的妻子一个人照顾年幼的孩子实在是太难了，但是，他自己又是一名军人，在这种大灾难面前，受灾群众正等着军人去救援，边检站的战友们正等着他回去支援，大家和小家都需要他，他该怎么办？尼玛云旦望着天，深深地叹了口气，他拿出口袋里的笔和几张纸，写了一封信：“老婆，今天你肯定被吓到了吧，还好今天我请假外出，地震的时候是和你在一起的，不然你和儿子两个人在地震的时候怎么办啊。现在你已经进入梦乡了，可是我还是睡不着，因为我在想我的战友们现在肯定忙得不可开交了，我是一名军人，在这种大灾大难面前没有第一时间和他们在一起救援是我的失职，现在你已经安全了，我想我也应该回到我原本应该在的位置上了，我决定明天归队，和我的战友们在一起。回去以后，如果我在救援时不幸受伤或者死去，你不要伤心，因为我穿上这身军装，就要做对得起这身军装的事……”写完，他轻轻地把纸塞进妻子的上衣口袋里。第二天一早，尼玛云旦向妻子说出他决定归队加入抢险救灾队伍里的想法，妻子听完不说话，只是掉眼泪。临走前，尼玛云旦把妻儿托付给了在安置点中认识的藏族阿佳，让她帮忙照顾，然后回到“水深火热”的边检站和战友们一起抗震救灾。战友问他为什么不把妻儿接到边检站的安置点来一起照顾，他只是浅浅地一笑，说：“如果他们两个在这里，我的心思全在他们身上，那时候哪有什么精力去抢险救灾啊。”

了现场，她对自己说："陈国静，你是军人，现在战友们都在忙着救人，你也要和战友们一起战斗！"

4月28日，信号恢复畅通，已经在救灾现场累得精疲力竭的陈国静接到了爱人的电话，此刻她才知道爱人已经平安到家。

5月25日，陈国静得到父亲病重的消息，但是她强忍着没有告诉领导和战友。她深知，现在正是抗震救灾的关键时刻，战友们都在坚守岗位，自己不能搞特殊。

3月，陈国静得知父亲被查出胃癌中期，需立即手术治疗。3月是站里最忙的季节，经过一天的思想煎熬，陈国静未向单位提出请假要求，悄悄地寄回4万元钱作为父亲的手术费，并给母亲发去一条深表愧疚不能回家的短信。

4月，按照正常安排陈国静可以休假回家尽尽孝道，陪护照顾正在做化疗、放疗的父亲，同时看望不满周岁的女儿。但考虑到教导员急需回家照顾待产的家属，陈国静把优先休假的机会让给了教导员，默默地挑起了外国旅客进藏旅游高峰期服务与管控工作的重担。

抗震救灾工作之后，总队通知官兵可以轮休，科里安排陈国静第一批轮休，她想：这次终于可以有时间陪陪父母了。然而就在陈国静奔赴在回家的路上，母亲在电话里告知她，父亲还是没能等到看心爱的女儿最后一眼就离去了。

噩耗传来，陈国静失声痛哭，"我马上就要到家了，为什么您不再等我一天，就一天……"她身子一软跪倒在地上，荒草丛生的山路把她的头深埋进去，她多想这样一头扎进荒野里，扎进同父亲孤独的坟茔上一样疯狂施虐的狂风里，扎进那块老屋厢房备下多年的棺材板里，让父亲坚硬的胡茬如这荒草般扎扎自己儿时的脸，咯咯咯的笑声定会吓跑屋脚偷吃灯油的老鼠。从小她就嫌父亲胡子硬不让父亲亲自己，父亲就说："等你长大了给老爸刮胡子就不扎你啦"，她给父亲新买的剃须刀还没送到父亲手里，她最终还是没能给父亲刮一次坚硬的胡茬……

聂拉木边防大队救援小分队徒步进入樟木镇过程中相互帮忙通过一处塌方点。（郑永波　摄）

奶茶笑容满面的样子似乎就浮现在眼前，他们地震时在峭壁之上的房子里吗？那些憨态可掬云朵般洁白的牛羊受到惊吓了吗？这8名牧民原来跟山腰上居住的村民们一样，夏天时在村子里放牧，冬天才把牛羊放到山顶上，遇到冰雪天气放不上去时就割下四季常青的青杆树的叶子来喂牛羊，但后来冰雪天气越来越多，青杆树明显不够牛羊食用，牧民们就把牛羊赶到牧场，自己也常年居住到与世无争的世外桃源，但没想到这次地震还是没有放过这片净土。

战士李兴首先忍不住了：“教导员，让我上去看看他们吧，我不想……”说着说着居然哽咽了，这个李兴是刚当兵一年的新兵蛋子，平时调皮捣蛋的事多着哩，可自从去年冬天去山口巡逻时顺便给达瓦阿妈送蔬菜，达瓦阿妈从羊皮毡子下面掏出一双用报纸包了两层的羊皮手套送给李兴：“这个金珠玛米长得最小，冬天雪大，巡逻莫冻了手！这是我用自家羊皮做的，暖和……”说着一把塞进惊呆住的李兴怀里，补充说：“我们牧民家里乱得很，我做好用纸包着压毡子下面的，干净，干净！”说着又拍了拍包手套的报纸，似乎在证明上面没沾上一点灰尘，李兴感动得当场抱住达瓦阿妈落下了当兵以来的第一滴泪。从此李兴像变了一个人似的，不管巡逻还是站岗更加认真沉稳了，好像长大了几岁，而如今听说牛丁牧场在地震中情况未卜他竟然又倒退回小孩子的样子，哭起鼻子来，教导员旦增欧珠瞟了李兴一眼：“哭啥哭？没个兵的样子，就你，再加你们三个准备好水、药、食品，明早天亮就上牧场！”教导员看了一眼边上的三个兵，又温和下来拍了拍李兴的肩膀。

地震第二天，26日早六点，天还没有亮，李兴就左边一个口袋，右边一个挎包，后面背上一个大药箱出现在德庆塘边境站的门口，来回踱了好几圈，实在等不下去，返回临时帐篷叫起另外三名战友，天蒙蒙亮便徒步出发了。还未到山口道路就已经被山体滑坡挤压变形，到了山口才发现情况更加不乐观，原来狭窄的山口已经被大大小小的落石完全掩埋，根本看不出这里曾经有过一条路的样子，而山口高处的落石仍在不停往下掉，此处山体松动是一路走来最严重的，要穿越塌方，只能爬到山顶再下来，如果那样做，此时强行通过，可能会随着山顶落石一起坠入万丈深渊，而且此处山体陡峭，就算想冒险也无处可攀援，最后李兴等四人只好无奈返回，等待合适的时机再行通过。

这一夜，李兴好像比地震当晚还担心、煎熬，他闭上眼睛就是达瓦阿妈的笑容，他握了握拳，好像那温暖的羊皮手套还戴在他手上。

第三天，27日，李兴申请了最早的一班岗到707大桥附近执勤，他要随时观察山口的落石情况，一旦情况稳定了，他就要挺进日思夜想的牛丁牧场，他小小的个子伸长了细细的脖子向山口张望的样子在周围巨大落石的对比下显得更加单薄。

这时一个艰难前行的身影出现在德庆塘山口，虽然远远望去就像山上飞下的一只乌鸦般的黑点，但李兴还是坚定地认为一定是有牧民下来探听情况了！他飞速跑过去，果然是牛丁牧场的老人洛桑，老人一路徒步下山，脚已经磨破了，李兴喊上战友卢俊一起背上老人到德庆塘边境检查站的临时安置点休息，焦急地询问山上8名牧民的情况，听说并没有人员伤亡，只是房屋倒塌，物资匮乏，李兴的心终于安稳下来，用力地握了握拳头。

29日，在协助完成樟木方向群众转移任务后，德庆塘山口的山体松动情况终于逐渐稳定，兵们不顾连日疲劳，携带2顶帐篷，9床棉被，人背肩扛地再次向牛丁牧场挺进！当然李兴还偷偷在口袋里装了一盒胃药，那是达瓦阿妈上次说胃疼，李兴帮买了药可赶上地震一直都没能送上去，路上他摸了好几次，生怕背着帐篷爬塌方时一个趔趄把药摔出去。

5个小时后，官兵们终于把物资送到牛丁牧场，牧民们从简易的塑料棚子里钻出来，看着脸上落满沙土的官兵们背着沉重的物资过来，都惊喜得掉下眼泪，感动得互相告知："金珠玛米来啦，就知道他们一定会记得我们"，李兴更是来不及放下背着的帐篷就跟出来迎接的达瓦阿妈抱在一起，哭成一团，像一对久别重逢的母子，感动得在场的人们又一次落泪。

山上的时间有限，为了保障安全，大家还要在天黑之前赶回去，所以片刻都不敢休息，他们一边为牧民搭起帐篷，刨出贵重物品和食物；一边给牧民讲解如何躲避余震和山洪引发的泥石流，确保他们不受到二次伤害。

天色将晚，感动的牧民送官兵们一路下山直到路口，李兴还一路讲解着牧民如何保护自身安全的常识，达瓦阿妈握紧李兴的手："一定，一定安全，阿妈等到冬天再给你缝手套。"天色暗下去，兵们加快了脚步，多希望牛丁牧场的草原上真的升起不落的幸福太阳。

边防官兵坚守在群众撤离后已成空城的千疮百孔的樟木镇。（郑永波　摄）

春天从此不再完整

我用一瓣花瓣，割一角春天
锁进书页
这让每个文字都开始
春心荡漾

春天从此不再完整
被割走的那角桃色，无法补全
除非我忍心，用一段爱恋
偷偷补给春天

这片花瓣，很快适应了
在字里行间晕染
但它并不能取代
我曾经的那场盛开

一枚红发卡

废墟之上，嚎啕大哭的场景总是会一遍遍重演，有的哭地震中去世的亲人、有的哭辛苦建造的家园毁于一旦，有的哭前景不可知的未来，有的哭无法消除的恐惧。那种绝望的恸哭不管你见过多少次、听过多少声，每一次还是像一把猛然进攻的利剑直插心底。

仓木坚村也是这次地震中受灾严重的村落之一，多数房屋在地震当时轰然倒塌，驻扎在仓木坚村绒辖边防派出所的官兵们刚扛起铁锹锄头救援，就看见一个满头鲜血沾湿了半边脸的老阿妈抱着一个哇哇大哭的两岁多的小女孩朝这边跑来，看到官兵们迎面走来，老阿妈远远地跪到地上，怀里的小孩摔倒在地上哭得更厉害了，老阿妈一边仰天大哭一边呼喊："金珠玛米，快救我闺女和娃娃，快啊——"秘佳佳搀扶起老人，拉起孩子，老人头部伤势太重流血不止，必须带回派出所紧急处置，老阿妈说什么都不肯，秘佳佳藏语不太流利，无法畅通地劝说老人，只好背起老人，拉上孩子，朝派出所跑去。

此时，同行的次仁曲扎朝老阿妈手指的方向飞奔，平日里到老百姓家走访得多了，谁家在哪里了如指掌，当他冲到老阿妈家时震惊了，这是村子里倒塌最严重的房屋，只剩下两面断壁和正屋中间一扇非常结实的木门，虽然没有了墙壁的支撑却依然屹立在废墟之上，木门上火红的春联还残留半边，写着"幸福生活……"另半边刮在风中，和着各种撕裂倒塌声，啪啪地打在门板上。

"有人吗？卓玛你在哪？"次仁曲扎对着废墟的每个角落一遍一遍地呼喊着老阿妈女儿的名字，可除了春联的啪啪声在孤独的回应，没有任何回音，一种不祥的预感涌上次仁曲扎心头，卓玛是村子里的文艺骨干，每当节日时总是带队唱歌跳舞，那一刹那，卓玛穿着藏族节日盛装跳舞的样子似乎就在眼前……次仁曲扎发疯似的用手搬开一块块石块，刨开一堆堆沙土，手指磨破后的血迹染在白色的石头上，像是解开灵魂禁锢的符咒，但似乎次仁曲扎的努力没有得到苍天的眷顾。等到他搬开一块最大的石块时，卓玛的后背和长发露了出来，再继续刨开，卓玛的怀里抱着七岁大的女儿，这时派出所的卫生员也已赶来，但已经没用了，房屋是受地震摇晃而倒塌，山上滚落的巨石不偏不倚正好砸在卓玛的身上，卓玛用尽最后力气把女儿保护在身下，脊柱被砸碎成多段仍保持着拱起的状态，但却没能撑起女儿的生命，女儿因内脏重创而无回天之力，两条美丽的生命就这样定格在灿烂的午后，她家院子里的格桑花开得正艳……

来不及悲伤，更多生命命悬一线，绒辖边防派出所辖区除了驻地的仓木坚村还有左不德村和程糖村，太多老百姓在等待救援。而这时赶到左不德村救援的官兵传来了更危急的信号，一个六七岁大的小男孩危在旦夕！当晋美把他从一面倒塌的墙体下面救出来的时候，小男孩还能瞪大了眼睛看着他，还能叫出“玛米叔叔”，可左不德村距离有卫生员的派出所还有两个小时山路，如今山体滑坡塌方，多段路段被掩埋，背着孩子穿越塌方与死神赛跑谈何容易？孩子可能是内脏受损，皮外没有流多少血，但脸上痛苦的表情表明他伤得很重。在晋美背后孩子发出一声比一声微弱的呻吟与呼救：“玛米叔叔救我，玛米叔叔救我……”听得晋美大串的眼泪噼里啪啦落在高山滚落的碎石上，可再滚烫的眼泪也融化不了铁石心肠的碎石，心急如焚也长不出一双飞出山谷的翅膀，已经当兵八年的晋美第一次觉得自己是那样弱小，当了六年驾驶员，享受着在悬崖边的盘山路上与鹰结伴飞驰，此时却要一步一步丈量生命的长度。

五个小时后，晋美背着小男孩冲进派出所，而这时小男孩已经说不出话来，卫生员赶紧给他输液，他一直盯着晋美看，然后用尽所有力气伸出脏兮兮的小手伸向晋美的手，晋美赶紧去拉他，但大手没能拉住小手，小男孩的胳膊滑落下去……按压胸口，人工呼吸，还是没能再让他醒过来，绒辖边防派出所的教导员李克兵就在旁边看着小男孩从奄奄一息到生命结束的全过程，他背过脸去，泪流满面，后来，他总是忘不了那几分钟的过程，多次反复地说着同一句话：“那孩子长得很乖，长得很乖……”

次仁曲扎到底是当地藏民，对藏民的活动更加熟悉，在地震第一时间的慌乱时刻他仍然想起为村民们挖虫草修路的十多个青壮年，他们还在去“当”的路上，西藏地区的地名有些很奇怪，比如这个地区每年5月到7月几乎全村出动去山上挖虫草，晚上下到山下一块稍微平整些的土地上搭帐篷休息，这块空地就叫“当”。每年挖虫草的季节之前，村里就会组织青壮年去清除狭窄山路上一年来从山上滚落下的碎石，通出一条仅供一人行走的小路，以便把帐篷、米面油、蔬菜等足够两个月使用的物资搬运到“当”，而村民们走的这两个月，很多商户便会以两三百元的租金租住在村子里等待收购村民们挖回新鲜的虫草，次仁曲扎就和其他民警一起比平时更频繁地进村巡逻，以防盗窃。村民们每次走的时候都说：“有次仁曲扎和金珠玛米巡逻，我们放心。”每次次仁曲扎听到了都笑得美滋滋，黑黑的脸庞泛起一丝不易察觉的红润来。

村民的信任对次仁曲扎来说来之不易，4年前，19岁的次仁曲扎还是村里人唯恐避之不及的“小混混”，不仅人见人躲还告诉自己的孩子不要跟他一起玩耍。十几岁的次仁曲扎因为父母双双过世而成为孤儿，没人管教的他很快学会了偷鸡摸狗，喝酒打牌，酒后又经常跟同龄孩子打架，所以村民们都躲他远远的。直到绒辖边防派出所了解情况后把他接到派出所来，没有人给他做饭，民警们就把自己碗里的饭分给他半碗，没有人照顾他起居，民警们就把自己的床让给他半边，如此长久下来，从小没有父母照顾的次仁曲扎在派出所里找到了家的感觉，从最开始对民警们的敌意变成了信任，信任又变成了亲情，从此民警们带着他做的事他都愿意参加，一起修路、一起种菜、一起给老百姓建蔬菜大棚，一起帮老百姓修房子……渐渐的他从村民们对他眼神的改变里找到了自我价值，由只是最初的跟随民警大哥哥们做事变成了主动为村民做好事，每次和民警们骑着摩托车巡逻，路上遇到村民总会带上一程，每次看到从前跟自己一起喝酒打架的男孩再喝酒闹事，就主动上前劝阻……纯朴的村民们把次仁曲扎的变化看在眼里，打心眼里认可了这个转变了也长大了的小伙子。次仁曲扎把自己当成派出所的一员，村民们也认为他就是派出所的一员，2014年秋天，次仁曲扎摘到了成长的硕果，绒辖边防派出所正式聘用他为辅警，23岁的次仁曲扎穿上了属于他的制服，那天他高兴得对着高山唱起了嘹亮的藏歌。

这次地震期间次仁曲扎更是尽职尽责，绒辖边防派出所挽救了他的灵魂，他要跟派出所的民警们一起挽救更多生命作为回报。第一天他手刨肩背救人，第二天他挨家挨户地进帐篷送水，第三天他争着抢着卸下一袋袋米面油，比民警们卸的都多，第四天……他的手停不下，他的心闲不下，总能想起一些跟藏民息息相关的事情为绒辖边防派出所的民警们提供线索，比如地震发生第一时间去救援为村民们挖虫草修路的十多个青壮年就是次仁曲扎提的醒。在次仁曲扎和教导员李克兵当观察哨，一路观察落石的保障下，将十多个村民安全护送回仓木坚村派出所。

扎西是卓玛的丈夫，那天他刚到派出所就看到岳母头上缠着绷带躺在临时搭建的棚子里呻吟，自己两岁多的小女儿在民警的怀里，脸上还留着未干的泪痕，“卓玛呢？卓玛呢？”扎西几乎哀嚎着扑向岳母和民警们，在大家无言的对视里，他似乎明白了什么，推开众人冲向家的方向！

“卓玛——卓玛——我回来了——”

教导员李克兵和次仁曲扎跟着跑了出来，赶到时却见这个高高瘦瘦的中年男人悄无声息地瘫坐在瓦砾堆旁，人似乎瞬间矮小了一圈，没有哭声，没有呼喊，仿佛世界一瞬间为他按下了静音键，卓玛母女的尸体已经被民警统一搬运到寺庙暂时安置，只有几件卓玛跳舞的藏族节日盛装红裙子掉落在废墟之中，像一摊不肯凝固的血。扎西默默从兜里掏出一只凤凰造型的红色发卡，一会儿咬到嘴边，一会儿使劲戳自己手心，好像要把那枚发卡用嘴吞到身体里，由血流进身体里一样，仿佛那枚发卡已经成了卓玛的化身，他不要老婆离开，他要把化为发卡的卓玛放进身体里，可又怕这样再也见不到老婆了，他就那样握着、咬着那枚发卡，好像怕谁偷走了似的，不安地摩挲着，任李克兵和次仁曲扎说什么都不理睬。

五年前，四川的藏族小伙子扎西来到西藏打工，意外爱上了美丽的卓玛，在他眼里，卓玛就像美丽的度母女神一样，让他三十几岁不安分的人生从此平静下来，他们在美丽的雪山脚下放牧、种菜、耕田、养花，“今年的格桑花还没有开，你还答应要在格桑花开的时候教两个女儿跳舞……”扎西开始喃喃地说。

他奋力挖开那些压倒格桑花幼苗的石头，像是抢救他心爱的妻子和幼小的女儿，手上的几个血口子立即又流出血来，手里的红发卡更加鲜艳……

“这是给俺老婆买的，俺老婆跟着俺一辈子没有享过福，俺这次出门干活昨晚才回来，今天是结婚纪念日，俺打算修完路晚饭时候给她一个惊喜，没想到她没有等到……”扎西终于开始放声大哭，倾诉着他所有的悔恨、爱恋与痛苦。

李克兵搂住扎西的肩膀：“我们烧给她吧，她一定能看到。”李克兵握紧扎西那只拿着红发卡的手。

次仁曲扎也伸出一只手握在李克兵手上。他清楚地记得那年他14岁，一个大雪封山的日子，阿妈为接阿爸回家被雪崩压在山路上，阿爸为急着给阿妈带回一只红发卡过年而跌落山崖。

西藏吉隆县吉隆镇江村的4岁小男孩次仁康珠在震后撤离前抱着桑青边境检查站边防警官张耀杰的脸舍不得放开。（郑永波 摄）

单眼皮雪花

再多一滴就太满了
他目光中的水分
在抬头时恰好能
接住一朵单眼皮雪花
并在风来前与她
惺惺相惜

再多一朵就太多了
一朵雪花里睡得下整个冬天
就像站岗的哨位
整片大地的呼吸
都能装进他
一只右耳

到天堂要学会用右手敬礼

4月25日，位于珠峰脚下的定日县绒辖乡在地震中受到重创，尤其是左不德村95%的房屋轰然倒塌，通信、电力、道路瘫痪……但不幸中的万幸是有两支公安边防部队心系这里，一支是左不德村归属管辖的绒辖公安边防派出所，还有一支是驻扎在左不德村的聂鲁桥边境检查站。

“4·25地震”和汶川地震、玉树地震等灾害中救援力量分布不同的是，西藏地区喜马拉雅南麓多数为边境地区，所以村落里多数都有公安边防部队的单位驻守，边防官兵就是村民们的邻居，所以他们第一时间责无旁贷也的确担当起了重任。

4月25日下午两点多，因为恰逢周六休息，聂鲁桥边境检查站的副站长崔山正躺在床上收看《远方的家》边疆行栏目，他突然听到走廊里郭远敬参谋在大声喊：“快跑，地震了！”三名官兵迅速跑出了房间，他也迅速起身坐起，但心想地面震动一下属于正常现象，西藏处于地震带上，每年总会晃动两下，时间长了就麻木了，但当再次发生震动时，崔山感到不对劲，这与去年下半年夜间发生的震感不一样，幅度大，明显有站不稳的趋势，慌乱中他只穿了一只鞋就往外跑，连外套都未来得及穿。当他跑到二楼水泥走廊上时，地面摇动越来越强烈，周围轰隆隆的声音越来越大，水泥走廊上已经不规则地裂开了多条约10公分长的口子，他顿时感觉大事不妙，三步并作两步地跑出去，迅速跃出营房，扑向已经倾斜并随墙体向外下滑的哨亭，双手紧紧抓住哨亭的边缘，当再抬起头看刚刚还在悠闲度着周末的营房时，伴随着一声巨响，扑面而来的黄土灰尘覆盖了周围一切，瞬间营房轰然倒塌。

几秒钟的时间，巨大的摇晃停止了，但生活已经发生了翻天覆地的变化，崔山光着一只脚从石堆中走了下来，环视周围发现眼前的几家房子也倒塌了，慌忙中跑出的官兵们紧紧地拥抱在一起，惊慌地看着彼此，迎着碎石滚落的各种嘈杂声，崔山大声问："人够不够？我们的官兵有没有被乱石埋进去？"值班干部郭远敬哽咽地说："除左月亮站长外出，其余7人都在，没人受伤。"左月亮？左月亮站长上午就去村子里走访了，现在人在哪里？逃出来了没有？官兵们面面相觑，一时间心都揪了起来！

"玛米叔叔，妈妈还在里面，快救救她……"两个小孩惊恐颤抖的求助声虽然微弱但还是穿透了弥漫的尘土传进了官兵们的耳朵，大家循声望去，是距离边境检查站仅30米的"邻居"普布家的小孩在哭喊，同时还有一个穿着迷彩服的身影跑向两个孩子，是左月亮！是左月亮！官兵兴奋地跑向左月亮，郭远敬激动地抱住他："左站长，你还活着，太好了！都吓死我们了！"原来地震发生时，左月亮刚结束了走访，在往聂鲁桥边境检查站走的路上，还有200米快到的时候遇上了地震，他用眼睛点数着官兵，7人！都好端端地站到面前，他舒了口气，蹲下身："孩子，妈妈在哪个位置？"两个孩子伸出擦着鼻涕的手，指了指原来靠窗的床的位置，现在那里被垮塌的窗框压着，棚顶整张的铁皮向屋后的方向掉去。在这次地震灾区，倒塌的房屋上都盖着蓝色、绿色或粉色的铁皮板子，完整的人字形铁皮整体掉落在一边，几乎没有破损，像是房屋倒塌后铺上去的，遮盖着房屋碎石新鲜的伤口，实际上它们是来自百姓家房屋倒塌掉落的屋顶，有的铁皮板子上还零散地碎落些太阳能热水器的吸热板。太阳能在日照时间长的西藏地区非常实用，连百姓平时烧水的水壶都是用一张反光材料围成一个抛物面达到一定的集热面积，通过抛物面将平行的光汇集在一个焦点上，焦点处即为放置水壶的加热点，一个天然环保的太阳能烧水壶就做成了。在西藏，不仅是山区，连拉萨、日喀则的市区，这种烧水壶也随处可见。这种轻便的铁皮屋顶和小巧的太阳能使用减轻了垂直掉落的物体重量，为地震瞬间减少了不少伤亡。两个小孩的母亲普布就因此而幸免于难。普布半身瘫痪，卧病在床，是聂鲁桥边境检查站长期帮扶的对象，所以她床的方位和基本情况官兵们还是了解的，为避免工具挖掘造成二次伤害，官兵们徒手掀开倒塌的屋顶铁皮，搬走斜了半边的笨重家具，抬起折断的横梁，横梁是被沿纵切面砍开的，新鲜整齐的断茬再次代表大自然向人类示威，最后刨开堆积的石块，其实很多人看新闻或者来灾区采访的记者看到会好奇为什么这里的房子塌了是一堆石头？这是因为西藏山区房子一般都是就地取材，到山上开采一些形状比较规矩的有墙壁宽的石块，一块一块直接磊成房屋墙壁，用碎石塞填大石块间的缝隙，最后才用一点泥和草混合填缝，大大节约了建房盖屋的成本，而这样的墙壁当然禁不住地震的摇晃了。好在两个小孩的妈妈普布的床靠着的墙是向外倒去，只有少数石块砸在她身上，官兵从层层叠叠的乱石木方堆下找到满脸灰土裹挟着殷红血迹的普布，把她抱了出来。

清醒过来的普布没睁开眼睛就叫起两个小孩的名字，左月亮把两个小孩一手一个拉到普布面前，这时普布睁开眼睛拉住小孩把左月亮看了又看，突然嚎啕大哭起来，地震发生时，她把身边两个小孩奋力推出门外，她眼睁睁地看着碎石在眼前落下，看着两个小孩与自己被倒塌的屋顶隔开。她闭上眼睛绝望地躺下，认定此生将和孩子们阴阳两隔，没想到边防官兵们居然能在废墟中徒手把自己挖出来，她又能亲手摸到两个孩子的小手了，她把孩子的小脏手擦了又擦，把孩子落满灰尘的笑脸亲了又亲，母子三人紧紧搂在一起，抱头痛哭……

在生与死的边缘，才能看出什么叫母亲。孩子活着，母亲死了都会笑；倘若孩子没了，这辈子的母亲也就做完了。

在场的小伙子无一不被感动得落泪，这时卫生员小李已经悄悄地从倒塌成废墟的营房里抢救出一些药品和绷带，他刚刚刨过石块的手指还沾着被锋利的石块边缘划破而流的血，不知是疼痛还是紧张的原因，拿着药箱的手带动着胳膊都在跟着发抖。小李劝说普布先躺下，因为她的伤口已经混进了沙土而且还在流血不止，必须赶紧清洗止血。

安顿下普布和孩子，左月亮带着大家往村子里排查，以往童话般的世外桃源如今面目全非，一间间浓郁藏族特色的民居和一栋栋神秘小古堡一样漂亮的接待游客用的家庭旅馆如今成了一堆瓦砾，满目疮痍、遍地哭声，让左月亮救得了这个，顾不得那个。“不开眼的老天爷啊！”左月亮抓起一截倒到地上的经幡使劲扔出去，一只白色的瘦狗被惊吓得拐着一只脚跑了出去又回来继续守在原来家门前的石凳旁，而石凳后的那个家已然没了家的模样，有血从被石块砸到的脚趾间渗出来，瘦狗半躺下来抖着那只脚。

十多岁的女孩拉珍气喘吁吁地跑过来："叔叔，不好了，仓木觉家房子全倒了，五个人都没跑出来……"其实在内地城市，十五六岁的孩子见到二十出头的军人应该叫哥哥才对，但在藏区，不管多大的少男少女，只要没结婚的一般都叫穿军装的为"金珠玛米叔叔"或者直接叫"叔叔"，那种依赖与信任从称呼上便能略窥一二。

拉珍话音未落，官兵们就往仓木觉家奔去，跑到近前，官兵们惊呆了，本来两层的房子现在完全看不出房屋的原貌，就是一堆石头瓦砾堆在一起，仍然是一顶人字形的蓝色铁皮屋顶覆盖着废墟，盖得像一个硕大的坟墓，左月亮爬上去一把掀掉铁皮屋顶甩到废墟下面，有小孩惊恐的痛哭声从脚下的石头缝里隐约传出来，"小朋友，别哭，我们救你出去——"

根据孩子的哭声确定方位，勘察地形，左月亮决定从原来靠近牛棚的右侧门的屋顶开挖，搬石头，刨泥土，拔断木，清碎石，终于凿出脸盆大小的一个洞，官兵们把手臂伸进洞里，一点点引导孩子爬出来，有两个孩子得救了。

正当官兵们询问另外两个孩子的方位时，仓木觉家另外一栋半垮塌的房子里开始不断冒出滚滚浓烟，被救出的两个孩子中大一点的那个哭着指着冒烟的房子说："奶奶和两个弟弟在那个屋子做饭呢！"天啊，做饭？炉火？干柴？几个概念砰砰砰地从左月亮脑海里闪现出来！如果火势大起来，这里的民房一家挨着一家，间距不到一米，家家户户房屋又都有堆积如山的牛羊草料，房屋的围墙上都有垒得至少有小腿高的木柴，倘若火势蔓延，不但废墟里被掩埋的人无法救援，就连已经跑出的人们也会被火舌吞并，整个依山而建的村子没有地方可以躲避这场熊熊烈火，地震没有摧毁的村子包括所有的人和动物将被火焰化为一堆灰烬，为了避免这场毁灭性的灾害，左月亮冷静了一下决定救人救火同时进行！崔山负责组织官兵、召集老百姓背水救火，赶来的卫生员负责给官兵们从村里救出的两个重伤员包扎伤口，而他自己选择了最危险的任务：冲进仓木觉家已经垮塌的半边房屋中不断上窜跳跃的火苗里，抢救老人和孩子。

这时房子里昏迷的三人好像被火焰的热量和烟呛醒，孩子发出了一声啼哭，就是这一声哭声让左月亮在浓烟中成功定位摸到了孩子的一只胳膊，他迅速拉起孩子扛在肩膀上，避免地上的火舌燎伤了孩子，而他自己的眉毛已经被燎掉了半边，短短的贴着头皮的头发也被烧焦，裤脚也被烤焦差点烧着，可他自己浑然不觉，直到把孩子交给卫生员，卫生员才阻止左月亮再次冲进火海救人。可左月亮哪里还顾个人安危，他奋力挣脱卫生员的阻挡再次闯进火海救人，这时候余震突然袭来，一根燃烧的横梁砸在左月亮肩膀上，而房屋所剩无几的框架也再禁不住大地的摇晃和大火的燃烧，轰然倒塌……

就在燃烧的横梁落地的刹那，左月亮仿佛听见了那个平时很讨人喜欢的七岁男孩扎西“啊——”的一声惨叫，这声惨叫就在地震过去两个月里一直浮现在左月亮耳朵里，每当他走在村子里看到断壁残垣的时候，每当风吹树梢哗哗作响的时候，每当有无家可归的小羊羔咩咩的从后面默默跟着左月亮走在更加弯曲的乡间小道的时候，或者万籁俱寂猛然回头的时候，他都能听见那声凄惨求助的“啊——”，左月亮的手机里至今还保存着扎西和其他小朋友的合影，那是去年“六一”左月亮给他们送礼物的时候照的。扎西抱着礼物开心地笑着，学着官兵们的样子举起手向官兵们敬礼，可惜举的是左手，逗得官兵们哈哈大笑。左月亮记得当时带了小食品、玩具、衣服、书包，让几个小朋友自己挑选，扎西一眼就挑中了书包，左月亮就问：“扎西你怎么不选那身蓝色运动服啊？你穿正好，多漂亮！”扎西却用两个胳膊把选到的书包护在怀里，连肩膀都往前耸着，眼睛大大地睁着往上看，露出大块的白眼仁，显得脏兮兮的笑脸更黑了，左月亮被他的表现逗笑了，蹲下来逗他，扎西却认真地抚摸着书包说：“明年我就七岁了，我想上学……”左月亮被震惊了，想起自己远在四川乐山老家的儿子，每每上幼儿园都要妈妈买一堆零食带着，连哄带骗的开车送去，提到上学就哭闹不止。老婆经常在电话里诉苦，当然往往说着说着就埋怨起这个西藏工作一年回一次家的丈夫不负责，左月亮自知理亏只好哄着老婆，也由着儿子。可眼前这个大山里的藏族孩子却如此懂事，从此左月亮像是认了一个干儿子一样，没事就喊扎西来派出所玩，好学的扎西总愿意拿着民警们给的铅笔在纸上写字，左月亮就一笔一画教他写“中国”“边防”“军人”……扎西特别聪明，什么字教一遍就会写，又勤奋，那么小的孩子能坐得住板凳，一写就是半个多小时。山谷里的夏天热得他小手上的汗把纸都润湿了也不放笔，左月亮曾经跟崔山说：“这娃将来肯定能成村里第一个大学生！”可是还有四个月就开学了，扎西却再也不能背上他珍藏的小书包上学了……

当火势被扑灭，经卫生员检查，没有烧完的灰烬中，八十多岁的老么拉（藏语“奶奶”的意思）卓玛因房梁塌下砸中颈椎而去世，扎西因吸入大量烟尘经抢救无效死亡。

左月亮看着昨天下午这时候还活蹦乱跳跑到派出所跟他学写字的扎西，如今一动不动地躺在自己面前，想到如果自己再早一点冲进屋子，再早一点发现他的位置，或者再早一点留意到火势，可能就会多一丝生的希望，他恨自己为什么不能有跑得更快的一双腿？为什么不能多长一双救人的手？想到这里，深深地自责湮没了平日里高大威猛的左月亮。他呆在那里一动不动，突然一个拳头狠狠打在身边垮塌的石头上，鲜血顿时从手心顺着指缝冒了出来……

一个个生命离开，一个个生命被从废墟里抢救出来，无论什么样的结局，2015年4月25日无疑会成为人们生命中的重要节点。

天空毛毛细雨洗刷着震后的灰尘，夜晚开始降临，官兵同转移到边境检查站广场上的村民一起蹲坐在自搭的简易棚内，静静地观察着山上的落石，等待漫漫长夜快快结束。

第二天，4月26日上午，天空弥漫着浓雾，潮气不时袭来。中午11点多，县、乡领导来看望受灾群众，及时做了安抚工作，并决定将左不德村125名群众全部转移到相对安全的绒辖乡帮色村。后期，定日县人武部派出“珠峰应急民兵连”驰援绒辖乡，民兵随同官兵抢救、转移群众生命财产，边防某团150余名官兵也冒着暴风雪连夜赶来，从岗嘎镇到绒辖乡还有80多公里，全是在群山间穿梭的“搓板路”，中途需翻越海拔5400米的普士拉雪山，大部分路面被雪水泡得泥泞难行，大家在高原反应的情况下推车前行，及时赶来掩埋牲口尸体、消毒防疫、为民背水、在灾民中开展心理干预、在3500到4300米的山区运送救灾物资数十吨，和聂鲁桥边境检查站的边防官兵们一道为群众尽全力做着能做到的一切。

但这些是转移之后的事情了。26日，聂鲁桥边境检查站的边防官兵护送群众转移正走到路上，下午3点10分左右，强烈的震感又一次来临，剧烈的颠覆越来越强烈，官兵与剩余群众相互搀扶在弹丸之地，营房被破坏的单边墙又倒了一半，对面山体剧烈颤抖摇晃，发出轰隆隆的声音，巨石、碎石纷纷下落，飞沙走石，让人毛骨悚然，最担心的是怕山体倒向大家的立足之处或者地陷，旁边的转经房轰然间向人群相反的方向倒下，群众的尖叫声又一次掀起了高潮，复杂的心情又达到了极致，真的要葬送此处吗？大家心中默默祈祷，大地快快平静下来吧？

持续了30秒左右，恢复了平静，虽说是余震但震感明显感觉比25日的地震还要强烈，官兵们接着安排剩余的群众转移，全村最后转移的是崔山及6名官兵。生与死的抉择容不得太多考虑，官兵迅速在危险的沿途中徒步迅速向绒辖方向转移，战友在那里等我们。沿途中，道路裂缝，巨石堆积，坑坑洼洼，与生命、与时间、与机遇赛跑，要利用这一平静的时间差离开。一边跑一边斜视山体，防范落石的袭击，劳累的身体容不得休息，生的希望支撑着官兵的整个身体，平时一个半小时的徒步路程，只用了40分钟的时间就到达了绒辖。当最后7名官兵看到迎接他们的大队长普布次仁时，官兵们泪流满面，紧紧相拥。25小时50分钟的生死搏击，才真正感觉到活着的意义和人生真谛。在天地之间，大灾大难面前，人的力量是多么渺小，多么无能为力，人定胜天的概念如何去理解，如何去把握？在生死一步之遥时，面对地动山摇，飞沙滚石，身边残垣断壁，地面上下颤抖，心中的恐惧和求生的欲望，恨不得插上翅膀直奔云霄，远离险境。身临其境，才能让人真正体会到什么是生与死的瞬间。

这样的瞬间还在继续扩大，蔓延到整个夜晚，天黑之前聂鲁桥边境检查站的官兵为转移到帮色村临时安置点的村民们搭建了11顶临时帐篷，帮助卸运了各部门及时送来的救灾物资10余吨。

聂鲁桥边境检查站被掩埋的武器装备和军需物资还没有被完全转移下来，左月亮的心说什么也放不下，大家都劝他不要回去，实在太危险了，但他坚决返回，“这是边境地区，武器怎么能随便丢到没人管的地方呢？”说着带着战士陈小多返回了余震频发的左不德村。

安置点的微弱灯光在他们身后越来越暗了，绒辖乡两侧犹如刀劈剑削的山峰在漆黑的夜晚像是一只只利爪横在他们头上，压得他俩大气都不敢喘，生怕惊醒了一头头巨兽，动一动脚趾就能把他俩碾碎。

天黑出月亮，但地震后的几个晚上都没有月亮，不知月亮是不是也被吓得不敢露出头来，路上左月亮用心中那片信念的月光照亮摸索中的狭窄山路。一个半小时的艰难徒步跋涉后，两人终于返回了聂鲁桥边境检查站倒塌地点，单衣单裤的他们在已经成为空城的左不德村，在一片废墟旁相互依偎着，用体温抵御雪山脚下深夜的寒冷，看护着废墟之下的武器装备和军需物资。直到第二天早晨，大队的增援官兵赶到，一起把物资安全挖出，安全地移交给大队，悬了一晚上的心才算落地。

等到左月亮和陈小多第二天中午疲惫地返回绒辖乡安置点时，还带回了一些当时没有来得及从废墟里挖掘出的药品，78岁的老阿妈其美用藏族最亲密的礼节——头碰头，欢迎左月亮两人归来。她虽然不懂为什么这两个金珠玛米要冒那么大的生命危险返回他们已经撤离的空城，但她知道他们是去做保护她们安全的事情，她紧紧搂抱着左月亮，为他拂去身上落了一夜的尘土。

太阳照样东升西落，照亮人心上一道道结痂或者还未愈合的伤痕。

一个多月后，又一年六一儿童节到了，今年因为地震，社会各界爱心人士捐赠的儿童用品比往年都多，左月亮从爱心物资里抓了一把，有食品、玩具、衣服，还有书包……还有书包！

“扎西，你选什么？”

“我选书包，明年七岁，我就上学了……”

这样的对话瞬间再次浮现在左月亮脑海中，他的手抓着礼物就这样僵持在空气中。

“叔叔，叔叔，发礼物给我们吗？”一个小女孩扯着左月亮的裤腿怯生生地问，左月亮低头一看才发现好几个小朋友已经聚在他周围等待欢度属于他们快乐的节日。

左月亮问那个扯他裤腿的小女孩：“你叫什么名字？想要什么礼物？”

“我叫白玛，我可以要一个粉色的书包吗？”

同样的对话再一次浮现，仿佛是在安慰左月亮失落的心，可却偏偏戳中了他的泪点，他把手伸进车上大大的爱心包裹里翻找，想尽量满足孩子们的心愿，就在这时他看到了一个熟悉的礼物，一个蓝色的书包，上面是一只鼻子翘得高高的欢笑的米老鼠图案，跟去年扎西选的书包一模一样。左月亮赶紧如获至宝地把这个书包收起来，把旁边一个图案相同的粉色书包递给白玛，说：“白玛，你知道吗？村子里有个哥哥叫扎西，他有一个跟你一模一样的书包，他很好学，你得到这个书包也要像他一样好好学习，好不好？”小女孩并不知道扎西是谁，甚至不懂这场地震带给左不德村人一生的伤痛是什么概念，天真地喊：“好——”

当天晚上，左月亮把那个蓝色的米老鼠书包放到了扎西小小的坟前，地震期间一切从简，小孩子的坟地貌似更加草草了事，连挂在坟头意味着人去世后回归婴儿状态转世往生的摇篮都是歪的，里面还有后期余震落进的几块细碎的石块，左月亮用手把扎西坟上的土培了培，把书包小心翼翼埋进坟墓里，怕扰了惊吓中去世的孩子难得的好梦。他把摇篮里的碎石拣出来，一块，两块，三块……一块块数着，像两个月前教扎西算术题时数石子一样，捡完了，放进一本田字格纸本子和一支铅笔，把摇篮扶正，挂在坟头。

“扎西，你安心睡吧，睡醒了好好写字，等你把这本田字格写完，叔叔再给你送……”

“叔叔还要告诉你一件事，到了天堂，要学会用右手敬礼……”

聂拉木边防大队官兵自制担架转运群众通过一处塌方体。（郑永波　摄）

吹不散的云朵

一朵云泊在水心
任凭风的挑唆
仍团结得不乱阵脚

这些温暖的云朵烹煮着人们的生活
随一声吆喝用皮毛擦亮启明星
踏碎朝霞的脚步
如化石述说旷野苍茫

以土为净，以地为天
羊群飘成草原上吹不散的云
牧鞭就成了转经筒上最后一道暗伤
温润的羊奶日夜流淌，抚平

惊魂聂拉木

喜马拉雅雪山脉在日喀则境内被砍了四个缺口，它们形成了日喀则“四大名沟”：吉隆沟、樟木沟、嘎玛沟和亚东沟。这四条沟的共同特点是：发源于雪山，海拔从5000米一路下降到3000米，经低处流到国外。独特的地貌造就了奇特的风光：雪山相伴，景色多变，人迹罕至，恍若世外桃源。

吉隆沟的风景集中在吉隆镇一带，地震前走进山上的几个村庄，有走进世外桃源的感觉，地震后好多成了群众全部撤离的空城。

樟木沟，南起中尼边境的樟木镇，北至喜马拉雅山脉通拉山口，位于聂拉木县境内的通拉山口自古以来是由西藏通往南亚次大陆的门户，也是青藏高原与喜马拉雅山脉南坡高山峡谷地带的分界，更是连接珠穆朗玛峰南坡和北坡的必经关隘。

聂拉木藏语意为大象颈脖的意思，人们通常理解和汉译为“地狱之路”，足见地势的险要，聂拉木公安边防大队就驻扎在这个县城。在西藏有些县城甚至没有下面的一个镇繁华，面积也大不了太多，因为不管县还是镇都是在山间开凿，就像在有褶皱的地毯上撒一把米，米粒聚集的地方就是西藏散落在沟谷里的村落和县城。

4月25日发生地震时，聂拉木公安边防大队的官兵正在楼内休息，突然感觉到轻微的晃动，从轻微到越来越明显，还在洗漱间洗衣服的杜皓东2008年在拉萨感受过当雄县发生地震时拉萨受到余震的轻微波及，当时是好奇心战胜了恐惧。可这次他明显感觉不对，人的群居性开始显现，要得到别人相同感受的认可，杜皓东跑向宿舍“哐”一声把门踹开，战友们脸上同样写着不明所以，突然不知谁喊了一声：“是不是地震？”“跑！”简单的两句话，所有人夺门而出！杜皓东和班长张雄伟、大队长通讯员尼玛直接跑到了单位外面的街上，其他战友向单位旁边的空地跑去，其实所谓的跑，在那一刻就是随着大地晃动，不管你多么有力气，都像是跑不出如来佛的手掌心，头晕目眩，摇摇晃晃、跌跌撞撞的连平衡都把握不了。杜皓东、张雄伟和尼玛三人蹲在街边的空地，周围三三两两的群众有的哭、有的叫，为了防止撞击到障碍物引起二次伤害，杜皓东让他们蹲下，手撑着地，不远处新建的楼房摇摇晃晃，瓦片夹杂着雪花一同落下，四周多处地方冒起了黄烟，周围的山上传出轰隆隆的塌方声……

当大地终于平稳下来，杜皓东三人心有余悸地回到单位去寻找战友。在集合清点人数后，政委分配了留守、出勤人员任务。

“你们害怕么？”

“怕。”

“我也怕，但是我们是军人，这种时候就是要站出来的人。”就在政委说完这句话的时候，大家都默默地挺直了脊梁。

走在街上，几乎没有一栋完整的房子，裂痕、坍塌随处可见，还要小心随时从屋顶掉落的碎砖片瓦，近两个小时，下午3点50分，两个组将聂拉木县城内全部巡察了一遍，随后接到命令继续沿318国道进行巡察，有公安和群众提供线索称有游客在震前前往樟木和返回日喀则方向，于是两组人员又分别向两个方向进行搜寻。

一路上余震伴随着山上的落石，危险系数比县城里高很多，好在没走多久，向日喀则方向返回的旅客就被找到了，他们正被前方一处落石较多的塌方点拦住去路，发现时虽然多少受了伤和惊吓，但万幸无人员遇难。紧接着，往樟木方向搜救的一组也找到了另一批游客，虽然没有遭遇塌方，但也受了不小的惊吓，有一个学生模样广州口音的女孩一直在哭，乘坐的中巴车也被落石砸得千疮百孔，女孩可能从没经历过这样的阵势，被吓得不知所措，旅游车已经无法前行了，两组搜救队护送这些游客返回到聂拉木公安边防大队的临时安置点。

下午5点12分，快要到达单位的途中，杜皓东看到单位后面的墙倒塌了，中午吃完饭才从它旁边走过，就这么没了。

晚饭吃到一半接到通知，曲乡边境检查站官兵在巡察途中发现有群众受重伤，一直处于昏迷状态需要进行急救。虽然只是在电话中得知情况，但从声音的嘶哑就可以听出十分紧急，放下碗筷，负责新闻宣传工作的杜皓东带着相机和战友一同前往县医院提前准备，地震时期救人要紧，但保存宝贵的影音照片资料也是一位新闻工作者的战斗职责，像杜皓东这样在地震第一时间用相机作为锹镐奋战在废墟上的战士并不少，他们用底片和笔记录下一个个抗震英雄的故事，把这张英雄簿高举到媒体和群众面前，自己却永远置身于这张纸的背面。

赶到医院门口时正好一辆车身落满了厚厚灰土的警车开进医院大门，白色的车身上，深蓝色的“公安边防”四个字也变得灰头土脸，但依然清晰可见，地震之后群众看到这四个字都会眼前一亮，因为看到这四个字就看到了生的希望。在西藏，就算不认识汉字的藏民也认识这四个字。这辆从口岸开过来的车身全是灰的巡逻警车让杜皓东突然意识到真正的地震中心在尼泊尔，那么我国境内受灾严重的就是依山而建犹如重庆山城般的樟木镇了，平时就因地势险要著称，每年雨季山体塌方情况也时有发生，更何况遇上地震？而且那里是目前客流量最大的中尼口岸，一定滞留了很多受伤群众……

杜皓东的担忧被车子还没停稳就打开的车门打断了，几名战友将两个中年男子从车上抬下来，他们看上去明显已经快不行了，口吐白沫偶尔还在吐血，被抬下来的时候身体软软的看上去没一点力气，医生和抬他们下车的边防官兵一直呼唤着他们却不见有回应，随后医生一边摇着头一边把他们推进了医院。这辆曲乡边境检查站来送受伤群众的边防警察叫莫星，是杜皓东的同年兵，杜皓东见了他赶紧跑过去问：“下面的情况怎么样？”因为樟木口岸地势较聂拉木县要低，官兵们习惯称樟木口岸方向为“下面”，平时总爱跟杜皓东开玩笑的莫星当时却只是很茫然地看了杜皓东一眼，然后目光便随整个人瘫坐在地上，杜皓东坐到他对面，盯着他，一分钟，两分钟……莫星终于开口了，但好像是自言自语一样呢喃着：“绝望的感觉……山塌了、地裂了、路封了、电断了、信号也没有，差一点就交代了……”那一刻，想象中的画面像一幅支离破碎的画卷一样被一点点打开，打开的过程中掉下破损的残片，还筋骨相连……

从医院赶回聂拉木县相对比较宽敞的空地上时已经是晚上19点32分，距离天黑还有一个小时左右，要在天黑前搭建至少20顶帐篷才能将附近受灾群众安置进来，算下来3分钟就要搭建一顶。一顶就140多斤的帐篷，先要从车上卸下来、拆开，再装……这样的动作官兵们就像机器人一样来回重复。汗水伴随着“一、二、三”的号子声成了一道风景线，一些地震中没有受伤的来藏游客驻足拍照，也有不少年轻男子动身参与。官兵们来到聂拉木县中学搭建最后一处帐篷区的时候，天已经逐渐暗了下来，看着上百的孩子们就地铺上随便找来的各种垫子直接盖上被子，就这么露天而寝，官兵们心里的怜惜开始蔓延。

杜皓东看到一个眼睛大大的男孩子蜷缩在一个不够他躺下的垫子上，受灾的孩子太多，临时找来的垫子不够用，孩子只能弯曲着腿躺在上面，泪痕清晰地划过不知是因为落满地震时的灰尘还是受惊受冻而灰黑的脸上，杜皓东问孩子们：“你们冷不冷？”

他们害羞地说：“冷。”

再问：“怕不怕？”

不少孩子回答：“怕——”

“勇敢一点别害怕，好吗？叔叔们在这里保护你们，好不好？”

“好——”说完孩子们都笑了，孩子的笑真的很温暖，让刚刚搭建完帐篷体力透支的官兵们瞬间感觉又充满了力量，他们直起身，仰望着头顶簌簌而下、越来越多的雪花，却不畏惧这寒冷，他们的热情就如同这满天雪花，越发浓烈，他们有的受伤流了血，有的手已经抬得没有了力气，却没有一个人喊累，他们都知道早一点搭建出帐篷，孩子们就能早一点享受那简单的温暖，再俯下身时不禁更加卖力。

共眠一舸听秋雨，小簟轻衾各自寒。

杜皓东和搭帐篷的官兵回到聂拉木边防大队的时候已经接近晚上9点钟，他回到宿舍喝了点水。抗震期间，有水的时候一定要多喝些，因为不知道在接受下一个任务、走进下一个无人区的时候，山泉会不会受到地震地质污染而无法饮用。如果那样，那么方圆数十里的水源就中断了。

在灾区，水的重要性远远高于食物。

聂拉木边防大队的电和手机信号也中断了，好像突然之间大家被拉回几十年前的世界，害怕余震的再次发生，官兵便聚在院子里聊天，谈论今天发生的这一切，谈论小时候夏天的夜晚也这样关了灯一家人拿着小板凳坐在自家院子里水井边上聊天乘凉的日子……好像只要聊一聊那些安逸平和的日子，那种平安的幸福就会重新归来。

休息的时间刚够把一支烟吸完，又接到新任务，运送救灾物资的车因为山体塌方被困在了318国道处，聂拉木边防大队的官兵需要靠人力爬过塌方点，把外界驶来的车上的物资卸下来、背回来。官兵们在聂拉木县政府前集合整队完毕，出发前往318国道封路处，这时已经将近零点。在手电筒微弱灯光的指引下，能看见路上有很多的碎石。越往前石头堆积的越多、个头也越大，有的已经不能用大石头来形容，甚至一块石头就是一座小山。越过一段塌方，前面还有一段塌方，在漆黑的山谷里穿行，官兵们不知道目的地在哪里。途中最危险的地段就是挡住救援车辆进入的那段山体塌方，20多公分宽的小路，左边就是刚刚落下还没有落稳的大小石头，根本不敢伸手把扶或者触碰，大山就像是一个酒醉昏睡的醉汉，不知哪一下碰醒了他，他又会起身丧失理智般咆哮，而右边就是深不见底的悬崖，在夜晚向下张望有一种天地颠倒的失重感，官兵们只能凭着感觉贴着悬崖前进。零点十三分，这是杜皓东当晚用相机记录的最后一张照片显示的拍摄时间，背物资正式开始，5人一组协力背上140多斤的帐篷，1人作为观察员负责周边警戒和照明，用官兵的原话说就是“背的东西已经感觉不到重了，就是路上石块多，天黑看不清……”物资的形状各异，有的是成箱的物资扛在肩膀上，有的是细长的帐篷杆子，扛这个过狭窄的悬崖边时一不小心杆子打在山上刚刚滚落的石头上，细碎的落石声就会给官兵们紧张的心理更提升一级恐惧。几天之后，当官兵看到录像机里录制的短暂影像时都被自己当时的行动惊呆了，不相信自己当时就是在那样危险的状况下爬过来的，那场面简直可以用惊心动魄来形容。由于需要搬运的物资很多，一次根本搬运不过来，官兵们记得在第三次来回的时候，大家根本记不清是几点钟了，相机、手机都没有了电，杜皓东问战友借用了还有剩余电量的手机，想多拍摄一些背运物资途中的艰险情况，就在他和几个战友放下肩上的物资在一处塌方下来的石堆附近休息，等待其他战友背着物资过来汇合时，意想不到的余震再次降临，“别过来，地震了！”“山塌了！”“别走过来！”……

所有人都声嘶力竭的嘶吼着，提醒着后面的战友。面前的山体开始崩塌，滑坡夹杂落石，轰隆隆的声音，三者混在一起带着回音让身处这个漆黑的峡谷中的人瞬间充满了危机感，身后悬崖下的波曲河水声与远处的塌方落石相互交融，地动山摇，进退两难！好在这时另一些官兵已经冲出塌方区跟前方暂时休息的官兵汇合在了一起。天，似乎在地动山摇中显得更黑了，官兵们围坐在一处还算平坦的旷地，一个个看不清楚对方的容貌，一个个沉默不语，一个个分不清楚彼此是哪一个，可在那时，这些都不重要了，活着的都是亲人。此时的雪下得越来越大，好像刚刚摇动的大山撼动了天空，打翻了本来水平盛放的盘子，将满盘雪花倾倒进惹事的大山。聂拉木派出所所长杨光第一个从地上站起来，他告诉大家要克服心里的恐惧，不能在这里等死，还有很多人在等着我们……惊魂未定的官兵就这样在杨光所长的带领下继续背着物资在摇动的大山里前行。

走着走着，天，就亮了；山，就亮了。

吉隆边检站组官兵到驻地吉隆镇完全小学搭建的帐篷小学里和学生们一起做老鹰抓小鸡游戏为孩子们减压。（郑永波　摄）

桂花辞

微风起，每一朵花
都是啁啾的母语，乡愁的陷阱

此刻，我从树下打马而过
灵魂愈来愈轻，诗歌中
却越来越多的痛苦
越来越少的悲悯

一匹马，最终在桂花丛中
马失前蹄，我担心这么多年的跋涉
并不比一朵花更懂得美，和坚持

“叔叔，明天你还给我们当老鹰吗？”

2015年4月25日14时11分，尼泊尔博克拉县境内发生了里氏8.1级强烈地震。西藏日喀则市聂拉木县、吉隆县、定日县震感强烈，刹那间，大地颤抖，天空哭泣，巨石滚落、房屋坍塌、通讯中断……

地震后，震区的学校大多成了危房，灾区的孩子瞬间失去了昔日汲取知识的场所。身处灾区的西藏公安边防总队官兵们看在眼里、急在心里，主动为学校搭建帐篷，抢出课桌、书本，为学生开展安全知识教育、心理解压，为师生送去爱心，让重灾区的群众看到希望。

4月25日，原本春暖花开，景色宜人，房屋错落有致的绒辖乡随着大地震的到来转瞬间就变成了断壁残垣、一片废墟、人畜哀嚎的人间炼狱。位于仓木坚村的绒辖乡完全小学也遭到山上滚石的袭击，校舍成了危房，学校被迫停课，

4月28日，日喀则边防支队定日边防大队救灾官兵结束了一天的救灾工作，正躺在绒辖乡帮色村集中安置点的帐篷外休息。绒辖边防派出所民警晏杨看见乡完全小学的学生正在身旁玩着石头，追逐打闹。

看着学校学生整日无所事事，大好时光被白白浪费，这让作为学校法制副校长的晏杨同志皱起了眉头：“地震发生以后，绒辖乡90%的房屋都严重受损，绒辖乡完全小学也被迫休课，原本应该在学校上课的学生们此刻不但无家可归，而且连学也上不了，这个问题必须解决。”

想到这里，晏杨立即找到指挥救灾的定日边防大队大队长普布次仁和小学校长加布，着手商议帐篷小学复课事宜。加布校长说道：“看着孩子们整日无所事事，我心里也不好受，但你们这几天这么累，我也没好意思开口让你们帮忙。”大队长普布次仁当即表态：“孩子上学是大事，学校不但要复课，还要尽最大力

量保证学生的教学、生活水平恢复到地震前的状态！”

4月30日，在向定日县抗震总指挥王珅县长汇报后，边防官兵为完全小学争取到了13顶帐篷。为确保安全，边防官兵们在邀请县安全局工作人员对帐篷学校的选址进行了安全评估后，将帮色村最平坦、最安全且相对安静的地方规划为帐篷学校所在地。随后，边防官兵根据帐篷学校所需的功能以及安放要求，立即着手进行帐篷搭建。

经过官兵们6个小时的紧张工作，崭新的帐篷小学矗立在绒辖乡冲色村的安置点：炊事帐篷、学校食堂、教室、学生宿舍、教室办公室一应俱全，细心的官兵还为学生们平整出一块场地，用于日常活动。

帐篷搭建完毕后，很多绒辖乡百姓都不约而同地聚了过来。在得知这是新的乡小学的时候，他们止不住的连连点头，说道：“芒米（当兵的）想得真是周到，还给我们的欧洛搭了那么漂亮的帐篷，我们都想搬过来住了！”

有了学校没有课桌怎么办？官兵们一商量，决定连夜前往余震频发的绒辖乡完全小学，紧急拉运出课椅、课桌等教学设施，以保证帐篷学校的正常运行。

5月1日上午，全校113名学生和 9 位老师全部转移到临时安置点，帐篷小学正式开课。

学校建起来以后，晏杨又来到学校，为学生讲解防灾、减灾知识，组织学生进行了地震自救演练，还带领官兵为学生开展各种心理行为训练，最大限度减少地震给学生们造成的心理影响。

如今的帐篷小学依旧书声琅琅，学生们脸上又恢复了往日的笑容，这美好的场景会停留在这祖国西南边陲的小乡村每名百姓心中，停留在官兵的记忆中，永远无法抹去。

地震中，吉隆县吉隆镇完全小学的校舍也遭到严重破坏。244名小学生被迫停止上学回到家中。

这让吉隆完小的校长久美着急万分。怎么办？怎么办？无奈之下，久美校长来到了长期结对帮扶的吉隆边检站请求帮助。

“请校长放心，等我们把受灾群众和伤员安顿好，我们会第一时间考虑学校复课的事情，您先别急，等我们的消息。”听到久美校长的要求，吉隆边检站尕麻旦增政委第一时间答应了下来。

4月28日，地震后的第三天学校复课，学校目前临时设置在萨勒村安置点内，现有教学用帐篷2顶，住宿用帐篷3顶。28日安置点开始通电，教师去周边村庄打水来提供生活用水。师生们在临时搭建的帐篷内开始了正常的教学与食宿。由于路途险峻加之震后道路不畅，学校的184名学生中复课的有60多名，教师12名。

4月29日，武警西藏总队日喀则市支队派出8台运兵车，从聂拉木县中学转移初三年级师生218人，将他们送往日喀则职业技术学校异地复课。

4月29日，吉隆县萨勒完小小学一至五年级学生在临时帐篷内上英语课，远处山上是完小危楼的一部分。吉隆县萨勒完小位于西藏边境村之一的萨勒村中，受尼泊尔地震影响，萨勒完小的住宿房、教学房、教师办公房都在地震中出现了不同程度损毁。学生在地震发生后被迫停课。

4月29日下午，连续奋战了4天的尕麻旦增看到集中安置点的灾民情况基本正常，伤员也都得到了妥善处理，这时他想到了小学的200余名孩子上学的事情依然没有得到解决。联系抗震救灾指挥部，很快15顶帐篷得到了解决。

4月30日，吉隆边检站的官兵们带着帐篷和部分大米、面粉、清油、罐头等食品来到吉隆镇完全小学，按学校的要求，搭建起了帐篷小学。

4月30日，可容纳定日县绒辖乡112名学生的“帐篷小学”立在震区上，5月1日，正式开课，同时吉隆镇完全小学的244名小学生全部归校。下午3点，升旗仪式过后，吉隆镇的首个地震帐篷小学正式复课。

5月5日，为了确保帐篷小学的安全，学校决定将帐篷小学搬迁到300米开外的空旷地段。吉隆边检站官兵主动承担起搬迁重任，并为新的帐篷小学校区搭建了厕所，为小学平整出一块100余平方米的操场。

由于地震造成吉隆镇多个村庄被毁，许多孩子的家都在地震中倒塌。看着衣着单薄的孩子一双双求知若渴的眼睛，边检官兵的心一阵阵发痛。

“4·25”地震过去一周后，西藏定日县绒辖乡受灾群众的生活正逐步恢复。在绒辖乡邦色临时安置点，孩子们也拥有了自己的简易帐篷学校。

走进西藏吉隆县吉隆镇小学，旗杆上的五星红旗迎风招展，学生在一顶顶帐篷内专注聆听老师教诲。西藏重灾区吉隆县所有学校目前已经复课。吉隆县教育局长拉桑桑旦介绍，为了让地震灾区学生早日复课，救援人员已经在校园内或者校外的开阔地带搭建了帐篷，供学生上课和住宿使用，为学校全部复课提供了基础条件。据了解，下一步，有关部门将对学校受损的教学设施进行评估，或翻修或重建新的教学楼，尽快让学生回到宽敞明亮的教室。

负责单位爱民固边战略的李国伟，一边将仓库里剩余的“爱心物资”送到帐篷小学困难学生手中，一边再次在“百度爱心吧”和微信群里发起了为地震灾区困难儿童募捐的倡议。

活动发起后，迅速得到壹基金、橄榄公社、越野e族等爱心社团的回应，一批批爱心食品、爱心衣物、爱心书籍、爱心文具被送到困难学生的手中。

“下面我们一起来做个游戏，这个游戏的名字叫老鹰抓小鸡。我呢，就当老鹰了。你们出来8个人，当小鸡……”5月13日上午，吉隆边检站一级士官肖富贵和战友一起来到吉隆镇完全小学的帐篷学校里为学生做震后心理疏导，快乐的小游戏成了官兵和学生交流最好的方式。

“地震后，边检叔叔经常来我们这，帮我们搭帐篷，给我们送衣物、送书本、送好吃的，教我们地震时怎么自救，和我们一起做游戏。边检叔叔最好了。”吉隆镇完全小学四年级学生次仁卓玛开心地说。

关于学校的记忆，杜皓东有着独特的感受，地震发生的第一天他因为担负着新闻报道的工作，整天都在采集照片和记录战友抗震救灾的感动瞬间，忘了是几点钟回到的单位，躺下就感觉双腿已经不听使唤。不知何时电力恢复了供应，他坐在电脑前看了看这一天错过的新闻，有很多他白天拍摄的照片，甚至还出现在了新闻联播里，他顿时觉得今天的出生入死那么值得，看到全国都关注着西藏日喀则灾情，他也感觉安心了很多，国家并没有放弃西藏这片雪域高原。

他想起前往县中学的路上，远远看到中学宿舍3楼的窗户外挂着由形色不一的床单和衣服绑成的绳索，他感到很惊讶，因为自己在学生时代如果遇到这样的情况，恐怕没有他们这么冷静，而现在又有多少孩子在面对灾害来临时自救能力不够保护自己的呢？书本上的长篇大论是否又适合孩子的现实生活呢？这恐怕是要引起长远重视的问题。

他来到中学的操场上，百名学生围坐在操场中央，看每个人身边都多少摆着水果、午餐肉罐头和牛奶，这些食品是县政府、边防大队、县中队等多个部门共同提供的。

后来杜皓东在学校上课的课间来到吉隆镇小学遇见小学生拉巴扎西走出教学帐篷和同学玩要，拉巴扎西来自吉隆县吉隆村，受地震影响，学校和他家房子都受到损坏，他和家人住进了吉隆镇受灾群众集中安置点。在地震中，西藏吉隆县内的6所小学、1所中学和3所幼儿园均遭受不同程度损毁，约2800名学生受到影响。拉桑桑旦告诉记者，由于西藏实行农牧区学生“包吃、包住、包学习费用”的三包政策，学生还可以享受到营养改善计划，学校仓库在地震前储存了面包、牛奶等食品，复课后，学生正常饮食没有受到很大影响。

愿这些高原的希望能够茁壮成长，边防叔叔愿意做守护你们成长的那只“老鹰”。

社会各界众志成城抗震救灾。7.1 级余震来临时，两名正在疏通 318 国道聂拉木段塌方道路的执勤民警险些被余震引发的滚石击中。（郑永波　摄）

清梦微光

一夜春雨摧开湖水梦里的双眼
圆圆的荷叶努力在湖面下睁大瞳孔
唯恐这突如其来的风雨，搬走它与阳光的约定

水，不会将荷的目光淹没
梦，也不因一夜窒息而死去
就像那只雄鸡踏过一路阡陌，睡进
谷穗里含苞待放的金秋
终于，一声仰天长啸
刺破头顶湖水般卷着浪花的蓝天
透出一线阳光
在寒露的清晨，引燃每只花苞的蕊
开放大地一片微光

守望“中国西藏之声”

如果不是地震第二天就有一批民间救援队员进入灾区，我不会了解到这一支熟悉而又陌生的队伍——蓝天救援队。

尼泊尔“4·25”8.1级强震导致我国西藏日喀则等地区受灾的消息一传出去，26日第一批蓝天救援队队员就赶到拉萨并于27日赶到日喀则开展救援，是最先到达灾区的外部救援队伍。

作为中国红十字会的民间公益性救援组织，蓝天救援队队员的行动都是自费的。比如，常熟两位队员张宇朴、臧叶付从无锡飞往广州的机票就2600多元，广州飞往尼泊尔的机票又是13000多元，全部由队员自付。从尼泊尔传回的消息，当地水源不好，救援队又采购了许多净水片和小型破拆工具，方便救援工作顺利开展。正在广州白云机场待命的张宇朴告诉记者，此次前往救援的队伍，部分队员将参加救援由于地震引发珠穆朗玛峰雪崩被困在珠峰南侧的我国登山队队员，看看是否能帮助他们撤离。其余队员将主要在尼泊尔老城区开展救援工作。

“蓝天救援”是中国民间专业的纯公益紧急救援机构，成立于2007年，中文名：蓝天救援，英文全称：BLUE SKY RESCUE（简称BSR），成员规模30000人。蓝天救援是以志愿服务为原则，以建立和推动国内民间救援体系的发展，使每个国民享有免费紧急救援服务为宗旨，以专业化、国际化救援机构建设为目标的专业救援机构。

BSR是中国独立的专业性民间志愿公益救援机构，总部设在中国北京。已在全国31个省市自治区设立分队，全国登记在册的志愿者超过30000余名，其中有超过10000名志愿者经过了专业的救援培训与认证，可随时待命应对各种紧急救援。BSR的任务是协助政府应急体系展开防灾、减灾教育培训，参与各种灾害事故救援行动，减少灾害和事故造成的财产和生命损失。无论是台风、地震、雪崩、洪水、泥石流等自然灾害，还是山林火灾、大型意外事故与其他户外安全事故，都在BSR的救援应对范围内。经过多年的发展与实际救援，BSR已经形成了一个建立在风险处理及预防基础上的综合性应急管理体系，成为一个涵盖生命救援、人道救助、灾害预防、应急反应能力提升、灾后恢复和减灾等各个领域的专业化、国际化的人道救援机构。

截至2015年，蓝天救援队在全国31个省，108个市都有分队，队员人数已超过20000人，开设了公益性的遇险紧急救援电话，并开展了各辖区范围的户外救援及全国性紧急灾害救援活动。积极开展户外遇险预防知识的公益培训课堂，联合国家救援队和消防部队进行救援演练，通过专业的系统培训不断完善和提高救援队伍的素质，同时还开展了国际救援的交流和培训。

蓝天救援团队建立了第一个中国志愿者发起的人道救援组织——蓝天救援国际救援机构，在国际人道救援领域发挥着作用，展现了中国志愿者的责任与担当，以少说多做，默默奉献，完善自我，善待他人为队训。每名队员都要牢记蓝天救援入队誓词：“我志愿加入蓝天救援队，遵循人道、志愿、奉献的志愿精神，勤奋刻苦、努力训练、团结有爱、自助助人，在各种危机面前竭尽所能的挽救生命。”

蓝天救援队是以志愿服务为原则，以建立和推动国内民间救援体系的发展，使每个国民享有免费紧急救援服务为宗旨，以专业化、国际化救援机构建设为目标的专业救援机构。中立与独立——是蓝天救援队遵循的普世原则，坚持人道援助的权利，恪守中立不偏的立场，全体成员严格遵循其专业规范，独立于任何政治、经济和宗教势力之外。不分种族、宗教、信仰、国界和政治立场，为身处困境的人们提供援助。蓝天救援不接受任何商业合作、不做广告、不做冠名，没有任何收费服务，队伍成立需要书面签署保证书。

蓝天救援根据实际救援需求设有多种不同的岗位，志愿者可以根据自己的个人能力与实际情况选择不同的岗位，经过严格的岗位职能培训后参与蓝天救援的志愿服务。目前，蓝天救援设立的志愿工作岗位主要有：一线搜救，秘书统筹，后勤保障，车辆运输协调等；同时，如果您具备设计、外联、宣传、方案写作、翻译或其他以下的专业技能也都能够找到自己的用武之地，只要您有一个谦虚的志愿服务的心态，就能在蓝天找到属于您的位置。

然而，救援的力量并不是万能的，在此次西藏地震中有一位曾和王石一同攀登玉珠峰的常熟的登山爱好者戈振芳就不幸遇难，戈振芳生前就职于常熟古建园林建筑集团有限公司，有着丰富的登山经验及数座8000米以上山峰的攀登纪录。2001年，曾和王石一同攀登玉珠峰。地震发生多日后家属仍然无法相信这个现实，仍在设法通过相关救援机构、保险公司等途径努力准备将其遗体运回内地。

据悉，雪崩时位于珠峰南坡的三支中国队伍中，由宋玉江和李建宏带领的队伍全体安全。由麦子带领的中国首支女子登山队中，一名男队员（即26日确认的戈振芳）和两名夏尔巴人遇难，两人骨折，而此次发生的强烈地震引发珠穆朗玛峰雪崩，造成至少17人死亡，30人受伤。

除了民间救援组织，中国政府医疗队58人也跨境奔赴尼泊尔进行援助。4月26日9时，由四川省人民医院承建、管理的国家紧急医学救援队接到国家卫计委紧急命令，前往尼泊尔参与医学救援。4月26日23时30分，由四川省人民医院牵头，省卫生计生委3人、省人民医院队员35人、省疾控中心卫生防疫人员5人、四川大学华西医院9人等共计58人组成的中国政府医疗队，在四川省人民医院集合，整装出发，赴尼泊尔震中地区。

“医疗队分为综合协调组、医疗救援救治组、后勤保障组和防疫组，队员们将丰富的抗震医疗救援经验和先进的医疗救治技术带给尼泊尔地震灾区的人民。”据四川省卫生计生委副主任杜波（医疗队队长）介绍，医疗队将带13吨震区急需的医疗用品一同前往，27日凌晨4时左右起飞赴加德满都。

国家紧急医学救援队四川队是全国唯一能够在海拔3500米安营扎寨、在海拔4000米高原紧急施救的队伍。这是一支有着丰富抗震医疗救援经验的医疗队，他们经历过“5·12”汶川特大地震抗震医疗救援，被评为全国抗震救灾英雄集体；参与了玉树地震、芦山地震的医疗救援和救治。

然而，虽然如此多的救援组织怀着满腔热情来到抗震救灾一线，但有一个情况却不得不直面：中国民间救援组织为何有时陷入“孤岛”？

5月22日，在尼泊尔巴德岗的一大片空地上，由中国扶贫基金会援建的震后受灾民众集中安置社区正式开营。这是尼泊尔“4·25”地震后，我国民间组织第一次在尼泊尔设立大型的灾区民众安置社区，将与当地民间组织一起，为社区群众提供住宿、饮食、卫生、教育、心理、文化、生计等多元化支持性服务。

尼泊尔“4·25”地震后，走出国门开展海外救援的民间组织，除了中国扶贫基金会、深圳壹基金公益基金会（以下简称“壹基金”）、爱德基金会这3家公募基金会，还有10多支民间救援队伍。

“这是迄今为止我国民间组织反应最快、规模最大的一次海外救援行动。”

爱德基金会秘书长助理何文称，作为国际救灾联盟的创始成员、理事和在中国的唯一合作伙伴，爱德基金会在地震发生后的第一时间就行动起来。4月25日14时30分，爱德基金会分别与国际救灾联盟日内瓦秘书处及尼泊尔成员机构取得联系，经磋商之后，决定参与尼泊尔地震灾区的救援工作。

同一时间，中国扶贫基金会也紧急启动“人道救援——尼泊尔特大地震及西藏地震响应救援”。第二天9时30分，中国扶贫基金会秘书长助理安建荣带队赶赴尼泊尔灾区一线，联系当地政府、国际组织及联合救援组织开展灾情评估，并建立一线救灾营地。

“这次救灾，大家很快就建立了一个个自发的沟通机制，比如壹基金、爱德基金会、蓝天救援队，还有一些其他组织。”中国扶贫基金会秘书长刘文奎说。

刘文奎所说的是“尼泊尔地震-中国社会组织信息协同平台”的建立。4月25日地震发生当晚，基金会救灾协调会就在北京师范大学召集成员机构代表和其他相关机构，召开第一次协调工作会。会议决定建立信息协同平台，紧急响应阶段信息协同机制也随后出炉。

基金会救灾协调会成立于2014年4月29日，芦山地震第10天，由中国扶贫基金会、壹基金、中国青少年基金会、南都公益基金会等联合发起，旨在促进基金会之间互通信息及协调行动。

刘文奎担任基金会救灾协调会现任理事长。尼泊尔地震第二天14时30分，他主持召开了信息协同平台第二次协调工作会。除了基金会救灾协调会成员及其他有计划参与救灾的公益组织，参会的还有联合国开发计划署（中国办公室）、国际计划、亚洲基金会、英国救助儿童会等国际机构代表。

为了保障中国民间组织在尼泊尔的国际救援行动安全、有效、有序，协调工作会达成了五点共识，其中包括“尼泊尔地形地势复杂，语言沟通不畅，建议缺乏相关专业能力和救灾经验的队伍不要前往灾区”和“参与‘4·25尼泊尔地震’响应的中国社会组织应加强沟通和协调，做好信息共享和行动协同”。

地震发生后3天，紧急救援仍在进行的时候，身在尼泊尔地震灾区的媒体人王秀宁便传回消息说，中国民间救援力量在到达尼泊尔后遭遇了“三大难题：通讯极度不畅、交通协调困难、向导人员不足”，以至于一度沦为一个个“孤岛”，“尽管忙碌，但却缺乏一个整体行动中的坐标感”。

对于联合共识和协调机制在现实困难面前的乏力，刘文奎和爱德基金会秘书长丘仲辉均不回避。刘文奎指出：“大家都是第一次出去，任何人都没有足够的资源为所有人提供服务，只能各自根据自己的优势，去找线索，把自己的工作开展起来。但未来，慢慢地大家就会形成一些共识，形成一些共同的行动规则。”而丘仲辉希望在下一步的救援工作中，“不只是要有这样的协调机制，还要能够发挥更多的实效，真正能够起到行动协调作用”。

尽管信息协同机制没有发挥预想中的作用，但是各个基金会依然进行了紧急救援、安置灾民、进行紧急医疗救助的工作。

到达尼泊尔的第三天，中国扶贫基金会秘书长助理安建荣在加德满都商业区泰米尔寻找餐馆为灾民安置点供餐的时候，偶遇在那里经营饺子馆的山东人王云鹏夫妇。得知情况后，王云鹏夫妇主动承担起为灾民安置点送餐的工作。随后，中国扶贫基金会又结识了做旅馆生意的康巴汉子洛桑夫妇，后者成为供餐项目的第二个合作伙伴。

通过与各个安置点的进一步协调，中国扶贫基金会在6个安置点建立起由灾民充分参与的供餐机制：中国扶贫基金会负责购买分发食材，每个安置点由10名左右灾民合作完成烹饪、食物发放和餐后的清理工作。供餐现场秩序井然，灾民相互谦让，至今已有约4.6万人次就餐。

中国扶贫基金会借助微信联系民间人士，得到了在尼泊尔的中国人和当地人的大量协助。营地需要医生，只需在微信朋友圈发布消息，就会有尼泊尔本地医生主动前来营地提供服务。看到微信后，萨迦寺的两名僧人主动前来协助中国扶贫基金会做翻译工作。

爱德基金会作为国际救灾联盟创始成员和理事，在国际救灾联盟尼泊尔办公室的协助下，救援队深入尼泊尔灾区，了解灾情进展，调研灾区群众需求，克服多重困难将物资发放到当地有需要的受灾群众手中。

目前，爱德基金会救援队员了解到，受灾群众最担忧的还是住所方面的问题，现在住在用防雨布搭建的帐篷里，闷热难耐。爱德基金会救援队与当地合作伙伴共同调研评估后，决定邀请专业工程师用铁皮和竹子为原料，设计出更为安全、简单、舒适的临时住所。

民间救援队暴露出的短板也不容忽视。比如深圳山地救援队是在尼泊尔“4·25”地震发生后，在较短时间内到达尼泊尔进行救援的民间救援队之一。尼泊尔“4·25”地震发生后，深圳救援联合会第一时间启动队内预警，但由于之前没有国际救援的经验和对接渠道，先期只在信息员中开展备勤，并于4月26日组织信息员第一时间加入卓明灾害信息服务中心的工作小组，为在尼泊尔和西藏开展救援工作的其他国内民间救援机构提供信息支持。

4月29日凌晨，在向相关方面确认，当时生命拯救工作尚未结束、灾情排查进度缓慢，灾区对专业队伍仍有较大需求后，深圳救援联合会确定前往尼泊尔救灾并立即发布全员备勤通知，当日备勤人员超过40人。

4月29日16时，在广东省地震局、深圳市应急管理办公室、深圳市红十字会、深圳市急救中心以及社会各界的关心和帮助下，深圳救援联合会队员集结完毕，携带重逾两吨的破拆工具、医疗器械、药品、消杀防疫工具以及部分补给品，整队前往加德满都参与救灾工作，确定工作目标包括生命搜救、灾情调查、医疗救助、创建灾民临时安置点、维持基本物资供给及培训当地灾害自救志愿者。

4月30日当地时间凌晨零时58分，深圳救援联合会25名前线队员抵达加德满都，但由于赴尼航班实施物流管控，队伍携带绝大多数重型装备物资不能如期运送到目的地，就做出调整，不再将生命搜救作为工作任务之一。

抵达尼泊尔灾区后，深圳救援联合会第一时间前往中国驻尼泊尔领事馆、联合国尼泊尔总部、中国国际救援队基地了解灾情，获得联合国现场救援协调中心OSOCC邀请，参加各国救援队联席会议，被委派协同中国国际救援队在加德满都西北部开展灾情调查和搜救工作。

随后，深圳救援联合会派出了包括搜救、医疗以及无人机侦查小组共15人，配合中国国际救援队以及俄罗斯、马来西亚、泰国、英国等国家的救援队共同工作，实施搜索、灾情调查工作，探明了该区域的受灾情况。

此外，深圳救援联合会还进行了紧急医疗救助，应急物资发放，在灾民居留点开展防疫、消毒杀菌等工作。

“现在总结一下，最值得反思的就是缺乏跨国救援救灾的经验。”石欣说，“之前我们进行的都是国内救援，参与山野环境的救援行动和大型自然灾害救灾行动近50次，乘坐的航班都是从深圳机场起飞，这次到加德满都是从广州机场起飞，没有和机场方面提早做好物资交通安排，致使包括发电机、液压破拆钳等大批装备没有如期运抵灾区，限制了在灾区的工作和行动能力，未能实现部分预期工作目标。”

石欣说，需要反思的地方还包括：前后方信息员不足，缺少培训和工作流程，新队员信息收集和处理的能力较弱，信息培训工作亟须加强，没有提前制定大型行动纪律规范并在日常进行宣讲，队员对部分纪律要求不了解、各方面信息共享不足等。

所以民间组织海外救援要做好各方面的准备。“4·25”尼泊尔地震的灾后救援，是国内民间救援、救灾组织第一次大规模出现在国际救援行动中，获得了国内外媒体和各界的高度关注，对我国国际软实力予以了充分的展现。这其中有国内救援组织力量日趋成熟和壮大的必然性，但更大的偶然性在于，尼泊尔政府与中国良好的邦交关系，以及其政府行政能力、面对巨大自然灾害的自我修复能力太弱等因素。中国民间救援组织今后能否再次获得这样大规模响应国际救援行动的机会，仍然是个问号。对于大多数民间组织来说，参与这样的国际救援行动，无疑是很好的学习和提高的机会，能够了解国际组织在救援、救灾中的计划组织、评判标准、运作方式。尼泊尔政府的行政能力不足，还体现在对救灾物资的管理上。由于是山地内陆国家，交通本身就不发达，地震后中尼边境道路被毁，前期所有物资都需要通过空运。大量国际救灾物资堆积在机场却无法被领取出来，使得绝大多数国际救灾组织在初期都处于巧妇难为无米之炊的状态。本次地震加德满都受到了极高的关注，但其整体城市破坏并不严重，只有局部地区有楼宇倒塌的现象，震后很快恢复了供水供电。偏远山区由于交通信息阻隔，得到的帮助一直很少，直到地震四五天以后，才开始逐步被各界所顾及，但最严重区域的救助，大多只能依靠直升机。

中国地震局新闻发言人米宏亮曾经介绍说，中国国际救援的“国家队”——中国国际救援队是经过联合国IEC（分级测评）测评过的、具备重型救援能力的救援队。

在他看来，对于规范化的国际救援队来说，到了灾区，除了要有比较强的搜救能力，还应该做到能够实现自我保障，也就是不需要受灾方的任何物资，而是完全靠自己的物资保障救援和后勤。

诞生于7年前汶川地震中的中国民间救援队，目前还不具备这样的条件。

中国国际救援队副总队长、中国地震应急搜救中心总工程师曲国胜对于中国民间救援机构展现出的出国救援积极性颇为赞赏，他提出了一些具体建议：一是能判断大灾分布区域的态势，哪些是重灾区，哪些是利用民间救援队的优势可以快速抵达的地点；二是要加强保障能力，建立预案和归案，到达救援地点之后如何进行各方面的保障，比如信息的支撑，运输能力的保障，以及语言能力的保障，以确保能顺畅地进行国际交流。

很多个人志愿者通过西藏自治区外事侨务办公室领事处了解抗震救灾进展。得知消息后，有的旅游者买了东西拨打西藏公安边防部队指挥中心对外公开的抗震救灾热线，东西就放置在临时腾空出来的仓库内等待集中开赴灾区的车一并送往。

当然也有一些在吉隆、樟木等地震重灾区服役的边防官兵家长因为孩子通信中断联系不上而拨打这个热线电话咨询情况的，根据民警回忆，一个现在已经记不起名字的甘肃籍贯的老兵的父亲打来电话：“我的娃在樟木当兵，听说那边很严重，我想知道……”这位朴实的农民父亲没等说完说便嘤嘤抽泣起来，指挥中心民警赶紧劝慰：“你的娃很安全，但通信中断了，所以你打电话他接不到……你的娃现在在做一些国家需要的事情，道路在抢修，你放心我们一定让您儿子早日跟您通电话……”虽然当时的情形下，谁也不敢保证哪一天通信才能恢复，但是这样的安慰多一句，官兵家属的心就能安一分，泪就能少留一滴，想到这，指挥中心年轻的接线员们不管每天电话接到耳朵嗡嗡响、讲电话说到口干舌燥都觉得值得。就像这位农民父亲听到指挥中心民警说完这些后放心又欣慰地说："那我就放心了，感谢你们的培养啊，俺娃现在也能做点有用的事啦。"

也有不了解救灾进展的热心群众带上东西直奔灾区，到了定日鲁卢边境检查站都被拦了下来。为了保证热心群众避免受到余震的伤害和确保专业的救援车辆和物资能够顺利抵达灾区，救援生命的绿色通道必须最大程度的保持畅通，所有志愿者和外来车辆到达鲁卢边境检查站后就禁止继续前行。热心的志愿者只能将带来的物资转交给鲁卢边境检查站的官兵们，由统一的救援车辆一并送往灾区。

在这些志愿者之中有一名爱心人士的故事让我从第一天听说便久久放不下，曾经在很长一段时间内成了我的一个心结，并为此在拉萨等待了五天时间。

在那五天时间里，我通过互联网、打电话给广播电视台"中国西藏之声"用藏汉两种语言播出的方式在拉萨市进行了全面寻找，但是没能有缘找到这位爱心人士，直到我从西藏离开后两个月，有一天接到了西藏公安边防总队指挥中心的来电，他们告诉我找到了这位爱心人士的电话号码！当时我激动得简直像找到了失散已久的亲人，激动中还暗藏着小小的紧张！到底这个让我搜寻了两个多月的爱心人士是什么样子呢？我心中那么多关于他爱心义举的答案都是什么呢？直到我拨通了那个期盼已久的电话号码。

他是通过拨打西藏公安边防部队指挥中心抗震救灾热线联系到救援队伍的，也是指挥中心接到的数千个电话中唯一一个让接电话接到手软的值班员动容到主动帮助通联争取到抗震救灾车辆通行证的志愿者。

这位爱心人士大学毕业后从内蒙古草原来到拉萨创办了西藏力拓工贸有限公司，主要销售中国重汽卡车，姓边，当我尊称他边总，他却在电话里低调地说自己就是个修车的，当时本要带四个员工去樟木，因为看到电视新闻上报道，西藏山区的地形导致很多大型的救援车辆无法通过盘山道进入现场，救灾受到很大阻力，抢修道路打通生命线成了首要问题，很多小型的挖掘机在夜以继日高强度作业情况下有些关键的零部件很容易磨损损坏，他称要开着一辆皮卡车带着人员和零件还有修车设备挺进灾区，后面还拉着一辆车装满了蔬菜和肉。

西藏公安边防部队指挥中心的民警说，很多灾区群众已经撤离了，恐怕用不到这些了，还是不用带了吧。可他坚持要带上：“能送给群众就送群众，送不到就留给守那的边防官兵，我看到报道了，你们还没走，很辛苦又没有东西，我没别的，要把这些食品送到。”

当我好奇地问他作为一个汉族的外地人为什么大学毕业不去北上广反而上高原，又在危险时刻不是后悔来到这里而是挺身进藏执意要做志愿者呢？这个疑惑在我心里憋了好久，当接通电话时我急不可待地一股脑吐给了对方。边总在电话里却似乎不觉得这是让人很诧异的问题，他仍然在那里淡然地说，“当时没想那么多”，这句话也是我在灾区四十五天里听到抗震英雄们说得最多的一句话。大学期间边雷晨便对草原雪山有着浓厚的兴趣，喜欢冒险的他曾多次在假期远赴西藏攀登雪山，大学毕业后干脆直接进藏，在他眼里那些洁白的雪山是他心灵的净土，西藏早已成为灵魂的居所，怎能眼睁睁看着它遭此浩劫?

边雷晨是五一假期去樟木，听指挥中心的安主任说战士比较艰苦，生活不便，就一共去了三辆车，一辆大卡车，装帐篷、被子和毛巾；一辆轻卡，装着水；一辆皮卡，装着配件，还带了两个维修师傅，是两个来自四川公司的汉族骨干。

当然当时公司的人都要去，还有两个女孩的老公是五四旅部队的也要去，于是想到抓阄的方法，最后还是决定选择几个更“老道”的，别“本来是去帮忙的，别到时候需要人帮忙”。

他从拉萨启程前往聂拉木，第一天卸了一部分物资后，沿着地震带一路前往樟木，沿路为抢修道路机械提供技术和零件支持。

在往返共计五天过程中，出发第一天就遇到余震，分成了两组的志愿小分队彼此打不通电话，那一天这个公司团队的人距离的最远，心却贴得最近。隔了一天信号中断的那只小分队的领队才回复电话，边雷晨揪到了嗓子眼的心才算放下，十余年登山遇到上百次危险都没落泪的他在那一刹那禁不住泪流满面，他不想因为自己想奉献这份爱心而让公司职工受到伤害，不想因为想救更多陌生人而失去自己身边人。

好人一生平安，虽然去程和折返过程遭遇了五次余震和两次滚石砸车等危险插曲，但最终所有人员还是把对救援工作大有帮助的汽车零件、修车技术、救灾物资顺利送达了最需要的地方并全员安全返回拉萨。

好人一生平安。

吉隆边防检查站官兵徒步挺进受灾严重的“孤岛”乃村开展救援。（郭章统　摄）

军旗

左肩扛起星辰，右肩挑起地平线
双臂撑起
万家欢颜

以跨立的姿态站成夜的印章
站在哪里，就把脚底的平安
烙进熔岩
一层一层，削薄了黑夜
雕出地平线上万水千山
细碎的躯体，流成朝霞红满天

看到五星红旗就落泪

4月26日17时50分左右，从尼泊尔加德满都起飞的CA058号航班降落在成都双流机场。因为前一天中午（当地时间）突袭尼泊尔的一场8.1级大地震，CA058号航班上近300名乘客的这次航程，成了一段名副其实的“劫后余生”旅途。

来自武汉的黄靖尧是其中一员。4月26日下午1点29分，黄靖尧在自己的微信朋友圈中发出一条信息：“我终于坐上回国的飞机了，看到五星红旗，满满全是泪啊……这回是真的安全了。”

地震发生时，她和两个同去尼泊尔自由行的中国朋友正在加德满都的泰米尔街区逛街。因为此前从未经历过地震，当地震来袭的一瞬间，黄靖尧和同伴都没反应过来。比她们先反应过来的是那家店铺的店主，“是那个商铺的店主把我们拽到了墙角，他们父子3人把我们围在里面，他们站在外面保护我们”。

“当时就感觉很摇晃，不敢移动，不知所措。”黄靖尧说。震后几分钟，惊魂未定的她在朋友圈发出一条信息：“遭遇地震，两分钟之久，期望明天飞机能起飞，我一定要回家……”

黄靖尧迅速与朋友汇合一道找寻平地避难，这一路的见闻让她印象深刻：“看到路上许多地方开裂、电线杆倒掉。因为大家都从屋里跑出来避难，所以路上人很多。尼泊尔当地人看起来还比较镇定，很多开店的人把店铺关了，回家照顾家人。即使是在地震的情况下，一些开着的商铺也没有坐地起价，还是照原价将食物等卖给游客。”

在寻找避难场所的过程中，又有几次余震发生。相比起一开始遭遇地震时的“后知后觉”，遭遇的余震让黄靖尧感觉“非常害怕”，“腿有点软，像在海上漂”。

25日傍晚，黄靖尧一行人终于找到一个当地政府临时搭建了帐篷的避难点，“我们约了所有认识的中国人去那儿”。晚上九十点钟，中国驻尼泊尔大使馆来了两名军人，召集所有在这儿的中国人全部去大使馆集合。26日凌晨，黄靖尧发出一条朋友圈信息：“我现在已经在大使馆了，非常安全！据消息称，明天9点半后有飞机来接同胞们，谢谢亲爱的祖国。”

在大使馆度过的一夜虽然安全，黄靖尧也没有睡安稳。“虽然大使馆的门都是敞开的，大家可以随意出入，但是因为害怕余震，大家都不敢到屋里休息。即使晚上气温比较低，大多数人也都是在使馆外的空地露宿，但总体上大家的情绪还是比较稳定的。”

26日凌晨一点多，黄靖尧得到消息，“来接游客的飞机是不按点飞的，来了就走”。已买好26日返程票的黄靖尧和朋友租了一辆车赶赴机场。到达机场后，黄靖尧看到现场有中国使馆的工作人员在负责登记中国游客的资料。

候机过程中，让黄靖尧印象深刻的是一位自称“蓝天救援队队员”的年轻女孩，她在现场号召大家自发组织志愿者，凑钱买食物分给大家。“由于在尼泊尔买药比较难，现场还有人号召大家把各自带的药品收集起来，进行分类，交给救援组织的人，希望给有需要的人提供一些帮助。”黄靖尧说，她的一些朋友现在还滞留在尼泊尔机场，他们正自发当志愿者，等蓝天救援队到达后，可能会随救援队去受灾严重的地方协助救灾。

华人的自助互助故事也在尼泊尔的其他地方上演。在博克拉地区的中国摄影师张竞顺对中国青年报记者表示，“我现在身在博克拉地区，目前这里一切安好。我并不会离开，我还会留在尼泊尔，协助华人游客安全撤离”。

微博名为“Z_Miao”的网友则加入了一个尼泊尔博克拉华人自救自助群。他将一位刚从机场回来的群友的信息和照片转发给中国青年报记者。这条信息说：“照片里的人就是中国驻尼泊尔使馆的武官刘晓光，他为每个人提供一瓶水，耐心解答各种问题，对很多问题和建议做了收集，并组织志愿者回复大家。”

类似的故事在地震一年多之后2016年6月15日中央电视台《向幸福出发》节目

中又一次出现了扬州大叔的故事，节目还为扬州大叔团队献歌《红旗飘飘》，感动亿万观众。

正在尼泊尔加德满都自驾游的扬州人刘俊，恰巧赶上尼泊尔8.1级大地震。在天灾面前，他临危不乱，在国人圈中竖起旗帜，带头在震后2小时内，组建了第一支由华人组成的中国民间救援队，在废墟上开展救护，为华人免费提供食物与住所，并且让众多加德满都的灾民得到及时的帮助，当地的孩子都喜欢叫他“扬州大叔”。刘俊用自己的行动诠释着“一方有难，八方支援”的中华传统美德，建起了民间友谊的桥梁。

央视《向幸福出发》节目，以《志愿者旗飘扬海外，生死之交再次聚首》为题，讲述了尼泊尔救援者们的故事，4位委托人和刘俊一起来到现场，他们回忆了当时亲历大地震的场景。在亲历者中，他们当时有的在尼泊尔旅游，有的在当地工作，当面对灾难的时候，刘俊非常冷静地带领着大家，用五星红旗第一时间将人们聚集在一起。正是受到华人救助队成员的感染，他们的志愿者队伍也从最初的15人不断壮大，最后有上百人加入其中。在这次救援过程中，刘俊获得一个特殊称号——“扬州大叔”。

2016年3月11日，刘俊意外收到尼泊尔副总统普恩先生的邀请，他来到副总统府，普恩先生向以刘俊为代表的救援志愿者表示感谢。

这次走上《向幸福出发》节目的委托人有来自山西、辽宁和湖南的，最远的还有来自尼泊尔的淮安人皇晓兵。他们是4月14日录制的节目。“4月8日，皇晓兵刚从加德满都辗转飞到南京，傍晚抵达扬州，其后随同团队‘向幸福出发’，奔赴央视舞台。”

“扬州大叔”刘俊在尼泊尔结识的朋友也在节目中用视频表达了对志愿者团队的感谢，当地人亲切地称刘俊为扬州大叔。“感谢扬州大叔的帮助，欢迎他们再到尼泊尔来。”

“扬州大叔”也成为有爱心、善良和有担当的代名词。“当时由于签证时间比较短，我在尼泊尔只呆了短短几天的时间，其他志愿者至今仍在努力。”刘俊表示，北京之行，让他获益匪浅。“希望以后能够用实际行动感染更多的人，能够帮助更多的人走向幸福。”

地震发生时他正去市场买食材，眼睁睁地看着电线杆砸在出租车上。但他并没有因为身处异乡而只顾自己逃命，而且和另外几个在尼泊尔旅游的人员组成了临时的救援小组，沿街收购食品和水，当晚都送给了在尼泊尔的华人。

“扬州大叔”还为中国人正名：大灾大难面前，我们中国人很有素养，那些乱扔垃圾之类的事情都不会做。

在杜巴广场他见到一个小女孩正在找她的弟弟，刘俊和志愿者们说要帮她找，她说弟弟已经死了，没得救了，你们快去救还有生还希望的人吧！她要自己找弟弟。

在一路对华人和当地尼泊尔居民的帮助中，“扬州大叔”的志愿者团队得到了尼泊尔人民和政府的肯定和感谢，其他国家的游客也为他们竖起大拇指：“Chinese good！”每当此时，他们便为自己身为中国人而无比骄傲。我们中国的影响力才刚刚开始。

在志愿者们陆续离开尼泊尔时，他们意外得到了尼泊尔副总统的接见，对他们的志愿行为表示感谢，“扬州大叔”还把一面志愿者们签字的五星红旗送给了对方。

其他志愿者回到了中国，而“扬州大叔”一直在尼泊尔坚守着，因为地震造成旅游业急剧下滑，至今“扬州大叔”经营的中华饭店虽仍在营业但生意惨淡，但他表示并不会因此停业，因为它已经成为华人在尼泊尔的一个落脚点、一个家，“扬州大叔”和共患难的兄弟们都不会放弃这个地方，像他说的：“我为祖国游客做的一切都值得。”

“当我们走出这里之后，我们代表的不是自己，是国家。”

吉隆县吉隆镇安置点的帐篷排列有序。（郑永波　摄）

想回西藏晒太阳

想回西藏
晒一晒太阳
肤浅的伪装被烤化
甜言蜜语淌了一地
来不及打捞就蒸发
骨髓里血色的爱情凝固
在透明的皮肤下开成格桑花
那样，你便来摘
那样，那样我好想回西藏
晒一晒太阳
风尘中叩拜信徒的铃铛
行走一生，踩着同一种声响
不管你要朝拜的方向
我只要在你怀里那样
回西藏，晒一晒太阳

明天会更好

根据国家测绘地理信息局2015年6月15日发布消息称，受4月25日尼泊尔强烈地震影响，珠峰地区向西南移动了3厘米，高程方向基本没变化。同时，2005年至2015年10年间，珠峰地区以每年约4厘米的速度向东北方向移动，以每年0.3厘米的速度上升，10年间位移了40厘米、上升了3厘米。专家表示，位于中国和尼泊尔边境的珠穆朗玛峰处于欧亚板块和印度洋板块边缘，这一地区地壳运动非常活跃，该地区是观察地壳运动的窗口。

这说明吉隆、聂拉木、定日依然处在危险的地震带。地震过后，樟木口岸已由孤岛变成了空城，没有了往昔的熙熙攘攘。一个多月过去了，断水断电断网的樟木口岸仍处于半封闭状态。地震发生后，“开”字形的友谊桥国门屹然挺立。聂拉木边防检查站——这支驻扎在樟木口岸的队伍，义不容辞地承担起了坚守国门的任务。对于边防官兵来说，撤与守的抉择，从未提上议事日程。友谊桥下，滔滔的波曲河水从狭窄的河谷中飞泻而下时，发出巨大的响声。官兵们一线的巡逻仍在继续，他们站在喜马拉雅第一国门前，挺直了身姿，目光警惕，看着远处。

在西藏吉隆地震安置点，白发苍苍的老阿妈盘腿坐在天蓝色的棉帐篷里，右手慢慢地转动着经筒，左手捻着佛珠，她口中念念有词，“淹嘛呢叭咪哄”；白玛家的门前立了三块白石，藏人习俗是生了男孩儿；达瓦家银色铁皮搭成的厨房顶摆满各种花，花盆是用压缩干粮盒、军用菜籽油桶做的，那是边防官兵送给他的慰问品，用完舍不得扔掉，如今开满了红色的玫瑰花；阿妈家的狗还是那么淘气，不让欺负女主人，如果男主人假装打女主人，它就会汪汪地叫个不停，撕扯着男主人的裤腿；天蓝色的帐篷间，人们用木板做隔挡，开垦出来用于种菜，菜籽竟然破土而出；孩子拿着书，走在路边的阳光下读起了书，见到巡逻的边防官兵，行起了少先队礼，礼貌地喊着“叔叔好”“叔叔再见”；吉隆口岸列兵白玛次成正蹲在地上喂几只小鸡，谁都没有动这几只小鸡的念头，它是大地震活下的生灵；王忠祥队长在警营文化长廊用山上的毛竹搭了小桥，下面是石头砌成的水渠，里面还有假山。地震前放养着十几条锦鲤，那几天一直忙于救援，水忽然变成了乳白色，长满了逗号一样的小蝌蚪，在水里蠕动。他让人培养在桶里他说那是大地震活下的生灵，一定要养活它们。

吉隆镇小学拉巴扎西在阳光灿烂的上午走出教学帐篷和同学玩耍，他来自吉隆县吉隆村，受地震影响，学校和他家房子都受到损坏，他和家人住进了吉隆镇受灾群众集中安置点。在地震中，西藏吉隆县内的6所小学、1所中学和3所幼儿园均遭受不同程度损毁，约2800名学生受到影响，但由于西藏实行农牧区学生“包吃、包住、包学习费用”的三包政策，学生还可以享受到营养改善计划，学校仓库在地震前储存了面包、牛奶等食品，复课后，像扎西这样的孩子们正常饮食、接受教育没有受到很大影响。再加上西藏边防部队的战士创立的公益组织“格桑花天使”将西藏地震的信息发布出去之后，大山之外很多热心的叔叔、阿姨、哥哥、姐姐，陆陆续续地为灾区小朋友送来的一份份爱心，有夏季到来该换季的衣服、有炎热时节常用的药品，更多的是孩子们必需的学习用品，孩子们很快恢复了格桑花般灿烂的笑脸。扎根大山的孩子并不孤单，在他们看不到的大山之外，有那么多关心他们的人跟他们在一起，在他们生活的大山之内，有边防官兵叔叔日日夜夜守护在他们暂住的帐篷区附近，无论出现什么样的危险，有群众在的地方就有边防官兵在，没有群众在的无人区也有边防官兵守护着他们总有一天会回归重建的家园。

聂拉木边检站在山坡上养了十几头藏香猪，地震时，聂拉木边检站下沉30厘米，猪圈一边滑下山坡，摔下去三头猪，其中有两头不知怎么从山下爬了上来，官兵们看到两头猪爬上坡来时，很多人都哭了。还有一头猪摔断了后腿，卡在了山腰上的一棵大树上，官兵费了九牛二虎之力才将它用绳子捆着拉了上来，不过没两天那头猪就死了，在供给紧缺的情况下，官兵们舍不得吃那头猪，含着泪把那头猪给悄悄地埋了。聂拉木边检站官兵抗震救灾的同时，依然在生产自救，官兵和好水泥，蹲在地上，将地震留下的恐怖裂缝用水泥抹平，像是在弥合伤口。

而另一方向的地震带，吉隆方向，吉隆镇肤色黝黑的扎西给摩托车头系上雪白的哈达，他戴上口罩，背着一个黑色的包开始一天的忙碌，他要去山上挖虫草；一群面皮白净的驴友穿着休闲装和运动鞋，背着旅行包，他们用手中的照相机记录着吉隆镇乃村的风光；去西藏拉萨路上虔诚的佛信徒仍在双手合十祈求保佑。一边念六字真言，一边双手合十，高举过头，然后行一步，双手继续合十，移到面前，再行一步，双手合十移至胸前，迈第三步时，双手向胸前移开，与地面平行前身，掌心朝下俯地，膝盖先着地，后全身俯地，额头轻磕地面，再站起，重新开始复前。沿途五彩的经幡在微风中拂动，挂满洁白的哈达。那古朴的黑白色帐篷，那长毛拖地的牦牛和山羊，那醇香的奶茶、酥油，那高亢的牧歌、豪放的锅庄舞，一直激荡着人们甜蜜的生活。

地震虽然造成中尼友谊桥两侧道路交通受阻，但仍有旅客自樟木口岸出入境。5月1日，7名历尽艰险回国的中国女旅客跨过友谊桥，看到威严耸立的国门、高高飘扬的国旗和“雪域边检的微笑，世界之巅的服务”标语，看到亲人一样的边防官兵时，喜极而泣，她们忘记了男女之别，搂住执勤战士嚎啕大哭，我们的边防战士当时心情很复杂，在自己因地震带来的伤痛还没有抚平又去抚慰自己的同胞，临行时，7名女旅客高呼“祖国万岁！”

为全力保护灾区群众撤离后财产安全，边检官兵对营区周边民房、商铺、车辆等开展排查和统计，对群众房屋遭受自然损坏情况进行登记造册，并对房屋、车辆进行封存，还组织官兵对群众财产进行巡逻守护。

商户和当地的住户走了，他们的家当留在了樟木，官兵们细心地给未上锁的住户房屋挂上小锁，在每一个商铺的门面上贴上盖有聂拉木边检站大印的封条。

而定日方向，可容纳定日县绒辖乡112名学生的“帐篷小学”立在震区上，孩子们拥有了自己的简易帐篷学校，5月1日就已经开始正式开课了，受灾群众的生活正逐步恢复。地震发生之后为群众驮着必需品转移到安全地点的牦牛如今又一次把牛角上的红布条摇得红红火火，脖子上的铃铛晃得叮当响，好像在共振着充满希望的新生活迎面走来的节奏。

在西藏自治区成立五十周年和筹备召开中央第六次西藏工作座谈会之际，习近平总书记主持召开中共中央政治局会议，研究进一步推进西藏经济发展和长治久安工作，意义重大、鼓舞人心，在我党“依法治藏、富民兴藏、长期建藏”的思想引领下，西藏的明天必将更加美好，勤劳乐观的西藏人民必将在灾难之后笑对明天。

针对地震给受灾群众带来的财产损失和预期收入下降问题，西藏自治区在积极开展抗震救灾、加大物资发放力度的同时，鼓励受灾群众多渠道就业，将损失降低到最低程度。由于地震发生时正值西藏春耕时节，很多受灾群众无法按期播种和采挖虫草，生产生活受到很大影响。为组织受灾群众积极开展生产自救、降低损失，西藏自治区近期将出台措施鼓励安置点群众实现多渠道就业。

听党指挥、能打胜仗的公安边防部队官兵们也始终守护在祖国的每一片边疆热土，抚慰着喜马拉雅每一寸受伤的肌肤。格桑花依然笑对春风，生活的希望依然闪亮，幸福的家园和美好的未来期待着人们携手重建。

国家不可一日无边，国门不可一日无防。国门在此，边防官兵就在此，中国的边防线震不垮、摇不动……

附　录 评论一

读《极殇》

现实生活中，我们都有和“边防”打过交道的经历，但常常弄不清边防属于军队还是公安。过去年代，许多边防官兵都是穿军装的，人们坐长途车接近边境地带，便会遇到边防的检查，留下对边防的主要印象。其实，边防部队的职能远不止边防管控，还有边境户籍管理，海上巡航，渔船民管理，防范和打击沿边沿海地区各种违法犯罪，查缉走私、贩卖、运输毒品等任务，近几年更是代表国家参与国际维和，中老缅泰湄公河巡航，以及各类抢险救灾。他们既属于公安，又实行武装警察体制和享受解放军待遇。这支执法部队承担的职责真不是用几句话就能说清的，它对于维护国家边境安宁和主权完整，巩固国家一线政权的安全稳定也起着极为重要的作用，是应该为普通民众所了解的。臧思佳这本报告文学，尽管反映的只是一场地震救援，但它也为人们进一步了解认识边防部队打开了一扇窗口。书中所有场景、人物都十分具体生动可感，相信会给读者留下深刻印象，也更容易使人们明白和理解边防工作。边防部队干的事不少，贡献卓著，但写成文学作品的不多，今后应该多出几个臧思佳，多写一些这样的作品，多多塑造中国边防的形象。

臧思佳是个“80后”诗人。她平时写两种诗，一种是军旅诗，诗作感情赤诚，意蕴隽永；一种是爱情诗，诗作温婉柔美，清丽雅致。她有一些很好的诗，诗中许多意象来得奇异而熨帖，意以象言，情以象抒，即使你离开很远，也会不由被一种陌生又熟悉的美感拉近。我是读过一些今天青年人写的诗的，觉得她的诗在其中属于上乘，虽然诗名还不算很盛。今人写诗，出大名是很不容易的。她年纪轻轻已成为中国作协会员，凭了这一点就说明她的创作实力和前景。

写诗的人来写报告文学或通讯，文学性往往更强，因为报告文学有些可以写得貌似新闻文字，而诗歌的文学色彩是绝不能含糊的。她的报告文学不仅讲求语言的动人，也讲求形象的凸现，书中刻画的多个边防军人形象，都是令人感到亲近的、有音容笑貌的，仿佛就在眼前。

《极殇》从不同侧面反映了边防官兵在西藏“4·25”地震危难时刻的牺牲与取舍，通读这些作品，让人知悉了许多过去闻所未闻的事情，更使人分外意识到，维护一个国家、一个社会的祥和、团结和繁荣的努力，是不可以简单用“工作”来概括的，还包含着一大批人的牺牲、奉献与忘我的奋斗。

当然，这些事迹，换个记者来写，也能写出，但我相信不会有她那么动人亲切，因为她在作品中很少发议论，总是贴着人物写，贴着人物的感情写，到处有可感的形象，感染力是充沛的。今天的报告文学，有许多沦为单纯的报告，而她的文字首先是文学的，就显得可贵。

公安边防部队在人民武装力量中只是一个分支，出了像臧思佳这样的人才，是值得庆幸的。希望臧思佳能继续发挥她的才情，再接再厉，写出更多的好作品，讴歌边防官兵的业绩，也攀登文学的高峰。

胡　平

（作者系中国作家协会全国委员会委员，中国作家协会原创研部主任评论家）

附　录 评论二

点评臧思佳报告文学

对报告文学的定义一直有很大争议，有人主张应当以事实说话，以报告为主；有人主张应强调它的文学性，可以适当虚构。从这部西藏抗震题材报告文学可以看出，臧思佳是主张前者的。其实这部集子甚至更像一个作家的采访笔记，呈现给读者的是大量原始资料和场景，作品也因此更加可信，更加感人。作者就在现场采访，她用她的眼睛和情感记录了一个个鲜活的平凡英雄形象。这些在危急时刻挺身而出的年轻战士，在生命受到地震灾害威胁时做出的生死抉择，这些直指人心的事迹都摆在那里，都在高原老百姓的面前，都在人们口口相传的丰碑中，这些在作者的字里行间也有所体现。的确，吉隆口岸“二十一勇士”并不是被立功、被命名的那一刻才是英雄的，他们其实早就是了。记录这些日复一日、年复一年随时准备用生命、鲜血、汗水保卫国家和人民，服务百姓的英模，还需要虚构和想象吗？记录下来就是了，只怕没有任何一支笔能完整记录他们的日日夜夜，记录他们质朴背后的高尚的作为。从这个意义上讲，没有被命名的英雄其实还有更多。或者说，我们的解放军、武警部队官兵整体都是英雄，这是一个英雄的群体，每逢国家遭难、人民遭灾的生死关头，我们曾无数次看到的总是他们冲在最前头！

多年前，我曾参加一个中国作家走军营采风活动，从二炮部队、陆军、空军到海军，在十几天的时间里，行程数千里，每一次看到的都是感动和震撼。那些年轻士兵的一腔热血令作家们一次又一次接受洗礼。一次，我们在北海舰队参观一艘潜艇，那是一艘常规潜艇，将要退役了，战士们曾驾驶它完成一次次任务。潜艇空间狭小，结构极为复杂，大家看不懂里面成千上万的设备零件，但看到了战士们在里面是如何生活的。他们在大洋里执行任务，有时出海一趟要几个月，沉潜在一个不辨昼夜的无声世界里，见不到阳光，甚至见不到海面的波涛，窒闷的空气中含有几百种有害物质，但他们得忍着，无边无际的黑暗、寂寞、孤独考验着这些年轻的水兵，有的还不到二十岁。回来上到岸上，很多士兵会在阳光下嚎啕打滚，只因这时，他们才能得到宣泄和释放。我们参观者爬出潜艇后，我看到一位来自北京的女作家站在潜艇一端许久，面向大海，泪流满面。我很了解她，这是一位极有才华特立独行的女作家，不喜欢任何束缚，但那次，她默默地流泪了。后来的座谈会上，她哽咽道，现在我知道了，我的自由是有人付出代价的。

是的，国家的繁荣、强大，社会的安宁、祥和，人民的安居乐业，是有人付出代价的，我们每一个人并不是天然就该享受自由的。一个伟大民族总需要一些面向星空、生而为道的人，但当我们高谈阔论时，千万别忘了那些在边疆、在高原、在长空、在荒无人迹的地方守卫着万家灯火的人。这本集子中的抗震英雄们，值得我们每一个人向他们致敬！

赵本夫

（作者系当代著名作家，原中国作协主席团委员，江苏作协专职副主席，《钟山》杂志主编）

后 记

四十五天行走地震带，四十五天经历灵魂的长征。

一路看见，听见，最终遇见返璞归真的自我。

一路哭过，笑过，回归生命至上的淡泊。

格桑花含苞感恩的心。

走着走着，春天就来了……

因作者没能亲历地震第一时间的救援故事，很多素材需要借助采访西藏公安边防部队的战友和当地朋友们获取，尤其是极具震撼力的现场照片，为本书陡添色彩，在此特向以下提供有关抗震救灾素材资料和图片的单位、个人表示感谢：

西藏公安边防总队

吉隆边防检查站

聂拉木边防检查站

日喀则边防支队

聂拉木边防支队

西藏历拓工贸有限公司

西藏“中国之声”广播电台

西藏自治区商务厅驻日喀则市吉隆县吉隆镇江村工作队

感谢在西藏当兵后退伍留在西藏成家立业的几位战友仍满怀对部队的热爱主动接受采访，感谢当地淳朴善良的藏民和从外地来到高原为西藏繁荣和民族团结做出贡献的各族同胞，他们用勇敢和智慧战胜了自然灾害并将一路艰辛坦诚分享。

極殤

感谢西藏自治区商务厅驻日喀则市吉隆县吉隆镇江村工作队主任德珍、《中国青年报》评论文章等为部分章节提供重要素材。

特别感谢原新疆公安边防总队怡鹏，本书中《跨境救援》《擎起不倒的国门》《带一张照片回德国》为在西藏时我与怡鹏共同采访，部分段落他的记述更是惊心动魄，故借以引用，感谢聂拉木公安边防大队杜皓东为《叔叔，明天你还给我们当老鹰吗》《守望“中国西藏之声”》提供地震第一时间的真实情况资料。

感谢各新闻媒体及时传递灾区声音，为我进行深入采访提供方向参考。

感谢辽宁省公安边防总队对我远赴西藏采访、创作期间给予时间、精力上的大力支持。

感谢所有在西藏“4·25”地震期间为抗震救灾做出贡献、奉献爱心的国内外、社会各界爱心人士，正是有你们伸出的援助之手才把地震带来的伤害降到最低，把生命的光芒放射到最大。

感恩每一颗火热而坚强的心，共同挺起喜马拉雅不倒的中华脊梁。

臧思佳

二〇一六年十月一日